EL SECRETO DE MINERVA.

DAVID AMOEDO.

EL SECRETO DE MINERVA.

© David Amoedo

© 2014 - Maquetación: David Amoedo
© 2014 - Cubierta: Jaime Girona

© 2014 - Adaptación de Maqueta y Diseño de cubierta: www.artgerust.com
ISBN PAPEL: 978-84-16201-65-5
ISBN EPUB: 978-84-16201-66-2

Produce: Gerust Creaciones S. L. (www.artgerust.com)

A Rafael Abad.
A mi madre.

Agradecimiento.

Lo primero y más obvio, a todo el que está preparándose a leer esta novela y sobre todo al que termine de leerla. Valoradla con cariño porque bajo ese mismo criterio fue escrita.

A Lucia Covelo, por ser la primera. Supo qué decir para animarme a seguir: "¿Y qué pasa después?". Eres y siempre serás mi hermana, pase lo que pase.

A Sonia Amoedo. Nunca olvidaré el tiempo que dedicaste a oírme hablar de este proyecto en ciernes. A ayudarme a crear a François y sobre todo, a no temer emocionarte con sus páginas. Nunca hacer llorar a alguien me supuso tanta satisfacción.

A Víctor Marco, porque es justo y merecido.

A los maestros que pasasteis por mi vida, diferenciando maestro de profesor. A Xosé M. Lence, que me regaló lecciones de vida y un libro con una dedicatoria que siempre guardaré. A Salvador Fernández, porque sé que prometió protegerme y así lo sentí. A Suso C. Ben, generaciones de niños te debemos mucho y por ello te mereces nuestro cariño y respeto.

A Jaime Girona, que has vestido esta obra para que luzca más.

Y a Rafael Abad. ¡Qué mínimo! Eres lo más parecido a un mecenas que he conocido nunca.

Mil gracias a todos.

ÍNDICE

Los hechos:

Cada año más de cinco mil españoles se someten a nuevos tratamientos que pretenden retrasar el reloj biológico del ser humano. 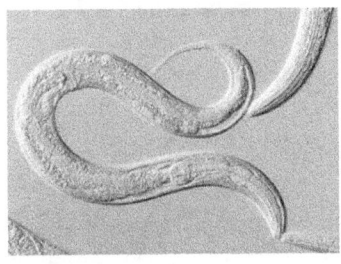 Con un precio entre mil ochocientos y seis mil euros es posible someterse a un proceso que permita ganar años a la muerte. No consiste sólo en vivir más, sino en mejorar las condiciones de vida en la vejez. Algunos especialistas de la Universidad Maimónides de Buenos Aires definen la medicina antienvejecimiento como "un sistema integral, preventivo y curativo, que a partir del estudio del envejecimiento natural, descarta los factores perjudiciales que producen un envejecimiento prematuro, propone un sistema de vida de promoción de la salud, y aplica las técnicas correctoras y los signos estéticos y orgánicos de decaimiento corporal." ¿Pero hasta dónde estamos dispuestos a llegar los seres humanos por tratar de alargar nuestras vidas?

La causa fundamental del envejecimiento es la oxidación celular, la cual se genera como consecuencia de las reacciones producidas por los radicales libres, moléculas con un electrón impar en su órbita exterior, altamente reactivas. Esto provoca una desorganización en las membranas celulares de nuestro organismo lo que desencadena dicha oxidación celular. Sin embargo, este no es el único motivo de nuestro deterioro pues no se corresponde exclusivamente a un factor genético. De hecho este elemento sólo representa el 25% de la longevidad. Los sujetos humanos sufren un proceso de involución con el paso del tiempo, el ritmo de esta pérdida de facultades varía mucho entre unas personas y otras y se ve influenciado por múltiples factores: herencia, sexo, alimentación, ejercicio, tabaco, alcohol, contaminación, estilo de vida... y las enfermedades padecidas.

José Márquez-Serres, presidente del SEMAL (Sociedad Española de la Medicina Antienvejecimiento y Longevidad) asegura que "gracias a modificaciones genéticas es posible que muy pronto se pueda llegar a los ciento cincuenta años". Las investigaciones realizadas con células madre son más que esperanzadoras, pero existen otros estudios que también pueden contribuir en el proceso de alargamiento de la vida. Científicos de la Universidad de California publican en la edición electrónica Nature la teoría del Daf-2. Así lo explica el portal Miziticuario.com: "Aunque la vida eterna no existe más que en el cine o en los libros, la posibilidad de alargar nuestra existencia más allá de los límites imaginables está más cerca que nunca de ser real. Así lo demuestran los resultados de un estudio llevado a cabo por científicos estadounidenses, que han identificado los genes y los sistemas capaces de duplicar la longevidad de las lombrices, específicamente la lombriz intestinal C. Elegans".

El sistema de organismo y los genes del gusano Caenorhabditis elegans permiten que éste llegue a duplicar su periodo de vida. Según el estudio, el ser humano comparte numerosos genes con el verme y su conocimiento podría proporcionar información determinante.

La mutación genética llamada Daf-2 une a todos los genes que dominan el estrés celular en un círculo regulatorio común, e influye en los genes antimicrobianos y metabólicos, reduciendo así la actividad de genes que acortan el tiempo de vida. La Dra. Kenyon y su equipo descubrieron hace diez años que el gen Daf-2 afecta al tiempo de vida mediante un segundo gen, el Daf-16. Un sistema como este se ha utilizado en la Drosophila melanogaster, la famosa mosca del vinagre, y el ratón; los resultados han sido positivos.

Científicos del University College de Londres indican que la llamada vía de señalización de la insulina desempeña un papel similar en la

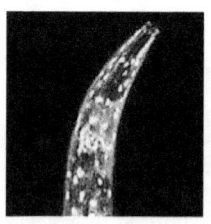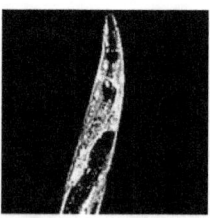

mosca del vinagre y en la levadura. Y la lista de este tipo de estudios es interminable, pero todos guardan el denominador común del Daf-2. ¿Se encuentra en esta mutación el secreto que nos permita disfrutar más de la vida durante cientos de años? ¿Hallaremos en los compañeros de planeta la solución a nuestros mayores temores? ¿Puede un gusano o una mosca salvarnos la vida? Y la cuestión fundamental... ¿necesitamos ser salvados?

Prólogo:

Las aguas turbias eran entonces el más claro reflejo del cielo inundado de zafiros. Distintas tonalidades de verdes, marrones, rojos y dorados gobernaban el ambiente mágico del que estaba rodeado. Incluso sentía angustia por la incapacidad de mi vista para captar toda aquella belleza, impidiéndome disfrutar por completo del paradisiaco paisaje. Fue tal el impacto al descubrirlo que mi mente se quedó en blanco y casi a la vez se colapsó de ideas. Dafne y yo éramos los únicos allí, testigos de la gran creación de Dios, Shiva, Alá o la madre naturaleza. Lo cierto es que no sé quién puede tener poder suficiente para realizar semejante sueño...

Capítulo I- Una visita inesperada.

Temer la soledad es algo muy humano, eso no me hace especial. Temerla desde pequeño tampoco es algo insólito, y sentirse poco corriente es una de las cosas más corrientes que existen. Todos nos creemos especiales, y seguramente lo somos para unos cuantos… pero en realidad la temida soledad fue lo que me empujó a moverme a lo largo de mi vida. Con dieciocho años me despedí sin hacer mucho ruido. Era algo previsible, algo planificado y esperado. Era el momento y lo sabía. No podía dejar pasar más el tiempo, sólo en ese instante me atrevería a volar en busca de mis sueños. Pero lo que me esperaba no era lo que deseaba. Me vi obligado a volver con los bolsillos vacíos y no muy buenas experiencias. Me encontraba en el punto de partida, a pesar de que en mi interior todo se había transformado. Poco a poco me di cuenta de que no era el mismo, de que aquellas desafortunadas situaciones vividas en mi pequeña aventura me habían convertido en alguien más frío, más distante, más solo. Estaba más solo que nunca, me sentía más solitario que nunca.

Mientras me detenía en un mismo espacio y un mismo tiempo, mi entorno seguía moviéndose, la Tierra seguía rotando. Unos marcharon a estudiar fuera y ya no volvieron. Otros, la mayoría, hicieron vida en el pueblo y jamás salieron de él. Aquello casi me resultaba más triste. Nunca sabrían la verdad de lo que existe. Lo cerca que en realidad está todo. Las posibilidades a la palma de la mano y un extraordinario mundo no tan grande como nos hacen creer los libros y a veces no tan extraordinario. Y yo, mientras tanto, cada noche me reunía con mi compañera de viaje, la soledad. Como un reflejo en un espejo roto, como un falso monstruo oculto entre las sombras. Estaba aprendiendo a amarla.

Pero aquel era un amor compartido. El caprichoso destino había planeado hacerme coincidir dos veces con esa persona, la que sin saberlo, sin poder sospecharlo, me liberaría de mis miedos. Aunque para ello tendría que superar otros temores muy distintos, unos menos espirituales, más físicos y terrenales. La primera vez que el sino nos presentó pasamos desapercibidos el uno para el otro. De aquella éramos muy distintos, con otro tipo de intereses y preocupaciones. No había un motivo para hablar y de hecho no llegó a haberlo. En aquella ocasión no llegamos ni a entablar una conversación, ni a cruzar una palabra o una mirada, tan siquiera. Y sin embargo debíamos coincidir dos veces por semana. Tiempo perdido.

Pero hubo un reencuentro. Años más tarde, cuando ya nos habíamos acomodado a unas personalidades más desarrolladas, más maduras. Nos sentíamos capaces de experimentar nuevas emociones, de adentrarnos en nuevos misterios. Fue entonces cuando las casualidades trazaron su plan para obligarnos a conocernos. Ahora nuestros intereses y preocupaciones coincidían, igual que coincidieron nuestros gustos musicales, nuestro interés por las estrellas, nuestra curiosidad sobre culturas extintas. Así fueron surgiendo las conversaciones, los paseos nocturnos, las risas, las miradas… Un día, por casualidad, descubrimos haber coincidido en el pasado, y sin embargo no nos recordábamos. En ese momento ya nos parecía increíble poder olvidarnos del otro.

Muchas cosas habían tenido que pasar hasta llegar a ese punto. Encontrarnos en un lugar y un momento adecuados, algo realmente difícil, definido por innumerables e insignificantes acontecimientos. Nimias decisiones, imperceptibles accidentes. Todo se había alineado como la electricidad pasando por un cable, poderosa, imparable y a la vez inapreciable e imperceptible; pero no por ello menos relevante. Tanto como había costado llegar hasta ahí y los días en cambio se revelaban severos y estrictos. El tiempo transcurría y cada minuto pasado nos acercaba más a una despedida indeseada. Divagábamos elucubrando sobre posibles modos de mantener esa cercanía, esos planes que haces cuando sabes que todo se acaba, esas promesas piadosas juradas para apaciguar el dolor ante una despedida agonizante.

Y llegó, sin más. Y cuanto más iban pasando las semanas, más me costaba olvidarle. Tarde descubrí que lo que sentía era amor, enamorado de alguien que ya no tenía participación en mi vida. Enamorado de un fantasma, de un vacío, de una ausencia. ¿Hay algo más parecido a la soledad que eso? Fue entonces cuando me percaté del hecho. Volvía a amar a la soledad. La soledad que dejan aquellos que ya no están. Cada hora, cada semana, cada mes, cada año se había convertido en un vano intento por olvidarle, olvidarle para sentir menos el amor a esa soledad, pero en cuanto me daba cuenta, recordaba.

Y aún después de ese viaje, de esa aventura frustrada, aun entonces… recordaba. Ahí estaba otra vez. En el mismo pueblo, tras vivir un viaje en balde y con un futuro incierto. En una enorme casa que me gritaba constantemente lo solo que estaba, como el lejano sonido de unos tambores retumbando en mitad de una sabana, como el tic tac de un reloj perdido en mitad de un sinfín de chatarra. Una lucha contra el tiempo y el recuerdo.

Conseguí un empleo que me permitía apaciguar mis tormentos, algo que me ayudaba a sentirme realizado. Trabajaba en un centro cultural donde daba clase de pintura a niños y de teatro a ancianos. Preparábamos la semana cultural. Un acontecimiento que servía como excusa para mostrar al pueblo los logros de mis alumnos. Exposiciones, recitales, obras teatrales…Todo hacía prever que sería un éxito, pero yo nunca llegaría a comprobarlo. Otro camino era el que esperaba ser recorrido, pero hablar de ello sería adelantar acontecimientos.

Todo lo que merece la pena ser contado comienza en ese preciso instante, ese momento en el que estuve a punto de expulsar a un desconocido de la sala de exposiciones.

- Perdone, está cerrado.

Se encontraba de espaldas, en medio de la oscuridad, observando una de mis piezas pictóricas. La curiosidad me pudo.

- ¿Le gusta?

- Como mirar a través de una ventana.

No necesitaba más, antes de que se diera la vuelta ya sabía con quién estaba tratando. En ese instante mi corazón se encogió como si mi pecho se le hubiese quedado grande. Dicen que no hay dos sin tres, pues la tercera ocasión estaba delante de mis narices, sonriéndome con picardía, como si se burlase de mí. Había vuelto seguido por un impulso. Sin ser católico, en ese momento bendije los impulsos. En el pasado había vencido al olvido con el lógico y simple recurso del recuerdo y en ese momento su presencia se erguía con la fuerza de la tierra, como si un terremoto hiciera temblar mis piernas, como un volcán cuyo calor me derretía por dentro. Aún no había conocido lo que estaba por venir y mi inocencia me hacía vivirlo todo con más pasión, con más intensidad. Algo hermoso, frágil, aséptico. Entonces aun no me perturbaba la preocupación de aquello que estaba a punto de ser desvelado. Pronto descubriría que no le había traído a mí exclusivamente un asunto personal, pues en sus manos llevaba la clave que cambiaría el destino de todo lo conocido, algo que me marcaría para siempre.

Capítulo II- El caso Shakespeare.

Bernart Aira acababa de abrir el grifo de acero con detalles dorados, dejando caer el agua que poco a poco iba calentándose. No dudaba de la necesidad de un baño después de la discusión acontecida minutos antes en el Aula Magna de la Escuela Filosófica de Alejandría. En principio no sonaba nada mal la invitación.

- ¡Alejandría, cuna de civilizaciones!

Hacía escasamente tres días había recibido una carta donde se le instaba a asistir a una serie de conferencias relacionadas con las recientes investigaciones llevadas a cabo sobre algunas piezas de la literatura clásica universal. El sarcasmo de Aira no se hizo esperar.

- Reunión de estudiosos momificados. Apasionante.

A pesar de ello, aceptó. Después de todo eran dos billetes gratuitos en primera clase con destino a la antiguamente gloriosa Alejandría.

- ¿No tienes por qué verte obligado a ir? – Insinuó con picardía Sakina, ayudante personal del profesor. Éste, con la mirada impertérrita, se acercó sin sacar las manos de sus bolsillos, colocándose frente a frente con la mujer y comenzando a recitar mientras inclinaba su cuerpo de adelante hacia atrás.

- Setecientos mil volúmenes de ciencia, prosa, verso, física, astronomía... Creada varios siglos antes de Cristo por el arquitecto Tolomeo Soter, la Biblioteca de Alejandría fue quemada por los romanos allá en el año 48 a.C. con la entrada de Julio Cesar en la ciudad, para más tarde ser restaurada y nuevamente derribada en el 391 d.C. ¡Venga, me conoces! Sabes que no me puedo resistir a eso.

La mujer en gesto cómplice, sonrió.

- Entonces estarás enterado. Ya no hay nada que ver allí.

Aira dio media vuelta extendiendo su brazo en señal de obviedad para después apoyarse sobre una mesa y cogiendo el sobre para volver a ver su contenido.

- ¡Oh, vamos! Un poco de entusiasmo. No hables así de la tierra que te vio nacer. ¿Y qué me dices de poder conocer en persona al gran Ismael Sarageldin? Además, de todos modos me temo que sería muy descortés desaprovechar estos billetes.

Sakina dio media vuelta dándole la espalda al profesor y aparentando recoger unos papeles situados sobre la mesa.

- Eso sin tener en cuenta que no ir fomentaría tu fama de intelectual antisocial. – Tras la provocación, Sakina fingió una tos.

El profesor lanzó entonces una mirada amenazante que la mujer devolvió con una sonrisa.

Prestigioso profesor de literatura universal en Oxford, Bernart Aira fue un niño prodigio que destacó desde sus inicios en numerosos campos. A pesar de especializarse en literatura tenía amplios conocimientos de antropología, semiótica y sociología, encabezando en dos ocasiones misiones de espeleología en las montañas de los Alpes. Tan conocido por su inteligencia e inquietud como por su introversión, sabía cómo mostrarse frío y distante ante los desconocidos y especialmente ante los medios, para de ese modo preservar su intimidad.

- Un auténtico placer poder conversar al fin con usted, señor Aira.

- Señor Aira era mi padre, a mi sólo llámeme Aira. – La periodista de "The Times" se disculpó.

- ¿Cuál es el motivo por el que es tan reservado? Algunos dicen que es un auténtico maleducado en su trato con los demás.

- ¿Utiliza el término "algunos" como sinónimo de "usted" o realmente la gente va perdiendo su tiempo por ahí hablado de lo que opinan sobre un desconocido?

De ese modo la entrevista se daba por concluida, pero de esa misma forma conseguía crear entorno a su figura pública un sentimiento de desagrado. Aunque el profesor también tenía su público. Su carácter atrevido y algo impertinente, sumado a su apreciable elocuencia y su encanto maduro provocaba algún que otro suspiro entre sus alumnas, y en alguna que otra compañera. Sus más de cuarenta años no le impedían seguir siendo objeto de deseo para jóvenes y adultos de ambos sexos;

sobre todo en el trato diario, donde la mayoría de personas de su entorno estaban de acuerdo en afirmar que ganaba muchos puntos.

Sin embargo, sus encantos no surtieron ningún efecto frente a la rivalidad profesional que rezumaban sus compañeros de congreso. Sus estudios sobre obras por todos conocidas como Hamlet o El Quijote habían provocado heridas en el orgullo de más de un estudioso. Al parecer no gustaba mucho el hecho de que Aira cuestionase el origen de alguna obra presuntamente escrita por Shakespeare. La idea de que personajes como Edward de Vere, Conde de Oxford, Ben Johnson o Christopher Marlowe se pudieran esconder tras la firma del afamado escritor inglés se hacía más sólida, consolidándose con el tiempo con la misma fuerza con que crecían los radicalismos de sus detractores. A pesar de ello Aira seguía sosteniendo que parte de las obras pertenecientes al volumen Folio no fueron redactadas por el prestigioso dramaturgo inglés, si no por uno de sus socios de la compañía de los King´s Men, John Heminge. Entre las obras supuestamente relacionadas con Heminge se encontraría Macbeth.

- ¿Cómo se puede mostrar tan osado e inconsciente como para asegurar que una de las grandes obras de la literatura universal no pertenece a Shakespeare? – Enfatizó con rotundidad Ewan Ludgot, participante de la reunión.

- Entiendo la pasión por su profesión pero temple los nervios, a veces ésta puede cegar a la razón, amigo mío. Será mejor que se relaje si quiere hacer el esfuerzo por comprender mis juicios. Además, no creo que convenga convertir una asamblea de intelectuales en una caza de brujas. No estaría bien. – Aira dirigió entonces su mirada a Sakina, situada en una esquina de la estancia con claros síntomas de intentar contener una risa.

- ¿Verdad que no? – Sakina se cubrió la boca con la mano y negó rápidamente con la cabeza intentando mostrarse seria.

- No, claro que no. – Continuó el profesor con tono sarcástico. Tras ello se mostró más enérgico dirigiéndose a la mesa donde se encontraban unos documentos.

- Veamos, pues. Si se han detenido a ver los trazos del original... que seguro que sí... y la calidad de la expresión... que seguro que también... podrán comprobar la diferencia en el trato del lenguaje, más similar al dado por el caballero Bacon en sus obras. Sólo se percibe en puntuales ocasiones pero para unos ojos como los suyos seguro que es apreciable. Además, añadir que varias obras atribuidas a Shakespeare están escritas en un lenguaje criptográfico, en las que aparecen las marcas del filósofo F. Bacon, sumándose con los más de quinientos acrósticos donde se puede leer su nombre. Pero seguro que alguno de ustedes con estos datos aún no está convencido. ¿Usted lo está? – Preguntó de pronto al participante que tenía más cerca, pillándole desprevenido y sin darle tiempo a contestar.

- ¿Tú lo estás? – Reiteró Aira dirigiéndose a Sakina que permanecía en la esquina.

- No, desde luego que no. – Contestó ella complaciente y mordaz.

- Ya lo han oído la señorita no está convencida. Habrá que hacer algo para remediarlo. Pues he de añadir que también se ha hallado un código cifrado que aparece en una de las obras, el cual divulga la Instrucción Interior de una Escuela Iniciática de la cual Francis Bacon era miembro. ¡Ta chan!

Todo se quedó en silencio. Nada se movía en aquella formidable sala revestida de madera noble bien pulida y decorada con unos impolutos brazos dorados salidos de las paredes, sosteniendo lenguas de fuego hechas con cristal esmaltado y que iluminaban la estancia. Aira observó a su alrededor expectante y finalmente dirigió sus palabras a su ayudante.

- No parecen muy sorprendidos.

- No, yo diría que no. Pero a mí ya me has convencido, por si te sirve de algo.

Entre los presentes, situados de pie alrededor de una enorme mesa de roble, unos se mostraban sorprendidos y aparentemente enmudecidos ante los hechos. Otros se miraban esperando a que alguien tuviera las palabras   adecuadas   para   desmantelar   lo   que   creían   una farsa. Finalmente fue nuevamente el señor Ewan Ludgot quien se dirigió al profesor acercándose a él con cierta solemnidad y amenazante.

- Permítame recordarle, profesor Aira, los numerosos estudios que se han llevado a cabo en todas y cada una de las obras que aquí menciona. Resulta, como poco, desconcertante que se aventure años después a acusar de ineptitud a expertos científicos y humanistas de mundo. Dígame, profesor ¿Por qué hacer algo así? ¿Acaso cree que tiene algo especial o es sólo un intento más por llamar la atención? ¿No hay ya suficientes páginas dedicas a usted en los periódicos?

El tono altivo y la intención de humillar a su persona delante de todos aquellos expertos congregados, le resultaba al profesor más insultante que cualquier palabra malsonante. Como respuesta a ello, Aira devolvió una sonrisa sin dejar de mirar fijamente los ojos de Ludgot.

- Tenemos un público difícil esta noche ¿no, Sakina?

- Yo diría que sí, Bernart.

- Me gusta la gente exigente, hace que saque lo mejor de mí.

Finalmente Aira liberó a Ewan Ludgot de su mirada y se encaminó decidido al otro extremo de la mesa, cogiendo unos grandes papeles y acercándolos al centro, bajo una enorme e irradiante lámpara de cristales tallados.

- Bien, amigos, a su izquierda, como comprobarán, el retrato de William Shakespeare. A su derecha, para que no se pierdan, la mano de escribir para algunos, una copia del grabado original de Francis Bacon que se encuentra en la Sede Soberana de la Orden de los Rosacruz.

Bernart elevó los dos retratos en el aire sobre las cabezas de los asistentes, colocando ambas tras la resplandeciente luz de la lámpara. Los trazos se volvieron más transparentes con el contacto de la irradiación.

- Ahora observen. Si superponemos un retrato sobre el otro…

Aira dejó entonces de hablar para permitir que el hecho cobrase mayor protagonismo. Los rasgos de las dos caras tenían asombrosas similitudes y coincidencias entre ellas. Una parte del salón liberó un leve sonido de sorpresa. Otros cuantos no tardaron en mostrar su indignación ante lo acontecido.

- ¡Vergonzoso! ¡Sencillamente, vergonzoso! ¿Reserva algún otro burdo truco infantil o seguirá despistando nuestra atención ante la verdad insoslayable de su cada vez más evidente problema de egocentrismo?

El entusiasmo de Bernart se esfumó sin más, como humo de un cigarro. Sakina pasó su mano por la cara en señal de impotencia. El profesor descendió los brazos, agarró su maletín, introdujo los papeles en su interior y se dirigió a la puerta.

- Les he aportado mis pruebas. Cuando encuentren mejor modo de rebatirlas que el insulto gratuito estaré gustoso en atenderles. Si me disculpan.

Bernart abrió la puerta dejando salir primero a Sakina y antes de irse se giró.

- Por cierto, les recomiendo abrir las ventanas, huele a formol que apesta.

Había abandonado ya el lugar hacía casi una hora, pero sus pensamientos aún seguían allí.

- Aira, acabarán tomándote por un friki como sigas defendiendo estas ideas.

La bañera ya estaba medio llena y el bálsamo de los aceites impregnaba todo el cuarto. Nada más entrar por primera vez en esa habitación de hotel, Bernart se dio cuenta de que no le mintieron al asegurarle que había sido hospedado en el más lujoso hotel de Egipto. Las maderas nobles, los terciopelos y los dorados eran algunos de los detalles que respaldaban la afirmación. En ella había una amplia cama de cuatro columnas. Un dormitorio pequeño pero acogedor.

Comenzó a desprenderse de la ropa, dejándola cuidadosamente sobre el sillón. Notó pequeñas punzadas cuando las palmas de sus pies tocaron el agua caliente, adaptándose a la nueva temperatura. Tumbado, su cuerpo desnudo notaba la agradable sensación de las sales de baño. Su mente ya empezaba a despejarse. En ese instante una sombra se mostró al otro lado de la puerta. Una nota era dejada bajo ella.

Capítulo III- El primer beso.

A sólo unos centímetros de mi espalda caminaba Chema vestido con un elegante traje gris. Estaba irreconocible. Acostumbrado a verle con su ropa deportiva y su pelo revuelto, se me hacía extraño tenerle delante de mí vestido como un ejecutivo neoyorkino. En cambio encontraba algo nuevo en él que nada tenía que ver con ese traje, algo diferente en su actitud, como si le envolviera un halo de confianza y seguridad.

Cruzamos por varias puertas hasta llegar a mi aula. Una vez allí le ofrecí una de esas sillas que incorpora una mesita para escribir. Yo opté por apoyarme sobre mi propia mesa, buscando en esa diferencia de altura la confianza que me faltaba para afrontar la situación. Al otro lado de la ventana las farolas de la calle iluminaban la estancia permitiéndonos poder movernos con libertad.

- ¿No enciendes las luces?

- El bedel se ha ido ya y siempre baja los interruptores del diferencial. No tengo la llave. Como no tenía pensado quedarme mucho más…

Permanecimos en silencio, mirando hacia la ventana, intentando hacer más llevadera la incomodidad del momento. Hacía demasiado tiempo desde la última vez que nos habíamos encontrado y la despedida de aquel momento aún seguía demasiado presente en mí. Finalmente decidí tomar las riendas.

- ¡Cuánto tiempo! ¿Qué te ha traído aquí? A estas alturas Barcelona ya debería haberte hecho olvidar todo esto ¿no?

Su mirada dejó de divagar por el aula y se clavó en mí, como si mis palabras hubieran supuesto un golpe bajo. Entonces fue cuando pude diferenciar una expresión de confianza, como si parte del Chema que guardaba en mi memoria hubiera regresado de verdad. Hacía más de seis años que no nos veíamos y tan sólo fueron necesarios unos meses para perder el contacto definitivamente. A pesar de ello, ahora volvía a sentirme cercano a él y en cuestión de segundos pude sentir la felicidad y la calma que da recuperar a una persona perdida.

- Lo mismo pensaba yo que te había pasado a ti en Madrid. Menos mal que cuento con la cotilla de mi hermana para que me actualice, porque si no todavía hoy estaría creyendo que sigues allí. ¿Qué pasó?

Nadie se acostumbra a la mala vida cuando cuenta con otras opciones más cómodas, aunque algo más humillantes.

- No es bueno planificar. – Fue lo único que se me ocurrió sin necesidad de profundizar ni caer en dramatismos. La verdad era que me sentía avergonzado ante mi fracaso a la hora de cumplir mis sueños, y a pesar de ser él con quien hablaba… había cosas que no me atrevía a contar.

- Pero tú… ¡Mírate! Pareces un banquero corrupto. Ya me ha dicho tu hermana que todo te iba muy bien. Me alegro mucho de que hayas conseguido ese trabajo de economista.

Ya nos estábamos riendo como antes, las bromas surgían sin esfuerzo y el ambiente ya no resultaba incómodo.

- ¿A qué has venido?

El aire se heló de pronto. La sonrisa desapareció de su rostro y su mirada se dirigió con disimulo hacia el maletín que tenía en sus pies.

- He venido de paso. – El tono de su voz sonaba sin fuerza, con vacilación.

- Tengo que hacer un largo viaje. No sé cuánto tiempo estaré fuera y he pensado que sería buena idea venir antes por aquí. Ya sabes, para ver a la familia, recoger algunas cosas, reencontrarme con viejos amigos…

Su cara se volvió de nuevo amable, aunque algo en todo aquello me hacía sospechar. Daba la impresión de estar inquieto, pero supuse que Chema tampoco estaba preparado para hablar de ciertas cosas. Así que opté por centrarme en la conversación y disfrutar del momento.

- Bueno, ¿te has traído alguna cosa de la capital? No sé, un souvenir, un cocido, quizá una pareja…

Inevitablemente tuve que reírme. Supongo que no había un modo adecuado para interesarse por ello sin resultar obvias sus intenciones. Él en cambio sólo me observaba, algo más serio, esperando una respuesta que parecía importarle mucho.

- Oportunidades tuve. De hecho hubo algún intento pero no cuajó. He vuelto solo. Ahora me ocupo de mis alumnos, que bastante guerra me dan. Precisamente estamos ahora organizando una...

Antes de poder terminar la frase me vi interrumpido por la suavidad de sus labios. En un solo movimiento se había levantado de su silla y se había colocado delante de mí, besando mis labios sin pedir permiso. Nunca antes nos habíamos besado. Casi dimos el paso en dos ocasiones pero se quedaron en un intento. Una de esas cosas que te arrepientes de no haber hecho. Pero en ese momento Chema parecía decidido a solucionar asuntos pendientes y yo no iba a impedírselo. No era momento para pensar, sólo para reaccionar.

- ¿Por qué le pediste a mi hermana que no me dijera nada?

Sus labios aun rozaban los míos mientras pronunciaba aquellas palabras. Los circuitos de mi mente se habían desconectado y aun no tenía capacidad para responder a ninguna pregunta. Estaba obnubilado, ensimismado, extasiado.

- ¿Por qué no me lo contaste?

Seguía insistiendo. Yo quería ignorar las palabras, quería seguir disfrutando el calor de sus besos. ¡Qué más me daba a mí todo lo demás! Ya nada de aquello tenía importancia. Pero supongo que se lo merecía. Debía darle respuestas.

- No quería decepcionarte, bastante decepcionado me sentía conmigo mismo. No todo el mundo me recibió bien. Volvieron a etiquetarme, esta vez de fracasado. Me lo repitieron tanto que empecé a creérmelo. Sabía que si hablábamos te darías cuenta de que no estaba bien, y no podría evitar que vinieras hasta aquí, y no quería que me vieras así. Además tú también dejaste de llamarme.

Por segunda vez sus labios se unieron a los míos pero en esta ocasión ya estaba en sobre aviso. Esa vez lo disfruté de verdad, lo saboreé, lo grabé a fuego en mi memoria. Sentía su mano agarrando mi cintura, como reafirmando la situación, como evitando el riesgo de distanciamiento. ¡Cómo si yo fuera a hacer algo por evitarlo! Consiguió darme el beso perfecto sin haberlo ensayado previamente, sabiendo exactamente qué era lo que necesitaba para hacerme temblar. Sentía su cuerpo pegado al mío, manteniéndome entre la mesa y él mismo, sin escapatoria, rendido al momento. Su cabello moreno se internó entre mis dedos. Podía notar su suave piel y el aroma marino que desprendía su loción. Ya no éramos niños, sabíamos manejarnos en esas situaciones y no era el momento para dejar perder la oportunidad, ya no había tiempo para esos juegos. Bajé mi mano hasta acariciar un ancho y grueso cuello. Se podía intuir aquel cuerpo en forma del pasado bajo su camisa. El deportista al que despedí hacía años aún estaba allí, escondido tras un traje similar al de un banquero corrupto. Quise detener el tiempo, pero nunca se deja dominar.

- Pensaba que a estas alturas ya me conocías un poco. ¿De verdad me creíste capaz de olvidarte? Le hablaba a mi hermana de ti todos los días, le preguntaba por ti, pero tú le obligaste a callar. ¿Y qué si no estabas en condiciones de recibirme? Con más motivo. Te he echado de menos, mucho. Ojalá ahora todo fuera diferente.

Noté en su tono algo similar a la tristeza.

- ¿Y no lo es?

En aquel momento me sentí feliz, pletórico. Quise darle un tercer beso pero éste se vio interrumpido. Chema dio un pequeño paso hacia atrás agachando la cabeza. Su talante había tornado en preocupación, una preocupación que le mostraba frío y distante. Algo no iba bien, pero no sabía entender el qué. Todavía no sabía que el maletín que hasta ese momento me había pasado desapercibido tendría algo que ver en la reacción de Chema.

- Ahora otro asunto me ocupa.

¿Ahora otro asuntó me ocupa? Me repetí en silencio, confuso. No lo entendí, no podía imaginar qué había más importante que nosotros en ese momento. Su tono sombrío me hizo sentir muy lejano, como si nos separasen continentes enteros. Con lo que había costado que el mundo se pusiera en consonancia para crear ese momento y… otro asunto le ocupaba.

- Mañana me tendré que ir y no hay nada que pueda alterar mis planes.

- ¿Ni siquiera yo?

- Sobre todo ahora que estás tú.

Fue entonces cuando llevé a cabo una serie de errores producidos por el desconocimiento, la falta de prudencia y el exceso de pasión. Ahora lo recuerdo y me abochorna.

- ¿Eso significa…?

- Será mejor que me vaya.

Cogió su maletín y se dispuso a salir de allí. Me interpuse en su camino decidido a no volver a dejarle escapar. Antes tendría que escuchar todo aquello que había callado tanto tiempo.

- No lo creo.

- Déjame salir. – Insistió con la cabeza gacha sin atrever a mirarme a los ojos.

- Creo que no. Mírame a los ojos y dime por qué o por quién me dejas. ¿Qué es más importante que esto?

- Por favor, debo irme.

- No puedo, no me siento capaz de afrontar otra vez mi vida sin ti. No está bien que aparezcas en mi vida para irte, volver a presentarse, besarme y de nuevo irte. ¡No está bien!

- No lo entiendes.

- O no te explicas. – Me mostré rotundo, decidido; aunque por dentro los nervios no me dejaban espacio para respirar. Entonces ocurrió algo que no esperaba. Chema elevó la cabeza lentamente y vi, bajo la luz de las farolas, como destellaban unos ojos humedecidos por las lágrimas. Su lloro no era lamento, ni tristeza, parecía algo diferente. Aquello era miedo. Algo o alguien estaba atormentándole. Algo suficientemente importante como para no descubrírmelo. Entonces hice lo único que se podía hacer. Culpable por mi actitud, sintiéndome responsable de aquellas lágrimas, le abracé con fuerza, intentando darle seguridad. Podía notar su cuerpo temblando por el pánico. Era como un niño tras una horrible pesadilla.

Esa noche la pasamos juntos. Reposado en mi hombro, tardó horas en dormir. Nos quedamos en mi cama, tumbados, sin decir nada. Esperando a que el sueño viniera a llevarnos. La pesadilla se había difuminado en su mente hasta dejarle descansar en paz. A mí, en cambio, me ocurrió todo lo contrario. Sus suplicios me habían contaminado provocándome continuos pensamientos sobre los que discurrir. Mi mirada empezó a recorrer la habitación casi vacía, sin adornos ni ornamentaciones. Entonces caí en la cuenta de que aquella casa podría ser mía o de cualquier otro, tan impersonal, con tan poca información sobre su inquilino. Mientras seguía dándole vueltas a aquellas ideas, me di cuenta de que estaba observando atentamente un maletín situado sobre una silla justo enfrente de mí. Hasta entonces no le había prestado demasiada atención pero en ese momento… Sabía que no era lo correcto, que sólo serviría para empeorar las cosas pero un impulso me impedía no hacerlo. Era como esa inexplicable sensación que se produce cuando estás al borde de un precipicio y algo en ti te repite "salta, salta". Sabes que si lo haces morirás y eso ayuda a que lo controles, pero el impulso sigue insistiendo, como si fuera una voz heredada por nuestros ancestros. Algo lejano pero poderoso. ¿Y si ese maletín tuviera las respuestas? ¿Y si realmente en unas horas fuera a sustituirme por lo que había ahí dentro? Las preguntas se iban produciendo solas, con vida propia. Y la voz seguía repitiendo "salta, salta". Quizá su contenido me revelase qué hacía tanto daño a Chema. No podía quedarme pasivo. Si no intervenía tendría que decir adiós otra vez. Volver a luchar contra el recuerdo, volver a pelear contra el fantasma de la ausencia, volver a enamorarme del vacío, rescatar a la compañera soledad.

Finalmente, dejé su cabeza sobre la almohada con delicadeza, le di un beso en la frente y me acerqué a la silla. Ahí dentro estaba nuestro futuro en común. ¡Qué equivocado estaba! Un error tras otro, entrelazados como un fino hilo del destino dispuesto a encaminarme hasta aquí. Cerré los ojos, escuché la voz, "salta, salta", me repetía insistentemente. Los abrí, sonreí y salté.

Capítulo IV- Una carta bajo la puerta.

El relax se había adueñado complacientemente del cuerpo de Aira, pero su mente seguía pensando en sus teorías. ¿Era Shakespeare de Stratford el único compositor de sus obras? ¿Tenía suficiente formación para ello?

- Lo sé. Estoy convencido de que William aprovechó la falta de interés económico de Edward de Vere para hacerse con los escritos que éste donó a la compañía Chamberlain. ¿Pero cómo se lo hago ver a esta gente? ¿Y cómo demuestro que Francis Bacon usó este mismo seudónimo para sus obras si nada parece ser suficiente?

Tras salir de la bañera cogió una toalla y se secó la espesa mata de pelo. Otra toalla cubría la parte inferior de su cuerpo. Se dirigió hacia el armario cuando notó que algo se le pegaba en la planta del pie a causa de la humedad. Un papel asomaba bajo la puerta de la habitación. Quizá estaba tan inmerso en sus ideas que no había escuchado el golpear en la puerta. Se agachó y lo cogió. Era un sobre blanco. No había remite, sólo dos palabras:

Bernart Aira.

Supuso que había sido dejada por algún empleado del hotel, por eso no había nada más escrito. Lo abrió y desdobló. La carta era, cuanto menos, intrigante:

Tiene hasta las tres y cuarto.

No parecía una nota de recepción, ni el ultimátum de alguno de sus enardecidos colegas. Era más bien la prueba de algún personaje con el humor muy despierto, o con muy mala leche, según se mire. A Bernart no le hizo mucha gracia y la ignoró dejándola sobre la mesilla. Tras ponerse el pijama se tumbó en la cama y apagó la luz.

Una leve brisa entraba por la ventana semiabierta. Los aromas del desierto se colaban en la estancia. La nocturna oscuridad se vio interrumpida por la luz que se acababa de encender. Con gesto de rabia, el profesor se incorporó y cogió la nota.

- Le odio. No. Me odio. No, no. Le odio a él.

Su curiosidad le pudo más que su sueño. Volvió a leer.

Tiene hasta las tres y cuarto.

Se inclinó hasta la mesilla, alargó el brazo y observó su reloj de pulsera. Las 2:58. No eran horas para ponerse a resolver crucigramas y sin embargo tener un tiempo tan limitado sólo conseguía generar más emoción al asunto. El mayor aliciente para seguir con aquello se mostró cuando Bernart se percató de que ya no pensaba en El Caso Shakespeare. Por primera vez observó atentamente el escrito. Eran unos símbolos escritos a mano con mucho cuidado que a Aira no le resultaban del todo desconocidos. De un salto se sentó en la cama intentando escrutar el mensaje. Su cabeza se activó y sus neuronas comenzaron a liberar ideas. Bernart se levantó con energía y comenzó a caminar de un lado hacia el otro divagando y liberando palabras en voz baja.

- Es una subfamilia de las lenguas afroasiáticas. Lenguas afroasiáticas, doscientas cuarenta lenguas, cuatrocientos millones de hablantes. Norte, este, oeste de África. Sahel, sudoeste asiático. Lenguas egipcias, bereberes, chádicas, cusitas, el beya... ¡No! ¡Bernart, no! El beya no se incluye entre las lenguas cusitas por mucho que el listo de turno insista. Céntrate, céntrate. ¡Semítica! Es semítica, ¡del subgrupo cananeo! Claro, es semítica noroccidental.

Las palabras salían solas, sin control. El profesor parecía haberse internado en un maremágnum de conocimientos y datos. Era como si en cualquier momento fuera a explotar por sobrecarga. Disfrutaba con aquello. Se reía, saltaba. Era como un niño en un parque de atracciones. Su cara de pronto comenzó a brillar. Sabía la respuesta y se regocijaba dando datos sobre ella.

- Sí. Hablado en el territorio de los actuales Líbano y Siria al menos desde la segunda mitad del II milenio a.C. y llevado a Chipre, Sicilia, Cerdeña, Baleares, África noroccidental, Canarias y el sur peninsular. Resistió más que ninguna otra lengua al arameo en Palestina por su uso comercial con las colonias de Cartago. Similar al Hebreo antiguo y al amorreo. Es la gran diosa lengua, la mística e impresionante lengua del... ¡fenicio! ¡Tachán!

Se hizo el silencio, como si esperase algún tipo de reconocimiento, hasta que recordó que estaba solo. Echó en falta la presencia de Sakina. Ella siempre estaba allí, sabiendo qué decir.

- Espera, algo no está bien.

Volvió a observar los símbolos. Los reconocía y sabría traducirlos casi todos pero... la unión de las letras no tenían sentido.

- Esto no tiene lógica, no guarda coherencia.

Abrió uno de los cajones de la mesilla de noche donde encontró un bolígrafo de hotel. Miró a su alrededor con prisas hasta hallar una tarjeta que rezaba:

Hotel El Cairo les garantiza tranquilidad y ocio a su disposición las 24 horas del día.

- ¡Qué irónico!- Pensó.

```
V A T S E E L E V S
E S C I F E N E B E
A I I A H O T E A D
M M O B R 2 3 R R A
O P S L A ◎ A C D S
S L A E E N L E N L
S E B R A E L S E A
I C L A V E O B T F
L A F A M A N O E S
```

Volvió a ver el reloj. Las 3:02. Sin perder el tiempo comenzó a escribir en el reverso de la tarjeta la traducción del fenicio al castellano. Quizá hacerlo más visual ayudaría a encontrar un orden a todo aquello. Pero se decepcionó. No conseguía recordar alguno de los símbolos, además a eso se sumaba el enigma de la falta de conexión entre ellos.

- Se acaba el tiempo, Bernart. Piensa. Piensa. No es tan difícil.

Su párpado inferior izquierdo comenzó a hacer extraños movimientos, como un temblor. Bernart no podía controlar aquel tic nervioso que aparecía cuando una situación le generaba estrés o tensión. El tiempo no jugaba a su favor, eran las 3:05.

Su semblante comenzó a cambiar despacio. Algo acababa de ocurrir en esa cabeza. Una sonrisa asomaba.

- Te quiero, Bernart. ¿Cómo no lo habré visto antes?

Capítulo V- El maletín.

Me incliné despacio. Al ver detenidamente el maletín comprobé que tenía una cerradura con un candado de cuatro dígitos. Utilizar algún instrumento para forzarla me delataría. La idea era poder abrirlo sin que lo descubriese. Si quería mantener algo en secreto lo más conveniente era hacerle creer que seguía siéndolo.

- Bueno, y ahora… ¿qué?

Reconozcámoslo, no soy precisamente una lumbrera, ya lo iréis descubriendo. Y precisamente los números no son mi fuerte. Incluso haciendo sudokus cuando estoy a punto de terminar me bloqueo de los nervios y acabo convirtiéndolo en una pelota de papel.

- Una cifra de cuatro dígitos. Cuatro dígitos. ¿Por dónde empezar?

Comencé a dar vueltas a las ruedecitas. 0001, 0002, 0003… aquello me iba a llevar mucho tiempo.

- Mimetizarse con el sujeto a interpretar. – Pensé.

Lección número uno del actor, saber adentrarse en la piel del personaje. A este personaje le conocía bien. Eso debería ser un punto a mi favor. Una vez tuve un profesor de interpretación que nos repetía: "debes sentirte él, debes pensar como él, sólo así serás él". Después siempre insistía en ponernos algún cartucho de explosivos en un sombrero de attrezzo o quemarnos un brazo, pero eso no era de mucha ayuda para abrir un maletín. El caso era que para poder descubrir la clave debía pensar como un joven economista aficionado a la astronomía y las culturas desaparecidas.

- Chema no es tan complicado. No debería ser tan difícil. Quizá una fecha. ¿La suya?

Probé con el día y mes, con el mes y año, con el año solo, con el día y año… Pero nada. Seguí por la vía de las fechas. Nacimiento de su hermana… día y mes, mes y año, año y día, sólo año… nada.

- El emocional soy yo, no él. Estoy pensado en lo que yo usaría como código, no estoy pensando como él. Es economista, puede ser cualquier cosa.

Lo intenté con el número Pi. No. La autoestima comenzaba a decaer y el sentimiento de culpa empezaba a ser amenazante. Todo aquello ya me resultaba absurdo. No era un espía, ni un tío avispado. Aquello no funcionaría con la facilidad con la que lo hacen en los libros. No hay un hombre listo soltando datos a lo loco y descubriendo en quince minutos el significado de códigos misteriosos. Sólo era uno de tantos actores frustrados cotilleando en un maletín. Sumergiéndome en todos esos pensamientos negativos se me vino una idea a la cabeza.

- Libros, novelas. Él me insistió en leerlo. Me habló de ello durante noches. La Proporción Áurea.

Solíamos caminar mucho por el bosque, disfrutando de la naturaleza. Por las noches nos tumbábamos en la hierba y mirábamos las estrellas. Entonces hablaba y hablaba. Y yo escuchaba ensimismado.

- Dicen que la distancia entre los planetas guarda relación con una ley, la divina proporción, la proporción áurea. Todo lo que nos rodea se sustenta en la idea de este número. Se puede obtener calculándolo a partir de diferentes formas geométricas: pentágonos, círculos concéntricos, cuadrados inscritos en un semicírculo... pero todo se resume en una fórmula: phi igual a 1 más raíz cuadrada de cinco partido por dos igual a 1.6180 y bueno... una larga fila de números.

- ¿Y eso que significa?

- Pues imagínate una línea. Si la divides en dos partes usando este número, el total de la línea será al segmento más largo lo que este a su vez será al segmento más corto.

- No lo entiendo. – Chema respondió con una sonrisa.

- Gracias a esto se pudo crear la espiral áurea, que se encuentra en la galaxia en la que vivimos. La propia Vía Láctea es una espiral. Podemos escuchar sonidos gracias al caracol con forma de espiral que tenemos en el oído interno. Nuestro propia ADN se rige por esa espiral y la concha de los moluscos crece en función de las proporciones áureas. Todo, todo guarda relación: el número de semillas de un girasol, los pétalos de cualquier flor, la disposición de las piñas de un pino...

- ¿En serio vas a hacerme creer que todo se basa en un concepto matemático? ¡Venga ya!

Él se rio y comenzamos a discutir sobre ello durante horas, mirando las estrellas, divagando sobre el espacio. Pero nunca hubo un beso. Pensar en ello ahora parece increíble. El caso es que aquel recuerdo tan claro se convirtió en una esperanza. Quizá no fuera un hombre muy listo, pero sabía escuchar. Giré las ruedas lentamente rezando por que fuera esa la cifra.

- 1618.

Pulsé el botón y un chasquido sonó. Había descubierto el misterio. Durante un instante fui un hombre brillante y no había nadie mirando. Una pena. Abrí el maletín. Estaba casi vacío, una carpeta de cartón marrón y… algo que brillaba.

Capítulo VI- El primer enigma.

- El alfabeto griego, latino y sus sucesores están escritos de izquierda a derecha, desde la parte superior de la página hasta la inferior, mientras que el árabe y el hebreo están escritos de derecha a izquierda. Los jeroglíficos egipcios van en cualquier dirección horizontal y las escrituras de caracteres chinos son tradicionalmente escritas verticalmente, de arriba abajo y de derecha a izquierda. Sin embargo...

El profesor se había vuelto loco sumido de nuevo en sus conocimientos. No dejaba de caminar hacia los lados, muy excitado, hablando con gran rapidez, y lleno de felicidad y energía.

- ... y aquí viene lo interesante, el alfabeto Uighur y sus descendientes son únicos por ser escritos de arriba a abajo y de izquierda a derecha. Esta dirección fue originada de una ancestral dirección semítica rotando la página 90 grados en contra del sentido del reloj para estar conforme con la apariencia vertical de la escritura china. ¡Una auténtica locura! Pero para locura varias escrituras usadas en las Filipinas e Indonesia, tales como Hanunó'o, que son tradicionalmente escritas con líneas moviéndose lejos del escritor, de abajo hacia arriba, pero horizontalmente de izquierda a derecha. Los alfabetos antiguos en cambio se escriben bustrofedónicamente, es decir, empezando en una dirección y volteando al final de la línea a la dirección opuesta.

Las 3:09. El tiempo se le agotaba pero parecía no percatarse de ello. Disfrutaba demasiado como para limitarse. De pronto se detuvo, se relajó observando aquella tarjeta y sonriendo orgulloso.

- En cambio lo que tengo ante mí es otra cosa. Ninguna de esas direcciones me serviría para leer este mensaje. La dirección la marca el propio mensaje. Un pequeño mapa oculto entre los símbolos. Esta pequeña espiral en el centro, cerrándose sobre sí misma en un movimiento de 360 grados. Empezando por la esquina superior izquierda, bajando hacia la esquina inferior izquierda, siguiendo en horizontal hasta la esquina inferior derecha y volviendo a subir hasta la superior derecha. Un movimiento circular que se repite una y otra vez hasta terminar en el centro, en la espiral, perfecta paradoja sobre el principio y el fin.

Finalmente se dejó caer en la cama, como agotado, con una gran sonrisa.

- Estupendo. ¡Wou, qué hora es! – Exclamó al mismo tiempo que se erguía de golpe. Miró el reloj. Las 3:12. Sólo restaban tres minutos de la hora estipulada. A pesar de no recordar algún símbolo comenzó a leer siguiendo el orden marcado, confiando en poder rellenar los huecos. El mensaje entonces se volvió claro:

Veamos si la fama no es falsa. Desvele esta simple clave. Obtendrá beneficio. Sabrá el secreto. Hable en la 32 RA.

No fue fácil saber cuándo terminaba una palabra y comenzaba la siguiente, pero por suerte el mensaje no era largo. Por primera vez se planteaba seriamente quién podría haberle retado de ese modo. Fuera quien fuera le conocía. Sabía que era un hombre con recursos y conocimientos al respecto. No le mandaría un recado que no supiera descifrar.

- Me ha querido poner a prueba. Quería asegurarse de que estaba a la altura. Pero la persona que ha ideado esto tampoco es tonta. Ha querido llamar mi atención y lo ha conseguido de un modo muy sigiloso.

Cuando la carta cobró coherencia el problema fue otro. ¿Qué intentaba decirle? ¿A qué secreto se refería y cuál podría ser ese beneficio? Si el remitente sabía quién era conocería su fortuna, por tanto era improbable que aquello tuviera algo que ver con asuntos económicos.

- 32 RA... RA. ¿Qué significa?

De cualquier modo el tiempo se estaba agotando y en aquel papel no hallaría más respuestas. Si aquello era algo similar a unas coordenadas o algún lugar al que dirigirse no podría ser lejos de allí. Muy poco margen de tiempo como para desplazarle fuera del hotel. El tic del párpado volvió a aparecer. Aunque todo aquello le generaba mucha desconfianza, no podía dejar el problema a medio resolver. Se cubrió con el albornoz y salió al pasillo en busca de una nueva pista. Comenzó a correr mirando hacia todas partes. Por suerte, a aquella hora el vestíbulo estaba desierto.

- 32 RA... 32 RA- Se repetía insistentemente.

Casi ni se había percatado de la presencia del recepcionista que se acercó tímidamente.

- Disculpe señor ¿Ocurre algo? – El joven de apenas veinticinco años no llevaba más de un par de meses trabajando allí. Despeinado y ojeroso había tenido que habituarse a un horario que en nada le agradaba. Lo que menos necesitaba era un inquilino con un comportamiento poco usual.

Bernart seguía inmerso en sus pensamientos, repitiendo aquellas coordenadas en voz baja una y otra vez. El empleado del hotel se acercó despacio hasta su boca esperando oír mejor los susurros del huésped.

- 32 RA. –Esta vez el recepcionista sí había captado el mensaje.

- Sí, por favor, acompáñeme. – Bernart despertó de su trance como si hubiera pronunciado las palabras mágicas. Sorprendido, observaba al joven, mientras este con gestos amables le dirigía hasta una fila de teléfonos de pared.

- Es la penúltima. – La fina mano cubierta por un guante de blanco impoluto señalaba hacia el final del pasillo.

- ¿Cómo dice?- Con gesto de evidencia el recepcionista le explicó el modo en que estaban numerados los teléfonos del hotel. Un número y dos letras. Algo parecido al método empleado con las matrículas de los vehículos, pero a menor escala, claro.

- Pero usted no tiene la necesidad de usar estos teléfonos públicos. Dispone de uno en su habitación, para mayor comodidad.

Sin mediar palabra, Bernart se acercó a la penúltima cabina. Miró el reloj. Las 3:15. Si esa no era la solución habría perdido la partida, algo que en parte, habría supuesto un alivio, pues no estaba del todo seguro sobre si quería resolver el enigma. Descolgó el auricular, pero al otro lado sólo se escuchaba un pitido. Colgó el teléfono y pudo apreciar una pequeña placa atornillada al teléfono: "32 RA". Volvió a ver el reloj. Las 3:16. Fin del juego. El tiempo se había consumido. Algo le hacía sentir rabia y decepción al mismo tiempo. Aquello no había terminado de cumplir sus expectativas. Quizá todo fuera una broma, una inocentada. Se alejó de allí dispuesto a volver a su cuarto cuando algo le hizo cambiar de opinión. Un sonido rompía el silencio.

Capítulo VII- La punta del triángulo.

Desde hace años una importante compañía multinacional de origen norteamericano ha subvencionado una investigación oculta sobre algo denominado Objetivo Q. La expansión por todo el globo de su producto estrella a partir de 1886 había logrado enriquecer a esta empresa, consiguiendo reportar en un solo trimestre una ganancia neta de casi tres mil millones de dólares, costando cada acción más de 1,40 dólares. Tras la Segunda Guerra Mundial consolidaron un amplísimo mercado internacional comercializando sus más de cuatrocientos productos en casi doscientos cincuenta países de los cinco continentes. En la actualidad es una de las primeras empresas de todo el mundo con más de ciento cincuenta mil empleados.

Pero para desconocimiento de todos ellos, una inapreciable parte de estas ganancias se invierte en asuntos menos comerciales. Su participación en nuevos métodos de investigación o en bolsa se ha convertido en imprescindible, y su búsqueda por lograr un mayor enriquecimiento llega a puntos algo surrealistas. Las voces sobre posibles pruebas químicas con personas del tercer mundo, o el maltrato al entorno son acalladas rápidamente antes de llegar al gran público.

Objetivo Q. es su mayor secreto, una acción en cubierta, astutamente dispuesta para pasar desapercibida. Es algo pequeño, de inversiones nada excesivas y desarrollada por un reducido y exquisito número de expertos que desempeñan funciones individuales, ignorando los pasos previos o posteriores para no descubrir la finalidad de sus actos. De este modo se garantiza, no sólo la privacidad de los hechos, sino la protección y seguridad de sus participantes. No hay conexiones, ni tratos afables, ni apenas se conocen entre ellos. Sólo desempeñan trabajos esporádicos supuestamente irrelevantes. Únicamente tres personas disponían de toda la información al respecto. Una de ellas, evidentemente, era el director general de la compañía y máximo accionista. Descendiente de los fundadores de la empresa y heredero de sus responsabilidades. Dígory Lípari era la segunda. Precursor de las investigaciones y encargado de su supervisión, era el engranaje de la máquina. Historiador de treinta y dos años, se caracterizaba por una personalidad emprendedora, inteligente, audaz, inestable e insegura. Ya en la universidad destacaba por todo ello.

- Profesor Ferri, disculpe. ¿Ha decidido ya qué candidato será su becario para el próximo curso? – quiso saber un joven Lípari, intrigado.

Caminaban por los pasillos de la universidad con diligencia. Al joven alumno le costaba seguir a su maestro, andado un paso por detrás sin dejar de intentar escudriñar en sus gestos la respuesta. El hombre, de unos cincuenta años, no hizo amago de detenerse a conversar.

- Ahora no, señor Lípari. Venga a mi despacho a media tarde.

- Es importante para mí, señor. – El hombre se detuvo dejando ver un rostro serio.

- No será usted, si es lo que desea saber.

El hombre prosiguió su marcha sin esperar respuesta. Dígory se quedó petrificado durante un par de segundos. Finalmente optó por correr de nuevo hacia su maestro buscando más respuestas.

- ¿Por qué, señor? ¿Acaso no he sido el mejor aspirante?

- Ha sido el de mayor nota en la prueba escrita.

- ¿Entonces por qué no me elige si soy el mejor? – Nuevamente el profesor se detuvo, decidido a contestar con rotundidad.

- Ha sido el de mayor nota, no el mejor. Escuche, señor Lípari. Tiene usted talento. Alberga infinidad de datos en su cabeza y sabe cómo conectarlos entre ellos, pero… Es cuadriculado, no sabe salirse de la línea. No demuestra más que vanidad y orgullo. Le mueve la pasión por el conocimiento, y eso no es malo. Pero no se controla. Y sinceramente eso me inquieta, me intranquiliza. Me siento incómodo a su lado y no me veo capacitado para poder trabajar diariamente a su lado, porque sé que cuando no estuviera de acuerdo conmigo… - Hizo una pausa para buscar un final de frase, pero no la halló y optó por rematar la conversación. – No funcionaría.

Años más tarde tenía mayores preocupaciones que aquella. Encerrado en un despacho situado en un sótano, alejado de cualquier mirada indiscreta, le daba vueltas a la cabeza apuntando a ratos en su cuaderno. Iluminado únicamente por un flexo, sin luz exterior, se encontraba rodeado de montones de libros antiguos apiñados sobre su escritorio; algunos de ellos abiertos y subrayados.

"Narraciones extraordinarias" por Edgar Allan Poe

"La vida es Sueño" de Calderón de la Barca

"Los viajes de Gulliver" de Jonathan Swift

"Visado para el futuro" `por L. Miravitlles

"La Isla del Tesoro". Obra de R. L. Stevenson

Curiosamente todos esos libros aparentemente estudiados a priori por Dígory, tenían ciertas similitudes entre ellas. Obras universales escritas por afamados autores y con una temática fantástica que trata de lugares encantados o situaciones maravillosas. No era en apariencia la lectura que más encajara en alguien como él.

A pesar de ser tan tarde y mostrar evidentes síntomas de cansancio, Dígory tenía un trabajo que terminar. Con una cuidadosa letra iba dejando impresos diferentes símbolos. Le habían encomendado un encargo y debía cumplir los plazos. Una pieza más en el engranaje de la máquina. Sin ella no podrían producirse los acontecimientos en el orden y el modo precisos que desencadenasen en el cumplimiento de los objetivos. Hacía falta atraer la atención de una mente prodigiosa que ayudase a desvelar sus incógnitas.

Bajo su codo apoyado en el escritorio, se podía leer un recorte de periódico. Este informaba sobre una serie de conferencias llevadas a cabo en la Escuela Filosófica de Alejandría. En estas jornadas se reunirían numerosos catedráticos, expertos en literatura universal, que tratarían los diferentes aspectos que han permitido a estas obras marcar la historia de la humanidad. Además se discutirían las conflictivas teorías sobre la autoría de las obras de William Shakespeare, que durante meses el profesor Bernart Aira ha difundido en los medios. Según el autor de la columna, Aira había desenterrado viejas hipótesis del siglo XIX poniendo en duda las cualidades académicas del autor. A modo de conclusión, el periodista autor del artículo, dejaba caer la sospecha sobre Bernart en forma de pregunta malintencionada. "¿Puede el atrevimiento de Aira provocar su autodestrucción como genio actual? ¿Estaba este intelectual, conocido por sus trabajos sobre la descodificación de códigos ocultos, enterrando su prestigio y reconocimiento?". Finalmente firmó a nombre de Samuel Smith.

Dígory se levantó de su asiento estirando su cuerpo hacia arriba para desentumecer sus protuberantes músculos. Dio unos pasos mientras movía su cuello. Se apoyó en una pequeña mesa empotrada contra la pared y miró su rostro en un espejo. Era un hombre atractivo, rubio, de pelo corto, con facciones marcadas y de cara alargada. Sus ojos claros estaban enrojecidos. Se pasó las manos por la cara apretándose con fuerza. Dio media vuelta, volvió al escritorio y dobló la hoja de papel metiéndola en un sobre blanco. Tras pasar la solapa por una esponja anaranjada humedecida, la pegó. En ella escribió con letras grandes un nombre:

Bernart Aira.

Capítulo VIII- La intromisión.

Lo primero que me llamó la atención fue aquel objeto brillante que se encontraba en el fondo del maletín. Lo sostuve entre mis manos con cuidado sabiendo que podría ser algo delicado, casi tanto como la situación en la que me encontraba. Eché un vistazo a la cama. Sobre ella un niño grande dormía en posición fetal ajeno a lo que ocurría en el mundo, y para mi suerte, eso incluía lo que acontecía en aquella misma habitación. Descubrirme removiendo entre sus pertenencias no sería el mejor modo de comenzar una vida juntos. Para mi consuelo su rostro reflejaba serenidad. Eso me hacía sentir un poco más seguro. Si pudiera comunicarme conmigo mismo en ese preciso instante me gritaría "¡déjalo, cierra ese maletín!". Pero las cosas no son tan sencillas. No se puede cambiar lo ya acontecido. Un ruido atrajo mi atención justo cuando ya me había girado para volver al asunto del maletín. Chema se movió dándose la vuelta. Cerré los ojos con fuerza esperando que aquello no fuera el preámbulo a su despertar.

No es que tuviera miedo a su reacción. Aquel hombre nunca se enfadaba. Su carácter era tan apaciguado como una balsa de aceite. Jamás levantaba la voz, nunca se dejaba llevar por las primeras emociones. Bueno... quizá decir "nunca" sea exagerar. Una tarde, sin cruzar palabra, golpeó con toda su rabia a un chico. La violencia no es algo justificable pero... sólo se adelantó dos segundos para hacer lo que yo habría hecho si me hubiera concedido algo más de tiempo. Mi condición sexual y el entorno en el que me desenvolvía propiciaban tensiones y circunstancias donde a veces te gustaría defenderte. Nunca llegué a hacerlo. Siempre respondía a acusaciones e insultos agachando la cabeza y evitando las miradas, incluso ante las palabras de mi propia familia. Pero Chema siempre estaba allí, a mi lado, a pesar de arriesgarse a recibir los mismos insultos. Él no era como yo. No solía afrontar según qué situaciones como a mí me gustaba hacerlo. Mi manera de ser me obliga a resolver los asuntos delicados de modo directo, explícito. Yo anuncié con dieciocho años mi orientación sexual a todo con el que me cruzaba, como si tuviera algún deber para con los demás. Como si el planeta no pudiera desenvolverse de forma normal sin aquella información. Él era... discreto. Es la palabra que mejor le definía: discreto.

Conmigo no se liaría a manotazos, está claro. Pero cazarme traicionando su intimidad me haría mucho más daño. Debía ser cauteloso si quería averiguar qué ocurría, procurando además, no dejar pistas. Durante todo ese tiempo en que los miedos, recuerdos y pensamientos ocupaban mi mente, mantenía entre mis dedos un colgante. Un colgante presumiblemente femenino, diseñado en forma de estrella moldeada en un metal muy refinado. Entre cada uno de sus seis apéndices se engarzaba una esfera de cristal, cada una de un color diferente. Brillaban con mucha intensidad captando la poca luz del cuarto. Una séptima esfera se había incrustado en el centro de esa especie de astro metálico. Pero era de un material diferente y sus proporciones eran algo mayores.

Mi primera opinión al encontrarme con aquello no era demasiado alentadora. ¿Por qué Chema llevaba ese objeto en su maletín? ¿Para quién iría destinado aquel souvenir? Desde luego no era suyo, o al menos no para que él le diera uso. Aun pudiendo considerarse un objeto unisex, no era para nada de su estilo. Tras pensarlo unos segundos, descarté la absurda hipótesis.

- No, esto no es de chico. - En ese momento me encontraba con tres opciones: engañarme a mí mismo y seguir creyendo que era suyo, llenarme de celos suponiendo la existencia de una tercera persona o por último, dejar de pensar en todo aquello y seguir escudriñando dentro del maletín. Ahora, con el paso del tiempo, lo puedo analizar todo más fríamente y con cierta distancia pero en aquel momento... en aquel momento le habría pegado cuatro voces sin importarme que me pillase con las manos en la masa. Sí, así era yo, pasional, indiscreto, impulsivo e inconsciente. Por suerte poseía una cualidad que pesaba aún más que todo aquello, la intromisión. Lo cierto es que hacía años que no sabíamos nada el uno del otro ¿quién era yo para pedirle explicaciones sobre su pasado? ¿Acaso él me las había exigido a mí? Era lógico que, al igual que yo había hecho, él tuviera una vida sentimental. La diferencia es que no le faltó tiempo en averiguar si yo mantenía alguna pareja estable en la actualidad, y en cambio, sus besos no me permitieron devolverle la pregunta.

- ¿Lo habrá hecho intencionadamente? -No conseguía centrarme en lo realmente importante. Mi cabeza funcionaba demasiado deprisa. De hecho ya tenía todo un argumento épico desarrollado en mi mente. El caso es que esas preguntas no tenían cabida en ese momento.

Finalmente dejé el dichoso colgante donde lo había encontrado y me centré en la carpeta marrón. Al abrirla encontré una serie de documentos y un billete de avión. Su destino estaba previsto para las 09:30 de la mañana con dirección a Grecia.

- Si rompiera el billete Chema no podría coger ese vuelo y ganaría algo de tiempo. Podría usar esa ventaja para que me confesase la verdad. -Lo cierto es que por más que lo pienso ya no recuerdo si mi intención ante aquel primer y absurdo plan era que confesara la verdad sobre lo que le inquietaba o la verdad sobre la destinataria del colgante. Conociéndome supongo que sería para lo segundo.

A pesar de lo desesperado del momento supe reaccionar y percatarme de que aquella opción no era la más conveniente. Pensaba en que debería ser más perspicaz. No podía manipular nada de lo que contenía aquel maletín a no ser que quisiera tener problemas. Aparté el billete y me centré en los documentos. Eran unas cincuenta páginas sobre algo que no acababa de entender. Fue entonces cuando descubrí que Chema llevaba meses trabajando en algo llamado el Objetivo Q. Por mucho que rebusqué entre los papeles no encontré de qué iba aquello ni cuál era exactamente ese objetivo con un nombre tan enigmático. Todo se resumía en cifras y tecnicismos que se escapaban a mi entendimiento. Pero sí había algo que comprendí. Chema estaba involucrado en algo serio y misterioso. Sin duda aquello debía ser lo que le generaba tanta inquietud. Mi intuición me gritaba que un asunto gordo se urdía en la empresa donde Chema había entrado a trabajar, pero esos documentos no me daban respuestas, o quizá sí pero no sabía leerlas.

- ¿En qué demonios estás metido? - Ya no hubo tiempo para más. Las ideas de aquello se quedaron allí, de hecho no volvería a pensar en ello hasta mucho después. Mi invitado se acababa de despertar con una cara que nunca antes había visto. Era un rostro difícil de interpretar, como si se entremezclase el pánico, el enfado y la decepción. Su reacción confirmó lo que mi intuición gritaba. Me había involucrado en algo que conllevaría enormes repercusiones aunque aún no podía predecir las relevantes consecuencias que mis actos producirían.

Capítulo IX. Llamada de un desconocido.

La grave voz que se oía al otro lado del auricular mostraba un matiz confiado, como si no fuera la primera vez que hablaba con el profesor. A Aira aquello no le gustaba. Para él sólo hay algo peor que un desconocido; un desconocido que se las da de conocido. A pesar de ello, se sentía aliviado. No haber caído en una broma estudiantil confirmaba sus sospechas.

-Bernart, no eres idiota. ¡Qué alivio! Espera... - Acababa de superar el paso número uno, pero de pronto llegó al segundo y lo agradable del paso anterior desapareció tan rápido como surgió.

- Si no es una broma... ¿Este tío qué quiere de mí? - Su mente comenzó a trabajar mientras escuchaba lo que su interlocutor tenía que decir

- Espero que mi pequeña prueba no le haya supuesto un quebradero de cabeza. Hay muchas expectativas puestas en usted, señor Aira.

- Señor Aira era mi padre. - Se apresuró a rectificar. - Yo soy Bernart.

A Dígory no le gustaba que nadie le interrumpiera pero en aquella ocasión convenía morderse la lengua y proseguir con lo previsto.

- Estoy convencido de que un hombre que domina numerosas lenguas arcaicas pudo leer sin problema alguno la nota en fenicio que le he dejado.

La mezcla entre el tono estirado y prepotente de su compañero de conversación molestaba bastante al profesor.

- Y para saber si realmente puedo estar a la altura de lo que espera de mí ordené las letras en espiral. Siciliano por lo que detecto en su acento ¿verdad? Y a todo esto, no recuerdo su nombre.

-Porque no se lo he dicho. – Dígory se mostraba directo y tajante, dominando la conversación. Había hecho los deberes previos y sabía perfectamente con quien trataba. No se dejaría liar por trucos semánticos. Así que se limitó a encaminar la conversación hacía donde quería.

- Me ha demostrado ser merecedor, señor Aira. - Bernart se percataba de que aquel italiano utilizaba ese tratamiento sólo porque sabía que le molestaba. Reconocía su error. Nunca debe dejarse al descubierto las debilidades y molestias.

- Me alaga pero merece...

- Nadie debe saber que nos hemos puestos en contacto. - El tic de Aira volvía a hacer acto de presencia en su rostro, señal de contención ante una ira controlada. Del mismo modo que al italiano, a él no le gustaba que se le interrumpiera. Dígory prosiguió. - Esta conversación telefónica ya resulta demasiado arriesgada. En cuanto se lo explique con calma entenderá todo mejor. Recuerde la nota: "obtendrá un gran beneficio". Le interesa prestarnos unos minutos de su atención, pero todo en su momento. Esté alerta, pronto contactaré de nuevo con usted...

- ¿Y qué le hace pensar que volveré a descolgar el teléfono?

- Buenas noches, señor Aira.

- Es sólo Ai... - Un sonido agudo y continuo era la señal de que Dígory Lípari había colgado antes de que el profesor pronunciara una sola palabra más. La conversación había concluido sin que pudiera expresar ni la mitad de las cosas que pensaba y sentía. Le habría mandado a hacer puñetas si le hubiera dado la oportunidad. Nada de aquella parafernalia le hacía la menor gracia. Pero lo que más le inquietaba era la falta de respuestas.

- No soy de los más ricos, pero puedo permitirme vivir con ciertos lujos. El dinero no me falta. ¿Por qué ofrecerme un beneficio? A no ser que no sea económico. Pero ¿qué puede tener ese hombre que yo desee?

Suponía que el italiano conocía su modus vivendis, así que la recompensa debía ser algo que aún no hubiera logrado gracias a su profesión. Se dirigió a su cuarto manteniendo en la mente aquellas misteriosas palabras. "Nadie debe saber que nos hemos puesto en contacto. Esta conversación telefónica ya resulta demasiado arriesgada".

- Arriesgada ¿para quién? ¿Acaso corro algún peligro con todo esto? ¿De qué va esta historia?

En cualquier caso parecía inevitable que volvieran a contactar y una parte de él, una oscura, inconsciente y morbosa parte de él, deseaba escuchar de nuevo aquella voz y descubrir que había detrás de todo ese descabellado asunto. En el momento de acostarse notó la suavidad del algodón de las sábanas. Una hora y trece minutos después consiguió dejar de pensar en lo que le había ocurrido y dormir. Los días se volverían mucho más largos a partir de ese momento.

Capítulo X-
Miedos, amores y otras decepciones.

Si tuviera que describir aquella escena según lo que daba a entender el rostro de Chema, diría que resultaba macabra. Parecía que sus ojos iban a salir de las órbitas. Viendo por su reacción lo serio de mis actos opté por responder del mismo modo que como todavía a día de hoy hago: comenzando yo la discusión.

- ¿Qué significa esto? - Directo, conciso y atacante. Así afrontaba las situaciones. Me erguí sosteniendo la carpeta. La dejé caer sobre sus piernas. Mi gesto ocultaba el temor con una falsa apariencia de enfado. No dijo nada. Se quedó mirando la carpeta, estupefacto, como si aquellos documentos fuesen un cadáver.

- ¿De qué va todo esto, Chema? -Finalmente reaccionó. Cogió la carpeta y se levantó. Se acercó a mí y guardó los papeles en el maletín respondiendo titubeante y sin mirarme a los ojos.

- No te incumbe. Son asuntos de trabajo. -Los nervios parecían no dejarle hablar, pero de pronto golpeó con el maletín en la silla y se giró ante mí muy alterado y elevando la voz como nunca antes había hecho.

- ¡Y no debiste meter tus narices en ellos!

- ¿Y qué más no debí hacer según tú? ¿No debí haberme fijado en ti? ¿No debí decirte qué sentía cada vez que te tenía cerca? ¿No debí enamorarme de ti? ¿No debí dejarte marchar?- No dudé un ápice a la hora de usar nuestra historia a modo de chantaje emocional. Así justificaba mi intromisión, mi forma de volver a su vida como si fuera un elefante en una cacharrería. Para ser francos, solía funcionar, solía ser la mejor respuesta ante situaciones comprometidas.

El nerviosismo provocaba temblor en su voz y en todo su cuerpo. Mientras recogía sus cosas yo me percataba de que había hecho algo incorrecto, pero aún no había tenido tiempo para arrepentirme de ello. Sabía que había algo complejo, oscuro e ilegal en todo ese asunto.

- ¿A dónde vas?

- Me marcho. -En ese momento todo me daba igual. El que sentía miedo de verdad era yo, porque no sabía si volvería a verle.

- No puedes. No... ¡No puedes! -Las palabras no me salían y él no me miraba, sólo recogía las cosas, nervioso. Me coloqué delante de la puerta antes de que pudiera abandonar el cuarto.

- No debí haber venido. -Y sin embargo lo había hecho. Ahora que sé lo que ha supuesto creo que yo también habría deseado que no hubiera aparecido en mi vida de nuevo. Pero sólo puedo contar lo ocurrido, no cambiarlo.

- ¡Mírame! Chema ¡Mírame!- Se detuvo ante mí alicaído, atormentado y sin fuerzas. Estaba llorando. Creo que yo también, o al menos me pareció sentir alguna lágrima resbalando por mi mejilla.

- Cuéntame qué pasa. Por favor, ¡háblame! Dime algo. Agachó la cabeza.

- Si pronuncio una sola palabra más no podré. Me derrumbaré ante ti y te complicaré la vida. Quería verte, sólo quería... saldar cuentas pendientes. -Fue entonces cuando le sentí sincero, se comenzó a abrir y parecía que la verdad salía a flote.

- ¿Qué te pasa? - Coloqué mi mano en su mejilla para acariciar su rostro. Cerró los ojos y se dejó mimar. - Quiero estar a tu lado. Déjame ayudarte.

- Soy sensato, así me has conocido siempre. Sé lo que es mejor y actúo en consecuencia. Ahora lo mejor es que me vaya. ¿Confías en mí? - Respondí con un gesto de inseguridad.

- ¿Sabes cuándo me fijé en ti? El día que te metiste en un estanque para coger una moneda. No fue nada heroico, ni bondadoso, pero fue loco, espontáneo y sorprendente. No tienes sentido del ridículo y siempre haces lo que te apetece en el momento en el que te apetece. Eres tan inseguro que crees que no estás nunca a la altura pero eres sorprendente. Realmente lo eres. Nunca me dejas de sorprender. - Se acercó y me besó. Aproximó sus labios a mi oído y susurro.- No dejes de sorprenderme.

Besó mi mejilla y se fue. Yo no hice el menor movimiento. Dejé que se fuera sin hacer nada por evitarlo, como si me hubiera hechizado de algún modo. Me mantuve en el mismo lugar, con la mirada perdida. Sentía que yo también había abandonado el cuarto. Hasta que la puerta se cerró. Un golpe seco y me quedé solo, vacío y ausente. No sé cuánto tiempo pasé así. Y cuando mis músculos al fin reaccionaron los movimientos surgieron suaves y serenos. Dolorosamente naturales. Me senté sobre la cama con la vista todavía perdida. Elevé la cabeza, enfoqué la mirada hacia la puerta y me derrumbé. Lloré y lloré durante horas. Derrotado ante la situación como si se llevara mi vida con él. Aquella noche dejé de ser persona. El tiempo vino como brisa y arrastró mi alma haciendo circular los minutos sin más, sin relevancia, sin que mereciera la pena que fueran contados.

Capítulo XI- El último regalo.

Una luz amarillenta comenzaba a colarse por las rendijas de la persiana, formando pequeños puntos de claridad que cubrían toda la habitación como su fueran lunares estampados en una tela. El frío matinal se transformó sin pedir autorización en huésped indeseado de la casa. El silencio se veía roto por el canto de unos pajarillos que picoteaban en la solera de la ventana. Un cadáver en vida reposaba sobre una cama deshecha. Con los ojos abiertos, enrojecidos e hinchados y el rostro inexpresivo. Llevaba horas en posición fetal, descompuesto ante los últimos acontecimientos. En aquellas circunstancias nada podría haber evitado caer en una espiral de autocompasión, si no fuera por un pequeño detalle. Algo captó mi atención y me hizo reaccionar. Era el billete de avión. No había llegado a meterlo en el maletín o quizá resbaló en un momento dado de la discusión. Me incorporé y me acerqué a la silla para cogerlo. "Aeropuerto de Atenas Eleftherios Venizelos. Hora de embarque 09:30 AM". Miré el despertador. Todavía tenía tiempo. Podía llegar para devolvérselo. Quizá al verme cambiara de opinión, o a lo mejor aún había algo que quedaba por decir. Sabía que me amaba, era ya algo evidente. ¿Podría haber algo más importante que aquello?

Me levanté con fuerzas renovadas. Me lavé la cara y salí corriendo en dirección a su casa. Corrí con todas mis fuerzas sin descansar aunque mis pulmones empezaron a fallar pronto y se encogían impidiendo proporcionarme suficiente oxígeno. Las calles estaban casi vacías. Era pronto para hacer cualquier cosa. Pero para correr por amor no hay horarios. Mis piernas se tambaleaban haciéndome tropezar conmigo mismo, pero no podía frenar, mi motivación era mayor que todo aquello y estaba dispuesto a echar a volar si fuera preciso. Ya me encontraba cerca. Crucé el jardín y pulsé el timbre. Me agarré al marco de la puerta mientras me inclinaba ahogado por el esfuerzo. Las gotas de sudor resbalaban por mi cara. Visto desde fuera, aquella escena podría haber sido de todo menos romántica. Eché un vistazo al reloj. No había nada por lo que preocuparse, tenía tiempo de sobra. Volví a pulsar el timbre. Historias como esa nunca acaban mal. Él abriría la puerta atacado de los nervios al no encontrar su billete. Pero se encontraría con otra cosa, conmigo ofreciéndole una opción mejor. Insistí una vez más. Tardaba en suceder aquello que visualizaba mentalmente. Pero era posible que estuvieran dormidos. Sí, eso era lo más lógico a esas horas. Empezaba a impacientarme y aunque me negase a reconocerlo, el miedo hacía mella. Por fin la puerta se abrió.

- Me advirtió que vendrías, pero no me dijo que sería tan temprano. -Pelos revueltos, albornoz rosa y unos ojos claros adormecidos. No era Chema.

- Julia, ¿dónde está? -Entré en la casa sin preguntar. Estaba acelerado, desesperado. No podía quedarme quieto ni dejar de ver a mi alrededor. Algo no iba bien.

- Buenos días. Yo bien, algo dormida. ¿Tú qué tal? La vida bien, gracias. -Sarcasmo, no. Eso no era lo que necesitaba en aquel momento.

- Perdona. Es importante. Necesito verle. ¿Dónde está? Por favor. -La hermana de Chema se puso seria. Por primera vez nuestras miradas conectaron. Lo pude leer en el fondo de sus ojos. Había compasión, desesperanza, resignación.

- Lo siento, Dani. Ya se ha ido. -Me negaba a aceptarlo. Era ridículo.

- No puede ser, yo tengo su billete. -Sonriendo con nerviosismo lo saqué del bolsillo y se lo mostré. - ¿Lo ves? Lo tengo yo. No puede irse sin él, es... no... no puede...

- Oh, cariño. - Julia negó con la cabeza. Sus ojos se volvían cristalinos. Los míos también. Sentí una presión en el pecho, un peso que me impedía coger aire.

- No, dime que no es verdad. Dime que no se ha ido. -Se acercó a mí y me intentó abrazar con fuerza pero para cuando había llegado a mi cuerpo éste ya se había desmoronado. Entonces sentí el cansancio. Las lágrimas volvieron a brotar de modo automático. Ella se agachó y me apoyé en su hombro. Chema se había marchado antes de lo previsto. Sólo se detuvo para recoger sus cosas y despedirse de la familia. Puso como excusa que el vuelo se había adelantado y que no le quedaba tiempo.

- No necesitaba el billete. A mí no me engaña, sé que pasa algo. Me contó que habíais discutido y que vendrías para traer el billete. Pero ya había comprado uno nuevo que saliera antes. - Aun trastornado por lo ocurrido y tirado en el suelo, me distancié para poder verle a la cara. Ella colocó su mano sobre mi cabeza y me peinó con cariño.

- No me quiso contar el motivo pero jamás habría discutido contigo. Sé los sentimientos que se esconden en vuestra amistad y nunca los habría antepuesto a nada. Ya no es quien era. Algo le pasa. -Ella también sufría, así lo atestiguaban sus lágrimas y un gesto de temor. Julia era quien más quería a su hermano y quien mejor le entendía e incluso para ella los actos de Chema se escapaban a su comprensión.

- ¿Qué ocurre, Dani? - Nuestras emociones eran las mismas y nuestras dudas las causante de ellas. Negué con un gesto de cabeza y después agaché la mirada. Julia introdujo su mano en el bolsillo del albornoz y de él extrajo una pequeña caja.

- Me dejó esto para ti. - Cogí la caja. No tenía fuerzas para extrañarme o sentir curiosidad. La guardé en el bolsillo frontal de mi sudadera.

El camino de vuelta a casa se convirtió en un paseo necesario que me ayudase a encontrar sosiego. Me sirvió para pensar. Las últimas palabras de Julia resonaban en mi mente. "Sólo aceptará tu ayuda. Sólo a ti te escuchará. Sácale de eso en lo que esté metido, por favor. Eres mi esperanza".

Algo en mi interior me decía que su hermana tenía razón y fue entonces cuando sentí por primera vez el peso de la responsabilidad que se cargaba sobre mí. El punto de inflexión, el momento en que miedos, tristezas e inseguridades se convirtieron en determinación. Una fuerza tan poderosa que me hacía estar dispuesto a llegar hasta donde hiciera falta. Una convicción que me empujaba hacía la incertidumbre de modo irremediable. Estaba dispuesto a renunciar a mi vida anterior si fuera preciso. Ese día fue el primer día. El instante en el que mi personalidad mutaría para dar paso a un nuevo ser que debía mostrarse a la altura de las circunstancias que estaban por llegar.

Saqué la cajita del bolsillo. Dentro estaba su último regalo para mí. Un escalofrío me hizo estremecer. Una especie de brisa fría que se colaba desde mi nuca paseando por debajo de la ropa y atravesando toda mi espalda. Quizá una intuición de mal augurio. Esa sería como mi pequeña y personal caja de Pandora. Aquella que desataría todos mis males.

Capítulo XII- Ful Medames.

El hotel había tomado otro color tras la llegada de la mañana. Personas de todas partes del globo charlaban, paseaban o, más habitual a esa hora, almorzaban. Ese era precisamente el plan de Aira que se encontraba bajando las escaleras dirección hacia recepción. Tras cruzar el vestíbulo, entró en un amplio y luminoso comedor con las paredes forradas de un pulido mármol blanco, y decoradas con bajorrelieves que generaban diferentes formas geométricas. Las mesas redondas también eran de mármol blanco sostenidas por metal nacarado. Unos amplios ventanales vestidos con cortinas de tono marfil permitían la entrada de luz y al mismo tiempo refrescaban el ambiente con la entrada de la suave brisa. La mañana parecía tranquila pero las aguas no tardarían mucho en revolverse.

En una de las terrazas se encontraba situada una amplia mesa con todo tipo de manjares; mermeladas de diversos sabores, tostadas, mantequilla, zumos varios, cereales, bollos recién hechos... Además también había platos típicos como el ful medames, un desayuno hecho con habas, garbanzos, ajo y limón y aderezado con aceite de oliva, pimentón y salsa tahini, servido con rebanadas de huevo cocido y algunos vegetales verdes. Los olores se entremezclaban abriendo el apetito casi al instante.

En esa misma mesa se encontraba sentado un grupo de personas que incitaban al profesor a acompañarles haciendo señas. La idea no le agradaba lo más mínimo. Su intención era poder relajarse cómodamente al aire libre y disfrutar de un desayuno para pensar con calma en la carta y la llamada telefónica mientras llenaba el estómago. Lo que menos le apetecía era volver a tener una fervorosa conversación sobre el *Caso Shakesperare*. Pero desestimar la propuesta habría sido demasiado insolente y además, la única compañía que merecía ser disfrutada en todo el hotel ya había sido interceptada por depredadores prehistóricos. Sakina se encontraba en un lado de la mesa probando una tostada con mermelada de manzana.

- Buenos días, que aproveche. - Aira se sentó al lado de su amiga dirigiéndole una mirada escéptica. La joven alzó las cejas en señal de resignación mientras se llevaba la tostada a la boca. Dada la bienvenida los comensales pusieron en antecedentes al profesor sobre el tema que se estaba tratando en ese momento, pero pronto Aira dejó de prestarles atención. Se limitó a servirse el ful medames y comer evitando miradas.

- Llevan cuarenta minutos hablando del hallazgo de Youssef Madjid Zadeh. - Sakina protestaba entre susurros procurando que sólo Bernart pudiera escucharla.

- ¿Hablando o poniendo verde? - Los gestos de Aira no lograban ocultar su antipatía hacia el público presente.

- Imagínate.

- Si algún día aprecias en mí algo que pueda recordarte a ellos... pégame un tiro.

- Sin problema, pero tendrás que dejarlo previamente por escrito que yo no quiero problemas. - Los dos colegas soltaron una risotada sin poder dejar de mirarse. Para el resto de la mesa el detalle no pasó desapercibido, quizá porque era la primera vez que alguien se reía desde que se había iniciado la charla.

- ¿Qué opinas tú, Aira? - El profesor no ocultó su desconcierto y miró con gesto travieso al resto de integrantes.

- Me temo que me han pillado con el carrito de los helados, pero confío en su criterio. Cualquier conclusión a la que lleguen me parecerá correcta. - La dosis de sarcasmo era más que apreciable. De hecho alguno de ellos debió verse ofendido y no dudó en contraatacar.

- ¿Has dormido bien, profesor? - Aira vio por donde iban los tiros. No se le había ocurrido hasta ese momento que quizá alguien pudiera haberle visto la pasada noche en el vestíbulo vestido con un albornoz, pero no quiso precipitarse.

- Muy bien, gracias. - Intentó con su tono dar normalidad a la situación. "Nadie debe saber que nos hemos comunicado con usted". La frase del italiano volvió a su mente en ese momento. Fuera como fuera, debía evitar que alguien conociera lo ocurrido la noche anterior. Los comensales siguieron con su charla. Aparentemente había logrado evitar hablar de ello.

- Tienes mala cara. No me digas que consiguieron quitarte el sueño con la bronca de ayer. -Sakina retomó el bajo tono para volver a una conversación privada. Bernart hizo ademán de confesar lo ocurrido pero ni siquiera ella debía saberlo. Más valía prevenir. Todavía no conocía la situación en la que se encontraba y no quería errar en sus actos. Siempre habría tiempo para ponerle al día.

- No, pero me encanta aprovechar la noche para hacer nuevas amistades. - Sakina le dirigió una mirada escéptica. De lo que ambos no se habían percatado era que Aidan Chesterton, aquel tertuliano que había mostrado interés por su descanso nocturno, aún seguía escuchándoles ignorando la conversación general.

- Vaya, Bernart, yo pensaba que esa falta de sueño quizá tendría algo que ver con otro tipo de escapadas nocturnas. - Aira dirigió una mirada de desaprobación a su compañero. El trato familiar con que se comportaban el uno con el otro tenía una razón de ser. Ambos se conocían bien. Habían compartido mucho tiempo desde que se conocieran en un congreso de literatura hacía ya casi diez años. Pero aquella amistad no acabó de afianzarse. Pronto Aira descubriría que había intereses ocultos en su relación. Desde entonces, cada vez que se encontraban en reuniones de ese tipo, Bernart procuraba evitarlo, mientras que éste buscaba nuevos modos de meter el dedo en la llaga.

- Aidan, no me toques....- Sakina soltó un carraspeo oportuno. - ... el menisco. - Chesterton sonrió complaciente. Aquello era lo que pretendía, sacar de sus casillas al profesor para minar su prestigio. Pero podía tirar un poco más de la cuerda. Las miradas de su público le daban coraje para ello.

- Tranquilo, Bernart. No te lo tomes como una ofensa. Es que alguien me ha comentado que se te ha visto a altas horas de la madrugada en albornoz por el vestíbulo en una actitud algo...- Hizo una breve pausa pensando en el eufemismo más correcto. - ... confusa.

Sakina extendió su mano colocándola sobre la rodilla de Aira para recordar que debía mantener la compostura. Ella conocía la situación en la que se encontraba la particular amistad entre ambos estudiosos y sabía hasta qué punto le irritaba a su colega la actitud de Aidan. Bernart se limitó a sonreír de soslayo.

- Supongo que te refieres al momento en que fui a recepción algo alterado. Mi habitación estaba al lado de otra donde se alojaba una pareja de recién casados y no me estaban facilitando la tarea de dormir. Así que bajé para pedir otra habitación. - Cogió un vaso de zumo y dio un sorbo.

- Pero sigues en la misma ¿no? - Aidan contraatacaba.

- No pudieron darme otra. - Bernart respondió con agilidad.

- ¿Por eso llamaste desde una cabina? ¿Para qué algún contacto te solucionase la papeleta? - Aidan sonrió. Alguno de los allí presentes devolvieron el gesto. Aira ya no soportaba más aquel absurdo interrogatorio. En cuanto intuyó que su tic nervioso iba a hacer acto de presencia decidió zanjar el asunto.

- Mira, amigo, lo que haga yo con mi vida privada es eso, privado, y no incumbe a nadie más que a mí. Si quieres explicaciones, porque parece que por alguna razón tienes un interés personal hacia mí, te diré que necesitaba llamar a mi casa y el teléfono de mi habitación estaba averiado. Sumado además a que debía volver a un cuarto donde no podría dormir, aproveché para llamar en ese momento. -Si la explicación había sido convincente o no era algo que quedaba en segundo plano. Aidan había conseguido lo que quería, alterar al profesor y dejarle en evidencia. Pero no era suficiente.

- ¿A las cuatro de la madrugada?- Discrepó fingiendo sorpresa.

- ¡Vaya, Aidan! ¿Acaso inviertes tus beneficios en bonos del estado contratando un espía que me siga a todas horas? Me estás ruborizando, pirata. -Sakina carraspeó por segunda vez. Aidan volvió a sonreír, pero en aquella ocasión era provocada por los nervios. Había sido un touché. Bernart comenzaba a sentirse cómodo en aquella situación, tenía la sartén por el mango y la convicción de que podía hacerlo mejor. Inició entonces un espectáculo de sarcasmo e ingenio. - Era a Chile, Aidancito. Allí son seis horas menos. ¿Tengo que explicarte los husos horarios o lo buscas por tu cuenta en la enciclopedia? Que si quieres te cuento de qué hablé con mi hija. Seguro que el tema de las diarreas infantiles te apasiona.

Inmediatamente los comensales dejaron caer sus alimentos con cara de repugnancia. Se había terminado el almuerzo. Sakina contuvo la carcajada. Bernart elevó una ceja, satisfecho. Una pícara sonrisa asomaba en su rostro. Aidan se sintió avergonzado. Se disculpó y se alejó de allí. Uno de los comensales buscó una excusa y todos los presentes se aferraron a ella para abandonar también la mesa. Sakina y Aira se quedaron solos.

- Bernart, Bernart, Bernart. - Sakina hacía un gesto de desaprobación con la cabeza. Aira miró brevemente a su compañera con mueca de falso arrepentimiento, como un niño travieso al saber que acaba de hacer algo incorrecto. - ¿Qué voy a hacer contigo?

- ¿Quererme? - El profesor sonrió. Pero sus encantos no funcionaban con ella. La joven se inclinó hacia adelante y posó sus codos sobre la mesa, seria.

- Sabes que esto no nos beneficia absolutamente nada. No puedes ir así por la vida. No deberías dejarte llevar por sus comentarios. Vale, ellos son un grupo de señores que llevan demasiado tiempo encerrados entre libros y quizá hayan olvidado tratar con seres de carne y hueso, y más cuando son personas distintas a ellos pero, dime: ¿cuál es tu excusa?

- Esta cosa está buenísima ¿qué es? - El inglés no tenía intención de discutir.

- Ful Medames. ¿Me oyes? - Aira finalmente dejó el tenedor y se inclinó hacia su compañera. Cogió su mano y observó su mirada con ojos tiernos.

- Hace un día precioso, estamos en una ciudad maravillosa y tenemos la mejor compañía posible: yo la tuya y tú la mía. ¿No podemos olvidarnos de ellos durante unas horas y disfrutar? - Sakina se mostró poco predispuesta a ello pero en lo más profundo de su mente y su corazón sabía que pocas veces en el pasado había tenido una oportunidad de pasar un día así con él. Los ojos de Aira esperaban una respuesta. Ella intentó combatir contra sus deseos porque sabía que lo ocurrido tendría consecuencias pero...

- Pero esto no queda así. - Aira sonrió satisfecho y retomó su gusto por el Ful Medames. Sakina se resignó a que aquel iba a ser un día de felicidad y diversión. Sin embargo, había algo de lo que quería hablar, aunque no estaba convencida sobre la conveniencia de tratar el asunto. Miró a su amigo con preocupación.

- Quieres preguntarme sobre qué hacía realmente en el vestíbulo. - Bernart habló sin mirarla ni dejar de comer. Introdujo el asunto sin cortapisas pero al mismo tiempo transformándolo en algo banal. Conocía a la persona con la que estaba; su curiosidad, su inteligencia pero al mismo tiempo su honradez y fidelidad.

- No te lo iba a preguntar pero... No tienes que darme explicaciones. Te conozco y sé que a veces haces cosas... insólitas. - La mujer se disculpaba por algo que no había llegado a hacer, quizá porque sentía que su curiosidad en aquella ocasión podría entenderse como intromisión. Se mostraba incómoda, nerviosa, evitando a una mirada que tampoco tenía interés en contemplarla.

- No puedo decírtelo. Aira mantenía la misma actitud fría y pasiva.

- No, claro. No pasa nada. Lo entiendo. Es algo personal y... -Se detuvo. Una mano acariciaba la suya. Ahora sí sus ojos conectaban.

- Eres lo más personal que tengo aquí. No hay nada de mí que no merezcas saber, pero esto no depende únicamente de lo que yo quiera. - Sakina sonrió alagada y aliviada.

- Entiendo tus rarezas. - Bromeó la joven quitando hierro al asunto.

- No son rarezas, es genialidad. - La sorna y altivez decoraron sus palabras. - Y ahora deslúmbrate observando con que genialidad degusto este plato egipcio.

- Pues mientras tú sigues engordando yo voy a subir para darme una ducha. A las doce y media en el vestíbulo. No te retrases. - Sakina abandonó la terraza dejando al profesor solo y dolido por el último comentario.

- Yo no engordo. Tengo un metabolismo envidiable. ¿De qué estará hecho esto?

Capítulo XIII- Un suceso en Belle-Île.

El informativo de primera hora de la mañana se hacía eco de la importante noticia. Algo grave acababa de ocurrir en Belle-île, la mayor de las islas bretonas situada a catorce kilómetros de distancia de la punta de Quiberon en la costa Atlántica. Son ochenta hermosos kilómetros de tierra situados en el archipiélago de Îles du Ponant. Ésta isla mística, conocida como "la isla de los artistas" se encuentra habitada por algo más de cuatro millares y medio de personas, y entre ellas encontramos nombres tan destacados como el de la desaparecida escritora francesa Sarah Bernard. En el mismo lugar también podemos hallar Le Manoir de l´Art, una amplia construcción de casi quince hectáreas entre zona habitable y terreno circundante cercano a la gruta del Apothicaire.

Pero lejos de la calma sosegada de sus costas, del rumor de las olas al chocar contra los despeñaderos, en ese momento le Manoir era quizá el lugar más desapacible de toda aquella pequeña isla. Vehículos policiales, judiciales y forenses salpicaban el sitio. Desconocidos vestidos con largas batas blancas, uniformes o trajes oscuros entraban y salían continuamente como nerviosas hormigas obreras. Aquel caserón parecía haber sucumbido ante un ambiente desolador, desconcertante y fantasmagórico. Varios inspectores interrogaban en el amplio vestíbulo de maderas nobles a diferentes componentes del servicio del hogar: cocineros, mayordomos, jardineros... Una mujer sexagenaria vestida con un uniforme de sirvienta se derrumbaba en el suelo pedregoso de la entrada, llorando desconsolada.

- Dame, s'il vous plaît, levántese. - La mujer parecía haber perdido todas sus fuerzas. Rememorar lo acontecido la atormentaba de tal manera que deseaba desaparecer, volverse loca y echar a correr lejos de aquel lugar. Sólo podía gritar de desesperación.

- Seigneur, Seigneur, Dieu de mon, pourquoi? Pourquoi?

Ella había sido la primera en acudir a la llamada del hijo del Señor. Nada más entrar en el enorme salón atestado de cachivaches sus ojos se clavaron firmemente en la horripilante estampa. El joven se encontraba agachado, agarrando a su padre de la cabeza por la nuca. Éste último estaba tirado en el suelo con todas sus extremidades extendidas salvo su brazo derecho, encogido para poder sostener la mano de su único hijo. El muchacho miraba a su padre atentamente. Al percatarse de la presencia de su ama de llaves comenzó a dar órdenes sin dejar de observar a su padre ni moverse del lugar.

- Marie, appelez une ambulance! Maintenant! Marie, s'exécute!

El Barón Piére de Gérard ha sido hallado sin vida a las 6:35 A.M. del día de hoy en su residencia de Belle-île, Le Manoir de I´Art. Las causas del fallecimiento son, de momento, desconocidas aunque fuentes no oficiales informan que la muerte ha podido deberse a un problema cardíaco. Les daremos a conocer todos los datos actualizados de este trágico suceso en los informativos del mediodía.

De este modo, el pueblo de Francia conocía la noticia a través de los medios de comunicación tan solo una hora después del fallecimiento. Piére de Gérard era popular en toda Bretaña por su importante contribución al arte, donando ayudas a jóvenes promesas nacionales y fomentando un conocimiento general del arte mediante exposiciones privadas en sus diferentes galerías. Actualmente se encontraba inmerso en la colaboración con Marca País Francia para extender sus ideales pictóricos fuera de las fronteras galas.

Desde hace generaciones esta familia ha estado estrechamente vinculada al mundo del arte, sobre todo a aquello referente a las obras plásticas. Quizá una de sus principales motivaciones para ello se deba al más relevante de sus antepasados, el pintor neoclásico François Gerard. Este romano del s. XVIII fue discípulo de Jacques- Louis David y logró encumbrarse como referente de la época gracias a sus dotes como conversador. Así, mediante la palabra, logró que posasen para él personalidades como Napoleón o las Emperatrices Josefina y María Luisa. Además sus inquietudes políticas y su admisión a los Borbones le sirvieron para convertirse en pintor oficial de Luis XVIII. Por desgracia su implicación con el movimiento romántico le arrastró a una depresión que acabó matándole. Pero sus obras siguen muy vivas y actualmente varias de sus piezas se exponen en algunos de los museos más importantes del mundo.

Siglos después, el nuevo Barón Gérard, heredero y miembro de tan notable extirpe, compartía el mismo destino yaciendo sin vida sobre una cara alfombra. Pero las causan del fallecimiento distaban mucho de aquello que se presuponía y sólo había alguien capaz de desentrañar entre lo oculto y extraño de aquel misterio. Esa persona era la misma que le había visto caer, el destinatario de sus últimas palabras y quien compartía el momento en el que liberaba un último suspiro; su hijo.

Para el muchacho, heredero del mismo nombre que su antecesor François Gérard, la noche no había empezado bien. Tras innumerables intentos por sostener una relación sentimental conflictiva, su temperamental novia había optado por lo más radical y sensato, romper.

- Mais Lola, ¡No lo entiendo! ¿Qué esperas de mí? - La lluvia había empapado el asfalto de una solitaria calle donde el tráfico de fondo era el único ruido que acompañaba los gritos de la pareja.

- Idiot! Vous ne voyez pas? ¡Lo que quiero es atención! ¡Cariño! ¡Pasión! - Una muchacha de esbelta figura y vestido rojo y corto se quitaba los tacones mientras se alejaba del joven. Al lado de éste un coche de gama alta se encontraba aparcado y con las puertas abiertas.

- Qu'est-ce que cette passion? ¿No es esto pasión? - Hablaba dando pasos de un lado a otro sin moverse del sitio y extendiendo los brazos con gesto de obviedad. La muchacha dio media vuelta, caminando de espaldas.

- Ça craint! Merde. Ahí puedes irte tú. No quieres a nadie que no sea a ti mismo. Ce que vous donnez!

- Lola! Lola! Retour! Nous pouvons le fixer! Lola!

Pero no volvió, ni lo haría jamás. François regresó a casa con pocas ganas de cruzarse con nadie. Aparcó el coche en la misma puerta. A su padre eso no le hacía ninguna gracia, pero el muchacho solía pasar por alto las exigencias paternas. Mientras metía la llave para abrir la puerta, una elegante gata caminaba entre sus pies rozando su cuerpo sinuosamente en busca de atención.

- Hoy no, Seknet. No tengo el cuerpo para mimos. - Ignoró al animal y entró en casa cerrando la puerta tras de sí, dejando fuera a su mascota. Sólo pensaba en descargar adrenalina dando unos golpes a su saco de boxeo o practicando algún movimiento de kárate en el gimnasio de la mansión. Al pasar por delante de la puerta del despacho de su padre vio que las luces estaban encendidas, pero no quería verle. No quería ver a nadie. Hasta que un ruido procedente del interior atrajo su atención. Un sonido similar al de algo de madera cayendo al suelo. Se asomó a la puerta entreabierta. Alzó la mano y la posó en el pomo despacio, con la intención de no hacer mucho ruido, quizá porque no quería que su padre se percatase de su presencia y así podría ver que ocurría e irse sin llamar la atención, o tal vez porque un presentimiento le atemorizaba. Abrió la puerta despacio y enseguida encontró a su padre tirado en el suelo. Sus piernas y brazos aún se movían. François corrió de inmediato para socorrerlo. La expresión en el rostro de su progenitor reflejaba un intenso dolor, pero aún estaba consciente. El hombre, moribundo, sabía que no debía perder el tiempo en quejas o lamentos. Se aproximaba su hora y debía facilitarle a su hijo una información trascendental. Él ya se había convertido en víctima de una mala asociación, pero haría un último esfuerzo por impedir que también se cobrasen la vida de su hijo.

Capítulo XIV- Un robo en O.Q.

La conexión con el satélite permitía transmitir fotografías de mediana calidad desde cualquier parte del planeta a un único punto: un pequeño y oscuro despacho. Esta era la labor que estaba desempeñando desde hacía semanas, pero sin dar resultados positivos. Las imágenes iban circulando por un monitor como resultado de un escaneo. Se estaba haciendo una lectura detallada de una zona muy concreta, una pequeña masa de tierra en mitad del océano. Dígory seguía revisando las coordenadas intentado encontrar alguna anomalía que le diese nuevas pistas, pero su concentración se vio interrumpida al sonar el teléfono que al mismo tiempo vibraba moviéndose en círculos sobre el escritorio. La pantalla rezaba "número desconocido" pero al historiador no le hacía falta más información para saber con quién estaba a punto de comunicarse. Nada más cogerlo una voz comenzó a darle indicaciones con tono ofuscado. El tiempo se volvía contra ellos. Uno de los empleados de la empresa llevaba días desaparecido y al parecer se había llevado con él un objeto muy valioso para el futuro de la investigación.

- ¿Se ha llevado algo más? -El italiano se sentó en su silla alarmado ante el riesgo de fuga de información. El infiltrado era un economista encargado de la facturación de la empresa madre. Aparentemente no guardaba ninguna relación directa con el O.Q. por lo que se sospechaba que pudiera ser un robo por encargo.

- Varios documentos explicativos sobre la investigación. No hay información detallada pero si esos papeles viesen la luz la trama se vería comprometida y los años y dinero invertidos caerían en saco roto. - Dígory se volvió a levantar. Estaba muy nervioso ante la posibilidad de que todo quedase al descubierto. No era un empleado más. Para él ese proyecto resultaba tan importante como su propia vida. Si realmente alguien estuviera tras la pista de O.Q. y hubiera conseguido el objeto y los documentos para adelantar sus pasos o desmantelarlo todo, los sacrificios de aquellos años no habrían servido para nada. Era necesario encontrar a ese economista y descubrir cuánto sabía y para quién trabajaba. El destino del traidor tras conocer esa información estaba claro. No hay segundas oportunidades en O.Q.

- Tu misión se ha ampliado. -Continuó la voz al otro lado del auricular. - Es primordial conseguir de inmediato la ayuda de ese profesor. No hace falta que te recuerde que ha sido sugerencia tuya demandar su presencia en todo esto.

Dígory volvió a sentarse muy agobiado. El emisor continuó dando órdenes. -No quiero errores. Después debes encontrar al señor Chema Durán, recuperar los papeles y sobre todo a Lavel. Te mando al móvil todos los datos de ese individuo, incluida la información de su familia. Ya sabemos que no se encuentra en su domicilio. Se ha movido rápido y sin hacer ruido. Averigua si sabe más que nosotros. Quizá podamos sacarle un rendimiento a pesar de todo.

No hubo despedidas, sólo un sonido agudo en señal de fin de comunicación. Las palabras habían sido claras. La tensión en el ambiente era evidente y eso era algo que Lípari no controlaba del todo bien. Su superior comenzaba a impacientarse y las cosas no parecían ir a mejor. Pero había un atisbo de esperanza. Si conseguía colocar entre la espada y la pared a Bernart Aira todo iría a mejor. Era la clase de ayuda que necesitaba. Si no lograba persuadir al profesor y capturar a Chema Durán la investigación podría darse por concluida sin obtener resultados. Algo del todo inadmisible para el italiano.

Intentó relajarse. Había mucho que hacer y no podía descontrolarse. Volvió a levantarse una vez más y comenzó a caminar mientras en la pantalla del ordenador seguían acumulándose imágenes satélite. Puso en orden sus prioridades. El profesor ya había recibido su citación y en sólo unas horas se pondrían en contacto telefónico. Se le pasó por la mente que Aira no superase su pequeña prueba, pero enseguida decidió desechar los pensamientos negativos. Lo demás sería fácil. Dígory sabía ser convincente y no daría opción a la negativa.

De pronto un nuevo sonido atrajo su atención. Acababa de recibir un mensaje en el móvil. Una foto introducía la información. Un hombre de unos treinta años, de corbata y camisa negra, con un pelo castaño corto algo revuelto y un gesto serio. Bajo la foto una dirección. Era un pequeño pueblo del norte del país. Miró el reloj. Aún estaba a tiempo de hacer un visita de cortesía antes de su cita telefónica.

Capítulo XV- La muerte del Barón.

Piére de Gérard podía notar el dolor anginoso, retroesternal. Su frecuencia cardíaca aumentaba en cada respiración. Comenzaba a sentir los efectos de la taquicardia. Se le iba la vida y lo sabía. Su hijo no dejaba de ver nervioso hacía todos lados buscando algo. Se dio cuenta de que un vaso, ahora vacío, también había caído al suelo empapando la alfombra con alguna clase de bebida. Enseguida comenzaron las convulsiones. El patriarca debía hablar antes de que su cuerpo ya no le respondiera.

- No es un accidente. Tienes que... debes... -François no conseguía entender las palabras de su padre. A pesar de todo el joven mantenía la calma. Dio unos gritos intentado llamar la atención del servicio. Al Barón empezaba a fallarle la conciencia. Era un momento determinante que marcaría el futuro de su hijo y debía seguir luchando contra la muerte unos segundos más.

- No hay tiempo. Los... los problemas vendrán a ti. -Pero su hijo no le escuchaba. Al joven en aquel momento sólo le preocupaba salvar la vida de su padre, ignorante de la relevancia de aquellas palabras.

- Escucha. ¡Escucha!- François se quedó con rostro asombrado y en silencio al oír a su padre hablar con tanta fuerza cuando era evidente que carecía de energías. -Ahora los problemas vendrán a ti. Debes sacarlo a la luz. Que la gente sepa qué están haciendo.

- ¿De qué hablas? -El tono que el muchacho usaba con el moribundo no era el habitual de un hijo con su padre. No podía evitar sonar insolente y descarado.

- Teme únicamente la pobreza del alma. -La voz del Barón se apagaba. Su nivel de conciencia empezaba a deteriorarse progresivamente a causa de una arritmia ventricular.

- No caigas donde caímos tu madre y yo. -El gesto del muchacho se transformó, como si se le hubiera helado la sangre. Un escalofrío recorrió su espalda de abajo a arriba haciendo que su postura se volviera más tiesa. -La caja. La... Lavel.

El Barón Piére de Gérard falleció. Su tiempo se había acabado y ahora la cuenta atrás comenzaba para su hijo. Éste último se vio obligado a permanecer en la mansión para ser interrogado. Mientras esperaba se dirigió hacia la habitación de su padre evitando miradas curiosas. Subió por la escalera principal, caminó hasta el final del pasillo situado a mano derecha y giró el pomo de grabados metálicos. La puerta se abrió en mudo sonido. La moqueta azul amortiguaba el ruido de sus pasos por la estancia. Cerró la puerta tras él con cuidado y se quedó de pie, quieto, observando el mobiliario. Vio el albornoz de su padre sobre la silla, las zapatillas colocadas cuidadosamente a los pies de la cama y un libro abierto en la mesita de noche. El joven se acercó, se sentó en la cama y cogió el libro. Echó un ojo a la sinopsis de la tapa trasera.

"Memorias de Adriano. Marguerite Yourcenar nos descubre la apasionante personalidad del emperador de Roma en el siglo segundo. Uno de los más notables gobernantes que tuvo el Imperio convertido en fuente de inspiración de esta novela excepcional, alabada como una de las obras más singulares, bellas y hondas de la literatura de nuestro siglo. Este inventario autobiográfico ficticio que Adriano hace a las puertas de la muerte constituye el más íntimo y magistral retrato de quien fue uno de los últimos espíritus libres de la Antigüedad".

François abrió el libro por la misma página donde su padre la había dejado, la ochenta y seis. Aún faltaban por delante doscientas ochenta y una páginas de lectura. Una lectura que jamás finalizaría. Volvió a echar un vistazo al amplio cuarto. No había emotividad en sus gestos. Era más bien como un recorrido curioso, sereno. Como un paciente en la sala de espera de una clínica dental. Eso sí, una sala clásica y señorial de aromas intensos a perfume de varón y productos de limpieza. Un lugar impoluto e inmaculado.

El nuevo Barón no tenía por costumbre obedecer órdenes, pero el nombre de su madre había sido pronunciado entre las últimas palabras del difunto y si su muerte tenía algo que ver en todo aquello, debía seguir los pasos indicados. Comenzó a organizar la información que su progenitor le había dado. Su fallecimiento no parecía haber sido algo natural, sino más bien un acto provocado. Algo producido por un asunto en el que estaba involucrado. François nunca había mostrado interés por los negocios de su padre, pero en esta ocasión debía hacer una excepción. Se levantó y se volvió en dirección a la cama. Empujó con fuerza y ésta comenzó a moverse hacia donde él se encontraba. La alfombra que cubría todo el suelo impedía que el ruido alertase a los invitados de la mansión.

Quedaron entonces al descubierto las molduras de escayola que decoraban el cabecero de la cama. Estás dibujaban un marco de líneas rectas y relieves de curvas suaves.

El muchacho rodeó el lecho y se puso de cuclillas frente a la ornamentación de la pared desvelada. Sus largos y finos dedos comenzaron a pasear por los listones de yeso como si disfrutase con su tacto. De pronto irguió su otra mano y con ambas empujó la moldura derecha hacía un lado. Un nuevo golpe seco y apartó el embellecedor del lado izquierdo. Por tercera vez, repitió el proceso con el listo superior empujándolo hacia arriba. Los tres lados dejaron al descubierto unas finas separaciones entre el cabecero y la pared. Valiéndose de su hombro izquierdo y con un fuerte y corto impulso desplazó el cabecero hacia fuera. Una pequeña puerta dio paso a una habitación secreta de techo bajo.

"La Caja". Eso había dicho su padre. François no precisaba de más información para saber a qué se refería. Sólo había en esa familia una caja tan importante como para que no hiciera falta mayor especificación. Hacía años, antes de que se convirtiera en un apuesto y atractivo señorito, el joven se había visto envuelto en una triquiñuela que había conllevado ciertas consecuencias. Un importante cuadro familiar acababa de llegar a la mansión. El pequeño François, de tan sólo once años se había escapado antes de tiempo del colegio para poder espiar el momento en que "Cupido y Psique" hiciera acto de presencia.

Llevaba semanas esperando ese momento, y aunque se lo habían intentado ocultar, el niño tenía la mala costumbre de escuchar conversaciones ajenas. Sabía que esas charlas eran las que guardaban los datos más interesantes. Una tela blanca cubría la obra de 180 x 132 centímetros. Varios operarios la movían con mucho cuidado mientras el Barón daba indicaciones en tono estricto. Unos pasos atrás, su hijo vigilaba oculto, siguiéndoles en su camino hacia las enormes escaleras. Curiosamente se dirigían hacia la estancia de sus padres, un sitio, en principio, poco apropiado para guardar algo así. La puerta del cuarto se cerró. Pero una cerradura convenientemente colocada permitió al muchacho escudriñar lo que ocurría dentro. Fue entonces cuando vio por primera vez La Caja.

La puerta se abrió de golpe. El susto hizo que el pequeño diese un salto hacia atrás cayendo de culo contra la pared del pasillo. Tuvo un segundo antes de echar a correr para ver el severo rostro de su padre contemplándole. Sabía que le esperaba un duro castigo y pretendía retrasarlo el mayor tiempo posible. Huyó del lugar pero sus pies tropezaron cuando bajaba las escaleras y comenzó a rodar hasta chocar de bruces contra el suelo. El estruendoso ruido del golpe alertó a los habitantes de la casa. La ama de llaves corrió para comprobar su estado. El pequeño lloraba agarrándose un gemelo. La sangre salida del corte manchaba el suelo. Su padre bajó las escaleras, serio y sereno, sin prisas ni señal de preocupación. Su hijo le observaba con miedo. El servicio de la casa se quedó estático sin retirar la vista del señor. El ama de llaves se retiró. Piére de Gérard, sin pronunciar palabra, amarró a su hijo del cuello de la camisa y lo arrastró escaleras arriba. Las gotas de sangre iban dejando un rastro tras de sí. Dejó al niño en el suelo enmoquetado de la habitación del Barón.

- ¿Esto querías ver? -Los operarios dejaban el cuadro dentro de la caja ignorando la escena. El pequeño se quedó sollozante y cabizbajo, sin atreverse a dirigir la mirada a su padre. -La cicatriz que dejará esa herida te recordará para siempre el día en que hiciste lo que no debías. Este día en que te entrometiste en mi intimidad. Ya conoces la existencia de La Caja y no la olvidarás nunca, porque es un momento de vergüenza en tu vida y esa vergüenza acompañará este imborrable recuerdo hasta el instante de tu muerte. Ya tienes tu castigo. Vete. ¡Fuera!

Años después, recordaba ese momento al entrar por primera vez en aquella cámara y aunque su orgullo luchaba en contra, la vergüenza hacía acto de presencia en lo más interno de su ser. La marca en su gemelo seguía ahí. Lo que ya no se encontraba presente era el cuadro de Eros y Psique. Comenzó a examinar el interior de la pequeña habitación. Era un revoltijo de carpetas, objetos de todo tipo e incluso algún mueble como por ejemplo, un escritorio de estilo victoriano. Ahí dentro tendrían que estar las pruebas de lo que estaba ocurriendo pero llevaría su tiempo encontrarlas. Tras una hora revisando documentos, incluido el testamento de su padre, el francés vio interrumpida su lectura. Alguien llamaba a la puerta. Cerró los ojos deseando que nadie intentase entrar. Necesitaba más tiempo. Pasaron los segundos y no hubo un nuevo intento. Retomó la búsqueda.

"Dejo como único beneficiario de mis bienes a mi hijo, el señor Francisco Pascal Simon, incluido el título de Barón de Gerárd así como la clave a mi caja fuerte del Banco Estatal de Nantes". El muchacho dejó caer el documento encima de sus rodillas mientras dirigió su mirada al frente en gesto de extrañeza. -¿Nantes? -No había oído hablar de ninguna cuenta en aquel banco. ¿Por qué otra caja fuerte si su padre sabía que no había otra más segura que La Caja? Al muchacho le incomodaba percatarse de la cantidad de cosas que su padre le ocultaba. No podía permitirse perder el tiempo esperando a que terceras personas resolviesen aquellas cuestiones. Allí dentro no encontraría más información al respecto, así que era un buen momento para hacer una visita de cortesía a Albert Fleming.

En ese momento llamaron de nuevo a la puerta. En aquella ocasión François contestó. Desde el otro lado, un mayordomo le hacía saber que el teniente acababa de llegar y estaba esperando para reunirse con él. El joven se apresuró a cerrar la puerta de La Caja devolviendo cada objeto a su estado inicial. Antes de salir del cuarto, se humedeció la cara en el baño del dormitorio y se detuvo un segundo para mirarse fijamente a los ojos chispeantes. Eran unos ojos grisáceos que reflejaban la consternación en la que se sumía. La imagen del espejo mostraba a un joven muy atractivo, atlético, moreno y de rasgos marcados pero dulces. Una harmoniosa fusión entre la belleza de su madre y el pasado atractivo de su padre. Pero ahora otra herencia no dejaba el mismo sabor de boca. Sin pretenderlo el fallecido Barón daba paso a un nuevo concursante en el juego.

Capítulo XVI- Paseo por Alejandría.

Durante el transcurso del día parecía que el ambiente se había relajado. Aunque aquello no era más que apariencia, un paréntesis antes de la tempestad. La reunión de la tarde serviría para reanudar la discusión en el mismo punto donde se había quedado. A pesar de todo, a Aira la excursión de la mañana le había sentado bien, y daba la impresión de que su compañera no había disfrutado menos. Saky le había llevado a unos puestos de venta abarrotados de turistas, compradores y algún oportunista que confiaba poder aprovecharse de las distracciones ajenas. La música folclórica y los intensos olores de almizcle y especias se confundían con el polvo que levantaban los viandantes. Las zonas de sombra eran las más reclamadas, procurando encontrar un momento de alivio ante las altas temperaturas y el elevado grado de humedad. Lámparas de cristal pintado, alfombras hechas a mano, teteras de toscos relieves, suaves pañuelos de seda... Miles de objetos que parecían llevar años allí, como un tesoro a la vista de todos y en disposición de ser comprado por el mejor postor.

- ¡Déjame a mí! -El profesor se vio interrumpido por Sakina que se mostraba molesta ante la actitud complaciente de su compañero a la hora de hacer una compra. A pesar de que Aira había podido comprobar que el comerciante hablaba perfectamente en inglés, Sakina rechazó inmediatamente está opción y comenzó a hablar con celeridad en árabe. Bernart no se desenvolvía con suficiente soltura en ese idioma como para seguir la conversación en su totalidad, pero enseguida comprendió que su guerrillera amiga estaba regateando. La joven agarró con brusquedad aquel papel, zarandeándolo de arriba a abajo como si fuera un folio sin más mientras gesticulaba exageradamente. Aira gritaba mentalmente desesperado y sin dejar de repetir "cuidado, cuidado, cuidado". Cuatro minutos y catorce segundos después la muchacha salía de la tienda con una amplia sonrisa en señal de satisfacción.

- No puedes dar sin más lo que te piden. Aquí es de obligado cumplimiento regatear, sino te tomarán por un turista tonto y se aprovecharán de ello. Y si no sabes hacerlo... déjame a mí. Me divierte.

Sakina sonreía feliz adelantando el paso para acercarse a un puesto de artesanía y ver un incensero. Aira sacó de la bolsa aquel manuscrito con más de cien años, totalmente maltratado durante aquella trifulca micro económica. Su cara de resignación desapareció enseguida, pues pronto comprendió que la felicidad de su amiga valía mucho más. Tras unas compras por el barrio Atarin, recorrieron el puerto, tomaron un té fumando una pipa de agua y volvieron a hacer uso de la cartera en los zocos de Midan Tahir. Para cuando se quisieron dar cuenta el tiempo se había consumido y se veían obligados a volver al hotel. El espacio que dejaba el tiempo consumido lo ocupaba ahora una docena de bolsas con artículos de todo tipo. Un simpático perro de peluche de orejas largas asomaba por el asa de una de ellas. A Aira le habría gustado darse una ducha fresca antes de acudir al comedor pero no había tiempo. Subió, abrió la puerta de su habitación y dejó las bolsas en un rincón. Entró en el baño para refrescarse y quitarse el polvo de la cara. Se acicaló un poco y salió dispuesto a disfrutar de una comida más que merecida junto a su amiga.

Nada más cruzar el umbral de la puerta hacia el gran salón, su mirada se encontró con los compañeros de conferencia. Tras hacer un ademán a modo de saludo, se sentó en una de las mesas que se encontraban en el jardín exterior. Dejó caer hacia atrás su cabeza cerrando los ojos para protegerlos del sol y sentir la brisa en su cansado rostro. Intuyó que cerca había naranjos, pues un leve olor a azahar hizo acto de presencia. A aquella hora el lugar estaba muy apacible y el sol no era especialmente cruel.

Echó un vistazo a su reloj. Marcaba las 14:37. Hasta en tres ocasiones el camarero se acercó para darle el menú y tomar nota. Las dos primeras veces Aira declinó, pero a la tercera ya le daba más reparo seguir alargando la espera del servicio y optó por pedir dos platos respetando los gustos de Sakina. El profesor supuso que ella sí se había permitido la licencia de darse esa ducha rápida, o no tan rápida. Se la imaginó frente al espejo, con el torso cubierto por una toalla blanca, cepillándose la larga y oscura melena. Inmediatamente después vino a su mente el recuerdo de la primera vez que se vieron. Ella no estaba en su mejor día, se mostraba molesta, irascible y soberbia. Él pensó, al instante en que la vio, que no se llevarían bien. Durante meses mantuvieron una relación laboral tensa, llena de reprimendas y tiranteces. El comportamiento engreído de él, la desquiciaba. La insubordinación de ella, le suponía una continua molestia. Y a pesar de todo ninguno de los dos se planteó por un segundo dejar de trabajar con el otro. En ese momento, ocho años después, Aira comenzaba a verla de otra manera. No se había percatado hasta ese viaje de la fuerte amistad que habían forjado. Él, que siempre defendió la idea de que un hombre y una mujer no podían ser sólo amigos, llevaba ocho años de profunda y sincera amistad ¡con una mujer! Las reflexiones le llevaron a entender pronto que la clave del misterio era que jamás había visto a Sakina como lo que era, una mujer. Y en ese preciso instante ocurrió algo. La sensación fue similar a eso que siente alguien cuando después de pasear durante años por la misma calle descubre algo nuevo de ella, y piensa "eso es nuevo" y otro le contesta "¡pero si lleva años ahí!".

- Lleva años ahí... -Se dijo a sí mismo en voz baja. Bernart no era un hombre especialmente romántico, sensible o impulsivo. Pero los pensamientos eran para él como el combustible de un motor. Y algún motor de su cuerpo se activó. Tras aquellas reflexiones tuvo la certeza de que cuando Sakina apareciera en el jardín, no volvería a verla del mismo modo.

Y de esta manera los minutos fueron pasando y Aira seguía comiendo solo.

- A lo mejor ha preferido quedarse en su cuarto descansando. -Lo cierto es que no habían acordado comer juntos, simplemente lo había dado por supuesto. Apresuró el plato y subió para darse una ducha. Mientras abría la puerta observaba en dirección al cuarto de Sakina. Pensó en pasar a saludarla pero no quiso molestar. En poco menos de una hora se reunirían en la conferencia de la tarde.

Una vez hubo entrado en su cuarto abrió el grifo de la ducha. El agua caía desde lo alto generando al poco tiempo una nube de vapor que comenzó a inundar el baño. Mientras tanto, Aira dejó sobre la cama la ropa que se pondría después, toda bien dispuesta y perfectamente ordenada. Minucioso, pulcro e incluso algo maniático, el orden y la estética jugaban un papel importante en su día a día. Pero su ritual se vio interrumpido al entrar en el cuarto el exceso de humedad. Al darse cuenta, Bernart entró en el baño para abrir el agua fría y corregir la temperatura. No fue hasta el momento de volver nuevamente al baño cuando el profesor se percató de algo. Las partículas de vapor habían dejado al descubierto un mensaje en el espejo del baño. Al gesto de extrañeza de Aira le acompañó un irónico "¡Qué fílmico!" Buscó sobre el lavabo, en los alrededores y finalmente algo dentro de la papelera captó su interés: un bastoncillo para quitarse la cera de los oídos. Se agachó y lo cogió pasándolo bajo sus fosas nasales. No supo reconocer el olor, pero le sirvió para tener la certeza de que aquel había sido el instrumento usado en la elaboración del mensaje oculto. Evidentemente su misterioso compañero de juegos había vuelto para hacerle una visita, y a falta de contestador, el espejo debió parecerle un buen soporte para mensajearse.

Introdujo la mano en el bolsillo de su pantalón y extrajo el teléfono móvil. Sacó una foto, se sentó sobre la cama para examinar el texto. Se le volvía a poner a prueba. Quizá aún no se había ganado la confianza de aquel italiano. "Pronto contactaré de nuevo con usted", pero ese no era el modo en que imaginaba el nuevo contacto. Cada vez se complicaba más para hacerse entender. No tenía muy claro qué debía hacer. No había vuelto a pensar en aquel tema desde hacía horas, y no había decidido si iba a continuar con aquella parafernalia.

- Bueno, primero descifraré el mensaje, después decidiré qué hacer con él. -Aunque en lo más profundo de sus pensamientos sabía que esa frase era únicamente una excusa para seguir tirando del hilo cual gatito con su madeja de lana.

- Acabaré pronto. Como siga retrasando esa ducha mis calzoncillos abandonarán solos el país.

A primera vista aquellas letras y números no le decían nada:

"No te dejes engañar por la ciencia, la fe no lo hizo".

Lc 23, 46; 24, 7

Gn 17, 15; 7, 2 (20-21); 7, 2 (1); 6, 18 (18)

Lc 19, 10 (10- 11); 23, 51 (5-8); 23, 35 (15-17)

Mr 10, 52 (6-10); 11, 15 (8-10)

Gn 49, 9 (5- 7) 00:00

Aira tenía grandes conocimientos de las matemáticas, y aquello no parecía tener nada que ver con conceptos algebraicos. La primera frase no le daba una base sólida por la que empezar a trabajar. Ciencia y fe. Algo contradictorio, antagónico. Había ciencia en aquello ¿pero dónde estaba la fe?

- "No te dejes engañar por la ciencia, la fe no lo hizo". ¿Qué fe? ¿Fe en qué? -Debía encontrar una conexión espiritual en todo aquello, pero sólo eran números y letras. Aira comenzó a hacer lo que mejor sabía; dar vueltas por la habitación dejando volar las ideas sumido en una especie de catarsis intelectual.

- Números y letras. No son coordenadas. ¿Y por qué hay números entre paréntesis? ¿Podrían ser palabras? Espera... ¡es criptografía básica! Debe ser alguna especie de cifrado Ottendorf pero... no son tres cifras que marquen página, línea y número de letra. -Su mente ya estaba encaminada hacia la respuesta pero algo no encajaba. Al mismo tiempo una sensación molesta no le dejaba disfrutar del todo.

- Hay algo en este texto que me resulta sumamente familiar. Al final viene una hora. Las doce de la noche. Supongo que la intención de ese italiano es que nos reunamos en algún lugar a las doce de la noche. -De aquella información concluyó que podía tomárselo con calma. Faltaba mucho para esa hora. Comenzó a analizar las letras.

- Lc, Gn, Lc, Mr, Gn... Lc, Gn, Lc, Mr, Gn... Lucas, Génesis, Lucas, Marcos, Génesis. ¡Ahí está la fe! -El best- seller más antiguo de la historia revelaría el secreto del mensaje, el libro del Nuevo Testamento. Abrió todos los cajones de la habitación pero allí no encontró lo que buscaba.

- Estamos en un país musulmán ¿qué haces buscando una Biblia, Bernart? -Esta vez se permitía hacer las cosas con calma, aunque debía recordarse a sí mismo que no había prisa, que era totalmente innecesario mostrarse eufórico. Se recolocó la camisa y salió del cuarto en dirección a la recepción. La pregunta que vino a continuación hizo sentir incómodo al profesor.

- Perdone ¿no tendrá una Biblia por ahí, verdad? -El rostro de vergüenza del extranjero hizo gracia al joven que se agachó un segundo tras el mostrador buscando un ejemplar y dejándolo en sus manos.

- Nadie debe avergonzarse de su fe, y mucho menos un estudioso. - Bernart se limitó a sonreír complaciente sin dar mayor explicación y regresó a su cuarto.

Mientras caminaba por el pasillo se detuvo a analizar la encuadernación. Las tapas eran duras aunque se veían gastadas, de color granate sucio. Sobre ellas se reflejaban impresas unas letras de brillante dorado algo corroídas por el uso. Una vez en su cuarto se sentó en la cama, abrió la Biblia y se dispuso a buscar: Lucas, capítulo 23, versículo 46. Las piezas encajaban. Ahí estaba. En él se trataba la muerte de Jesús y sus últimas palabras dirigidas a Dios antes de fallecer.

"Entonces Jesús, clamando a gran voz, dijo: Padre, en tus manos encomiendo mi espíritu. Y habiendo dicho esto expiró".

Había cierto punto macabro en todo aquello. Las religiones siempre le generaron una sensación desagradable, como ver un animal muerto en una cuneta. Aquel era para Aira un engañabobos que regía en gran medida el mundo en el que vivía, y le atemorizaba pensar que al final todo ese poder se resumiera en una novela de ficción. Decidió no dedicarle a aquello más tiempo del necesario. Eso le recordó algo.

- Las 15:51. No me queda mucho tiempo. No debo llegar tarde a la primera charla. -El siguiente versículo trataba la resurrección de Jesús.

"Diciendo: Es necesario que el Hijo del Hombre sea entregado en manos de hombres pecadores, y que sea crucificado, y resucite al tercer día."

El profesor seguía sin saber a dónde llevaba todo aquello, pero comenzaba a aburrirse. Dio paso al tercer versículo, esta vez del Génesis.

"Dijo también Dios a Abraham: A Sarai tu mujer no la llamarás Sarai, mas Sara será su nombre".

Ahora sí su atención había vuelto. Al leer aquellas palabras en voz alta sus piernas se tensaron como resortes y sin darse cuenta se había puesto en pie mostrando miedo en su rostro. Aquella frase no le hizo ninguna gracia. El primer versículo trataba la muerte, el segundo la resurrección y ahora, el tercero hacía mención al nombre de su hija.

Capítulo XVII- Amaneciendo con visita.

François ya había perdido demasiado tiempo. El teniente había sido muy insistente repitiendo en numerosas ocasiones las mismas preguntas en busca de alguna brecha en sus declaraciones ¡Cómo si fuera culpable de la muerte de su padre! Aunque lo cierto es que en algunas de sus respuestas se ocultaban sólo medias verdades. Observaba el reloj de pared una y otra vez mientras los minutos se iban consumiendo. Pronto amanecería. Estaba impaciente por hacerle una visita a Fleming, y con cada interrogante el nerviosismo aumentaba. La desconfianza que su padre le había despertado con sus palabras antes de morir no se apaciguaba. No podía fiarse de nadie, ni siquiera de aquel agente, al menos no de momento. Antes precisaba más información. Por eso obvió mencionar ciertos datos a la policía, aunque ese hubiera sido precisamente el último deseo de su padre. "Ahora los problemas vendrán a ti. Debes sacarlo a la luz. Que la gente sepa qué están haciendo."

- Que la gente sepa qué están haciendo. -Se dijo a sí mismo en voz baja.

- ¿Excuser? -Preguntó el teniente agudizando el oído.

- No, nada. Perdone pero estoy algo cansado y necesito...

- Sí, claro. No hay problema. Mis agentes tendrán que quedarse un poco más para acabar de tomar pruebas. Volveré en unas horas para continuar con las preguntas. -François afirmó con un gesto de cabeza y el rostro serio. En cuanto el teniente se marchó, el joven se dirigió al garaje, montó en su Harley Davidson Night Rod Special de alta cilindrada y salió de la mansión a toda prisa.

Los pensamientos iban paseando por su mente al mismo tiempo que el aire acariciaba sus marcadas facciones mientras se le alborotaba el pelo. Los primeros rayos de luz se colaban entre las hojas de los árboles que bordeaban el camino. Los límites de velocidad no eran una prioridad en aquel momento. En realidad para el francés esos límites y otros no habían sido nunca una prioridad. No era un hombre dado a seguir las normas, algo que le causó numerosos problemas a lo largo de su vida. Había sido un buen estudiante pero tenía tendencia a despreocuparse, prestando más atención a meterse en líos.

Aparcó la moto frente a una reja metálica. Desechó la idea de llamar por el interfono de la entrada, optando por algo más propio de él; colarse. Sus botas golpearon con fuerza el suelo cuando se dejó caer al saltar sobre la verja. Conforme se acercaba a la casa pudo apreciar que había luces encendidas. Ya estaban en pie, así que llamó al timbre sin más. Unas campanas en tono eclesiástico sonaron con intensidad dentro de la casa. Miró el reloj. Las ocho y diez. La puerta se abrió. Un mayordomo alto, huesudo y pálido recibió con cara de pocos amigos al inesperado visitante.

- Buenos días, Gilbert ¿Está el señor? -"¿Dónde iba a estar sino a las ocho de la mañana?" debió pensar el sirviente. Su cara mostraba apatía. La presencia allí de François no parecía despertar ningún tipo de curiosidad. Se limitó a afirmar con un gesto de cabeza pero sin pronunciar una palabra. François se quedó en silencio observándole, esperando algún tipo de iniciativa por parte del huesudo ayudante. Finalmente decidió dar él el primer paso.

- ¿Podría verle? -Gilbert agachó la mirada en dirección a los pies del nuevo Barón. Sus botas se habían embarrado. El muchacho captó la indirecta y se limpió las suelas en el felpudo.

- Informaré de su visita. -Con un ademán invitó a pasar al joven cerrando la puerta tras de sí. Antes de abandonar la entrada, Gilbert dio el pésame sin dirigirle la mirada. "Las noticias vuelan" pensó el francés. Se quedó a solas en el hall observando las altas paredes. Ya había estado allí antes pero, quizá por los últimos sucesos acontecidos, ahora lo miraba todo con otros ojos. Aquel lugar le resultaba más claustrofóbico, como si el habitáculo se extendiese a lo alto encogiendo el espacio cada vez más. Además la decoración era recargada, cubierta de objetos antiguos sin dejar un solo hueco despejado. Aquello era algo similar al horror vacui de una obra del Rococó. Por suerte para el muchacho, ese sentimiento se vio prontamente interrumpido por la entrada del notario.

- ¡Dios sabe cuánto lamento el fallecimiento de tu padre! -Un anciano de ochenta años rodeó el cuerpo del joven con un brazo tembloroso, mientras el otro estaba ocupado en mantenerle en pie con la ayuda de un bastón nacarado.

- Sabes lo unido que me sentía a él. Era un amigo. No pensé que sobreviviría a su muerte. -Fleming había trabajado para el Barón desde hacía casi cuarenta años. François lo recordaba desde siempre, sentado en el sillón de orejas del despacho de su padre con una copa en la mano y dando sabios consejos. Sabía que los sentimientos del anciano eran sinceros.

- ¿Pero qué haces aquí tan temprano? Deberías estar descansando. -El anfitrión acompañó a su visita hasta un comedor contiguo. Antes de aparecer de improviso en la casa, el notario se encontraba desayunando mientras leía la prensa del día. En ese momento, al joven le entraron nauseas al oler la comida. Los nervios le habían cerrado el estómago, pero el notario insistía tanto que no quedó más solución que aceptar asiento y un café. En cuanto Gilbert salió de la estancia François entró en materia.

- Fleming, necesito la clave secreta de la caja fuerte y su localización.

Las temblorosas manos del notario parecían descontroladas, incapaces de untar mantequilla en la tostada. Aquel modo de abordarle casi le hizo perder el cuchillo. Elevó la mirada ligeramente sin atreverse a dirigirla al huérfano. Nadie conocía la existencia de una caja fuerte, nadie a excepción del Barón y él.

- Ya sabes lo de la caja. Si no recuerdo mal sufriste un altercado el día que descubriste su existencia en la habitación de tu padre. -Tenía demasiados años de experiencia como para revelar secretos a la primera de cambio. Pero su gesto no pudo ocultar la desconfianza cuando vio al muchacho negar con la cabeza.

- Te rogaría no me hicieses perder el tiempo. Los dos sabemos a qué caja me refiero. -François no quería perder ni un segundo. No era un hombre de preliminares ni divagaciones. Le gustaba ser directo y claro, algo que frecuentemente confundía con la insolencia.

- No sé de qué...

- Fleming. -El tono cortante y sereno reflejaba obviedad, una obviedad tan obvia que negarlo resultaría insultante.

- ¿Te habló tu padre de ello? -No tenía sentido prolongar más aquel juego. El chico no era tonto. François negó con la cabeza.

- No, pero me habló de algo importante. Algo que no sabe la policía y agradecería que quedase entre los dos, al menos de momento. Sé que mi padre confiaba en ti. -El anciano dejó la tostada y el cuchillo en el plato y prestó atención, esta vez sí, clavando la mirada en la del joven. El muchacho apoyó los codos en la mesa y aproximó su cabeza a la de Fleming hablando en tono bajo.

- Mi padre murió con la certeza de que alguien le mató y según sus propias palabras, en esa caja fuerte está el nombre de quién lo hizo. -Aquella información desorientó al octogenario. Su mejor amigo había sido asesinado, confirmándose sus mayores temores. Las advertencias dadas no habían surtido efecto y las acciones del Barón desencadenaron en la peor de las situaciones. ¿Pero cómo contarle al muchacho todo aquello que desconocía? No sabía por dónde empezar.

- ¿Ocurre algo? -François notó un extraño matiz en su reacción. Tras un previo balbuceo, el notario sacó fuerzas para comenzar.

- Tu padre se vio involucrado en un asunto feo. -La primera frase no había convencido al anciano. Debía hacerlo mejor. Una breve pausa y retomó la charla.

- No fue algo que hiciera por avaricia. No buscaba beneficio personal, al menos no del económico. No era un hombre malo...

- Fleming, al grano. -El muchacho no necesitaba oír cómo se justificaba a su padre. Él ya conocía su manera de ser y sabía que no siempre hacía las cosas bien. Pero para su viejo amigo no era fácil hablar de aquello y la postura de François no le hacía sentir más cómodo.

- Tenía una buena razón para juntarse con esa gente. -Cuanta más información vacilante daba, menos entendía François.

- ¿Qué gente? ¡Se claro!-Era patente que aquel hombre sabía algo importante que él desconocía, pero no parecía tarea fácil descubrirlo. Los ojos del encubridor mostraban mucho miedo y eso inquietaba aún más al chico.

- No lo sé todo, pero según tengo entendido, tu padre se asoció con una importante empresa en un negocio poco claro. Ayudaba a blanquear dinero con la compra- venta de piezas de arte. Y bueno, no hace falta que te diga qué formas hay de conseguir grandes sumas de dinero negro.

¿Era un delincuente? Aquello tenía tufo a mafioso. Esperaba muchas cosas de su padre, ¿pero algo así? Un señor que alardeaba de la buena voluntad de los hombres, que daba consejos de moralidad a quien se pusiera por delante, que creía en la antigua idea del valor de la palabra de un caballero. "Di de qué presumes...", pensó. Pero a pesar de haber tenido una complicada relación paterno-filial a causa de la mentalidad arcaica y clasista de su padre, le costaba creer que aquello fuera cierto. A pesar de todo no era un mal hombre, y jugar con dinero negro no es de buenos hombres. Aquello no era propio del Barón, no encajaba con lo que conocía de él. Aunque lo cierto era que en las últimas horas había descubierto que su progenitor guardaba muchos secretos. ¿Podría ser ese otro de ellos?

Capítulo XVIII- La cajita de madera.

La comida no sabía a nada. Todos mis sentidos parecían haberse atrofiado. El silencio de aquella casa se había convertido en un incordió. Algo así como tener a un niño dándome continuamente con el dedo índice en el hombro, intentando repetirme insistentemente algo que no llegaba a oír. Sobre la mesa, la cajita de madera. Llevaba horas mirándola y aun no era capaz de abrirla. Sentía que si lo hacía se escaparía lo último que me quedaba de Chema. Dicen que todo el mundo necesita aferrarse a algo en su vida para darle sentido. Una táctica para cubrir el hueco que deja el no saber para qué estamos en este mundo: un amuleto, una tradición, el sentimiento de familia, el trabajo... Aquellos que han perdido un ser querido suelen arraigarse a una pertenencia del difunto, o a un recuerdo juntos, la canción de sus vidas, el olor de la almohada... Yo quería amarrarme a un oculto, algo que podría incluso ser inexistente, porque "¿quién me dice a mí que esa caja no está vacía y que el regalo es la caja en sí?", pensé. Resultaba suficientemente hermosa como para serlo.

Pasé mi dedo índice por sus puntas afiladas. Era una madera suave, resistente, con vetas. Tenía una curiosa forma de triángulo isósceles, pero además los dos lados más largos no eran rectos sino que tenían una forma curva, un lado hacía dentro y otro hacía fuera. En un momento de desesperación me levanté bruscamente dejando el tenedor sobre la mesa. Comencé a pasear como un animal acorralado por mis pensamientos. Odiaba a Chema por volver para atormentarme de esa manera, por hacerme recordar cómo me gustaban los besos, por hacer que mi corazón volviera a latir y dar vida de nuevo a un fantasma dormido. Odié la caja por estar ahí, sobre la mesa, inmóvil, silenciosa, inerte, rasgando mi cuerpo desde dentro con su presencia. Me odié a mí mismo por dejarme llevar, por meter las narices donde no debía, por pensar que todavía estaba a tiempo de recuperarle y correr a su casa buscando la oportunidad de mi vida. Y de nuevo, más tranquilo, me senté sin dejar de observar la caja. La iba a abrir, de verdad que sí, estaba dispuesto a hacerlo, pero no lo hice. Sin darme cuenta las agujas del reloj volvían a pasar y seguía allí, estático, observando la cajita.

No sé cuánto tiempo más tarde el silencio se vio roto. El teléfono comenzó a sonar una vez, y otra, y una tercera vez hasta que la persona al otro lado, seguramente un comercial, desistió. Mi mano derecha se movió y sostuvo la caja. La otra mano agarró la tapa. Estaba muy bien encajada, era difícil de abrir. Y de pronto, con un leve movimiento, casi imperceptible, lo sentí. Estaba abierta y ya no había vuelta atrás, porque si volvía a taparla tardaría días, quizá semanas en conseguirlo de nuevo. La caja no estaba vacía. Al fondo un brillo parpadeante parecía darme la enhorabuena por mi logro. No era un objeto desconocido. El colgante de cristal que había encontrado en el maletín estaba ahora en mis manos. Bajo él, una nota:

"Se llama Lavel, cuídala por mí. Su compañía te traerá suerte, así que llévala siempre contigo. Te ayudará a verlo todo bajo otro prisma."

No había ni un "te quiero", ni un "lo siento" o un "hasta pronto".

- Me traerá suerte, suena a chiste. -Me dije a mí mismo. Después de tantos años lo único que me quedaba de Chema, lo único que hacía real su accidentada visita era un billete en desuso y ese colgante, que además era de chica. Curiosamente mi reacción ante aquellos pensamientos fue comenzar a reír. Reír sin parar, como si no hubiera un mañana. Las lágrimas salían a borbotones entre mis párpados empapando mis mejillas. Dejé caer mi cabeza sobre la mesa, soltando el colgante. Y seguía riendo, hasta que la risa se convirtió en un llanto fuerte, duro, emergente de lo más profundo de mi estómago. Todo resultaba tan patético, tan absurdo, que me obligaba a decidir si reír o llorar, así que me decanté por ambas. Y poco a poco todo se volvió silencio de nuevo. Con la cabeza apoyada sobre mis empapados brazos, mis ojos tenían la mirada perdida. Me incorporé y busqué en mi bolsillo. El billete. 9:30 horas. Eran las ocho y media. Había tiempo.

Si había podido abrir la caja y sobrevivir a ello ¿por qué no dar un paso más? Algo estaba mal en todo aquello. Yo no estaba bien, pero Chema estaba peor. Alguna cosa parecía poner su vida en peligro. No debía seguir perdiendo el tiempo en la autocomplacencia. Era el momento de ver más allá de mí mismo. Era el momento de hacer un viajecito.

Capítulo XIX- Pequeña Sarah.

Su cara sonrosada y pecosa resultaba más graciosa cuando una enorme sonrisa permitía entrever el hueco dejado por la ausencia de una pieza dental que días antes se le había caído. Su melena pelirroja y lisa se enredaba con el aire cuando jugaba a saltar la comba. Sarah era, como casi todos los niños, muy energética y despierta. Los ojos verdes resplandecían cuando su padre la iba a visitar con un nuevo regalo entre las manos. A la pequeña le encantaba coleccionar muñecos de trapo y su padre solía traerle uno distinto cada vez que viajaba por algún país. Sarah le preguntaba a su padre de dónde venía, y ese era el nombre que con el que le bautizaba. Ya tenía un conejo llamado Londres, a la gatita Persia, el delfín Hawái o el león Sudáfrica, entre otros.

Para el profesor era inevitable al ver a la joven niñita, recordar con tristeza el día en que su mujer y él habían tomado la decisión de separarse. Paradójicamente, distanciarse era el único modo de poder mantener cierta cercanía. Aquel día los dos se aproximaron a la niña, que entonces tenía poco más de tres años. La pequeña se entretenía con un juego que hacía sonar onomatopeyas de animales. Dirigió una sonrisa a su padre, el cual se había agachado para estar a la misma altura. Le apartó el pelo de la cara y le habló con voz dulce.

- Pequeña, papá se tiene que ir. -Confiaba en que la niña pudiera entender lo que pretendía decirle. Pero la cría seguía jugando ignorando, aparentemente, a su padre y señalando de vez en cuando una tecla imitando el sonido del animal.

- Quizá tarde un poco más en volver. Voy a trabajar a un cole muy grande con niños mayores y está lejos. Pero mamá te pondrá al teléfono todos los días para que podamos hablar. -Se detuvo un segundo para dirigir su mirada a la que ya no era su esposa, buscando una confirmación. Ésta hizo un leve gesto afirmativo intentando ocultar unos ojos humedecidos.

- Pero siempre pensaré en ti ¿vale, cielo? Todos los días, todas las horas de mi vida. -La niña señaló la tecla de una vaca y liberó un alegre ladrido. El padre sonrió levemente con el llanto contenido.

- Te quiero. -Bernart se inclinó hacia adelante y dio un beso a su hija en la frente disponiéndose a marchas. Besó la mejilla de la que ya no era su esposa y ésta no pudo contener un fuerte abrazo. En el momento en que se agachó para coger la maleta notó algo en su mano. La pequeña niña había colocado una delicada mano sobre la de él dirigiéndole una gran sonrisa acompañada de una mirada destellante. El padre la elevó dándole un gran abrazo.

- Te quiero, papi. -Quizá su hija era pequeña para entender todas las palabras, pero sí parecía comprender que tardarían en encontrarse, y esto provocó en Aira un fuerte nudo en la garganta que le presionaba con intensidad, causándole un enorme dolor. Una lágrima asomó pero la secó antes de que se desprendiera. La dejó en el suelo y se marchó.

Su trabajo le impedía verla todo lo que hubiera querido, pero la foto siempre iba en el bolsillo interno de su chaqueta, justo sobre el corazón. Para Aira su hija era intocable, y ver su nombre en aquel versículo le espantó. No quería que tuviera nada que ver con aquello, pero los indicios le hacían suponer todo lo contrario. Siguió buscando los versículos esta vez más angustiado y despreocupándose de todo lo demás. Esa era ahora su prioridad. Pero el enigma había sufrido una alteración. Encontrado el fragmento se percató de que en la sucesión de números sobraban las dos cifras que se hallaban entre paréntesis. Pero para aquello ya tenía solución. Esa era la parte que había descubierto poco después de ver el mensaje. Era una variante del cifrado Ottendorf. Buscó en el versículo las letras que ocupaban la posición vigésima y vigésima primera y continuó haciendo lo mismo con el resto de versículos. Pero no tardó mucho en darse cuenta que juntando aquellas letras no aparecía ningún mensaje. Así que volvió a intentarlo, esta vez encogiendo palabras en vez de letras, y ahora sí obtuvo resultados positivos. Había un texto legible, pero poco alentador.

"Una pareja de mujeres a salvar. El reino de Dios a otros salvó. Tu fe te ha salvado. En el templo de la presa. 00:00"

Los temores eran cada vez mayores. Necesitaba cerciorarse de que todo iba bien. Debía hablar con su hija. Cogió el móvil y marcó un número de su lista de llamadas recientes. El teléfono sonó una vez, dos, tres...

-¿Diga? -Una voz femenina respondió.

- ¿Elena? -Se apresuró a preguntar Aira.

- Sí ¿quién es?

- Soy yo, Bernart ¿Y Sarah? -No podía permanecer una segundo más en esa incertidumbre.

- En el colegio. La dejé esta mañana. -Tras pedirle a la que ya no era su esposa que se cerciorará de ello llamando al centro escolar, Aira, sin dar más explicaciones, colgó el teléfono dejándolo sobre la cama y se dirigió corriendo a la habitación de Sakina en el otro lado del pasillo. Llamó a la puerta con urgencia. Nadie respondió. Una vez más. Pero no parecían oírse ruidos en el interior del cuarto. Miró la hora. Hacía quince minutos que había dado comienzo la charla. Volvió a toda prisa a su habitación y marcó otro número en su lista de llamadas recientes.

- El teléfono al que llama está apagado o fuera... -No dejó que acabase la frase. Una vez más corrió hasta la puerta 138 y comenzó a golpear con fuerza dando gritos. Pero nadie salía a recibirle. Aira miraba nervioso hacía todos lados. No había nadie. Su espalda chocó bruscamente contra la puerta buscando un apoyo. Respiró hondo intentando controlar los nervios. Un chasquido llamó su atención. Una cabeza cubierta de pelos blancos asomó lentamente desde la puerta de la habitación de al lado. La mirada piadosa de una señora le hizo sentir culpable. Bernart se disponía a acercarse para preguntarle algo cuando un breve y agudo pitido sonó. Era el ascensor. Dos niños vestidos con bañador pasaron por delante del profesor corriendo. Cuando Aira volvió a ver hacía donde estaba la señora, ésta ya no se encontraba allí. El móvil que tenía en la mano comenzó a sonar.

- Tranquilo. He llamado al colegio. Hoy tenían programada una excursión y no he podido hablar con ella, pero me han asegurado que está bien. -"¿Cómo pueden saberlo si no está en el centro?", pensó él. Aun así optó por darle la razón a su mujer. No podía perder el tiempo contándole todo lo ocurrido e intentando calmarla. Aira se despidió de la que ya no era su esposa y entró en el ascensor, pulsando el cero. Echó un vistazo rápido en la sala de conferencias para asegurarse de que Sakina no estaba allí. Efectivamente. La idea de que aquel mensaje se refería a su amiga y su hija cobraba más fuerza. Curiosamente tras el pánico inicial, Aira se sentía más calmado. Su cabeza fría y racional había vuelto. Aquello era serio, serio de verdad. Y ya no había más opciones. Debía tomar las riendas del asunto. Se dirigió hacia la recepción y una vez frente al mostrador le preguntó al amable joven, que minutos antes le había entregado una Biblia, si había visto salir del hotel a su compañera.

-Señor, hará cosa de dos horas que se fue acompañada de un caballero.

- ¿Algún conferenciante? -El recepcionista negó. Las palabras del mensaje pasaban por la mente del profesor una y otra vez "una pareja de mujeres a salvar". Salvarlas implicaba peligro, pero a su vez implicaba que aún no era tarde. "Tengo hasta medianoche" pensó. No debía regocijarse en el miedo o el dolor. Debía impersonalizar el asunto, distanciarse del problema para mantener la perspectiva que le permitiese estar lúcido.

- Disculpe, señor. -La mente de Aira no dejaba de trabajar. "¿Cómo seguía el mensaje? El reino de Dios a otros salvo... El reino de Dios a otros salvo ¿Qué quiere decirme?"

- Señor. Perdone, señor. Bernart estaba tan sumergido en sus ideas que no oía a nadie más que a sí mismo. "El reino de Dios. La soberanía de Dios sobre todas las cosas. El opuesto al reinado de los poderes terrenales".

- Es que antes de marchar... -Continuó el recepcionista- -... la profesora le dejó un mensaje. -Pero Aira no escuchaba más allá de sus pensamientos. "El pacto entre el Rey David y Dios. El reino de los cielos para los cristianos. La restauración de Israel según los judíos".

- Aquí tiene. -El muchacho deslizó la nota sobre el mostrador. Ese movimiento hacía el profesor, le extrajo de sus pensamientos trayéndole de vuelta al mundo.

- ¿Qué es esto? -Dijo extrañado. El recepcionista repitió lo dicho anteriormente y Aira lo agradeció con gesto amable desdoblando la nota. La letra era de Sakina pero el mensaje provenía de otra persona.

"Espero que esta vez no haya llamado demasiado la atención al darse cuenta de la situación en la que se haya. Supongo que ya habrá entendido que esto no es un juego, pero no se preocupe. No haré daño ni a la profesora ni a su hija. Siga las indicaciones y todo saldrá bien".

Sí, aquello ya no era un juego, era algo personal. Ya no se podía permitir la opción de negarse, o posponerlo para mejor momento. Ese era el único momento que había. La desolación hizo acto de presencia, pero el profesor no podía permitirse alimentarla. "Mantén la perspectiva, mantén la perspectiva" se repetía. Vio en su móvil el mensaje ya descodificado. Volvió a leerlo con detenimiento apoyando los codos en el mostrador. El recepcionista fingió estar ocupado pero cada poco tiempo dirigía la mirada hacía su extravagante cliente.

- Al mencionar "el reino de Dios a otros salvó" hace referencia al derecho de asilo o el asilo sagrado...-Se dijo a sí mismo en voz alta. El joven recepcionista no podía ocultar su curiosidad. Aquello parecía interesante. Le gustaban las historias relacionadas con la religión. Aira continuó a sabiendas de que sus palabras estaban siendo escuchadas. Su cabeza estaba en acción y volvía a tener esa agradable y fuerte sensación que sentía al dar una clase magistral.

- Era una ley medieval por la cual cualquier perseguido por la justicia podía acogerse a la protección de iglesias y monasterios.

-Algo había oído. -Continuó el muchacho, acercándose al profesor. -Era el modo en que los oprimidos por las leyes de su país podían ser protegidos por el poder divino de la iglesia.

- Así es. Esta norma viene de muy antiguo. Ya egipcios y griegos la usaban. Gregorio XIV reguló en una bula en el siglo XVI el derecho de asilo, dejando excluidos de dicho derecho los delitos graves. El asilado debía permanecer en la cárcel del obispado, y se abría procedimiento para que un juez eclesiástico decidiera si existía derecho de asilo.

- Así que en realidad seguían siendo prisioneros. -Aira agradecía tener alguien que escuchase con tanta atención. De alguna forma eso ayudaba a calmar sus nervios.

- En cierto modo, aunque es mucho más agradable habitar toda la vida en un monasterio que ser condenado a muerte. En cuanto a la frase "la fe que me salvó"...

- ¡Es la Biblia que le entregué! -A pesar de que el joven carecía de toda la información no estaba muy desencaminado y vivía aquello con gran intensidad. Aira supuso que no debían ocurrir muchas cosas interesantes siendo recepcionista de hotel. El profesor miró curioso al muchacho, dejando por un segundo de lado todo aquello.

- ¿Sabes...-Aira dirigió su mirada a la tarjeta que colgaba del pecho del muchacho- ...Zaid? Deberías pensar en retomar los estudios.

- Sigo estudiando, señor. Este es sólo un trabajo complementario.

- ¡Bien hecho! Pues creo que tienes razón, Zaid. Este hombre sabía que sin la ayuda de la Biblia no podría entender su mensaje así que parece factible que lo mencione. Pero nada de todo esto me lleva a algún lugar. -La última frase sonó desalentadora.

- ¿No hay más texto? -Aira sabía que sí. Una frase que le indicaba el lugar donde reunirse.

- "En el templo de la presa". -Dijo pensativo el profesor.

- ¿El templo de la presa? ¿Qué quiere decir? -"Buena pregunta" pensó Bernart.

- Puede referirse a la fe, quizá al hogar de la fe.

- ¿Una iglesia? Tal vez, igual que otros encontraron lo que buscaban en una iglesia, usted debería ir a una. -Aquello no convencía al inglés.

- Muy obvio, además dejamos de lado el concepto de la presa. Presa tiene muchos significados. Yo puedo ser su presa, víctima de un juego.

-Yo no lo llamaría víctima, este juego es muy divertido. Aira dirigió una mirada al recepcionista que parecía decir "ingenuo". Su mente continuó trabajando ignorando las palabras de su improvisado discípulo. "Quizá llama presa a lo que pretende conseguir a través de mí. ¿Pero qué quiere de mí? ¿Dinero?

- Un tipo de templo moderno son los bancos. El lugar que guarda lo sagrado de nuestro sistema capitalista. -Fue entonces el muchacho quien dirigió al profesor una mirada que claramente decía "¿va en serio?" El profesor se desesperaba retrocediendo unos pasos mientras se llevaba las manos a la cabeza.

- Lo sé, lo sé. No tiene sentido, es muy enrevesado y poco concreto. Está cogido entre pinzas. Además es un lugar con mucha seguridad. Nadie sería tan estúpido. -Cada nueva idea era peor que la anterior y todas parecían un camino sin salida. Aira respiró hondo y se centró en una cosa concreta.

- Vamos a ver. "Presa". Uno puede ser presa del pánico, como yo ahora. -El joven sonrió aunque en realidad a veces no entendía las cosas que decía y no sabía si interpretarlas como humor inglés.

- Puede ser una acequia, o coger algo. O puede ser una presa de agua.

- Aquí hay muchas de esas. -Añadió el muchacho con desinterés. Pero para Aira ese no era un dato más. Algo bueno comenzaba a asomar, podía intuirlo.

- Precisamente el versículo de donde sale esta palabra es sacado del mito del arca de Noé. ¿Pero por qué usa el término "templo"? Podría querer enfatizar o destacar. Tal vez me quiera decir que debo dirigirme a la presa de agua más importante.

- No, no creo que sea eso. -Respondió el muchacho. "¡Claro que era eso! Un recepcionista qué iba a saber de mensajes cifrados". Pensó con crueldad el profesor. Para él las cosas empezaban a encajar y no quería que nadie le estropease el momento. Confiaba en su intuición. El problema ahora se hallaba en que la joya de Egipto es el río Nilo con lo que el número de presas no es precisamente escaso. Miró el reloj, marcaba las cuatro y media.

- ¿Cuál es la presa más importante del Nilo?

- Pues no sé, creo que la de Asuán. Al construirla tuvieron que trasladar algunos monumentos. Pero está muy lejos de aquí, prácticamente en la otra punta del país, cerca del lago Nasser, a unos mil doscientos kilómetros en coche. -Aquella nueva noticia había dejado paralizado al profesor. Tenía siete horas y media para hacer mil doscientos kilómetros. Sería casi imposible llegar a tiempo en coche. Y no había aeropuertos cerca de Asuán.

- Si quiere puedo ponerle en contacto con un amigo piloto. Podría llevarle allí en helicóptero, pero si le interesa mi opinión yo aún creo que esa no es la respuesta del acertijo. -Aira se detuvo para ver fijamente a su nuevo amigo. Sus ojos brillaban de emoción.

- Zaid, amigo mío, no me interesa absolutamente nada tu opinión. -Respondió con cariño y una amplia sonrisa. El recepcionista se encogió de hombros y llamó a su amigo piloto. Minutos más tarde el profesor ya tenía una plaza en el próximo helicóptero con salida desde el aeropuerto de Alejandría y destino Asuán.

Capítulo XX- Adiós, mamá.

- ¡Sinvergüenza! -Masculló entre dientes François. Su expresión se había endurecido aún más ante las novedades en relación a la muerte de su padre. Para el notario el desayuno había perdido interés. Se levantó con dificultad acercándose al muchacho y apoyando su mano con fuerza en el hombro del joven. Éste permaneció tenso en la silla mirando al frente.

- Tu padre tenía intereses ocultos en todo aquello. Sabía que para acercarse a la gente adecuada debía dar motivos de confianza, y ayudar a blanquear dinero formaba parte del plan. Eso le sirvió como medio de conexión para llegar hasta otras personas que le llevarían frente a frente con quien él quería. -Las palabras del notario no tranquilizaban a François que seguía viendo en su padre a un hombre falto de transparencia y de ética cuestionable.

- Mais ne comprennent pas ¿Por qué se arriesgó tanto sólo para acercarse a alguien? ¿A quién?

El anciano se distanció unos pasos del joven, quedándose ambos espalda contra espalda.

- Le advertí del riesgo que corría. Se estaba codeando con gente tan poderosa como peligrosa. Hay altas potencias moviéndose en asuntos ocultos y de gran trascendencia. Muchos intereses que proteger, mucho dinero negro invertido. Son gente dispuesta a hacer lo que haga falta. Pero tu padre desoyó mis consejos.

-No me has respondido. ¿Con quién quería hablar mi padre? -El francés era de poca paciencia. Los ojos de Fleming comenzaron a humedecerse. Los recuerdos le estaban inundando el alma con gran pesar.

- Tu padre iba en busca de una verdad. Una verdad sobre tu madre. -Aquellas palabras golpearon en el pecho de François con la fuerza de un puño. Se levantó de su asiento con brusquedad buscando la mirada del anciano que se giró para encontrarse frente a frente.

- ¡Mi madre! -La memoria del chico se activó de pronto. "No caigas donde tu madre y yo caímos".

Minerva Ferrán había sido una destacada científica española y excelente colaboradora en la elaboración de tratamientos relevantes, como la utilización de anticuerpos monoclonales para la destrucción selectiva de células cancerígenas en 1986, o la utilización de la bacteria Escherichia Coli para la fabricación de insulina humana y la hormona humana del crecimiento en 1979. Su muerte supuso un duro golpe para la profesión que supo encontrar en la figura de aquella mujer un ejemplo de admiración ante su conocimiento, pasión y dedicación. Por todo ello muchas personas le guardaban gran respeto y aprecio.

El Barón, de riguroso luto, se dirigió a su hijo de escasos doce años. El crío se encontraba en mitad del vestíbulo, vestido con un traje oscuro y peinado con raya al lado, bien engominado. Al elevar la cabecita se apreciaba una lágrima liberada por uno de sus ojos grises, claros y cristalinos. La pequeña gota paseaba por una cara dulce y delicada. El padre le dirigió una mirada estricta. La mano que apoyaba en el hombro del niño era firme y tensa.

- Los hombres que quieran ser considerados como tal, no tienen el privilegio de llorar. De ti depende querer mostrarte como un niño o como un adulto.

El pequeño se secó los ojos torpemente con ayuda de su manga, dio un golpe seco con su hombro para desquitarse de la mano paterna, y salió corriendo de allí tras dirigirle una mirada de odio. Minutos más tarde entraba acompañado de la ama de llaves en un coche azabache, serio y elegante. Los cristales tintados de éste impedían ver el interior del vehículo. El niño posó su codo en la ventana y miró al exterior. El día, que en un principio se había despertado soleado, parecía haberse puesto de acuerdo con la ocasión ocultando el sol tras unas nubes grises. Una larga fila de Mercedes oscuros salía de la mansión en dirección al mausoleo, donde el cuerpo de la científica sería sepultado. Tras detenerse uno de aquellos coches, sus dos ocupantes salieron de éste. La señora, de rechonchos dedos, daba su mano al pequeño huérfano mientras lloraba con desolación. El Barón salió del vehículo que iba delante.

Todo transcurrió según lo planificado. Una larga cola de gente desconocida para François fue pasando frente a él, dándole el pésame y acompañando gestos amables con típicas frases prefabricadas. "Te acompaño en el sentimiento", "no somos nada", "ahora está en un lugar mejor"...

- ¿En un lugar mejor? -François odiaba a aquellas personas por decir tantas tonterías. ¿Dónde podría estar mejor su madre que al lado de su hijo?

Todos se fueron marchando para continuar con sus vidas como si ya lo peor hubiera pasado. Pero lo peor aún estaba por llegar. ¿Cómo un niño tan joven aprendería a vivir sin su madre? ¿Cómo continuar con el día a día? El pequeño montó en su coche con la criada, odiando a su padre por no estar a su lado. "Habría sido mejor si el muerto fuera él", pensó. Lo que el chiquillo no sabía era que el Barón seguía allí mismo, en el mismo lugar donde habían dicho adiós a su ser querido. Se quedó en silencio y a solas, frente la tumba de su esposa, mientras una fina lluvia le iba calando. El tiempo fue pasando y se veía incapaz de moverse, como si le hubieran clavado los pies a la tierra. Hasta que sus rodillas flaquearon y su cuerpo cayó desplomado al suelo, rendido al dolor que guardaba en su interior. Ya no era necesario esconderse tras un rostro duro y firme. Ya no hacía falta ser el pilar sólido. Ahora podía permitirse comportarse como un verdadero hombre y llorar.

Capítulo XXI- En Djinn.

Salió del coche con un evidente nerviosismo. El tiempo seguía avanzando. Pasaban las cinco y media de la tarde cuando ya estaba estrechando la mano del piloto. Montó en el aparato. Era un Djinn, vieja reliquia de los años cincuenta de un solo rotor algo destartalado y aparentemente inestable. El uso de toberas hacía innecesario el antipar. El vuelo reducía considerablemente los kilómetros entre Alejandría y Asuán, quedando en una distancia aproximada de setecientos kilómetros.

- ¿Sobre qué hora estaremos allí? -Preguntó nada más sentarse en el deshilachado asiento.

- Estaremos allá sobre las diez de la noche, quizá algo menos. - "Perfecto, tiempo de sobra", pensó el profesor. Cuando todo parecía perdido, aquel empleado de hotel le había salvado la vida. "La próxima vez que vuelva a verle, le daré una generosa propina". En mitad de ese pensamiento, el helicóptero comenzó a ascender. Se reclinó y respiró hondo. No le gustaba mucho que sus pies abandonasen el suelo y más en un aparato de esas características. Además su acompañante de viaje tampoco le serenaba mucho. Echó un breve vistazo hacia abajo y en seguida optó por clavar su mirada en la entrepierna. Quiso pensar en otra cosa para olvidar donde estaba, pero el remedio fue peor que la enfermedad. Comenzó a cuestionarse si sus conclusiones eran acertadas, si realmente habría alguien esperando en la presa. Pero si hubiera errado, tampoco se le ocurría nada mejor. Poniéndose en el lado contrario la situación no mejoraba. Si ciertamente ese era el sitio no tenía claro qué se encontraría allí, pero a bien seguro no sería algo agradable. Su pequeña hija y su amiga estarían aterradas, incapaces de entender qué estaba pasando. Lo que había empezado como un pasatiempo ahora podría conllevar la peor tragedia de su vida. Y ahí estaba, volando en helicóptero con un tipo llamado Mustafá hacia una presa en el otro extremo de Egipto para reunirse con el secuestrador de su hija y su amiga. En contadas ocasiones el piloto hizo mención a algún paisaje concreto, alguna breve anécdota o un chascarrillo sin gracia. En ningún caso Bernart le daba pie a una conversación. Mustafá pronto entendió que aquel no era el típico viaje turístico al que estaba acostumbrado.

- ¿A qué se debe su interiso por Asuán? -Aira desconectó inmediatamente de sus negativos pensamientos. El error en el habla le chirriaba en los oídos.

- Interés.

- Sí, sí, el interés.-Bernart no insistió más en la corrección.

- Turismo. -Mustafá soltó una carcajada mostrando sus tres únicos dientes.

-¿Por sus huevos? Porque no ve nada más. -Volvió a reír. "Mira como para decir groserías no se equivoca", se respondió mentalmente el profesor. Al poco tiempo el piloto volvió a la carga.

- ¿Y viene sola?

- Solo.

- ¿Por qué? -"Paciencia, Aira, que lleva tu vida en sus manos", se aconsejó el profesor.

- Estoy aquí por trabajo y he querido aprovechar para ver algo más.

- ¿Pero alguno le va a coger allá?

- ¿Cómo?

- ¡Que si le coge alguno! ¡Alguno! -"No entiendo ni papa". Comenzaba a ser una conversación de besugos.

- No, no me coge nadie. "No tengo ni idea sobre qué estamos hablando, pero tú sigue la corriente", se dijo en silencio.

- Pues de noche y en la desierta poca dura.

- Sí, sí. -De este modo dio por finalizada aquella surrealista conversación y Aira pudo volver a centrarse en sus preocupaciones. Pensó que quizá debería desarrollar una estrategia a seguir, una especie de protocolo para controlar, dentro de lo posible, los acontecimientos que estaban por producirse. ¿Pero que planificar cuando no tienes información? Nadaba fuera de sus aguas y la impotencia de no manejar los hilos de aquella situación se le hacía insoportable.

- Conocer a un enemigo ayuda a vencerlo. -Pensó. -El conocimiento es poder. Sun Tzu decía en su "Arte de la Guerra": "Si eres ignorante de tu enemigo pero te conoces a ti mismo, tus oportunidades de ganar o perder son las mismas. Si eres ignorante de tu enemigo y de ti mismo, puedes estar seguro de ser derrotado en cada batalla."

Con eso podía jugar el profesor. Estar seguro de sus posibilidades, de sus habilidades y conocimientos era la mejor arma que tenía. Mantener una actitud fría, serena y práctica le permitiría estar a la altura. "Mantén la perspectiva, mantén la perspectiva", se repetía. Se conocía a sí mismo pero quería reagrupar aquello que sabía del italiano.

- Necesita mi ayuda para algo que le resulta importante. Precisa de alguien con mis habilidades y mi alto nivel intelectual. Ha tenido que elegir entre varios posibles candidatos y he sido el escogido pero ¿por qué yo? Debió conocer mi historial académico y profesional. Obviamente también sabe sobre mi vida personal. Debe tenerme vigilado de algún modo. "Obtendrá beneficio". Si sabe todo sobre mí... ¿qué puede ofrecerme que sepa que me falta? Me ha dicho que sabe cómo actué en el vestíbulo aquella noche. Me conoce, me observa de cerca. ¿Desde hace cuánto tiempo tiene clavado su ojo sobre mí? Estoy en una clara desventaja.

Parecía inevitable que el profesor tendría que hacer aquello que se le encomendara, fuera lo que fuera.

Capítulo XXII- El saber de Minerva.

Una nueva taza de tila calentaba las manos del viejo Fleming que todavía se encontraba algo alterado por los recientes acontecimientos. Habían decidido dejar el gran comedor y pasar a un pequeño estudio, donde seguiría aquella conversación.

-En sus últimos años, tu madre estaba desarrollando una investigación muy restringida. Pocos conocían qué se estaba llevando a cabo allí dentro, y a día de hoy, todavía no se ha esclarecido en qué dedicaba su tiempo Minerva. Pero lo cierto es que tu padre tiene... perdón, tenía el convencimiento de que era un proyecto lo suficientemente importante como para causarles problemas. Según lo que tu padre me contó, las últimas semanas tu madre se mostraba muy inquieta. En una ocasión, tu padre le comunicó su preocupación, pero ella no dijo mucho. -Fleming hizo una breve pausa para tomar un sorbo de tila. El joven estaba de pie, apoyado en el resquicio de la ventana observando hacia fuera con semblante serio.

-Había descubierto un importante hallazgo y tenía miedo de las consecuencias que ello pudiera reportar al status quo. -Para François todo aquello era nuevo. Por más que quisiera recordar los últimos días de vida de su madre, no encontraba señales que le hicieran sospechar. Pero sólo era un niño.

- ¿Miedo por qué? -Preguntó sin dejar de ver hacía fuera como si esperase a alguien. Su tono era sereno, pero directo y tajante.

- Nadie lo sabe. Desde que tu madre falleció tu padre había intentado encontrar el lugar donde Minerva había llevado a cabo aquella investigación.

- ¿Mi padre no sabía a dónde iba su mujer todos los días? -Preguntó, extrañado.

- No. Ella se iba en su coche particular, sin chófer. Marchaba durante horas y volvía, pero nunca hablaba sobre aquel tiempo que pasaba fuera de casa. El Barón desconocía el lugar de trabajo de tu madre. -El tono del notario se volvió suplicante, mostrando especial interés en hacerle comprender lo siguiente al muchacho. Por primera vez le miraba directamente, aunque no podía ver la cara del joven, que se encontraba de espaldas a él.

- François, es importante que entiendas que tu madre no sufrió un accidente. -El francés se giró, sorprendido pero sin decir nada.

- Dos días antes de la muerte de Minerva se encontró el cadáver de Sirius Nieztch. Su mujer halló su cuerpo una mañana al levantar. Estaba sentado en el sillón de su casa. La autopsia no fue concluyente pero se entendió que habían sido causas naturales. Este hombre era biólogo experto en genética y uno de los colegas más fieles de Minerva. Un par de años antes de su fallecimiento había dejado su empleo en una importante empresa farmacéutica a modo de jubilación anticipada. Tu padre pudo confirmar que estaba inmiscuido en un trabajo secreto y aunque nunca pudo llegar a demostrarlo, cree que era el mismo en el que trabajaba tu madre.

Aquello comenzaba a distanciarse bastante de la realidad que François había conocido. Parecía ser que su padre había dedicado los últimos quince años de su vida a desvelar qué había ocurrido en la desaparición de su mujer. Y él nunca supo nada. Si no fuera por las últimas palabras que su padre había mascullado antes de morir, no daría credibilidad a aquella historia.

-¿Me estás diciendo que ese hombre y mi madre fueron asesinados por una investigación que estaban llevando a cabo en secreto?

El anciano amarró su bastón, se levantó de la silla y caminó hacía el muchacho.

- Te estoy diciendo que tu padre tenía la certeza de que tu madre y Nieztch podrían haber sido asesinados. -El notario hizo especial hincapié en sus palabras para que se entendiera su significado completo. Durante unos segundos los nervios comenzaron a bajarle al muchacho desde la cabeza a los pies. Empezó a pasear por la estancia de un lado hacia otro, frotándose los ojos fuertemente con la palma de sus manos, intentado ordenar sus pensamientos y mantener la calma, pero su impulsividad se esforzaba por salir a flote de todo aquello.

- Así que, según tú, mis padres fueron asesinados por una importante organización que intenta recuperar o mantener en secreto un hallazgo que puede cambiar el mundo.

- Puede parecer de locos, pero sabes que tus padres eran individualmente dos personas muy importantes y destacadas, cada uno en su campo. Las circunstancias fueron superiores a ellos y lo serán también para ti si no sacas a la luz todo esto. Prometí a tu padre que sellaría la boca, pero en su lecho de muerte ha decidido contártelo, y eso significa que esta historia ha finiquitado. Se acabó. Debes recoger esa información y desvelar la verdad.

François se detuvo de pronto. Se apoyó con una mano en el escritorio volviendo a dar la espalda al notario. Agachó la cabeza mientras se pellizcaba su labio inferior, pensativo. Una duda hizo girar su cabeza hacia donde estaba Fleming.

- ¿Qué es Lavel? -El notario ocultó sorpresa.

- ¿Cómo? - Preguntó. El muchacho se incorporó dirigiéndose directamente a su compañero de conversación.

- Sí, esa palabra fue la última que pronuncio mi padre pero no le dio tiempo a explicarme nada sobre ella. ¿Qué es? ¿Un nombre? -Fleming se mostró pensativo. Finalmente negó con la cabeza. François cogió la cazadora que tenía colgada en el respaldo de una silla disponiendo a irse.

-Bien, entonces quizá tenga las respuestas que busco en esa caja fuerte. Necesito que me diga dónde está y cuál es la contraseña. -Nuevamente el anciano se vio sorprendido.

- ¿Qué contraseña? No sé nada de una contraseña. Yo sólo sé que la caja se encuentra en Nantes, en el Banco Estatal.

Aquella no era la respuesta que al francés le cabría esperar pero después de la charla sabía que Fleming no mentía. A pesar de ello, al muchacho le sorprendió que su padre confiara algo de valor a un banco. Siempre decía que la responsabilidad de cada uno estaba en saber guardar bien lo suyo, y cuánto más valor tuviera más responsable se debía ser. Por eso había instalado La Caja oculta tras el cabecero de la cama de su dormitorio, para poder tenerlo lo más cerca posible de sí mismo por las noches, salvaguardando sus pertenencias ante posibles robos. Por lo visto, Fleming le habría convencido para que almacenase aquella información importante en protectorado de expertos nacionales en seguridad. A pesar de su cabezonería, el Barón habría cedido, pero el problema que éste le había dejado ahora a su hijo era haberse llevado la contraseña a la tumba.

Dio las gracias y se fue sin despedirse, montando en su moto camino a casa. Tras recoger algunas cosas y algo de dinero, salió de su mansión de camino al puerto de Le Palais. Poco más tarde de la una ya pisaba suelo en Quiberon, pequeña península bretona. Ciento sesenta y siete kilómetros le distanciaban de Nantes.

Capítulo XXIII- Los orígenes de Dígory.

La tarde era gris y húmeda, exactamente como el cuarto del pequeño Dígory. Estaba en su cama, tumbado boca arriba, mirando las manchas en el techo. Una mosca revoloteaba alrededor de la bombilla encendida. Echó un vistazo a un viejo despertador. Ya tardaban. Pero el muchacho estaba convencido de que esta vez vendrían a buscarle, y si no era así ya había decidido cómo iba a actuar. Se asomó a la ventana y liberó una nube de vaho. El cristal se empañó. Pasó su dedo dibujando un círculo con una cruz dentro. Un elegante coche recién llegado atrajo su atención. El vehículo rodeó el patio hasta aparcar en la puerta. Eran ellos. Al menos eso pensaba Dígory. Ellos le llevarían a su nuevo hogar.

A menudo se imaginaba cómo sería su casa. Nada más entrar, el calor chocaría contra su cara. La luz sería tenue y agradable. De la cocina saldría un aroma dulce. Quizá su nueva mamá estaría horneando unas galletas. Ésta se asomaría al oír su llegada. Se acercaría inmediatamente con una amplia sonrisa y una emocionada mirada. Se quitaría los guantes de cocina para besarle en la cara. Subiría unas escaleras en forma de caracol para llegar hasta su cuarto. Estaría en la buhardilla, con unos ventanucos hacía el cielo. Al abrir la puerta un perro se lanzaría sobre él, lamiéndole toda la cara. Las pequeñas vías de un tren eléctrico rodearían el cuarto. Diferentes juguetes servirían como puentes improvisados. La voz de su madre sonaría de pronto desde la planta de abaja, llamándole con algún diminutivo gracioso. Al bajar se encontraría una mesa con un montón de comida. Los tres mantendrían conversaciones sobre el trabajo de su padre, sobre las anécdotas del día o planeando el fin de semana. Quizá hasta tendría una hermana pequeña o mayor; sí, ¿por qué no?

Fuera ya de esos sueños, se apresuró a bajar las escaleras del centro infantil. Al llegar a la planta baja se detuvo unos segundos en acicalar su jersey harapiento. Comenzó a andar solemnemente en dirección hacia la entrada del edificio. El pasillo estaba oscuro, y la luz que se colaba por las puertas era grisácea. Dígory caminaba por el amplio pasillo cruzándose con algunos de sus, para él, ya excompañeros de internado. Iba orgulloso, incluso algo soberbio, con una amplia sonrisa. Los demás niños le miraban al pasar frente las puertas de sus cuartos. Una vez hubo llegado, contempló la escena. Un niño mucho más joven que él, de unos siete años, corría a los brazos de un apuesto hombre. Era un señor trajeado, con unos brillantes zapatos. La señora que le acompañaba, llevaba un vestido suelto de impoluto beige. Ésta se agachó para coger en brazos al niño, abrazándole con fuerza mientras besaba su mejilla una y otra vez. Los dedos de esa madre acariciaban un pelo rubio largo y sucio. Los sollozos, las risas, las lágrimas... toda aquella exhibición de sentimientos se clavaba en el pecho de Dígory, rompiéndole el alma. La mujer dejó al niño en el suelo y cada padre cogió una mano del pequeño, llevándole hasta el radiante coche. Lípari se quedó estático, con la mirada perdida mientras el vehículo se alejaba.

Minutos más tarde, dio media vuelta y retomó el mismo camino, por el mismo pasillo, hasta el mismo cuarto. Al pasar al lado de sus todavía compañeros, éstos le decían con sorna cosas como "¿es que nadie te quiere?, "no eran tus papis" o "ya eres muy mayor para una madre". El muchacho echó a correr, subiendo las escaleras tan rápido como sus piernas se lo permitían. Llegó a la habitación y se lanzó sobre la cama de un salto. Estalló en llantos, golpeando con fuerza la almohada, hasta tirarla contra la pared, tirando varios objetos a su paso. La furia descontrolada no le deja pensar con claridad. Se había dejado llevar por los instintos más básicos. Estaba dispuesto a sucumbir ante locura, sin capacidad para racionalizar o pensar. Se levantó y comenzó a arremeter contra todos los objetos que se encontraban en su cuarto. Una rabia animal se había adueñado de él. El niño que dormía enfrente se asomó para ver qué pasaba. Dígory lanzó el despertado de su compañero de habitación contra la pared, saliendo sus piezas volando con fuerza hacia todas partes. Abrió con brusquedad el mueble, tirando al suelo toda la ropa vieja, pisándola, rompiéndola. Una mujer apartó al niño que asistía como espectador de la escena y entró en el cuarto.

- ¡¿Qué pasa aquí?! -Grito sorprendida.

- ¡Se ha vuelto loco, sita Fermati! -Respondió el niño. Otros curiosos se acercaron, especulando en voz baja sobre lo que podría estar pasando.

La mujer intentó agarrar a Dígory para que se detuviera, pero éste forcejeó hasta zafarse de ella y seguir con su arrebato. A causa de un codazo del muchacho, la institutriz tropezó con una prenda de ropa y cayó al suelo, golpeándose contra la mesilla en la cara marcando su rostro. Otra mujer, que acababa de llegar, contempló el golpe. Entró acompañada de un hombre y juntos amarraron al chico que, ya sin fuerzas, estalló a llorar, cayendo al suelo rendido. Fue dirigido a dirección, un despacho muy pequeño y desordenado, repleto de papeles y objetos. Allí le dijeron que sería denunciado por agresión. Un mes después dejó el orfanato, para pasar a vivir en un reformatorio, condenado a pasar allí dos años para después volver a un nuevo orfanato. Aquella tarde, cuando descubrió que la vida podía ser peor de lo que ya era, y que supo asumir que jamás se cumplirían sus sueños, su camino fue trazado hacía una dirección distinta y un nuevo destino fue escrito. A partir de ese día el odio jamás abandonó su alma. Un odio producido por una eterna espera, por un déficit de amor y unas carencias emocionales.

Capítulo XXIV- Pasos de Arena.

Una monumental nube de arena se elevaba a más de tres metros de altura. Las enormes hélices del helicóptero daban vueltas esparciendo el polvo y generando un ruido ensordecedor que rompía el silencio del lugar. La noche había caído hacía ya un par de horas y el frío era cada vez más cruel. Unas cuantas luces brillaban desde abajo.

- No podré dejarle más cerca. -El aparato necesitaba una superficie sólida y con iluminación para poder aterrizar y por ello el piloto se vio obligado a dejar al profesor a unos tres kilómetros de distancia de la presa. Aquello era como una especie de muelle en desuso. Aira se preguntó si realmente estaba todo lo cerca que el piloto podría haberle dejado.

- Suerte con su turismo. -La cara de burla del piloto se contraponía al rostro serio del profesor. Sin que el motor se detuviera, los patines se posaron en el suelo y Aira bajó de un salto. El aparato volvió a elevarse. Desde dentro, Mustafá mostraba una vacilona sonrisa con varios dientes caídos. Se despidió de Bernart agitando el brazo. Ahora que el profesor estaba en medio de un desierto, acompañado de una inquietante soledad y una penumbra tenebrosa, se preguntaba cómo se iría de ese lugar una vez terminase todo. Sabía que a cuarenta y ocho kilómetros se encontraba Al Madiq, un pequeño pueblo en la costa del Nilo.

El profesor dio una vuelta sobre sí mismo, algo abrumado por la situación. No veía nada más allá de los focos que le iluminaban en medio de aquella oscuridad. Metió la mano en el bolsillo de su chaqueta y sacó una brújula y un mapa. Colocó la brújula sobre el mapa y giró treinta grados sobre su propio eje para situarse. Dio unos pasos hasta salir de los haces de luz y colocarse frente a frente con la oscuridad. Encendió una pequeña linterna y la dirigió hacia la negrura buscando algo más que una penumbra impenetrable. Volvió a ver el mapa cerciorándose de que aquella era la dirección correcta. Aira comenzó a caminar sin saber si aquel era el camino. Tras pasar por una especie de hangar abandonado se encontró nuevamente con asfalto, pero no había luces iluminando la vieja carretera. La cruzó y continuó recto. Oír a su derecha la corriente del agua del río le calmaba. Mientras estuviera cerca de la orilla no podía ir muy desencaminado. De pronto sus pies pisaron una zona de arena. Caminar sobre ella se volvía complicado por momentos.

El profesor intentó internarse en pensamientos agradables que le ayudasen a sobrellevar la situación de tensión contenida. Comenzó a recordar su niñez, el campamento de verano, el lago en el que se refrescaba junto a sus compañeros de excursión y las actividades que allí realizaban. En aquellas vacaciones había aprendido a encender una hoguera frotando madera, a leer los rastros en el bosque, mirar estrellas para guiarse en la oscuridad y jugar a buscar objetos perdidos usando los útiles que en ese mismo momento tenía entre sus manos. La luz de la linterna iluminó unos barrotes de metal entrecruzados. Elevó la vista y se encontró frente a la base de una enorme torre de cableado eléctrico. Tras ella, se colocaban alineadas otras dos torres. Pero no parecía haber cables conectándolas. Dejó atrás sus gigantes quijotescos y continuó en línea recta, no desviándose nunca de lo indicado por la aguja de la brújula. También a su espalda se encontraba la luna en cuarto menguante que no hacía mucho esfuerzo en darle algo más de luz.

Todo era negro y frío. Los granos de arena se iban colando en el interior de sus zapatos haciéndole cosquillas en las plantas de los pies. Una fila de altos matorrales le impedía seguir recto. Los rodeó hasta encontrar una zona por donde atravesarlos. Poco después una pequeña elevación de arena le hizo caerse. Aira consiguió recuperar la linterna, pero la brújula se le había escapado de las manos y no lograba encontrarla. Agarró el mapa conteniendo su frustración y se quedó de rodillas en la arena mirando las líneas del papel. Vio al frente pero sólo había arena. Se incorporó con una respiración acelerada y siguió caminando sin saber si estaba manteniendo el rumbo adecuado. Un paso en falso y el profesor comenzó a rodar ladera abajo. El desnivel invisible para su vista se había convertido en una improvisada trampa natural para Bernart, que se iba golpeando contra la arena una y otra vez. Cuando los golpes cesaron, el profesor se encontró boca abajo, sin moverse. Una de sus manos empezó a cerrarse hasta mantener el puño rígido y tenso sobre la arena. Se valió de sus brazos para elevar el tronco quedándose a cuatro patas. Sus ojos también estaban cerrados con fuerza, intentando contener una lágrima de rabia e impotencia. Unos sentimientos que afloraron desde lo más profundo de su interior dándoles la energía necesaria para levantarse. La respiración salía con violencia por su boca. Se mantuvo estático, mirando a la nada, limpiándose con la manga de su chaqueta la mezcla de sudor, lágrimas y arena que se había creado sobre su rostro. La linterna había salido volando a unos metros de sus pies. Se agachó para recogerla. Volvió a girar sobre sí mismo buscando una referencia. Sin la brújula y agotado parecía que todo se volvía en su contra. El reloj no le concedía más de veinte minutos para llegar hasta su punto de encuentro. Tener tan poco margen supuso para Aira, más que una causa de pesimismo, una motivación. Un claro objetivo a cumplir. Respiró profundamente, manteniendo a su hija y a Sakina en la mente. Aquello le cargaba con el coraje necesario para continuar. Justo en frente se encontraba una carretera, más ancha y cuidada que la anterior. Por ella sí transitaban habitualmente vehículos.

- Esta es. Esta es la carretera. Si la sigo manteniendo el rumor del agua a mi derecha estaré yendo por la dirección correcta. - Aira aceleró el ritmo, convencido de que lo estaba haciendo bien. En cualquier caso el tiempo no le daba más alternativas. No sabía cuántos metros le separaban de la presa. Quizá fuera algo más de lo que pensaba, tal vez un par de kilómetros. Poco a poco la velocidad de sus pasos era mayor. Su ansiedad, su desesperación le llevaban a un deseo frenético por correr, por superar el agotamiento y dejarse ir. Unas luces atrajeron su atención. A lo lejos podía apreciarse un monumento iluminado.

- ¡La Lotus Flower Tower!

Era la referencia que estaba esperando ver. El faro que le indicaba que ya casi había llegado. Una torre construida para conmemorar la alianza ruso-egipcia en la construcción de la presa. Dentro de la torre hay un pilón central del monumento de la Amistad Árabe y la Unión Soviética, en conmemoración de la finalización de la presa de Asuán. Al llegar a ella se encontró frente a frente con la propia presa. Una larga fila de árboles marcaba el camino. Por fin había llegado.

- ¿Y ahora qué? ¿En qué lugar las encontraré? - Aún faltaban un par de minutos. Siguió caminando guiado por el muro de árboles. Unas farolas daban una tenue luz al lugar. Aquel era un enorme armazón de cemento en medio del desierto. Ya era medianoche pero allí no había nadie más que él y su acelerado latido. Pasó por un pequeño aparcamiento vacío y continuó de frente. Fue entonces cuando se encontró con una larga verja. El camino de la presa ya estaba llegando a su fin, el tiempo había sido sobrepasado y allí no había nadie. Fue entonces cuando Aira optó por ignorar las señales de prohibición y colarse en el espacio que pudo distinguir entre la unión de dos de las rejas. Se encontró unas escaleras poco iluminadas. Algo más lejos, en una nueva carretera que lindaba con las salidas del agua, pudo ver unas luces horizontales. Allí había un coche encendido. Bajó las escaleras y conforme se fue acercando pudo ir distinguiendo que se trataba de una ranchera. El ruido del agua estaba ahora acompañado por el de la maquinaria de grandes dimensiones. Un enorme chorro salía a presión de una de las boquillas de la presa, elevándose en el aire y cayendo nuevamente al río. Iluminados por los focos del coche, a Aira le pareció ver lo que creía que eran dos figuras humanas, pero ninguna de las dos era de su hija.

- ¿Saky? ¿Eres tú? -No hubo respuesta. Ambas figuras permanecieron inmóviles. Aira ya estaba muy cerca.

- Otra vez puntual, más o menos.

Capítulo XXV-
Usted nos da su confianza.

El tráfico era denso. Numerosas personas salían de sus lugares de trabajo y conducían sus vehículos dirección a su hogar, donde se reunirían con sus familias o se irían a tomar algo con los amigos, quizá en una terraza con música de jazz de fondo o tal vez en un garito de mala muerte con diana y billar. La motocicleta permitía cierta libertad con respecto al resto de vehículos que atestaban la nacional. François miraba el reloj. Pronto se cerrarían los bancos y no podía esperar al día siguiente. Sin previo aviso, un hombre que salía de su coche tras aparcar abrió la puerta sin mirar. El motorista se vio obligado a dar un giro brusco, que casi provoca el choque de dos coches.

Superada la prueba del atasco, se adentró en una calle mucho más tranquila. Aparcó y se dirigió hacia unas altas puertas acristaladas. Un empleado estaba colocando el cartel de cerrado cuando François golpeó el cristal. El hombre se negó a atenderle con un movimiento de cabeza. Entonces el joven sacó del bolsillo interno de su cazadora una cartera de cuero negro desgastado y le enseñó su identificación. La cara del empleado mostró un gesto de extrañeza. La curiosidad le hizo acercarse y abrir la puerta.

- Siento la molestia. Sé que es tarde pero necesito... -El hombre le interrumpió con un gesto de mano, algo así como un aleteo.

- Disculpe, disculpe. Pero no podemos hacer excepciones.

- Pero ha visto quien soy.

- ¿Y debería significar algo?

- Giraudon, estas no son horas de recepción, ya lo sabes. -Otra voz algo más mayor se hizo oír detrás del empleado del banco. La incomodidad de Giraudon hacía sospechar que quien le hablaba era un superior. El dueño de dicha voz se acercó dirigiéndose amablemente hacia François.

- Disculpe, señor. No es algo personal pero... -Su rostro cambió de pronto, como si intentase recordar algo. Se quedó callado, situación que el chico aprovechó para volver a hacer un intento.

- Perdone, soy François Gèrard, hijo del Barón de Francia, dueño de la Belle-île. Lamento mi intromi...

- No, ruego me perdone usted a mí. -Cortó inmediatamente el hombre de llamativa corbata morada. Su actitud cambió de pronto, tomando un tono más alegre y enérgico. Parecía querer ocultar su sorpresa con una actitud cortés que resultaba algo pedante a la vez que cínica.

-¡Vaya, Giraudon! Debiste haberme advertido de quién era. No tiene nada de lo que disculparse. Usted, al igual que su padre, siempre es bien recibido, sea la hora que sea. Soy Henri Viollet, el directo de la sucursal. Pase, por favor. Con un gesto amable de mano, le invitó a entrar.

El edificio ya estaba semioscuro. Había dos empleados más. Cada uno de ellos en un ordenador tras un mostrador ordenando cheques y cuentas bancarias. Mientras caminaban por el recibidor, François informaba con tono frío sobre el fallecimiento de su padre, haciéndole conocedor de la noticia de su herencia. Los tres se detuvieron.

- Lo siento mucho señor, pero hasta que no se haga oficial la transferencia de la herencia no podrá disponer ni de las cuentas, ni de los objetos que su padre haya podido guardar aquí. Son complejos trámites burocráticos ajenos a nuestras competencias. Si por mí fuera... pero cualquier seguridad es poca para proteger los bienes de nuestros clientes. Ellos nos otorgan su confianza, debemos darles seguridad.

François se percató enseguida de que detrás del director se podía ver un cartel pegado en el cristal de la fachada que rezaba "usted nos da su confianza, nosotros la seguridad". Aquello trastocaba los planes del joven que no podía permitirse perder el tiempo de esa manera. Los que habían matado a su padre no tardarían en presentarse ante él para presionarle. Esperar varios días hasta que se hiciera público el testamento podría entrañar graves consecuencias. A pesar de que François ya empezaba a estar cansado de tantas florituras y gestos de educación y cortesía, debía mantenerse en su postura para lograr su propósito.

- Entiendo su posición, pero es esencial que me permita la entrada en la recámara. Puede mandar acompañarme a cuantas personas desee para vigilar, pero necesito leer con urgencia unos documentos que están allí dentro. -La insistencia no servía de nada. Llevaba diez largos minutos discutiendo con aquel caballero que realizaba un ejercicio de pedantería digno de admiración. Finalmente no le quedó más opción que renunciar y ceder ante la intransigente posición del director. Se despidió con amabilidad acompañado hasta la puerta por el señor Viollet y abandonando el edificio.

- ¡Qué testarudez! ¡Pocas cosas son más insoportables que los jóvenes ricos! Menudo insolente presuntuoso. -Henri Viollet abandonó su educada postura nada más salir François, comenzando a quejarse de la burguesía. Los demás regresaron a sus asuntos, mientras que Henri volvía a su despacho en busca de las llaves para cerrar la puerta. Ese segundo de distracción fue aprovechado por el joven Barón para volver a entrar y esconderse tras un cajero automático. Una vez allí, se inclinó ligeramente para echar un rápido vistazo a la localización de las cámaras de seguridad y controlar a los ocupantes del lugar. En ese momento sólo dos de ellos se encontraban a su vista, justo enfrente, tras un alto mostrador metálico, acristalado en el frontal superior a modo de protección contra posibles atracadores armados. La cabeza de ambos empleados se insinuaba ante el monitor de dos ordenadores. François se mantuvo de cuclillas y agachado tras el cajero, guardándose así de la miradas de ambos banqueros. Parecían ocupados en la realización de sus gestiones. A su derecha había una puerta que parecía comunicar dos despachos. Dentro estaban Giraudon y Viollet. Al fondo, entre los despachos y los mostradores se podía ver el comienzo de un pasillo en penumbra. El joven se ocultó rápidamente al percatarse que una de las cámaras móviles estaba a punto de enfocar la zona en la que se encontraba. Si no había visto mal, esa cámara, colocada a la derecha de la puerta de entrada, era la única en el vestíbulo. Por suerte para él, el ojo mecánico parecía no haberle captado entrando en el banco. Espero unos segundos y volvió a ver hacía el punto donde estaba la cámara. Ahora la cabeza giraba en dirección hacia el pasillo. François corrió agachado hasta colocarse bajo la cámara. Desde allí los empleados ya no podían verle. Pero en cualquier momento Giraudon y Viollet podían salir de sus despachos y pillarle infraganti. Una vez la cabeza mecánica hubo girado hacia el cajero, cruzó la estancia, parándose a mirar si alguien en el interior del despacho podía verle y cruzando por delante de la puerta hasta llegar a un largo pasillo en penumbra. Eran ahora dos las cámaras, una en cada extremo, las que protegían el camino. Henri Viollet salió entonces de su despacho dirección hacia la entrada para cerrar la puerta. El muchacho dobló la esquina colocándose bajo una de las dos cámaras y evitando la mirada de Viollet.

François se encontró entonces con un nuevo inconveniente. Mientras que la cámara al otro extremo del pasillo era móvil, y por cierto en breve le enfocaría, la que se encontraba encima de su cabeza era fija y miraba siempre hacía el estrecho pasillo. Y cuando parecía que las cosas no podían complicarse más, un estruendo sobresaltó al muchacho, que vio como una carpeta caía al suelo acompañado por una taza de café que se rompió en mil añicos. Había alguien más al otro lado del pasillo, y si él no le pillaba, los otros empleados sí lo harían cuando se presenciasen atraídos por el ruido. Aquello no era, lo que se dice, tener buena suerte.

Capítulo XXVI- Seguro de vida.

Era un hombre de metro noventa con pelo corto, rubio y puntiagudo, acompañado por unos ojos grandes y azules bajo unas gruesas cejas. Vestía una camiseta color caqui arremangada hasta la parte superior de unos bíceps bien definidos y unos vaqueros y botas militares. Su voz, grave pero suave al mismo, tiempo salía de entre unos labios anchos y rojizos que ocultaban unos dientes bien enfilados y blanqueados. Una cicatriz en la frente era el recuerdo que quedaba de una pelea adolescente de la que su rival había salido peor parado. Bajo los focos de aquella furgoneta, su figura impresionaba aún más. Al moverse pudo distinguirse una tercera forma. A cada lado, sujetas por los brazos con cuerdas se encontraban las dos mujeres atadas y amordazadas. La pequeña lloraba desconsolada al ver cómo se acercaba un rostro que le era familiar. Hizo un intento por echar a correr hacia su padre, pero el italiano la mantuvo a su lado con un movimiento seco. Saky se mostraba serena pero temerosa.

- ¡Suéltalas! No tienen nada que ver con esto. Ni yo tampoco. -El hombre elevó en el aire a la niña y caminó hacia la ranchera. Aira se detuvo elevando su brazo derecho con la palma abierta mirando hacia el suelo, buscando calmar la situación.

- No se subestime, profesor. Usted es fundamental en esta historia. Si no fuera así ya estaría muerto. -Aira intentaba aparentar sobriedad. Se mantenía inmóvil, con una mirada amenazante. Tuvo el impulso de reaccionar cuando aquel hombre subió a su hija a la parte trasera de la furgoneta, pero se contuvo. La niña se quedó agachada en el suelo del vehículo llorando sin consuelo. Dígory volvió para recoger a la mujer que había dejado en el suelo. La levantó sin esfuerzo y la llevó hacia el borde de la presa.

- Esta no es la forma de hacer las cosas. Sólo te traerá problemas. ¡Reflexiona! No saldrá nada bueno de esto si no lo paras enseguida. -El profesor intentaba influenciar con palabras serenas pero tajantes. Dígory Lípari tiraba de la mujer dirigiéndola hacia la barandilla que delimitaba el linde de la carretera.

- ¡Espera! ¡Espera! -La situación se volvía más tensa por momentos. El italiano parecía decidido. Tenía el control de los acontecimientos. Los gritos de Sakina se veían enmudecidos por la mordaza, y las lágrimas rebosaban de sus ojos oscuros con temor.

- No le hagas daño, por favor. Por favor. Haré lo que me pidas. - Dígory elevó a la mujer colocándola al otro lado de la barandilla. Ésta retorcía sus brazos buscando donde aferrarse. Lípari la sostenía con una sola mano mientras Sakina se encontraba al borde de la presa. Más abajo, el chorro de agua caía con fuerza provocando un estruendo que helaba la sangre.

- No es tan sencillo, Aira. Debo asegurarme de que no nos traicionará. Necesito tener la certeza de que se grabará a fuego en su mente que esto no es un juego y que estoy dispuesto a llevar acabo los actos que hagan falta para que nos ayude de un modo incondicional.

Lo ocurrido a continuación pareció transcurrir a cámara lenta. El vestido de Saky se alborotaba por el viento. Su melena morena atada en una coleta se movía descontroladamente. Lípari abrió su enorme mano y el cuerpo cayó irremediablemente en silencio, sin hacer ruido, como una hoja seca de un alto árbol. El grito de horror de Aira rompió la calma mientras se lanzaba a la valla intentando salvar lo insalvable. Tirado en el suelo, espantado, alargaba los brazos viendo como su amiga se perdía entre la negra oscuridad y la blanca espuma del agua. Bernart, más muerto que vivo, se quedó allí postrado sin desplazar su mirada, con los ojos muy abiertos. Llevado por una absurda esperanza, parecía esperar a que su compañera sobreviviera, saliendo de las aguas de golpe, cogiendo aire con fuerza y luchando contra la corriente mientras se liberaba de sus atadoras nadando hacia la orilla. Dígory, que se había quedado impasible en el mismo lugar, miraba hacia abajo con compasión. En contra de lo que pudiera esperarse, una lágrima caminaba por su mejilla. Tras unos segundos, se dio la vuelta con decisión y se dirigió de nuevo hacia la furgoneta. La niña, tirada en el suelo de la parte trasera, no había presenciado nada de lo ocurrido; tan solo lloraba con los ojos cerrados. Como si fuera un saco de plumas, Lípari elevó nuevamente a la joven y la dejó en el aire al borde del abismo. Exactamente en el mismo sitio donde había dejado caer a Sakina se encontraba la pequeña Sarah, inmersa en un estado de shock que la impedía moverse. Cuando Aira se percató se lanzó al secuestrador intentado impedirle que su hija sufriera el mismo destino que su desgraciada amiga. Pero la fuerza del italiano era superior y con un solo movimiento de brazo y prácticamente sin inmutarse, golpeó al profesor tirándolo al suelo asfaltado.

- Tranquilo, profesor. Ella no tiene porqué acabar igual. Eso depende de usted. Lo he hecho una vez, usted mismo lo ha visto. He sido directo y no he dudado un solo instante. Sabe perfectamente que no me supondría ningún esfuerzo volver a repetir la operación. Lo podría hacer las veces que fuera necesario, así que escúcheme bien porque sólo se lo voy a explicar una vez. Llevo trabajando durante años en algo que puede cambiar el mundo, algo superior a todo lo existente. Pero desde hace días me encuentro estancado, no hay resultados. Tras mucho debatir y reflexionar he llegado a la conclusión de que usted es el ayudante perfecto que necesito para hacer avanzar mi proyecto. Es experto en varias materias, con un alto cociente intelectual y una carrera profesional que muchos envidian. A todo ello se suma que tiene algo que otros de su categoría no tienen, lazos emocionales. Aunque le parezca increíble, muchos compañeros suyos, quizá superiores a usted, no tienen ni la mínima conexión con la vida real. Esa debilidad es lo que me permite manipularle y necesito que me prometa que me ayudará. Aunque parezca evidente quiero oírlo de su boca.

Aira, aunque enfurecido, mantenía la calma. Tirado en el suelo, miraba como ese, para él, despreciable hombre sostenía sin esfuerzo a su hija sobre una caída libre de ciento once metros de altura.

- Haré lo que sea. - Serio, con la mirada triste pero dura, el profesor respondió intentando disimular su desesperación, pero la voz le falló y se desquebrajó en medio de la frase.

-Lo que sea. -Repitió. Dígory sonrió y caminó con rapidez hacia la ranchera. Abrió la puerta y dejó a la niña en la parte delantera. Después volvió para coger a Aira del brazo, dejándolo sentado al lado de su hija. Cerró la puerta. Mientras Lípari rodeaba la furgoneta y se introducía en el coche, Aira desató a su hija y la abrazó con fuerza. La niña se mantenía casi inerte, como si hubiera sido despojada de su alma, con una respiración suave y acompasada. Bernart le susurró palabras de alivio para tranquilizarla y besó su cabellera rojiza. El coche abandonó el lugar mientras Aira contemplaba la presa despidiéndose para siempre de su amiga. Si nunca había asumido como suya la idea de la existencia de un dios, ahora más que nunca estaba convencido de que era imposible semejante falta de compasión.

- Bien, hemos de darnos prisa. Vamos muy retrasados y hay mucho que hacer. El avión ya debe estar esperando.

Atrás se quedó la complicidad. En el recuerdo de Aira, las sonrisas contenidas, las miradas cargadas de picardía. La determinación, la seguridad y la fragilidad unidas en armonioso equilibrio. Atrás se quedaron las compras por el mercado, los paseos entre las multitudes, las sesiones de té y el ful medames. La inocencia de la amistad entre un hombre y una mujer más allá de la atracción. Si había algo de lo que Aira se arrepentiría sería de no haber correspondido nunca los besos en la mejilla. Y entre estos pensamientos la furgoneta marchó dejando tras de sí la fría penumbra y el rumor del agua y una vida perdida.

Capítulo XXVII- La caja 1313.

La situación se complicaba cada vez más. François no podía permitirse alargar el tiempo, así que tentó a la suerte y echó a correr. Optó por actuar a la desesperada. Cruzó el pasillo corriendo, a sabiendas de que las cámaras le estaban captando. Saltó sobre el resto de los pedazos de la taza y fue entonces cuando descubrió que el pasillo terminaba con un alto mostrador, pero no vio a nadie al otro lado. Lo que él no sabía era que sí había un agente y que la accidentada caída de esa taza había propiciado la distracción del guarda, que se había agachado tras el mostrador buscando algo que le ayudase a recoger el destrozo. De ese modo, François consiguió de puro milagro colarse en una nueva sala.

Comenzó a pasear por la gran habitación sin más salidas que aquella por la que había entrado. Las paredes estaban forradas de pequeños cajetines dorados sellados a cal y canto. Cada uno de ellos tenía una pequeña asa metálica, un código y algunos el nombre del propietario. Lo difícil sería averiguar cuál de todos aquellos era el de su padre. Caminaba con los dedos dentro de los dos apretados bolsillos frontales de sus vaqueros. Paseaba con calma como si se encontrase visitando un museo. Tras el subidón de adrenalina ahora sentía la satisfacción de encontrarse exactamente donde pretendía estar. Ya no importaba si había cámara, si le habían grabado entrando de noche en un banco o las consecuencias que ello pudiera acarrearle. Levantó la mirada para ver la altura de aquellas enormes paredes. Necesitaría horas para encontrar lo que buscaba, pero curiosamente no había síntomas de desánimo en él. De hecho, era la primera vez que se sentía bien desde que había presenciado la muerte de su padre. Un sentimiento de satisfacción le impedía sentir ni temor, ni nervios. Intentó pensar en el mejor modo de encontrar el cajetín de su padre en el menor tiempo posible mientras seguía mirando las paredes. Hasta que de pronto un sonido atrajo su atención. Eran unos pasos. Miró a su alrededor buscando un lugar que le valiera de escondite pero allí no había nada a excepción de los compartimentos de la pared. Giraudon entró en ese preciso instante con una pequeña caja metálica en sus manos. El susto provocó la caída de la caja que resonó con un estruendo acentuado por el eco de la sala.

- ¿Qué hace aquí? -François intentó tranquilizarlo. Se acercó a él y comenzó a explicarle con toda la celeridad que pudo la situación en la que se encontraba. Pocos segundos después una voz se oyó al otro lado de la puerta.

- Giraudon, ¿pasa algo? -François le dirigió una mirada cómplice.

- Por favor. -Rogó con tono de transcendencia. Aquel susurro produjo su efecto en el inocente empleado. Sin romper la conexión de sus miradas, Giraudon respondió al guarda.

- Tranquilo, Isaac. Todo en orden. Sólo se me ha resbalado la caja de las manos.

- Ok. -Respondió el guarda. François se mantuvo serio aunque en el fondo su cuerpo se había desprendido de un gran peso.

- ¿Por qué tanta prisa por ver lo que guardaba aquí su padre? -El joven intentó explicárselo sin dar los datos importantes. No le parecía adecuado confiarle toda la historia a un desconocido, a pesar de que éste le había hecho un enorme favor.

- ¿Sabe cuál es la caja de mi padre? -El banquero intentó recordar.

- Su padre no dio autorización para incluir su nombre en el frontal de la caja. Hacerlo es sólo opcional, aunque los empleados lo agradecemos. Nos facilita el trabajo. Necesitaría ver el código en el ordenador.

Durante un par de segundos se hizo un silencio. François le miró fijamente, inclinando la cabeza hacia un lado y elevando las cejas, esperando la reacción del banquero. Por su parte, Giraudon parecía no percatarse de la insinuación de su cómplice, que se quedó mirando sin saber exactamente a qué se debía aquella pausa. Finalmente, el hijo del Barón dio el paso.

- ¿Y bien?

-¿Sí? -Contestó extrañado.

- ¿A qué espera? -Aquello dejó muy sorprendido al hombre que se quedó con la boca abierta haciendo una especie de sonidos cortos guturales, incrédulo ante la petición que ese desconocido le estaba haciendo.

- ¿No querrá que...? -Comenzó a ponerse nervioso sin acabar la pregunta.

- ¿Me está pidiendo que...? Sí, me lo está pidiendo, ¿verdad? -La única respuesta por parte del joven fue un gesto de obviedad encogiendo los hombros. El nerviosismo le estaba provocando temblores y sudores fríos. Incluso comenzaba a asomar cierta tartamudez. Aun así, salió de la gran sala y se dirigió a su oficina. Se sentó frente al ordenador y buscó la clave. Las manos no le reaccionaban del todo bien y el teclado se humedecía con su sudor. Poco después se levantó y regresó a la sala. Sin decir nada, rondó en busca del código, vigilado por François. Finalmente se detuvo frente un cajetín.

- 1313. Aquí está. -François se mostró preocupado ante la carencia de algo que consideraba esencial en ese momento.

- Hay un problema. No sé la clave de la caja. -El banquero le miró extrañado.

- ¿Qué clave? No usamos claves. Sólo pedimos la identificación del dueño. -Aquella noticia le había quitado un enorme peso de encima. Desde que había salido de la isla lo que más le preocupaba era cómo descubrir la clave que su padre no le había dicho a nadie. Evidentemente el motivo por el que no había desvelado la clave a nadie no era otro que la inexistencia de dicha clave. El banquero sacó de su bolsillo una tarjeta metálica y la pasó por una ranura lectora que hasta ese momento había pasado inadvertida para los ojos del joven francés. La luz situada en el lateral de la caja se volvió verde y el dispositivo liberó un leve chasquido. Abrió la caja fuerte y se hizo la sorpresa.

- ¿Qué demonios ocurre aquí? ¿Qué ha hecho? -François tan sólo tuvo un instante para asimilar lo que acababa de ver.

- ¡Todo ha sido una treta, una estratagema para hacer creer que es inocente! No debí confiar en usted. ¡Guarda! ¡Guarda! -A Giraudon se le había pasado el tartamudeo. Se mostraba enfurecido y convencido de que había sido víctima de un engaño.

La caja fuerte estaba vacía. Alguien se había tomado la molestia de pasarse por allí antes que él y había robado las pruebas que mostraban al culpable. Los documentos con los que descubriría quién había matado a su padre y en qué consistía el importante proyecto por el que su madre había fallecido se acababan de esfumar. Al mismo tiempo que ese misterioso ladrón se había apoderado de las pruebas, también había conseguido, quizá ayudado por las circunstancias, que él pareciera culpable del robo. El dedo acusador del banquero le estaba señalando con dureza y para espanto del heredero no tenía forma de escapar. No podía quedarse allí para dar su versión de los hechos, porque lo cierto era que se había colado en un banco cerrado y había persuadido a un empleado para que le abriera una caja fuerte. En ese momento la adrenalina volvió a actuar. Echó a correr hasta encontrarse con el guarda de seguridad. Aquel hombre de unos ciento diez kilos de peso, se erguía sobre unos negros zapatos del cuarenta y siete. Parecía bien entrenado. Casi sin saber cómo, François había vuelto a infringir la ley. La norma deportiva que impide usar los conocimientos de artes marciales como forma de ataque se había esfumado. Tras esquivar dos golpes, pegar un puñetazo y dos patadas, el guarda quedaba tumbado en el suelo. Dos de los empleados se interpusieron en su camino y seguramente no tardaron en arrepentirse porque al poco tiempo acompañaron al guarda que se encontraba en el suelo. Viollet y Giraudon se quedaron inmóviles, viendo como François giraba la llave introducida en la cerradura interna de la puerta de entrada y la abría para salir de allí. Arrancó la moto y salió casi al mismo tiempo que sonaba una alarma. Cuando el encargado de seguridad salió del edificio, ya era demasiado tarde.

Capítulo XXVIII- Bajo tierra.

El avión planeaba protegido por la oscuridad. Hacía ya unas horas que había despegado. Sus cristales tintados impedían ver el exterior. Una luz tenue iluminaba a los pasajeros mientras de la cabina salía Dígory. El piloto comenzaba los preparativos para iniciar las maniobras de aterrizaje pero la joven Sarah no se percataba de ello, ya que ésta se encontraba durmiendo en uno de los asientos situados tres filas más atrás. El profesor, ensimismado, no se había dado cuenta de la presencia del historiador. Los pensamientos abordaban la mente de Aira que no podía impedir la repetición una y otra vez de la imagen donde Sakina caía desde lo alto de la presa al interior del chorro de agua, su cara de desesperación y su última mirada perdida entre la oscuridad de la noche. Parecía incapaz de asimilar tan brutal acontecimiento. Entre sus recuerdos se coló una voz que lo llamaba, pero él se negaba a prestarle atención. No quería recobrar el sentido. La realidad se hacía demasiado dolorosa. Finalmente y de modo irremediable, la llamada le atrajo. Dígory se encontraba frente a él mirándolo fijamente. Parecía esperar la respuesta a una pregunta que Aira no había escuchado.

- ¿Sí?

- Le he preguntado si se encuentra bien. -Los ojos de Bernart se tornaron crueles, mostrando sin miedo la repugnancia que sentía por el individuo que tenía enfrente.

- ¿Acaso importa? -Dígory se sentó a su lado con tranquilidad. Su tono desprendía la serenidad y despreocupación que albergaba en su interior.

- Pues claro que sí. Nuestra empresa se preocupa por sus empleados y usted ya es uno de los nuestros, y de los más valiosos. Además... -Apoyó su brazo en el reposacabezas del asiento de Aira y giró la cabeza dirigiendo su mirada a la niña -... piense en su hija. A ella también le importa su bienestar.

Bajó el volumen de su voz hasta hacerlo sonar como un susurro.

- Piense en ella, téngala siempre presente. Siempre. -Su tono volvió a cambiar y la dureza se hizo presente. Tomó su postura inicial mirando al frente con severidad. -Por el bien de los dos.

A Aira le habría encantado poder machacar su cráneo hasta que no quedase más que picadillo pero estaba amarrado de pies y manos. Las amenazas no eran sólo palabras en labios de ese depravado, y no era su vida la que peligraba, sino la de su hija.

El avión desplegó sus ruedas que tardaron sólo unos segundos en tomar contacto con la pista. El sonido que producían al frenar era ensordecedor desde fuera y se acompañaba con el desagradable olor a goma quemada. Una figura oscura esperaba de pie junto a un coche de amplias dimensiones. Dígory bajó el primero las escaleras. Aira le seguía detrás, abrazando a su adormilada y algo traumatizada hija. Los tres se acercaron a la figura. El historiador le hizo un gesto de aprobación con la cabeza y abrió la puerta trasera del coche dejando entrar a sus dos acompañantes. En el momento en el que la puerta se cerró Sarah pudo detectar el ruido del seguro que se activó al instante, impidiendo la apertura de ésta desde dentro. Lípari se sentó como copiloto. El profesor observó como la pista disminuía de tamaño conforme se alejaban y en poco tiempo se perdió en el horizonte. Atravesaban un enorme y espeso bosque por una carretera asfaltada que semejaba ser una larguísima serpiente gris entre la hierba. La pequeña niña no alcanzaba a ver más que árboles y más árboles desde su posición. Finalmente tomaron un desvío que les llevó a un camino de tierra con numerosos baches.

- Esta es la peor parte del trayecto -Se quejó Dígory. Al cabo del tiempo, el coche se detuvo cuando el camino ya terminaba. El italiano abrió la puerta y sus dos ocupantes salieron. Aira se mostraba confuso y desorientado. Al no poder ver nada del exterior en su viaje en avión, y no encontrar referentes, el profesor se veía incapaz acertar con el lugar en el que se encontraban. Daba la impresión de que el conductor se hubiera equivocado de camino. Allí no había absolutamente nada a excepción de matorrales secos, árboles y plantas salvajes que impedían el paso a cualquier otro lugar. La única salida aparente era retroceder y deshacer el trayecto andado.

- Síganme, por favor. -Lípari se abrió paso entre las zarzas y comenzó a descender por la ladera de una montaña. El conductor se quedó atrás, apoyado en el coche con los brazos cruzados, siguiéndoles con la mirada. -Deben disculpar el estado del camino, no solemos usar esta entrada.

- ¿Entrada? ¿Entrada a dónde? -Se preguntó Aira. Con dificultad el profesor se dejaba guiar por su opresor, ayudando a su hija. Poco duró ese trecho cuando por fin divisaron la entrada. Era la puerta de lo que parecía un depósito de aguas escondida entre la maleza. Dígory introdujo una llave oxidada y la puerta de hierro se abrió. Encendió una linterna e hizo entrar a sus acompañantes. Una vez dentro, con la única luz de la linterna, el italiano cerró la puerta. Bernart intentó distinguir lo que allí había y no vio otra cosa que un túnel oscuro a un nivel inferior al de donde se encontraban y por donde discurría el agua.

- No voy a meter a mi hija ahí dentro. -Espetó tajantemente Aira.

- ¡Desde luego que no! ¡Ni yo mismo pasaría por ahí! ¿Está loco? -El haz de luz se dirigió hacia una tubería fina situada a sus espaldas. Allí se encontraba el interruptor de la luz, el cual era solo una falsa cubierta que disimulaba a la perfección un diminuto teclado. Lípari marcó varias teclas. Para sorpresa de padre e hija, un sonido metálico retumbó en la pequeña estancia y un chasquido dejó entreabierta una pared. Los tres se introdujeron por ella en una nueva cabina. La pared se cerró. El historiador asomó su ojo abriendo bien los párpados con ayuda de los dedos y un lector de retina desprendió una leve luz azulada de arriba a abajo, captando los datos de su globo ocular. En ese momento el suelo descendió sin avisar. La joven liberó un grito de sorpresa al ver como los tres se movían hacia abajo. El padre abrazó a su hija para calmarla mientras veía como el lector desaparecía en la oscuridad. La plataforma seguía bajando mientras podía oírse el sonido de pequeños hilos de agua que caía sobre el suelo que pisaban, colándose entre las ranuras. Tras unos segundos el ascensor se detuvo y una de las paredes se abrió. Lo que se apareció ante ellos era un pasillo subterráneo más bien estrecho. A cada lado se vislumbraban un par de puertas blancas con un pequeño ventanuco cada una de ellas. El pasillo proseguía bifurcándose en dos direcciones. Lípari les invitó a salir del elevador con un gesto de su brazo tras sus espaldas. La pared se volvió a cerrar y en silencio el ascensor regresó a su lugar inicial.

Capítulo XXIX- Oculto entre sombras.

- ¿Y ahora qué? -François se hacía esta pregunta sin tener respuesta para ella y viéndose incapacitado para dar un nuevo paso. La policía se había convertido en un duro escollo y seguían sin resolverse las dudas. Todo ello obviando el hecho de que alguien estaba intentando inculparle, al mismo tiempo que se aseguraba de ocultar un secreto en el que su padre se veía envuelto. Si quería averiguar que se escondía detrás de toda esa trama sería necesario encontrar los documentos robados, pero el francés desconocía por dónde empezar.

Refugiado en un viejo almacén abandonado, se paseaba de un lado a otro intentando poner en orden sus ideas sin dejarse llevar por la desesperación y la rabia del momento. Un sonido mudo le recordó el largo tiempo que había pasado sin llevarse nada a la boca. Agarró su cazadora y salió del callejón. Un cartel luminoso al otro lado de la calle le indicó el lugar hacia dónde dirigirse.

"Ouvert 24 heures". Veinticuatro horas abierto. Nada más cruzar la puerta una nube invisible, mitad calor, mitad hedor, golpeaba la cara del joven que no evitó responder inclinando hacia un lado la cara. La mezcla de aceites fritos y mariscos congelados impregnaba las paredes, las ropas, los alimentos. Un hombre vestido con una camiseta celeste empapada en grasa saludó con gesto serio desde el otro lado del mostrador. Una televisión situada en lo alto de una estantería servía como hilo musical del establecimiento. La única clienta en aquel momento era una señora de edad insultante y vestuario intratable. Oculta tras unas gafas exageradamente grandes de color fucsia, a juego con el bolso, lanzó una mirada cargada de picaresca al muchacho. Con aires coquetos, recogió un mechón de su anaranjado pelo revuelto, quitándose el cigarrillo de la boca y sonriendo. Unos dientes amarillentos saludaban con simpatía. François contestó con un ademán de desinterés y se encaminó hacia los comestibles. Los productos de baja calidad y alto contenido en grasas saturadas aparecían marcados con precios escritos a rotulador negro. El muchacho cogió cuatro bolsas sin molestarse en ver qué contenían y se dirigió al mostrador. El tendero pasó el precio por el escáner de la caja registradora sin atender a su labor ni su cliente. Parecía más interesado en las noticias de última hora. Éstas captaron también la atención de François cuando oyó mencionar su nombre.

"Últimas informaciones en relación al triste fallecimiento del popular Barón de Gerard. Como les venimos informando a lo largo del día de hoy, el cuerpo del prestigioso noble fue hallado sin vida y en extrañas circunstancias en su lugar de residencia. Fuentes policiales confirman la posible involucración del propio hijo de éste, François Gerard, progenitor del difunto y que actualmente parece encontrarse en paradero desconocido tras protagonizar un robo en el Banco Estatal de Nantesse. Se desconoce en qué consiste el botín pero sí hemos logrado hablar con uno de los empleados del banco presentes en el momento del robo".

En la pantalla apareció entonces Henri Viollet. Su tono pausado y altivo se veía teatralizado desde el otro lado de una cámara. Una realidad ya de por si catastrófica para François, se veía más apocalíptica en boca del banquero, al que parecía no suponerle mucho esfuerzo hiperbolizar en los detalles usados para describir, o más bien, para inventar, los hechos acontecidos. A su historia poco más que le faltaba un caballo alado o una lanza dorada mágica. Pero lo que realmente hacía hervir la sangre del joven era la relación creada entre su persona y la muerte del padre. Le habían convertido en el asesino de su progenitor y no parecía tener derecho a defensa.

- ¡Malheureux maudit! Cría cuervos y te quitarán la vida. Estas son las cosas que hacen que uno se avergüence de ser francés.

- Francia no es culpable de los horrores del hombre, y el hijo del Barón tampoco. La ignorancia es una bendición para el que no sabe pero no nos joda a los demás. -La rabia de sus palabras no dio oportunidad de reacción al tendero que vio a su cliente marchar tras dejar unos billetes en el mostrador.

Al llegar al refugio, comenzó a comer sin poder evitar rememorar la imagen del cuerpo sin vida de su padre, las últimas palabras pronunciadas, las confesiones de Fleming, la trampa en el banco y los datos del noticiario. La historia había cobrado vida propia. Se movía sola, transformándose en una gran masa de desinformación, de hipótesis, de prejuicios y valoraciones sin fundamento. Una masa que se cernía sobre él como el nubarrón de una tormenta a punto de electrocutarle. Todo había tornado del modo más absurdo. El muchacho, sumido por la impotencia, comenzó a descargar su furia contra unas cajas vacías amontonadas en una esquina. Sus puños se iban calentando con el roce, al mismo tiempo que sus lágrimas resbalaban por su cara casi sin querer. Porque algo se había conectado en su mente y su corazón. Y el dolor le hacía gritar. Porque fue entonces cuando se dio cuenta de que le habían robado la vida conocida. No sólo su padre había muerto. Su propia existencia tal y como la había concebido hasta entonces perecía sin remedio. La sangre manchaba sus nudillos golpe tras golpe. Y el niño se volvía adulto. Y golpeaba. Y su alma se transformaba, y seguía dando golpes. Pasaban los minutos y las fuerzas le fallaban. No quería parar de golpear, no podía. Y no podía dejar de hacerlo porque no sabría que hacer después. Porque lo que estaba por venir no era algo conocido. No había planes, ni consejos sabios, ni colchones sobre los que caer para evitar el daño. Y los minutos pasaban y las fuerzas se iban. E irremediablemente cedía. Su padre había muerto, su vida se hallaba perdida y las energías le abandonaban al sueño. Y el adulto se hizo niño. Y no hubo más golpes, ni llantos, ni miedos. Sólo el sueño. Se dejó llevar. Mañana sería un día largo.

Capítulo XXX- La cruz y la rosa.

Cruzaron un sobrio pasillo. Aira iba dirigiendo su mirada hacia cada uno de los ventanucos, intentando escudriñar qué se encontraba detrás de cada puerta. Sólo alcanzó a distinguir en una ocasión un reducido grupo de personas ataviadas con batas blancas. Un poco más adelante el pasillo se dividía en dos. Siguieron el camino de la derecha. Al fondo, unas escaleras metálicas en forma de caracol les llevaron a una planta inferior. En ese piso se repetía el mismo tipo de pasillo, en este caso con unas puertas también blancas pero sin ventanales. Sólo unas placas con formas grabadas; todas distintas. Lípari se detuvo delante de una de las puertas e introdujo una tarjeta. Un chasquido y la puerta se abrió.

- Está será su estancia. Relájense. Los días próximos serán largos y duros. Le necesito con la cabeza despejada y sus conocimientos a disposición del trabajo. Volveré una vez haya zanjado unos asuntos pendientes. No se preocupen por nada, ya están advertidos de su llegada para atenderles en lo que necesiten. Descansen.

Antes de que la puerta se hubiera cerrado Aira pudo apreciar que el símbolo que encabezaba la entrada de la habitación era una cruz con una rosa en el centro. Se le ocurrían varios símbolos que podrían representarle mejor.

La cría le lanzó una mirada temerosa. Padre e hija se sentaron en una de las camas. El profesor intentó calamar a la pequeña con palabras de alivio. Minutos después los dos se encontraban durmiendo. La joven reposaba su cabecita sobre uno de los brazos de su padre, acurrucada en su pecho.

De repente un estruendo los despertó. Dígory había vuelto con la furia en su rostro. El italiano levantó de la cama al profesor agarrándolo por el cuello. La niña se despertó espantada ante la imagen. Un molesto y agudo grito resonó por todo el pasillo. Lípari comenzó a hacer preguntas casi sin tomar aire. Exigía respuestas inmediatas sobre temas que Aira desconocía por completo. Bernart ni siquiera comprendía sus palabras. Sentía como si su agresor hablase en un idioma incomprensible para él. Podía notar la escasez de aire en sus pulmones. El corpulento hombre oprimía cada vez más su cuello, impidiendo la entrada de oxígeno en el pecho.

Al ver que no obtenía respuestas, Dígory lanzó de modo brutal a Bernart contra el escritorio. Sacó de su chaqueta una pistola y tres tiros fulminaron a la pequeña Sarah que se encontraba llorando en la cama. La sangre comenzó a manchar las sábanas blancas de un tinte carmesí. Los ojos de la pequeña, completamente abiertos, desprendían una mirada casi sin vida que en un último y desesperado intento buscaban a su padre. El cuerpo, tens, comenzó a relajarse, inmóvil, inerte. Aira liberó un grito de horror al mismo tiempo que se lanzaba sobre el cadáver de la niña. En ese instante Lípari apuntó a Bernart, que cerró los ojos sin amagos de evitar el inminente disparo. Pudo oler la pólvora de los casquillos y el zumbido de la bala atravesando el aire. Casi intuía el calor introduciéndose en su cuerpo como a cámara lenta, quemándole la piel y rasgándole los músculos.

La respiración se le había acelerado. El corazón parecía escapársele del pecho. Sus ojos estaban desorbitados. Miró a su alrededor. Sarah dormía plácidamente a su lado. El cuarto estaba intacto. Todo había sido una mala pesadilla. Su mente no descansaba. Se incorporó posando sus codos en las rodillas mientras se frotaba los ojos enrojecidos. Se levantó e intentó abrir la puerta. Para su sorpresa ésta no había sido cerrada con llave. Tal vez podría coger a su hija en brazos y salir de allí todo lo rápido que pudiera. Pero sabía que la idea era absurda. Había cámaras en los pasillos y habitaciones. Si no cerraron la puerta era porque no tenían motivo para hacerlo. Sabían que era imposible huir de allí con vida. Miró una vez más a la placa de la puerta. Asomó su cabeza hacia el pasillo. Todo estaba despejado. El único ruido que se oía era el de los conductos de ventilación. Cerró la puerta y paseó por el lugar sin más pretensión que estirar las piernas y despejarse.

Una sirena y una luz roja se activaron de repente en el pasillo en el que se encontraba. Su cuerpo se quedó paralizado y tenso. Había infringido las normas y lo habían cazado.

Capítulo XXXI- La visita de un desconocido.

La cerradura se abrió. Julia dejó caer las llaves en un recipiente de cristal que se encontraba en un pequeño mueble al lado de la puerta. Colgó su bolso en el perchero y se tiró sobre el sillón, agotada. Un profundo suspiro escapó entre sus finos labios al mismo tiempo que dejaba caer su cabeza hacia atrás. La joven llevaba un atuendo elegante. Una blusa blanca con pliegues en las mangas insinuaba su esbelta figura. Los pantalones oscuros y las botas altas acentuaban la finura de su forma. La joven se levantó con esfuerzo y se dirigió a la cocina donde se calentó una taza de tila en el microondas. A la vez que el temporizador del electrodoméstico dio la señal de aviso el timbre de la puerta sonó. Sacó la taza humeante y fue a recibir la visita. La cara del hombre no le resultaba familiar. Esto puede ser más que habitual en cualquier ciudad, pero en un pequeño pueblo de menos de siete mil habitantes no era muy corriente encontrarse con rostros nuevos.

El hombre de imponente cuerpo se presentó como un colega de su hermano. Aquello extrañó a Julia pero los penetrantes ojos azules del caballero le despertaban... digamos que confianza. Lo invitó a pasar y a sentarse. Calentó una taza de café y se la entregó. Los modales del extranjero y su casi hipnótico tono de voz agradaban a la muchacha.

- ¿Qué le ha traído hasta aquí? -Sin percatarse una sonrisa dulzona se le escapó tras hacer la pregunta.

- Su hermano me comentó que pasaría unos días aquí, junto a su familia y como me encontraba de paso y necesitaba con urgencia unos informes que tiene, decidí pararme. -La mirada de Lípari recorrió toda la estancia en busca de posibles pistas que le fueran útiles.

- ¿Pero usted no es catalán ni americano, verdad? -Lípari sospechaba que quizá su hermana escondía al economista en su casa. Tal vez buscaba distraerle mientras éste huía.

- Evidentemente no. Soy siciliano, -El hombre intentaba mantener la sonrisa amable pero su paciencia empezaba a flaquear.

- Me preguntaba si quizá podría hablar con Chema. -El gesto de la muchacha se tornó serio. Se levantó y fue en busca de su bolso. Escudriñó en su interior. La actitud de la anfitriona puso nervioso a Lípari que temía las sospechas de Julia. El italiano palpó el arma oculta en el bolsillo interior de su chaqueta. La joven había sacado algo de su bolso, pero el historiador no alcanzaba a ver qué era. Julia se volvió a sentar, lanzando de vez en cuando un gesto amable, pero sin pronunciar palabra. Dígory estaba muy desconcertado.

- Lo sabe. -Pensó. La hermana de Chema descolgó el teléfono y comenzó a marcar un número. Lípari introdujo la mano en el interior de la chaqueta dispuesto a empuñar el arma. Debía actuar sólo si fuera inevitable. Era arriesgado liquidar al familiar de un empleado. Por otra parte, sería estúpido llamar por teléfono delante de alguien que sabes es peligroso.

- Si me disculpa, acabo de recordar que debo hacer una llamada urgente. En seguida estoy con usted otra vez. -Volvió a soltar la misma sonrisa insinuante.

- A lo mejor es sólo una excéntrica. -Se dijo para sí el italiano, algo confuso.

- ¿Tía Elisa? Soy yo [...] ¿Cómo que quién? Tu sobrina, Julia [...] ¡Si hablamos ayer! [...] Sí, todo bien, como ayer. Oye mira, que tengo un invitado y no puedo entretenerme... -La conversación relajó a Dígory, que soltó el arma para dejarla donde estaba. Dio un sorbo al café mientras inspeccionaba detenidamente el salón sin perder detalle de la conversación.

- ¿Quién es quién? ¿El invitado? [...] No, no es Roberto [...] ¡Qué no! [...] ¡Pues yo que sé dónde está ahora! Estará en su casa, digo yo. ¿Me quieres escuchar? Mira, que te llamo para darte un recado de tu sobrino [...] ¿Pues tía, qué sobrino va a ser? ¡Chema! -Al oír el nombre del economista la mirada de Dígory se clavó en Julia como empujado por un resorte automático.

- Ya sé que había quedado en ir a daros un visita pero tendrá que ser en otro momento, ha tenido que marcharse ya [...] Ayer [...] en avión [...] no, creo que se iba a Grecia. -La joven liberó una risa y se dirigió a Lípari. -De donde la reina, dice. Perdone, es una lianta.

Dígory sonrío tímidamente, algo incómodo.

- Tía, oye [...] Que sí, muy mal sobrino, ya lo sé. Pero eso se lo dices a él cuando te llame [...] Ya sé lo que te dijo, ya. Pero mira [...] ¿Me quieres dejar hablar? Tenía cosas urgentes que atender [...] ¡Ay, mira! Conmigo no discutas que yo no tengo la culpa. Te dejo que tengo invitados. [...] ¡Y dale con Roberto! [...] ¡Qué no! [...] Ala sí, venga. Adiós. Adiós. Hasta luego. -La joven colgó el teléfono liberando un suspiro.

- Tendrá que perdonarme. Mi tía es una señora mayor y bastante cascarrabias. ¿De qué estábamos...? ¡Ah, sí! Bueno, supongo que ya habrá oído algo. -Lípari afirmó con un gesto de incomodidad. Ambos sonrieron tímidamente.

- ¿Podría decirme a qué ha ido su hermano a Grecia? -Julia tomó un sorbo de su taza y respondió rápidamente, con un gesto de aparente desinterés.

- Pues la verdad es que no lo sé. Soy mala recadera. -Se rio. -Ahora mismo acabo de llegar del aeropuerto para acompañar a su pareja.

"No tendría que haber dicho eso. No tendría que haber dicho eso" se repitió para sí misma. Julia empezaba a sentirse algo incómoda. No era de esa clase de personas que supiera guardar secretos. Por su parte, el italiano se mostró muy interesado en ese último dato.

- ¿Su pareja, ha dicho?

- ¡Sí, un chico estupendo! -"Cállate, cállate".

- ¿Su nombre? -Preguntó con inmediatez Dígory.

- Dani. -Las Palabras salían automáticamente de su boca, sin pensar. Julia decidió que sería mejor terminar con aquella conversación. Conocía las reticencias de su hermano a compartir su vida privada con la gente, incluso con ella misma.

- Bueno, tengo algo de prisa. - Dijo mirando el reloj con nerviosismo mientras dejaba la taza en la mesa que tenía enfrente y se levantaba del sillón. -Si no le importa...

Lípari no se levantó de su asiento.

- ¿Y por qué Dani no cogió el mismo vuelvo que Chema? ¿Para qué viajó él también a Grecia? -Julia hizo oídos sordos y se dirigió a la puerta. Las sospechas comenzaron a asomar por su mente y no quería alargar más el tiempo de visita. Abrió la puerta y amablemente le invitó a irse. Dígory sonrió complacido y salió de la vivienda. Mientras se alejaba de allí su mente comenzó a trabajar. Sabía que su hermana no podría darle muchas más respuestas. El economista no pondría en peligro la vida de los suyos de modo innecesario haciéndoles cómplices de su delito. Pero ahora que sabía su lugar de destino no le costaría mucho seguir la pista de alguno de los dos. Porque tal vez Chema fuera cuidadoso en sus movimientos, pero su pareja... a él sería sencillo encontrarle.

Capítulo XXXII- Un amigo a tiempo.

La luz roja y el agudo sonido salían de detrás de una puerta transparente. Cuando el profesor la vio abrirse tuvo un primer impulso de salir corriendo pero sus piernas no le reaccionaban. Dos hombres atravesaron el umbral vestidos con unos trajes similares a los de los astronautas. Después de haberse quitado la escafandra, uno de ellos se percató de la presencia de aquel civil que les observaba fijamente en postura hierática en medio del pasillo.

- Relájese. Sólo es la señal de desparasitación. -Resolvió el desconocido con tono burlón. Bernart intentó retomar el ritmo normal de su propia respiración. En un intento por disimular, sonrió amablemente. Los dos hombres soltaron una leve carcajada. Se fueron del lugar por el pasillo de la izquierda sin decir nada más. Al profesor le habría gustado hacerles alguna pregunta pero no sabía en quién confiar allí dentro.

Giró 45 grados sobre sí mismo y miró a sus espaldas asegurándose de que volvía a estar solo. Parecía no ser peligroso pasear por la zona libremente. Se sentía incómodo ante aquella situación de semirrapto. No sabía muy bien cómo desenvolverse, pero su curiosidad le llevaba a seguir investigando. Comenzó a caminar guiado por la intuición hasta llegar a las escaleras metálicas en forma de caracol situadas al final del pasillo. Eran muy estrechas y resultaba algo aparatoso moverse por ellas. Bajó sus escalones hasta llegar a la siguiente planta subterránea. Era mucho menos claustrofóbica, de hecho era espectacularmente amplia. Una especie de nave industrial con paredes recubiertas de hormigón armado. Multitud de aparatos mecánicos, armas y ordenadores decoraban el lugar. La gente ya no sólo vestía de bata blanca, sino que también había hombres con trajes de camuflaje.

- Ciencia y militancia nuevamente unidos... -Pensó. -... como tantas otras veces.

Aira recordó el conflicto de la Segunda Guerra Mundial, la participación de Einstein en la creación de la bomba atómica y la carta que éste envió al presidente de Estados Unidos Franklin Roosevelt, en 1939:

"En el curso de los últimos cuatro meses se ha hecho probable -a través del trabajo de Loiot en Francia así como también de Fermi y Szilard en Estados Unidos- que podría ser posible el iniciar una reacción nuclear en cadena en una gran masa de uranio, por medio de la cual se generarían enormes cantidades de potencia y grandes cantidades de nuevos elementos parecidos al uranio. Ahora parece casi seguro que esto podría ser logrado en el futuro inmediato.

Este nuevo fenómeno podría ser utilizado para la construcción de bombas, y es concebible -pienso que inevitable- que pueden ser construidas bombas de un nuevo tipo extremadamente poderosas. Una sola bomba de ese tipo, llevada por un barco y explotada en un puerto, podría muy bien destruir el puerto por completo, conjuntamente con el territorio que lo rodea".

Aquella alianza cambió el mundo tal y como era conocido entonces. Einstein en aquel momento no podía hacerse una idea aproximada de las nefastas consecuencias que traería su descubrimiento. ¿Pero por qué se encontraban reunidos allí un grupo de científicos y militares? Había mucha actividad allí dentro y su presencia parecía pasar inadvertida. Retomó el paseo alejándose de las escaleras y mirando hacia todas partes. Los techos eran altísimos y la acústica del estadio generaba cierta sensación de desorientación. Una voz hablaba en inglés por megafonía. Por su acento, Aira supuso que era alguien de origen norteamericano. Al profesor le producía cierta aversión todo lo relacionado con Estados Unidos. Sus profundas raíces anglosajonas tal vez fueran las causantes de ese sentimiento irracional, pero Aira disfrutaba conviviendo con él; favorecía su adorado sarcasmo.

Una nueva voz a sus espaldas le habló en inglés, Bernart no se dio la vuelta.

- ¿Quién es usted? -Preguntó en tono grave el desconocido. Aira se mantuvo de espaldas.

- ¿Le he preguntado quién es usted? -Insistió.

- Un invitado. -Acertó a responder el profesor.

-Aquí no hay invitados. Dese la vuelta. -Un chasquido hizo sospechar a Aira que estaba siendo apuntado. Bernart se dio la vuelta y contempló por primera vez a su compañero de coloquio. Era un hombre imponente, de piel morena y rasgos indios. Vestía con uniforme de soldado.

- Aquí no se admiten civiles. Esto es zona restringida. ¿Cómo ha entrado aquí?- Aira arqueó la ceja y respondió despreocupado.

- Por la puerta. ¿Hay otro modo? -Había sonado algo más insolente de lo planeado. El soldado contestó con una mueca de desagrado y sin pronunciar media palabra más agarró a Aira de un brazo colocándolo en su espalda. El soldado le empujó levemente dirigiéndolo hacia el interior de la nave.

- ¿No pensará en serio que soy un infiltrado? Nadie podría entrar aquí sin autorización. ¿O es que duda de la seguridad de estas instalaciones? - No hubo respuesta. Aira continuó.

- Hágame caso. Si me suelta prometo no informar a sus superiores. Le conviene que no sepan nada al respecto. -El soldado seguía sin responder mientras se encaminaban hacia una especie de oficina de paredes metálicas.

- ¡Señor Aira! -Interrumpió alguien justo en el momento en el que los nudillos del soldado estaban a punto de golpear contra la puerta.

- Ronald, ¿Le conoces? -Respondió el soldado girándose hacia alguien que estaba situado detrás de ellos.

- ¿Qué si le conozco? ¡Claro que le conozco! -Un hombre de poco más de metro y medio, regordete y de sonrosadas mejillas se apresuró a acercarse.

- Lo que está claro es que usted no me conoce. -Afirmó algo altivo el profesor. El soldado, sorprendido, aflojó la mano que aferraba el brazo de Aira, momento que éste aprovechó para soltarse.

- ¿Quién es, Ronald?

- Es un importante invitado del señor Lípari. De hecho ahora mismo venía a buscarle porque reclama su presencia. -El soldado echó un vistazo a Bernart. Esté le devolvió la mirada con un gesto de obviedad.

- Está bien, que se vaya. No quiero problemas, pero procura que la próxima vez que le vea lleve el vestuario reglamentario y la identificación. -El hombrecillo afirmó nervioso con la cabeza y guio al profesor.

- Ha faltado poco. Supuse que sería usted. Todos aquí saben cuáles son los riesgos de no ir uniformado. Un poco más tarde y quizá hubiera estado en apuros, señor Aira. Esta zona es de máxima seguridad.

- Y si lo es ¿por qué cualquiera puede acceder a ella?

- No tenemos muchas visitas como la suya. -Respondió Ronald cuidando sus palabras.

- Querrá decir que no tienen muchos secuestros como el mío. -Corrigió inmediatamente el profesor mientras le lanzaba una severa mirada. Su acompañante agachó la vista avergonzado. Los dos subieron las escaleras.

- Soy el encargado de mantener los estómagos de estos hombres saciados. Fui a su cuarto a llevarles el desayuno a usted y su hija. La pequeña aún dormía. Debería mantenerse más cauteloso. No le recomiendo que se aleje de su hija.

- ¿Es una amenaza? -Respondió Aira a la defensiva.

- Es un consejo. -Contestó con preocupación el cocinero.

Ambos hombres entraron en la habitación. Sarah ya se había despertado y se encontraba sentada sobre la cama con una bandeja apoyada sobre sus pequeñas rodillas. La niña tenía en su boca un enorme bollo que sostenía con sus dos manitas. Miró con los ojos muy abiertos a su padre cuando éste entró, pero no realizó mayor movimiento que el del pestañeo. Aira sonrió.

- Tenía hambre. -Respondió la pequeña escupiendo migas de pan. El cocinero soltó una sonora carcajada y se sentó al lado de la pequeña.

- ¿Tú cómo te llamas? -La niña, tímida, miró los pequeños y oscuros ojos del desconocido y después a su padre. Parecía pedir permiso.

- Puedes hablar, hija. No es mal hombre. -Le confirmó su progenitor mientras dirigía una mirada amable a su nuevo amigo. Éste inclinó levemente la cabeza en agradecimiento.

- Soy Sarah. Tengo ocho años. Mi padre me dice que no puedo hablar con desconocidos, pero tú ya no eres desconocido, porque yo te vi cuando me trajiste estos bollos. Me hice la dormida porque no sabía si me querías hacer daño. -El cocinero miró perplejo a la niña y después a su padre. Éste sonrió. Sarah seguía hablado casi sin respirar.

- Estoy en segundo de primaria. Mi amiga Macarena me dice que parezco más pequeña, pero es por culpa de mi ADN, que es una cosa retorcida que todos tenemos en el cuerpo y que nos hace ser pelirrojos como yo, o blancos como papá, o gordos como tú.

- ¡Sarah, no seas insolente!

- Papá, ¡Es que es gordo! -Los dos hombres comenzaron a reír mientras la niña les observada extrañada. Diez minutos más tarde Ronald abría la puerta de la habitación.

- Estoy a su servicio. Hágame caso, este lugar no es seguro. Se me parte el alma al ver a esta chiquilla aquí. -El cocinero se alejó tras despedirse de la pequeña y su padre. Aira volvió a la habitación y se sentó al lado de su hija para comer las sobras que Sarah había dejado. La comida era sabrosa y abundante. Aira se dio cuenta que les tratarían bien mientras resultase necesario. Ahora la cuestión a resolver era: ¿necesario para qué? ¿Y cuánto tiempo duraría esa situación?

Capítulo XXXIII- El próximo paso.

Sus pequeñas manos agarraron un grueso libro situado en lo alto de la estantería. Las tonalidades verdes de sus tapas llamaron la atención del niño que en una tarde de lluvia se aburría. Se acomodó en el sillón donde habitualmente se sentaba su padre. Los pies colgaban incapaces de tocar el suelo. Las grandes letras del título rezaban: "El Secreto de Minerva".

- ¡Mamá! ¡Mamá! -Grito el pequeño, alarmado. La madre acudió ipso facto.

- ¿Qué ocurre, François? -Minerva se acercó y se agachó frente a su hijo.

- ¡Este libro lleva tu nombre! -La joven sonrió tiernamente. Se incorporó, agarró a su hijo de ocho años en brazos y lo sentó sobre sus piernas en el mismo sillón.

- Esta Minerva no es una mujer, hijo. Es un asteroide. ¿Sabes lo que es un asteroide? -El niño negó con la cabeza. - Los asteroides son rocas que se mueven en el espacio alrededor del sol, como un planeta pero más pequeño. Hace años se descubrió uno muy especial. Este asteroide tenía dos lunas.

- ¡Ala, más que la Tierra! -Interrumpió el niño que escuchaba atentamente.

- Así es. Pero los científicos han descubierto que esta piedra guarda muchos más secretos. Minerva y sus lunas se mueven siempre tres veces alrededor del Sol entre Marte y Júpiter. Una cosa muy rara es que Minerva es redonda mientras que los otros asteroides con lunas son alargados.

- ¿Y eso por qué?

- Por el material del que está hecho y su mayor densidad, hijo. Minerva parece ser un asteroide muy antiguo y algunos de sus restos se han encontrado en la Tierra. Por eso esta piedra puede ayudar a conocer mejor la historia de otros asteroides.

- ¿Y por qué se llama como tú?

- Le han dado su nombre en honor a la diosa romana de la sabiduría y las artes.

- ¿A ti también te han llamado así por ella?

- Pues sí.

- Claro. Porque eres muy lista, mami. Te quiero. -El niño abrazó a su madre con fuerza.

- Y yo a ti, cariño. -La madre apoyó el libro en el suelo y rodeó a su hijo entre sus brazos.

Un molesto rayo de luz chocaba contra su ojo izquierdo. Aquella mañana amanecía con un sol en total plenitud. François se agarraba el cuello estirándolo en un intento por desentumecerlo. El francés se encontraba tumbado sobre unas desechas y abolladas cajas de cartón. Miró a su alrededor con los ojos entreabiertos, adaptándose a la luz de un nuevo día y haciéndose a la idea de dónde se encontraba. Cuando por fin se percató de su situación, se incorporó sentándose y pegando los brazos a las rodillas flexionadas. Posó su cabeza en ellas. Fue entonces cuando se dio cuenta de que su pesadilla también se había despertado. La cuestión ahora era decidir qué camino tomar. Cada paso dado empeoraba su situación y se encontraba acorralado. Necesitaba ayuda y sólo contaba con un aliado, aunque era algo arriesgado. Salió del callejón intentando pasar desapercibido. La noche anterior había visto una cabina no lejos de allí. No podía usar su móvil, había optado por tirarlo por la borda al coger el ferry para evitar ser localizado. Introdujo un par de monedas y marcó.

- Residencia de Edgar Fleming. -La voz del mayordomo resultaba aún más tétrica por teléfono.

- Enseguida le atiende. Attendez un second, s'il vous plaît. -El joven miraba a su alrededor en busca de posibles agentes de policía u otros peligros. Había aprendido a mantenerse alerta continuamente.

- ¿Qué es lo que estás haciendo, muchacho? ¡Estás consiguiendo complicarlo todo! Hablan de ti en todos los informativos. -En el tono del notario se apreciaba su preocupación.

- Lo sé. Lo sé. Todo se ha liado de mala manera. Necesito tu ayuda. Creo que alguien me ha tendido una trampa. -Se hizo un silencio.

- ¿Una trampa? ¿De qué hablas?

- Cuando llegué al banco alguien se había adelantado. Robaron la caja de mi padre con todas las pruebas. No tengo información por la que empezar a buscar. -Respondió el joven bajando la voz.

- No tienes que empezar nada. Lo que tienes es que terminarlo y cuanto antes. -Cortó tajante el notario. -Dime la verdad. ¿Te has colado en ese banco?

François hizo un gesto de rabia. Se apoyó en el mostrador de la cabina y contestó en un todo de arrepentimiento.

- ¿Cómo has podido cometer semejante insensatez? Está bien. Esto se te ha escapado de las manos. Ahora escúchame atentamente. Debes entregarte antes de que las cosas empeoren. -François se sorprendió al oír tal consejo. Esa idea nunca se había convertido en una opción en su mente. Quizá, siendo el camino fácil, no era lo más evidente para el chico que sentía que entregarse supondría un rendimiento y una traición a la memoria de su padre. ¿Qué podría ocurrir si lo hiciera? Las pruebas se desvanecerían en manos de los asesinos de sus padres sin poder hacer nada por descubrirlos. Todos aquellos años en los que habían arriesgado sus vidas habrían sido en balde. No, François tenía la certeza de que debía cumplir con su deber de encontrar aquellos documentos guardados en la caja fuerte de su padre. Se le había encomendado una tarea y llegaría hasta el final. Tenía que averiguar en qué estaba metido su padre y en qué consistía la investigación que desencadenó la muerte de su madre. Había unos culpables y no podía consentir que se quedasen impunes.

- Entregarme sería lo más descabellado, Fleming. No tengo coartada ni defensa. Me encarcelarían como culpable de robo y parricidio y no lo soy. Necesito más información. Tienes que contarme más. Aunque sean cosas aparentemente triviales. Cualquier dato podría serme de ayuda. Algo por dónde empezar. -Se hizo un silencio.

- No sé qué más decir para ayudarte, hijo. Esa es... -En ese momento el teléfono de la cabina ya estaba suspendido en el aire, amarrado únicamente por el cable. François había salido corriendo. Unas sirenas atrajeron su atención. Una unidad policial se dirigía a toda velocidad hacia donde él estaba, Cruzó el callejón y corrió hasta el almacén. Una vez allí se montó en la moto. Al intentar salir de la callejuela se topó con dos coches aparcados ya en la entrada, impidiendo el paso. Sin pensárselo dos veces, derrapó la rueda trasera de su Harley dando media vuelta y retrocediendo nuevamente hacia las puertas del almacén. Se adentró en la nave abandonada sin bajarse de la motocicleta. No había por dónde escapar.

Los guardias habían salido de sus coches y apuntaban con sus armas. Uno de ellos asomó la cabeza por el portalón del edificio en ruinas en absoluto silencio. No vio nada. Dio la señal y abordaron la zona. Eran en total ocho agentes distribuidos por la gran factoría. El ruido de un motor atrajo la atención de uno de ellos, pero ya era demasiado tarde para actuar. Una muralla de cajas se había desplomado sobre el agente y tres de sus compañeros. Dos más fueron arrollados por la moto. Los demás policías comenzaron a disparar pero la sorpresa del ataque y la velocidad de la Davison Night Rod les hicieron fallar. Un nuevo policía se dispuso a sacar la pistola desde detrás de una de las unidades pero ya era tarde. François había elevado su Harley sobre la rueda trasera, saltando por encima del coche y saliendo del callejón.

El joven Barón ya había arriesgado mucho y en su interior se había afianzado la determinación de llegar al final, pasando sobre quién hiciera falta y haciendo todo lo necesario. No había vuelta atrás. Delante de él dos sirenas destellaban, sonando con fuerza. Otras tres le sorprendieron por detrás. François giró y se introdujo en una callejuela. No sabía hacia dónde iba pero no le quedaba más alternativa que improvisar. Había conseguido perderles de vista. La moto le daba una libertad de movimiento y maniobra que no tenían los agentes con sus grandes y pesados vehículos. La aguja de la derecha señalaba que el depósito estaba en reserva. Se dirigió a una gasolinera y sin parar cogió una lata pequeña situada sobre el surtidor. Siguió su camino sin rumbo, pensando en lo ocurrido e intentando reordenar sus ideas en busca de algo que le ayudase a guiar sus próximos pasos. De pronto tomó una decisión. Ya tenía un destino pero no estaba convencido de poder llegar, ni si allí encontraría lo que buscaba. No le quedaba más remedio. Había que ir a París.

Capítulo XXXIV- La Isla.

Al poco tiempo de terminar aquel suculento desayuno, dos hombres vestidos de camuflaje irrumpieron en la pequeña estancia.

- Debe acompañarnos. -Ordenó el más alto de los dos.

- ¿A dónde? -Preguntó Aira. La pequeña Sarah agarró a su padre del brazo con fuerza, pegando su cuerpo al de Bernart.

- Nos han dado órdenes de escoltarle. -Respondió el hombre más bajo amarrando su arma. Bernart, que se había percatado del movimiento del soldado, optó por no insistir. Se liberó de las manos de su hija, calmándola con unas palabras en tono suave. Sarah le observó con unos ojos cristalinos y aterrados, pero permaneciendo sentada. Aira se acercó a los hombres.

-¿Qué pasa con mi hija? -Susurró al primer soldado que se había dirigido a él. Su tono era firme y su mirada severa. Los dos hombres agarraron al profesor del brazo sin responder a su pregunta. La niña, asustada, se lanzó sobre ellos, pero ya era tarde. La puerta se había cerrado. Sus rodillas chocaron contra el suelo, mientras la pequeña golpeaba la puerta con sus puños cerrados. Las lágrimas caían, generando círculos oscuros sobre el hormigón del piso. Gritaba y gritaba pero no obtuvo respuesta. Intentó abrir la puerta, pero esta vez sí habían cerrado con llave. Apoyó con fuerza el peso del cuerpo en el manubrio, pero ésta no se abría. Nuevamente se dejó caer en el suelo. Su padre se había ido y temía no volver a verle.

Un ruido se oyó desde el pasillo. La niña se deslizó hasta la cama, agachándose bajo ella. La puerta se abrió y pudo ver unos pies. Eran unos zapatos blancos de tela con suela de esparto. Alguien susurró su nombre.

- ¿Sarah? ¿Sarah? Sal de ahí, pequeña. -La niña no se movió. Sólo cerró los ojos llorando desconsoladamente en silencio.

Mientras tanto, Bernart caminaba por el pasillo guiado por los dos soldados. Iba con la cabeza gacha, pensando en su hija y preguntándose si volvería a verla, si estaría bien.

- No se preocupe por ella. -Habló el soldado más alto sin dirigirle la mirada a su apresado. -Si sigue las instrucciones que se le encomendarán no tendrá nada que temer.

- Usted no es padre ¿verdad? -Respondió conteniendo la rabia el profesor. -Un padre siempre se preocupa.

No hubo más conversación. Cautivo y raptores salieron de la base, pero esta vez por una puerta diferente. Aira no perdía detalle de lo que iba encontrando.

- Esta debe ser la entrada principal a la que el italiano hizo referencia cuando llegamos. -Recordó Bernart.

Nada más cruzar una enorme puerta industrial, uno de los soldados le cubrió la cabeza con un capuchón negro que apenas le permitía respirar. Lo último que el profesor alcanzó a ver fue un helicóptero que parecía ser bastante más estable que aquel Djinn que le llevó a la presa. Aira sintió como si hiciera años de esa escena con Mustafá y tan sólo habían pasado unas horas. Bernart pudo percatarse de que le ayudaban a introducirse en el aparato. Al poco tiempo levantaron el vuelo.

Aquel fue un viaje muy largo. Tan largo que al profesor se le caía la cabeza a causa del sueño y el cansancio. La tensión estaba haciendo mella en él. Sus pensamientos iban y venían. Las imágenes le atormentaban. El tiempo y la distancia que iban separándole de su hija despertaban su desesperación, y sumido en ese sentimiento Aira era peligroso e impredecible. Sus manos atadas a la espalda llevaban horas palpando una especie de barra metálica. Bernart no lo sabía, pero era una llave de trinquete dejada sobre su asiento en un descuido del piloto antes de que el profesor entrara en el helicóptero. Agarró la herramienta con firmeza y la introdujo entre las cuerdas que ataban sus manos. Comenzó a girarla una y otra vez estirando las amarras cada vez más. Aira sentía cómo se iba quedando sin circulación sanguínea, pero sabía que con el grosor de esas cuerdas, éstas cederían antes que sus muñecas. Continuó con el movimiento de la llave. Cada vez requería de mayor esfuerzo para seguir dándole vueltas. Hasta que de pronto sintió que la tensión cedía y sus manos se iban separando. Había logrado romperlas, pero su rostro seguía cubierto por el capuchón.

Bernart tomó aire. Con las manos desatadas podía ahora alcanzar el arma que uno de los soldados mantenía guardada en su funda del cinturón. Planificó sus movimientos uno a uno, tomándose su tiempo. Todo debía ocurrir rápido para no darles opción a aplacarle. Contó tres mentalmente y liberó el arma del soldado de un tirón, usando su otra mano para desprenderse de inmediato del capuchón. Al mismo tiempo Aira usó su cuerpo para empujar al soldado al que había robado la pistola haciéndole perder el equilibrio y tirándole fuera del helicóptero. Para cuando el segundo soldado se disponía a extraer su fusil, Aira ya se había colocado frente a él, apuntándole.

- Ni te muevas. Y tú sigue pilotando calladito. - Ordenó el profesor tranquilo y estricto. El soldado levantó las manos abiertas y el piloto se mantuvo con las suyas en la palanca de control sin pronunciar palabra.

- Sí lo soy. -Dijo el soldado serenamente. Bernart arrugó el entrecejo extrañado.

- ¿Cómo?

- En la base me preguntaste si era padre. Sí lo soy. -Aira se mantuvo impertérrito.

- Dirías cualquier cosa ahora mismo. -Respondió de inmediato.

- Pero tú eres padre y sabes que no miento. -Aseguró el soldado.

- ¿Cambia eso algo?

- Tú sabrás. -Ambos habían iniciado una situación cada vez más tensa. Las palabras de uno y otro sonaban tranquilas, seguras y sinceras.

- Si realmente dices la verdad, entenderás que esté dispuesto a hacer cualquier cosa por proteger a mi hija. Tírate tú o te tiro yo. -Las miradas de ambos hombres se mantenían conectadas todo el tiempo. Las últimas palabras de Aira fueron tajantes.

- Tendrás que hacerlo tú. No puedo ponértelo fácil. -Algo ocurrió entonces que sorprendió al profesor. Aquel soldado con las manos en alto liberó una lágrima que resbaló por su mejilla. En cambio, su rostro se mantenía con el mismo gesto.

- Tengo que hacerlo ¿verdad? -El soldado afirmó con la cabeza una única vez.

- Porque si no lo hago... si sales de este helicóptero ileso... -Bernart comenzaba a entender. Sabía el significado de sus palabras y de esa lágrima. Aira comprendió entonces que el soldado no estaba mintiendo. Sí era padre.

- Lo siento. -Un disparo resonó en la cabina y el cuerpo cayó fuera del helicóptero. Aira se apresuró a asomarse para conocer el destino del soldado. Bernart no había tenido tiempo hasta entonces de percatarse que sobrevolaba un océano. El cuerpo de su raptor permanecía flotando en el agua. Aún estaba vivo, pero se agarraba un hombro. Aira no le había herido de gravedad. Los dos tuvieron tiempo de volver a cruzar miradas. No había rencor en ellas.

El profesor se incorporó y se sentó al lado del piloto.

- Esperemos que tú corras mejor suerte ¿no? -Le deseó Aira a su acompañante con tono burlón.

- ¿A dónde me llevas?

- ¡Yo también tengo hijos! -Respondió el piloto nervioso. Sus manos temblaban sobre la palanca. Bernart sonrió al oír esas palabras. Casi las agradecía. Le habían ayudado a liberar tensiones.

- ¡Qué gracioso eres! Venga, anda, ¿a dónde nos dirigimos? -Su voz sonaba más relajada. Ahora tenía el control de la situación.

- No puedo decirlo. -Titubeó.

-¡Oh, sí puedes! -Respondió el profesor con tono despreocupado. Aira colocó el cañón de la pistola apretando la mejilla del piloto. Algo húmedo mojó las suelas de los zapatos de Bernart. El conductor acababa de mearse en los pantalones. La orina llegaba hasta el suelo. Cuando el inglés se percató de ello se sorprendió del trauma que estaba generando en su compañero de vuelo. No era consciente de suponer un peligro de vida para nadie, pero de eso no tenía por qué enterarse el piloto.

- ¡Dímelo! -Exigió.

- A O.Q.

- ¿Dónde? -Preguntó extrañado el profesor, convencido de no haber oído bien.

- ¡O.Q! ¡O.Q! ¡O.Q!- Gritó nervioso el piloto. De pronto, sin previo aviso, éste llevó las manos a la puerta intentando abrirla para saltar del aparato y huir. Por suerte su falta de temple no le ayudó a atinar a tiempo y Bernart pudo amarrarle de su camisa para retenerle.

- ¡Pon las manos en la palanca, ya! ¡Ahora! -Gritó el profesor nervioso. Por un momento se había asustado. No podía permitirse quedarse sin piloto. Éste último obedeció y recuperó el control del aparato.

- Hagamos un trato. -Dijo Aira más calmado. -Yo dejo de apuntarte y tú no vuelves a intentar hacer estupideces.

El piloto afirmó nervioso con la cabeza repetidas veces. Aira bajó el arma y ya más tranquilos retomó la conversación.

- ¿Qué es O.Q?

- Es... es... una... es... es una... -Bernart no podía evitar el encontrar cómica la actitud de su compañero.

- Es una... venga, tranquilo. -Intentó ayudar.

-Una isla. - Finalizó. A Aira le sorprendió el dato.

- No conozco ninguna isla llamada así.

- Es pequeña. Privada. Pasa inadvertida.

- ¿A quién pertenece? -Esa información resultaba muy interesante para el profesor.

-No lo sé. Contestó temeroso.

- ¿Cómo te llamas?

- Alonso.

- No te creo, Alonso.

- ¡Es verdad! -Gritó el piloto.

- Tranquilo, Alonso. No grites.

- Ninguno de nosotros tenemos información de las actividades de la organización más allá de nuestras labores. De ese modo no se compromete el objetivo final.

- ¿Qué es...?

-¡Se lo he dicho! No lo sé. -Era la respuesta obvia, pero Aira debía intentarlo.

- ¿Sabes para qué me quieren?

- Sólo sé que debo llevarle a la isla.

- ¿Que hay en ella? -Insistió Aira en su interrogatorio.

- Una casa.

- ¿Una casa? -Se repitió Aira mentalmente.

-¿Y qué se hace en ella?

- No lo sé, pero ya hemos llegado.

Por fin. Tras varias horas de vuelo y un par de paradas para repostar, parecía que habían llegado a su destino. Era cierto. Ante ellos se mostró una pequeña isla en medio del océano. Era como un diminuto punto verde en medio de un plano azul. Conforme disminuía la distancia, Bernart se iba sorprendiendo más del encanto vegetal del lugar. Era precioso, con miles de tonos verdosos. Había enormes flores de vivos colores. Un paraíso de aguas cristalinas oculto entre las olas. Pero conforme se iban acercando la angustia aumentaba. A Bernart se le acaba el tiempo. Debía planificar su próximo paso. No podía dar media vuelta. Si lo hiciera así se percatarían de que algo no iba bien y eso pondría en peligro a su hija. Tomó una decisión. Iría a la isla y aprovecharía su ventaja todo lo que pudiera.

-Deja el helicóptero a una distancia prudencial de la casa, Alonso. Donde no haya nadie.

El aparato descendió pisando sobre la arena. Aira encontró unas cuerdas con las que ató a su compañero de viaje al patinete del helicóptero. Le cubrió con el capuchón la cabeza.

-Lo siento, Alonso. -Con la culata de la pistola golpeó al piloto en la cabeza. Éste se quejó por el dolor.

- No es tan fácil como se ve en las películas dejar inconsciente a alguien. -Pensó Aira. Volvió a golpearle otra vez, pero seguía despierto. Hubo un tercer golpe y un cuarto hasta que al fin perdió el conocimiento.

Aira comenzó a alejarse del aparato, cuidando el no encontrarse con nadie. Tras caminar durante unos minutos por una frondosa zona boscosa, llegó hasta una planicie de forma circular. El profesor se ocultó tras la vegetación para analizar la situación. En el centro de la explanada había un pequeño chalet de una sola planta. Era una vivienda algo descuidada con plantas trepadoras apoderándose de sus muros de ladrillo rojo. Parecía llevar años abandonada. ¿Quién habría podido vivir en una pequeña casa dentro de una pequeña isla en el medio de un océano? ¿Por qué hacerle ir hasta allí?

Un chasquido heló de pronto su sangre. Le habían descubierto.

Capítulo XXXV- Grecia.

Los sonidos interrumpían en mis ensordecidos oídos de un modo desagradable. Provocar bostezos o tragar saliva no ayudaba. El molesto pitido no cesaba. Era la primera vez que viajaba en avión y ni de lejos se parecía a lo que habría imaginado. En otras circunstancias sería todo un acontecimiento en mi vida, poco acostumbrada a los grandes ajetreos, pero en aquella ocasión me resultaba imposible disfrutar de la experiencia.

Una manta de nubes bien mullidas impedía ver nada más allá. Un océano de blanco e impoluto algodón. Todo parecía tan relajado al otro lado del cristal. Sentía como la calma se introducía en mí, abriendo mis sentidos, favoreciendo la entrada de aire en mis pulmones.

- ¿Puedes hablarme?- Una fina voz femenina se dirigió a mí. Miré a mi izquierda. Era una muchacha de apenas quince años, de lisa melena negra con un flequillo engominado que le cubría el ojo izquierdo. Delgada figura y delicado rostro. Vestía una ceñida camiseta negra y vaqueros oscuros deshilachados. Sus brutas botas negras golpeaban una y otra vez contra el suelo enmoquetado del avión. Miraba al frente con los ojos fijos y las pequeñas manos agarrando los reposabrazos.

- ¿Cómo? -No estaba seguro de lo que había oído.

- Sí. Cuéntame algo, anda. -Parecía muy nerviosa.

- ¿Qué quieres que te cuente? -La observé con gesto extrañado.

- ¿Placer o negocios? Bueno, es estúpido. Obviamente placer. No eres tú de esos que hagan negocios en otros países. -No sabría decir por qué, pero aquel comentario me resultó ofensivo.

- Sí, placer. Supongo.

- No lo tienes claro. -Respondió inmediatamente sin dejar de ver nerviosa al frente.

- Bueno, no mucho. No es un viaje agradable. ¿Qué te pasa? -La actitud de esa chica no era normal.

- Nada. ¿Viaje desagradable a Grecia? ¿Por qué viajas entonces si no quieres hacerlo? -Ignoró mi interés y continuó con sus preguntas de modo compulsivo.

- A veces hay que hacer cosas que no quieres hacer.

- Adultos. -Sentenció. Me hizo sentir mayor con su valoración. Su comportamiento empezaba a molestarme.

- No como tú, que se te ve pasándolo muy bien. -¡Zas! Me había puesto a la defensiva. Tendencias que tiene uno cuando se siente amenazado.

- Es miedo. -No parecía haberse ofendido.

- ¿A volar?

- A mi padre. -La charla se volvió más interesante. Eché un vistazo a los pasajeros de alrededor.

- ¿Está aquí?

- No. Está allí. En una casa de dos plantas con porche, un jardín con árbol y columpio incluido, una esposa griega simpatiquísima y dos hijos hermosísimos.

- ¿Y qué temes?

- Hace cinco años que no nos vemos. No conozco ni esa casa con porche, ni el jardín con árbol y columpio incluido, ni a la esposa griega simpatiquísima, ni los dos hijos hermosísimos. De hecho creo que ni siquiera conozco a mi padre. -Agaché la vista. No sabía que responder ante tal derroche de sinceridad.

- Mírame. No soy ni de lejos esa niña que dejó en España. No me van los jardines con columpios, no soy simpática, ni guapa. Repito curso, falto a clase, paso de los deberes y me va el hardcore. ¿Qué pinta un emo en una casa blanca?

- ¿Un qué? -Su discurso sonaba melodramático, pero yo también lo soy así que no se lo iba a reprochar.

- Da igual. -Se quedó en silencio. Aunque con dudas, me lancé a colocar mi mano sobre la suya. Al fin y al cabo era sólo una niña. Yo trataba mucho con jóvenes de su edad. Entendía su sentimiento de incomprensión, su visión de encontrarse fuera de una sociedad que les resultaba ajena. Todo es enorme desde su punto de vista y se abruman. Yo me he sentido así en tantas ocasiones. Por primera vez me dirigió la mirada.

- ¿Qué haces? -Preguntó calmada.

- Apoyarte. -Espeté.

- ¿Eres un pedófilo? - En seguida retiré la mano, horrorizado ante su suposición.

- ¡No! ¡No! ¡Claro que no! ¡Desde luego que no! ¿Cómo puedes...? -La joven volvió la vista al frente sonriendo. Me calmé colocando mi vista también al frente. La vergüenza me impedía volver a dirigirle la mirada.

- Te creerás muy graciosa. - Respondí serio. Inmediatamente ambos estábamos sonriendo. Nos habíamos despojado de tensiones y preocupaciones al menos unos segundos. No hay nada mejor que reírse de uno mismo para relativizar.

Aún quedaba algo más de hora y media para aterrizar. Las nubes habían desaparecido y ahora podía ver el mediterráneo. Se había convertido en una costumbre inconsciente el agarrar con fuerza a Lavel, colgado de mi cuello. Sentir el liso tacto de sus piedras me aliviaba, aunque al mismo tiempo me daba vergüenza que alguien pudiera verme con él, ya que era un accesorio de mujer. En el horizonte formaba la imagen de Chema, preguntándome qué estaría haciendo, con quién estaría acompañado. ¿Era buena idea arriesgarse a realizar un viaje tan largo sólo para volver a verle? Y más después de terminar la visita con una pelea. En cualquier caso la decisión, con mayor o menor impulsividad, ya había sido tomada. No había vuelta atrás.

El aparato botó unas cuantas veces con cierta brusquedad. Acababa de aterrizar en el aeropuerto de Atenas. Un último vistazo a mi compañera de viaje para despedirnos y me dirigí al centro de la ciudad. Aquello estaba lleno de turistas con ganas de ver todo lo que Grecia podía proporcionar. Grupos de jóvenes se movían dispuestos a encontrar locales donde disfrutar de la marcha diurna del lugar o embarcando en pequeñas naves que les llevasen hasta las islas en busca de baile, alcohol y sexo. Parejas de jubilados paseaban tranquilamente por las calles abarrotadas de pequeños mercados, degustando quesos como el

Anevato, el Formaella, el Galatyri, el Kopanisti o el Kasseri. Amantes en su luna de miel caminaban por las arenas de las playas abrazados, besándose mientras las aguas del Mediterráneo mojaban sus pies y la suave brisa acariciaba sus cabellos. Creo que era el único allí que no disfrutaba de los placeres del entorno.

Conseguí un hotel. No era precisamente lujoso pero no me podía permitir nada mejor. De todos modos, contaba con pasar poco tiempo allí. Había ido a aquel país para buscar a Chema y eso haría. Pero no había pistas que me dijeran por dónde empezar. Hacía menos de veinticuatro horas que Chema había aterrizado así que no debería estar muy lejos. Desde mi ventana podía oír a la gente, pero no entendía nada de lo que decían. Me resultaría complicado moverme por allí sin poder comunicarme. Me tumbé en la cama, mirando al blanco y agrietado techo. El cansancio se apoderó de mí y me dormí. La noche llegó para arroparme hasta el nuevo amanecer. Mañana sería otro día.

Capítulo XXXVI- El sicario.

Ya faltaba poco. Lípari tenía prisa en llegar y reanudar la investigación, esta vez con la ayuda de Aira. Tenía la impresión de que el desplazamiento hasta España había supuesto una pérdida de tiempo. El economista se había convertido en un pez escurridizo, pero por lo menos ya le seguía la pista. Ese entrometido se encontraba en un país pequeño y su pareja le pisaba los talones. Bien por una vía u otra, sería sencillo localizarle y eliminarle. Y aunque al italiano le habría gustado seguir con el asunto de modo directo, no podía permitirse más interrupciones. Tenía otros asuntos más importantes que atender. Había decidido mandar el traslado del profesor a O.Q. y se disponía a reunirse con él para desempeñar trabajo de campo.

- No quiero contratiempos. Es muy sencillo. -El tono usado para dirigirse a su interlocutor a través del teléfono era directo y estricto. El italiano se encontraba sentado cómodamente en uno de los asientos de piel marrón del avión privado que se le había cedido. La estancia se encontraba iluminada únicamente por la tenue luz de una lámpara. Tenía en frente una mesa sobre la que se asentaba su ordenador portátil.

- Te está llegando ahora mismo toda la información necesaria sobre ese economista y su pareja. En el informe podrás encontrar números de teléfono, direcciones y los nombres de los hoteles en los que se encuentran alojados. Recuerda que es imprescindible la vida del economista para sustraerle la información que conserve en su haber. Necesitamos que lo traigas con vida, pero no es obligatorio que sea intacto. La vida del novio es irrelevante. Te llamaré en dieciocho horas para que me des la confirmación. Sé discreto.

En el momento de colgar una voz se hizo presente mediante el interfono del avión. El piloto solicitó el abrochado de los cinturones, comunicando el inminente aterrizaje. Fuera, ya todo estaba oscuro.

Capítulo XXXVII- El despacho.

Estaba resultando un largo viaje. El sol ya había iniciado su descenso. Embarcar desde el aeropuerto de Nantes hasta el de París habría sido más cómodo y rápido pero, dadas las circunstancias en las que se encontraba el Barón, supondría meterse en la boca del lobo. El joven había hecho junto con su moto casi trescientos ochenta kilómetros, pero ya hacía tiempo que había salido de Versalles y en pocos minutos vería frente a él el edificio donde encontraría el despacho de su padre. Durante el trayecto se había topado con varias unidades policiales, pero la Harley le permitía alejarse de las carreteras principales y adentrarse en prácticos y seguros atajos.

Lo difícil ahora sería colarse en el despacho sin que nadie le viera. Llevaba horas pensando en un posible plan que le permitiera entrar en el lugar pasando desapercibido. Pero cuando se quiso dar cuenta ya estaba entrando por la puerta principal con todo el atrevimiento y descaro propio de su personalidad, usando una de sus poco sutiles tácticas. Activó la alarma contra incendios de la segunda planta y subió las escaleras lo más rápido que le fue posible hasta llegar al séptimo piso y evitando a todo aquel que bajaba en ese momento alarmado por un posible peligro. La puerta del despacho número 1208 se encontraba abierta y precintada. En su interior no había nadie pero se podía interpretar que la policía estaba en plenas labores de investigación. Todo el mundo parecía haber salido espantado. François había conseguido distraerles pero pronto se percatarían de que era una falsa alarma. Sin perder un segundo entró en el despacho del padre y comenzó a remover entre los papeles que había sobre el escritorio. Echó un ojo a varios documentos encontrados dentro de diferentes carpetas pero nada parecía importante. Abrió los cajones. Nada de interés. Uno de ellos estaba cerrado con llave. François agarró una papelera metálica y comenzó a golpear una y otra vez contra la cerradura pero no cedió. Llevado por las prisas desistió en poder descubrir qué había dentro de ese cajón y pasó al ordenador. Comenzó a buscar algo relacionado con Lavel, pero nada.

Desde la distancia se oyeron voces de dos personas atraídas por el ruido. Unos pasos acelerados advertían al Barón de que pronto tendría visita. Cogió la agenda de su padre numerada como pista con una pequeña placa policial de plástico y salió corriendo, pero tenía el camino cortado. Sin pensarlo, dio media vuelta y retomó el camino andado, pasando de largo por el despacho de su padre, abriendo una puerta cualquiera y entrando en otra oficina. Cerró la puerta, dándose la vuelta y apoyando la cabeza contra ella. Su respiración y su pulso se aceleraban cada vez más. Fue entonces cuando vio cómo era la estancia en la que se encontraba. Era una habitación pequeña y desordenada. Dos estanterías de apariencia inestable se situaban paralelas entre sí, formando tres pasillos estrechos. Al fondo, una mesa cubierta de papeles encabezaba el cuarto vacío.

Cruzó con dificultad uno de los pasillos procurando no tirar nada. François se acercó al ventanal que se encontraba tras el escritorio. Ya era de noche. Abajo varias luces rojas y azules parpadeaban advirtiendo del peligro. El joven miró a su alrededor buscando una salida. Volvió a cruzar el pasillo y abrió una puerta colocada frente la entrada de la oficina. Era un armario. Varios archivadores se apelotonaban en una de las esquinas y unos monos azules colgaban de unas perchas. Una idea obvia, poco original y arriesgada le rondó por la cabeza.

- Propio de mí. -Pensó satisfecho. Se vistió una de las fundas azules y cogió una gorra colgada en el perchero. Agarró una pila de pesadas cajas de cartón tapándose la cara. Salió de allí con cierta dificultad. Comenzó a caminar por el largo pasillo. Pasó por delante del despacho de su padre sin atraer las miradas de dos inspectores que ahora la ocupaban. Se detuvo delante del ascensor. Se inclinó y pulsó el botón sin soltar las cajas. Mientras esperaba, dos policías pasaron por delante de él. Uno se ellos se detuvo a su lado mirándole atentamente.

- Oye, chico, ¿no has oído la alarma?

- No es la primera vez que se hace un simulacro. No puedo dejar de trabajar siempre que suene. -Respondió evitando dejarse ver la cara y con cierto tono de pasotismo.

- ¡Qué profesional! -Se burló el agente viendo a su compañero. Ambos se rieron a carcajadas.

- ¿Necesitas ayuda? -El policía hablaba buscando un hueco por donde poder encontrar el rostro del joven, pero las cajas le ocultaban.

- No, gracias.

- ¿Seguro? Parecen pesadas.

- De algo deben servir las horas de gimnasio. -Respondió con tono simpático. La puerta del ascensor se abrió y los dos policías se marcharon. François contenía los nervios mientras en el interior del ascensor sonaba una melodía aborrecedora. Una vez consiguió salir del edificio se refugió en un callejón. Se despojó de su vestuario y se sentó en la escalera trasera de un edificio con la agenda en la mano. Los sonidos nocturnos le mantenían atento a posibles apariciones inesperadas.

- Sólo una cita. Mi padre tenía prevista una sola cita que se produjo pocas horas antes de que le encontrase moribundo. Pero demasiado temprano para ser una reunión de negocios. Además no fue en el despacho. Hay una dirección y es de aquí mismo, de París.

Guardó la agenda en el bolsillo de la chaqueta de cuero y salió del callejón. Entró en una cafetería no lejos de allí. François tentaba la suerte permaneciendo cerca del edificio de despachos pero no era algo que le preocupase. Sabía enfrentarse a situaciones inesperadas con la policía. Pidió un café. Apoyó sus codos en la barra dando la espalda a la poca gente que había dentro y metió unas monedas en el teléfono público situado sobre la esquina de la barra.

- Necesito que me busques una información sobre alguien [...] Sí, estoy bien. Escúchame, anda. [...] Tranquille. Tout est bien. Confía en mí. [...] Merci Beaucoup. Necesito que me digas todo lo que encuentres sobre...

Capítulo XXXVIII- El laboratorio.

Dígory pisó suelo y se encaminó hacia la casa. Con cada paso un nuevo crujido rompía el silencio. El italiano cruzó la puerta acristalada de la vivienda situada en el abandonado jardín trasero. Las hojas secas estaban desperdigadas por todo el suelo de baldosas. Telarañas y polvo completaban la decoración del salón. Era una edificación rústica y tosca, con los muebles cubiertos por sábanas blancas. Un escolta con vestimenta militar miraba hacia afuera apoyado en la jamba de la puerta y un arma en las manos. Otro vigilante se encontraba con la espalda arrimada contra una pared frente a un sofá. El hombre también llevaba un arma en las manos, observando atentamente a Aira. Éste estaba sentado en el sofá, con los codos apoyados en las rodillas, inclinado hacia adelante con la cabeza gacha.

- Espero no haberle hecho esperar mucho. -Dígory se situó frente al profesor, al lado del escolta. Aira levantó la cabeza, dejando ver un corte ensangrentado en la frente. Su mirada era dura y triste. Dígory sonrió.

- Le han dejado bonito. -Bernart se mantuvo mudo, evitando la mirada del italiano. -Debería andarse con más cuidado. Ha sido muy estúpido por su parte. He perdido dos buenos hombres por su culpa.

Las palabras de Lípari captaron la atención de Aira, que observó a su raptor extrañado.

- No me mire así. Yo no les he disparado y tirado al mar.

- Yo no les herí de gravedad.

- El mar es cruel. -Lípari no perdía la sonrisa. Bernart se mostraba más afectado. Habrían podido ordenar su rescate pero optaron por abandonarles. Tal vez incluso mandaron su ejecución en alta mar. Bernart recordó la mirada de aquel soldado que, igual que él, era padre. Por ahí había un nuevo niño huérfano, quizá más de uno. Después de todo, Lípari parecía tener razón en algo. Había sido un estúpido intentando huir.

- Supongo que se preguntará por qué le he traído aquí. -El italiano hizo un gesto con la mano a los dos soldados y estos salieron de la casa.

A Bernart le sorprendió encontrarse solo con el historiador. Lípari pidió a su rehén que le acompañara y ambos se dirigieron a una chimenea de piedra situada en forma de columna en el centro del salón. Se situaron enfrente y Dígory apretó una pieza que decoraba la chimenea. La columna entera se abrió. Una puerta perfectamente disimulada daba paso a unas escaleras que bajaban hacía un lugar oscuro. El italiano apretó un interruptor y se hizo la luz. Una mano invitó a Aira a adelantarse. Mientras bajaba pudo oír a su anfitrión cerrando de nuevo la chimenea tras de sí.

-Otra vez en un subterráneo oculto. -Pensó. Aira se sentía cansado y abrumado. La apatía se había apoderado de él tras su intento frustrado de huida y la muerte del soldado. Pero los nuevos acontecimientos no dejaban de despertar su curiosidad. Lo que la chimenea ocultaba era un laboratorio perfectamente equipado con toda clase de utensilios y aparatos. Parecía hacer tiempo que nadie le daba uso.

- ¿Qué hace esto aquí? -Bernart intentó disimular su sorpresa aunque su ceja arqueada era señal de que ese descubrimiento le resultaba interesante.

- Esto, amigo mío, es el laboratorio en el que trabajaron durante años Minerva Ferrán y Sirius Nieztch. En este pequeño lugar se centra todo el interés de nuestra investigación.

Al profesor aquel nombre femenino no le resultaba desconocido. Su mente comenzó a esforzarse por recordarlo

- ¿Ferrán? Fue un fallecimiento con mucha repercusión mediática. Pero hace muchos años de eso.

Aira comenzó a caminar rodeando una isla metálica central. Su vista analizaba todo lo que encontraba. Lípari le observaba en silencio desde la entrada. Sobre la mesa del centro de la sala se encontraban numerosos recipientes, en su mayoría de cristal: balones, vasos de precipitado, pipetas graduadas y volumétricas, probetas, cápsulas de Petri, destiladores... Abrió varios muebles metálicos adheridos a las paredes. Dentro pudo encontrar desde balanzas, pasando por viscosímetros, un autoclave, mecheros Bunsen, hasta medidores de pH. En una esquina, pegada a la pared, se hallaba una vitrina con un extractor, perfecta para la realización de reacciones que pudieran desprender gases tóxicos.

- Todo tipo de apuntes y líquidos han sido llevados a la base. Aquí sólo quedan algunos recipientes. No hace mucho que encontramos el laboratorio. Necesitamos meses para descubrir qué significaban las iniciales O.Q. encontradas en los documentos que nos trajeron hasta aquí. Hasta que al fin, gracias a la aportación de un amable antiguo colaborador, conseguimos averiguar que así hacía llamar Minerva a su investigación. Dicho nombre hace referencia al lugar donde llevaban a cabo sus labores, esta isla. Qwisland. Desde aquí realizaron su último trabajo. La más importante y revolucionaria de las investigaciones. Pero no hemos encontrado nada. -Lípari se sentó en una de las butacas que rodeaban la mesa.

- Bueno, sí. Tenemos todo el material previo, pero no el definitivo. Se encargaron de destruir todas las anotaciones que hacían una referencia explícita a ello y no hayamos dosis reales de su labor. -Bernart seguía la explicación sin dejar de observar el laboratorio.

- ¿Dosis? ¿De qué? -Dígory se mostró reticente a responder.

- Si quiere hacerme conocedor de algo no le aconsejo dejarse información en el tintero. Cualquier dato puede ser relevante. ¿Dosis de qué? -Insistió sentándose frente al historiador. Se miraron fijamente durante unos silenciosos segundos. Lípari se inclinó hacia adelante, apoyando los codos en la mesa y aproximándose al profesor.

- Pocas personas conocen la información completa de todo esto, es más, ni siquiera yo lo sé todo. -Dígory extendió los brazos en cruz, estirando el cuerpo hacia atrás.

- Y por eso está usted aquí, profesor. -Recuperó la postura inicial. Esta vez su tono sonaba animado y excitado. Una sonrisa se colaba en su duro semblante al pronunciar sus próximas palabras.

- Lo que la doctora Ferrán consiguió aquí mismo, donde estamos ahora usted y yo, fue crear el elixir de la vida. - Aira se espantó ante la certeza del italiano. Era imposible. Comenzó a dudar de la racionalidad de su captor. ¿Podría estar completamente chiflado?

- Ferrán y Nieztch identificaron los tipos de genes y sistemas del organismo que permiten duplicar la expectativa de vida.

- ¿De qué organismo habla? -Interrumpió Aira con gesto escéptico.

- El del gusano Caenorhabditis elegans. El gen daf-2 es el que ejerce su influencia en genes antimicrobianos y metabólicos, mediante otros que controlan la respuesta al estrés celular y reduciendo, de este modo, las actividades de los genes que acortan el tiempo de vida. Digamos que el daf-2 de alguna manera es el que une a todos esos genes en un círculo regulatorio común y es el que permite ese gran aumento de la expectativa de vida.

Tanta información apabullaba al profesor, que no acababa de asimilar todos los datos. Cogió una postura similar a la del historiador uniendo sus manos sobre la mesa.

- Había oído algo de unas pruebas hechas en ratones y moscas del vinagre pero no se había dado resultados satisfactorios.

Dígory se apasionó al comprobar que su profesor estaba a la altura de la conversación. Empezaba a tener la certeza de que no se había equivocado de persona. Aquella conversación hacia brillar sus ojos con codicia y vanidad, pero también con curiosidad y anhelo.

- ¡Esas pruebas son juego de niños en comparación con esto, profesor! Estamos convencidos de que Ferrán consiguió cumplir con éxito sus expectativas, aumentando la vida de roedores en más de un 700%. ¿Se da cuenta de lo que eso significa? ¡Un ser humano podría llegar a vivir alrededor de unos quinientos sesenta años! ¡Y lo haría en plenitud de sus facultades! Con cuatrocientos años tendría la edad correspondiente a lo que ahora son sesenta.

Bernart, que observaba con atención el relato de su raptor no podía evitar emocionarse. Tal vez fueran los exagerados gestos de Lípari, y quizá fuera su animado tono de voz pero Aira sentía contagiarse de la alegría del italiano. No podía remediar ver el alcance de aquella noticia y las repercusiones que conllevaría tal hallazgo. El tono de Dígory, sin embargo, cambió en un instante. Su rostro se mostró apenado y con cierta rabia.

- Por desgracia, no estuvo dispuesta a colaborar con nosotros y todo se complicó. Durante años pensamos que Minerva se había llevado su secreto a la tumba, hasta que las piezas del rompecabezas nos trajeron hasta aquí. Pero ahora volvemos a estar detenidos en este punto.

Entonces ¿Minerva Ferrán trabajaba para Lípari y los suyos? ¿Quién podría estar interesado en invertir tal cantidad de dinero para llevar a cabo una investigación de semejante envergadura? ¿Y qué ocurrió en realidad con la doctora Ferrán y el doctor Nietzch? Aquella historia suscitaba muchas preguntas nuevas en la mente de Aira, pero debía ser cauteloso. La visión de Dígory se centró en los ojos del profesor pero sus miradas no se encontraban. Aira tenía la cabeza gacha, asimilando los datos. Nuevamente el tono de Lípari varió. Ahora volvía a sonar ilusionado pero a la vez amenazante. Bernart desconfiaba.

- Si usted consigue que este sea un punto y seguido todos obtendremos beneficio. ¿Entiende ahora el significado de aquella nota que le dejé bajo la puerta la noche en el hotel?

La memoria de Bernart retrocedió hasta aquel fatídico día en la que encontró el primer mensaje: "Obtendrá beneficio. Sabrá el secreto". Ahora todo comenzaba a cobrar sentido. Antes no comprendía qué beneficio podría recibir alguien como él, que tenía toda clase de comodidades y una vida feliz y completa.

- Tengo una vida plena, pero perecedera. -Pensó. Entonces Aira sí devolvió la mirada a Dígory. -Este hallazgo puede darme cientos de años de tregua ante la muerte. Y no sólo a mí, a mi hija también y los hijos de ésta.

Lípari afirmó sonriendo. Aira se volvió reflexivo. Otras ideas no tan optimistas asomaron de inmediato, pero se obligó a desecharlas. Comenzó a rondar por el lugar, rozando su dedo índice contra sus labios en busca de respuestas a preguntas concretas. Para pensar en las otras cuestiones ya habría tiempo. Necesitaba ordenar todo aquello. La grandiosidad del hecho estaba distrayéndole de su situación actual. Se detuvo y observó al italiano.

- ¿Pero cómo puedo ser útil? No soy científico. -Lípari, todavía emocionado, se dirigió al profesor y le agarró de los hombros, pero no de un modo amenazante como había ocurrido hasta entonces. Aquella información compartida parecía haberles dado un nuevo grado de confianza. Dígory ya le consideraba un colega.

- Piense, Bernart. Usted lleva años estudiando "El Caso Shakespeare". No está desconectado del tema.

Aira se sentía tan abrumado por todo aquello que sus investigaciones parecían haber quedado a años luz de donde se encontraba ahora. Se libró de los brazos de su captor y cerró los ojos masajeándose las sienes mientras deambulaba. Sus ojos se abrieron de pronto tras comprender algo. Ese hombre era realmente conocedor de sus estudios. Ahora ya entendía por qué él había sido el elegido. Todavía pensativo, volvió a tomar asiento.

- Esta es la culminación de miles de años de estudio. Es cierto, estoy involucrado en ese asunto de un modo indirecto. Pero el objetivo final de "El Caso Shakespeare" no es el aumento de la media de vida del ser humano. -Lípari, se sentó con convencimiento al lado del profesor, mostrándose comprensivo.

- Lo sé, Bernart. Pero uno de los personajes relevantes en su caso es el Conde de Saint Alban, Barón de Verulam, posible autor de parte de las obras de Shakespeare y más importante aún, Imperator de la Orden Rosacruz en Inglaterra.

- Francis Bacon. Completó Aira, todavía sumido en sus pensamientos.

El profesor nuevamente se levantó y comenzó a pasear invadido por la información que llegaba a su mente con la misma fuerza con la que las olas golpean las rocas en la costa. Sentía una incesante necesidad de expulsar todos aquellos datos que le iban llegando.

- La Orden Rosacruz es heredera espiritual de las antiguas Escuelas de los Misterios que nacieron en Egipto, Babilonia, Grecia y Roma. Se han dedicado durante siglos al estudio de las leyes de la naturaleza. Muchos tienen una postura contraria hacia este gremio, pues lo cierto es que en la actualidad se han ramificado creando poderosos grupos sectistas. Estos grupos, conocedores de los posibles riesgos, intentaron mantener la unidad con el pasado en una especie de Biblia a la que, aún a día de hoy, llaman "Fama Fraternitatis".

Dígory se mostraba intensamente interesado en el relato. Aira había liberado sus dotes como maestro y sin poder evitarlo estaba dando una lección magistral, exactamente igual que como lo hacía en sus clases.

- ¿Qué ocurrió con los Rosacruz originales? ¿Los que mantenían la postura ancestral?

- Es importante entender que ellos comprenden que todo se desarrolla en ciclos. Todo nace, crece, se reproduce y muere, para volver a repetir el mismo ciclo una y otra vez. De acuerdo con este principio la Orden Rosacruz se ajusta a los ciclos de la Naturaleza. La Orden aparece y desaparece según los ciclos mencionados, siendo su manifestación adaptada a su tiempo. Quién sabe en qué ciclo se encuentran ahora. -Aira tomó aire y continuó.

- El caso es que Francis Bacon fue uno de sus más importantes cabecillas. Su manera de buscar en la naturaleza la evolución del ser humano llevó a considerar cierta unión con otro movimiento intelectual, el alquimismo.

- Movimiento que buscaba exactamente lo que ahora mismo nosotros podemos tener a nuestra disposición. -Continuó emocionado Lípari.

- No exactamente. -Corrigió Aira. -La alquimia contenía ya desde los más antiguos tiempos una doctrina secreta. Esto significa que de algún modo los Rosacruz y los alquimistas han participado en la sociedad humana desde antaño. Las concepciones paganas no desaparecieron de ningún modo por la victoria del cristianismo bajo Constantino; continuaron en la filosofía alquímica. Una de sus principales figuras para éstos es el sol, representado como el oro; y la luna, también llamada plata. La operación alquímica consiste esencialmente en una separación de la "prima materia". De este modo el mineral evoluciona hasta su punto álgido, perfecto. Pero para realizar esta operación necesitaba un componente perfecto, puro. Es lo que denominaron piedra filosofal. Pequeñas dosis de ella ayudarían en la conversión de cualquier metal en oro.

Dígory, algo impaciente, interrumpió de nuevo al profesor.

- ¿Pero qué tiene que ver eso con O.Q.? No son las riquezas materiales lo que busco en todo esto. Quiero el conocimiento.   -Aquellas palabras sorprendieron a Aira. Los intereses del italiano podrían ser más similares a los suyos propios de lo que pensaba. Pero a pesar de ello, era obvio que tras esa investigación había alguien que buscaba lucrarse.

- Tranquilícese. Todo está unido. -Prosiguió Bernart. -Esa piedra contenía en su interior un poder superior al material: el elixir de la vida. Una pequeña dosis de ese elemento aportaba la vida eterna. El alquimista, médico y astrólogo suizo, Teofrato Paracelso fue de los más avanzados en este campo aunque sus intereses por la vida eterna eran más terrenales. Él investigó maneras de prolongar la vida mediante cambios en los hábitos de estilo de vida, pasando por el uso de plantas medicinales y recurriendo al famoso elixir de vida que, según él, reforzaba la luz interna. Paracelso llamaba a su secreta sustancia "Ad longe vita". Parte de su receta fue desvelada pero con nombres codificados: Florum Sectarum, Foliorum Daurae, Essentiarum Auri, Perlarum, Quintae Essentiae Croci, Chelidoniae... Otro alquimista, el germano Achin Stockardt, supo interpretar esta esencia áurica. Estos ingredientes formaban parte de los llamados Arcanos Elevados, unos principios alquímicos desarrollados de las esencias procedentes del oro, la perla, el azafrán, la Rosa de Navidad, la celidonia, el bálsamo y las flores de heno.

- ¿A dónde quiere llegar, profesor? -Dígory se iba desesperando por momentos.

- La Dinastía china Quin Shi Huang con sus mil hombres y mujeres enviados a los mares del este; en la India los Vedas y su vínculo entre la vida eterna y el oro; la Rapamicina de la Isla de Pascua y su poder inmunodepresor capaz de evitar los rechazos de trasplantes de órganos, o curar cánceres y enfermedades cardíacas; el fisiólogo y neurólogo Charles-Édouard Brown-Séquard y su Testiculina... ¿No se da cuenta, Dígory? Teorías y estudios como este ha habido miles a lo largo de la historia, pero jamás llevaron a nada bueno. Mis conocimientos no servirán. Es una quimera a la que tal vez sea mejor no tentar.

Lípari se levantó excitado. Tenía la necesidad imperiosa de terminar la búsqueda cuanto antes. No sólo por las amenazas de su superior, sino por su propia curiosidad natural y la vanidad desenfrenada.

- Bien, es evidente que he sabido elegir con quien aliarme. -Aira se quedó inmóvil, perplejo por la reacción del italiano que parecía haber ignorado su consejo. El profesor observó a un hombre desesperado, desquiciado, enloquecido. Aira había recobrado la perspectiva real de la situación. Cierto es que los dos mantenían algo en común, amaban el conocimiento, pero Aira no se dejaría engañar jamás. El hombre que tenía enfrente había matado con total frialdad a su compañera, había encerrado cautiva sin escrúpulos a su hija y había liquidado a sus propios hombres sin necesidad. Mientras aquellos pensamientos fortalecían el tesón de Aira, Lípari sonreía.

- Profesor, haremos grandes cosas juntos.

- Me temo que no, señor. -Lípari observó a su rehén con sorpresa.

- Se lo he dicho. No hay nada que yo pueda hacer en semejante empresa. -Dígory se aproximó a Bernart con calma y confianza, manteniendo su sonrisa. Rodeó al inglés del cuello con su brazo izquierdo en señal de cercanía. Bernart se mantuvo recto y firme, con rostro serio.

- No se subestime, profesor. Lo hará muy bien. Acaba de demostrármelo. Sé en quien confío.

- Quizá no esta vez. -Aira se mantuvo estricto, distante y severo en su suposición. El desprecio con el que Bernart pronunció aquellas palabras resultó insultante para el historiador que endureció su tono y recobró su postura amenazante. La situación de compañerismo, de la que hasta entonces Lípari disfrutaba, se había esfumado como si nunca hubiera existido.

-No perdamos más el tiempo entonces. Vamos a descubrirlo cuanto antes.

Capítulo XXXIX- La última cita.

La oscuridad de la noche hacía que François se sintiera algo más protegido, aunque no podía evitar ponerse tenso cada vez que un coche policial pasaba a su lado. Aquel no era un barrio seguro. Un par de prostitutas se habían insinuado buscando el negocio de la noche. Varios hombres de sospechosas pintas le habían dirigido miradas desafiantes. Allí su aspecto llamaba demasiado la atención. Sólo quería hacer una llamada rápida para poder irse cuanto antes. Entró en una cabina y descolgó. Tres monedas y dos tonos después se escuchó la voz del anciano Fleming.

- Comment ça va? -Preguntó con tono paternal. François intentó transmitirle una falsa impresión de salvedad.

- Ça va bien. Tranquille. Necesito un favor. Tienes que conseguir que alguien me recoja en avioneta hasta París. He de partir hacia Atenas, pero no puedo volar desde un aeropuerto. Sería arriesgado.

Una serie de improperios comenzaron a sonar en voz alta desde el otro lado del auricular. Poco después, el viejo notario se calmó buscando respuestas.

- A Atenas, pourquoi?

- Me han ayudado a encontrar información acerca de un hombre. En la agenda de mi padre venía su nombre. Fue su última cita horas antes de morir. Quedaron a una hora muy temprana para ser asuntos de negocios y no se citaron en el despacho. Es la única sospecha que tengo para seguir. Este tal Chema se embarcó en un vuelo hacia Atenas un par de días después de reunirse con mi padre. Por favor, mándame una avioneta cuanto antes. -Se hizo un silencio.

- No. Me sería imposible conseguir los permisos sin levantar sospechas. Mejor usa la mía. También levantará sospechas pero es más rápido. Ya me inventaré algo. ¿Dónde quieres que te recoja? -El joven reflexionó unos segundos.

- La esperaré en Le Jardin Des Plantes dentro de... una hora. -El notario se espantó ante la respuesta de su protegido.

- Comment? T'as-tu rendu fou, garçon? No permitirán aterrizar ahí.

- ¿No has dicho que la harás volar sin autorización?

- ¡Una cosa es sin autorización y otra es ser un kamikaze!

- Es una zona plana y con suficiente longitud como para aterrizar y despegar sin riesgos. Además me queda cerca de donde estoy. Es de noche, no habrá mucha gente y saldré volando antes de que puedan acercarse. Tranquilízate. Saldrá bien. Voy hacía allí. Confío en ti. -El joven colgó sin esperar respuesta y montó sobre su moto dirigiéndose a la cita.

La zona estaba en calma. Sentado sobre su Harley miró el reloj. Las dos de la madrugada. Fleming había cumplido a raja tabla. La avioneta se acercaba. El Barón dirigió una última mirada con nostalgia a su moto mientras se alejaba. Seguramente nunca había querido más a una chica que a su Harley. Corrió hacia el aparato mientras este se posaba en el suelo. Subió la escalerilla casi de un salto. Un vagabundo que dormía oculto entre la vegetación se quedó perplejo observado el espectáculo. Desde dentro, François le hizo un gesto de aprobación al piloto que despegó de inmediato. Desde abajo un brillo plateado daba una señal de despedida. Nunca volvería a montar esa moto.

Capítulo XL- La búsqueda cruzada.

Cuando me di cuenta ya tenía una mano apretándome con fuerza la boca. Estaba muy oscuro. Intenté moverme pero notaba todo el peso de su cuerpo sobre mí. Todavía me sentía aturdido por el brusco despertar. Me costaba respirar y mi corazón se iba acelerando. El codo encontró un punto de apoyo y la rodilla consiguió el suficiente espacio para impulsarse. La levanté con un golpe seco dándole en la entrepierna al agresor. Giré entonces mi cuerpo bajo su brazo y me desplacé cayendo al suelo, liberándome así de aquel desconocido oculto por la oscuridad. Me levanté lo más rápido posible y agarré lo primero que encontré. Era una lámpara blanca de madera que estaba dispuesto a usar. Apreté el interruptor de la habitación para encender la luz. Fue entonces cuando le vi por primera vez. Un joven treintañero de pelo corto y moreno, con unos ojos grandes y rasgados de color grisáceo. Tenía unos finos pero tiernos labios sonrosados. Una marcada barbilla insinuaba un hoyuelo oculto por una barba de tres días. Medía alrededor de uno ochenta y vestía una cazadora negra de motorista y unos vaqueros. En aquel momento se encontraba inclinado hacia adelante con las manos en la entrepierna lamentándose del dolor.

- Te lo has buscado. -Pensé satisfecho, aunque en realidad estaba muerto de miedo.

- ¿Quién eres? ¿Y por qué me has atacado? -Se irguió molesto, mientras tomaba aire profundamente. Hizo un gesto levantando el dedo índice solicitando tiempo. Me quedé quieto, con el entrecejo fruncido y una mueca de desaprobación en la cara. Espere.

- Me llamo... François.

- Hmmm, francés. -Valoré.

- Estoy buscando a Chema Herrera. Sé que has canjeado un billete a su nombre. ¿Dónde está? -Ese hombre me atacó porque buscaba a Chema. Me sentía confuso y atemorizado. Aquello confirmaba que la vida de Chema peligraba. Y la mía también. ¡Ese hombre quería matarnos!

- ¿Qué quiere de él? -François, más calmado, apoyó la espalda en la pared y por primera vez nuestras miradas se cruzaron. Yo me mantuve firme, agarrando con fuerza la lámpara contra mí pecho, preparado para actuar cuando fuera necesario. Rogaba porque no fuera necesario. No sabía pelear, ni afrontar situaciones como aquella. No era un hombre imponente o que despertara temor. ¡Cómo despertarlo si era yo el aterrado!

- Quizá puedas hacerte una idea de por qué le busco si te digo mi nombre completo. -Breve silencio dramático. Sé que lo era, soy actor. - Me llamo François de Gèrard, hijo del Barón de Belle-Ile, Piére de Gèrard.

Volvió a hacerse el silencio, pero esta vez no era dramático. Visto desde fuera era más bien de risa. Me quedé quieto, esperando algún otro dato. Negué levemente con la cabeza. Aquello pareció sorprender al francés. Por lo visto ese nombre sí debería decirme algo, pero lo cierto es que no me sonaba de nada.

- ¿Es el título? ¿Debe impresionarme? -Pregunté. François elevó la voz indignado mientras se incorporaba.

- ¡No! ¡Claro que no es por el título! -Su gesto cambió algo incómodo y ofendido. -Aunque... bueno, es algo impresionable, ¿no? No todos los días se encuentra alguien con un Barón en su cuarto.

Su fanfarronería no surtió efecto, más bien todo lo contrario.

- Es mejor que no te diga la clase de cosas que he llegado a encontrarme en mi cuarto. -Nuevo silencio, esta vez era de los incómodos.

- ¿De verdad no te dice nada?- Se extrañó. Los dos estábamos abandonando nuestra posición defensiva sin percatarnos, aunque yo seguía sosteniendo en alto la lámpara.

- ¿Debería?

- Creo que tu amigo te oculta algunas cosas. Pero no tengo nada contra ti. Sólo dime dónde está y me iré.

Desde luego tenía claro que no iba a decírselo, entre otras cosas porque yo mismo no lo sabía. Pero tal vez él sí supera algo que pudiera interesarme

- ¿De qué le conoces? -Mi tono era directo y serio. El miedo no me impedía ser curioso. Ahora encontraba al francés menos amenazante.

- No le conozco... -Respondió relajado mientras se sentaba en la cama. Yo tampoco debía resultarle amenazador a pesar de ir armado con una lámpara que estaba dispuesto a usar. -... pero mi padre sí. Hace unos días mantuvieron una reunión. ¿Y tú de qué le conoces? Su gesto era curioso y desenfadado. La pregunta me incomodó bastante.

- Bueno, él es mi... Yo soy su...-No acertaba con las palabras. Él me observaba sin evitarme el mal trago de dar explicaciones. Bajé la lámpara buscando una respuesta

- ¡Él es mi amigo! Es lo que es. Eso es. Un amigo. -Balbuceé. No tenía por qué entrar en detalles y menos después de intentar atacarme en mi propia cama.

- No hemos venido juntos. Reconocí con cierta tristeza. -No sabe que estoy aquí. Yo también le estoy buscando. Lo siento, no puedo ayudarte.

Se levantó y se acercó a mí. En ese momento me di cuenta que había bajado la lámpara y la volví a subir inmediatamente. Él pasó de largo. Cogió el pomo de la puerta y la abrió.

- Está bien. Buscaré por otro lado entonces. Gracias. -¿Ya está? ¿Eso era todo? Casi resultaba decepcionante. Cruzó la puerta y se fue hasta que unos segundos más tarde reaccioné.

- ¡Espera! -Salí del pasillo y le hablé desde la puerta. Se giró y me miró con gesto amable.

- Si se te ocurre hacerle daño, juro que te buscaré y te mataré. -Agachó la mirada y sonrió. Pero fue una sonrisa extraña. Su gesto me transmitía tristeza.

- Harás bien. Yo haría lo mismo. -A continuación dio media vuelta y siguió su camino. No sabía cómo interpretar sus palabras. ¿Iba realmente a hacerle daño a Chema?

Regresé a mi cuarto, cerré la puerta con llave y me acosté. La cama estaba revuelta. Dejé caer mi cuerpo sobre ella e intenté conciliar el sueño pero cada vez que cerraba los ojos su mirada grisácea se clavaba en mi mente. Aun podía sentir el peso de su cuerpo sobre el mío. Durante unos segundos deseé que aquel hombre no fuera malo. Pero era consciente de que yo tenía una personalidad inocente y confiada. Volví a preguntarme que podría estar haciendo Chema en ese momento y dónde se encontraría. Lo único que me calmaba era acariciar a Lavel. Tenerla cerca, oculta siempre bajo la ropa, hacía que me sintiera próximo a Chema. Ya no tardaría mucho en amanecer.

Capítulo XLI- La llamada.

Dos guardas guiaban a Aira hacia su pequeña cárcel. Éste se encontraba agotado. Sus ojos vagueaban y su cabeza se zarandeaba mientras los hombres lo agarraban por debajo de las axilas con fuerza. Su visión era borrosa pero pudo distinguir la cruz y la rosa. Al abrir la puerta los soldados lo dejaron caer al suelo dando un portazo tras de sí. Aira levantó con esfuerzo la mirada y lo que vio ante él fue la escena más macabra que jamás había contemplado. Un grito de desesperación resonó por toda la estancia. Sarah se encontraba colgada por una soga, inerte, sin el menor movimiento. Su rostro pálido se asomaba tras una larga melena rojiza. Había sido despojada de sus ropas, cubriendo su cuerpo con diferentes símbolos alquímicos.

En el hombro derecho el símbolo del hierro asociado al aire y Marte. En el hombro izquierdo la representación del cobre, también usado como elemento de la tierra y Venus. En su 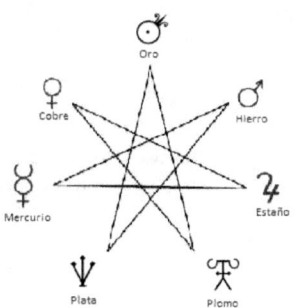 pequeña mano derecha se encontraba dibujada la imagen del estaño, asociado al elemento del agua y a Júpiter. En la palma de la mano izquierda Mercurio, imagen de la materia, el espíritu sutil. El pie derecho tenía el símbolo del plomo, representación del alma en su estado enfermo, empapado y muerto. Se asocia a Saturno. En el otro pie, la plata, ancestralmente bajo la forma de la luna como principio volátil.

Aira, traumatizado, se levantó corriendo y agarró con rabia y angustia a su hija por las piernas, elevándola. Sus intentos por soltarla fueron inútiles. Se subió a la cama y agarró su cabecita liberándola de la cuerda. Las piernas le fallaron y ambos cayeron sobre el colchón. Las lágrimas se deslizaban desde las mejillas de Aira hasta el fantasmagórico rostro de la niña. El profesor en un acto irracional comprobó que su hija no tenía pulso. Apartó los cabellos de la cara de su hija y encontró entonces el séptimo símbolo, el oro representado como el sol. Es el alma en el estado original, la perfección absoluta. Al ver la marca en la frente de Sarah, Aira apretó el cuerpo de su hija contra su pecho con fuerza. El llanto desconsolado le impedía coger aire para respirar. Habían usado el cadáver de su pequeña como lienzo donde retratar los siete metales alquímicos. Y en su cabeza resultaba inconcebible recurrir a semejante atrocidad. Deseó con toda intensidad cambiarse por ella. Lo gritó una y otra vez. El dolor era tan insoportable que prácticamente resultaba imposible vivir.

Unos sonoros pasos se oían desde el pasillo. Pero Aira estaba desconectado del mundo y no notó nada más que su exasperación. La puerta se abrió y una voz grave ordenó el fusilamiento del profesor. Éste intentó ver quién hablaba, pero las lágrimas empañaban su vista. El pánico que se había apoderado de él desapareció cuando fue consciente de que iban a matarle. Alguien había escuchado sus ruegos. Pronto se reuniría con su hija y con Sakina. Agachó la cabeza abrazando intensamente el cadáver de Sarah entre sollozos. Un golpe le alertó

La puerta de madera se abrió y Dígory entró para despertarle derrochando energía.

- Buenos días, profesor. Comienza el juego. Le invito a desperezarse, a un suculento desayuno y a poner su cerebrito en acción, porque hoy le toca trabajar a usted.

La cabeza de Aira daba vueltas. Las pesadillas no cesaban. Pasó la mano por su cara y después se agarró la nuca. Si aquella situación se alargaba mucho más acabaría volviéndose loco.

- ¿Cómo está mi hija? -Dígory le acercó los zapatos y habló despreocupado sin mirarle a los ojos.

- No se preocupe. Mientras se comporte como debe ella estará bien.

- Quiero hablar con ella. -La voz de Bernart sonó autoritaria. Lípari se agachó y le miró con seriedad.

- Aquí las órdenes las doy yo, Aira.

- Lo sé. Quiero hablar con mi hija. -Insistió el profesor. Sus palabras fueron pegadas a las del historiador de un modo retador. El italiano se levantó y le habló al mismo tiempo que salía del cuarto recobrando su tono desenfadado.

- Arréglese un poco; da pena. Podrá hablar con ella mientras desayuna.

Tras ponerse los zapatos, lavar la cara y peinar sus cabellos, Bernart se encaminó al salón. Los dos militares estaban sentados en una mesa disfrutando un copioso almuerzo. Dígory entró con un móvil en la mano. Sin dirigirle la mirada, el italiano invitó a Aira a sentarse con un gesto. Éste les observaba con discreción mientras metía algo en la boca. Los dos hombres engullían con satisfacción y pocos modales. Minutos después, el italiano le pasó el teléfono y le habló con frialdad a la vez que salía del salón.

- Dispone de dos minutos. No quiero más distracciones. -El inglés cogió el móvil entusiasmado. Ya se había iniciado la llamada. Comenzó a hablar alegre, sin dejar de mirar para aquellos dos caballeros que, a su vez, le contemplaban mientras no desistían en su empeño por llenar la panza.

- Hola, cariño.

- Esto es una lata, papá. -Una voz aburrida respondió desde el otro lado de la línea. -Sólo me divierto cuando Ronald viene a visitarme, pero está ocupado la mayor parte del tiempo y me quedó aquí sola, sin poder salir.

El padre esbozó una sonrisa de alivio al descubrir que su hija estaba sana y quejándose como solía hacer siempre.

- Pero estás bien, ¿verdad, hija?

- Los hombres que hay por aquí no me hablan. Son muy serios. Me caen mal. Y este sitio huele raro. Por lo menos podrían traerme una película o unas muñecas. ¿Cómo estará Dingo, papá? Esto es una lata. ¿Cuándo vuelves a buscarme, papá? Me quiero ir a casa. -El padre reía con lágrimas en los ojos.

- Pronto, cariño. Sólo tengo que acabar uno trabajillo aquí e iré a buscarte, mi vida. ¿Tendrás paciencia? -Los dos soldados se miraban entre ellos con cara de compasión. Ya no comían, habían perdido el apetito. La escena les recordaba las vidas que habían dejado y a los seres queridos ajenos a su profesión. Ellos también se habían visto obligados a renunciar a cosas importantes por cumplir una misión que, creían, merecía la pena. Aunque en ocasiones dudaban.

- Te echo de menos, cariño. ¿Sabes cuánto te quiero, verdad?

Una risa divertida se escuchó desde el otro lado.

- Infinito.

- Se acabó el tiempo. -Lípari había vuelto a entrar y hablaba tajantemente. Bernart se apresuró en despedirse.

- Mi vida, te tengo que dejar. Invéntate canciones para luego cantármelas. Estaré allí... -Antes de que pudiera terminar, el italiano le había arrebatado el teléfono, había colgado y lo había guardado en el bolsillo.

- Si ya ha acabado de almorzar venga conmigo. Tenemos trabajo que hacer. -Aira cogió un bollo mientras se levantaba y seguía a Lípari hasta el laboratorio camuflado. Todo permanecía tal y como lo habían dejado el día anterior, menos la mesa central. Ésta se encontraba ahora cubierta de documentos y carpetas.

- Son todos los papeles que han sobrevivido a las manos de Minerva. Esa mujer puso empeño en destruir lo importante. No hay ningún tipo de instrucción, ni nada que nos ayude a crear dosis alguna de panacea. Quiero que los revise. Quizá usted pueda ver algo que nosotros no hayamos podido ver. -Bernart se acercó a la mesa y cogió una de las carpetas.

- ¿Qué le hace pensar que yo veré algo que no han visto los demás? -El italiano se colocó frente a él y le dirigió una mirada retadora.

- Su famoso "Caso Shakespeare", profesor. Usted vio algo donde los demás no hallaron nada. Es experto en literatura, ¿no? Bien, esto es literatura. Y de la buena. -Aira no contuvo una leve risa de indignación. Lípari le daba la espalda, subiendo las escaleras al mismo tiempo que hablaba.

- Es bueno en eso de los enigmas y acertijos. Exprímase los sesos un poco. Mi superior y yo dudamos mucho que Minerva Ferrán se llevase semejante secreto a la tumba. Volveré en unas horas. Deme algo bueno, profesor. -La chimenea se cerró y Aira se quedó solo, en silencio, observando aquellos papeles. No eran muchos, tardaría pocas horas en leerlos pero... ¿podría encontrar algo ahí que les salvase la vida a su hija y a él?

Capítulo XLII- Persecución por Atenas.

Después de una noche tan mala, salí a buscar un lugar en el que se sirviera un típico desayuno griego. Quería probar los panes de cereales y los bollos dulces, o quizá un buen yogur con miel y frutos secos, tostadas con mantequilla y leche agria y un tierno queso con aceite de oliva. Ya que estaba allí me apetecía disfrutar de los pequeños placeres del país, aunque me constaría decantarme por un menú u otro. Me senté en una terraza para aprovechar el buen tiempo. Era un día soleado y a pesar de la temperatura algo elevada, la brisa marina refrescaba el clima. A duras penas conseguí hacerme entender con el camarero para pedir lo que quería. Nadie por allí parecía hablar inglés.

Tras dar buen encargo del almuerzo, decidí dar un paseo. Las estrechas callejuelas eran de piedra y las casas de yeso blanco. La gente me recibía con un trato cercano y agradable, pero el bullicio de los turistas rompía el encanto del lugar. Tras casi una hora andando, me di cuenta de que mi despiste habitual me estaba jugando una mala pasada. Me había perdido y no sería fácil pedir ayuda; el nombre del hotel en el que me hospedaba era impronunciable. Me giré para intentar volver sobre mis pasos.

De pronto una sensación desagradable comenzó a invadirme. Alguien me estaba siguiendo. Pude ver una cabeza escondiéndose a toda velocidad detrás de la esquina de una casa después de que me diera la vuelta. Me agaché para atarme los cordones en un intento por disimular. Miré de reojo pero no vi nada. Pensé que quizá me estaba volviendo algo paranoico pero sabía que mi viaje conllevaba peligros. Cuando me percaté de que estaba haciendo el imbécil, pues mis deportivas no eran de cordones, me erguí y continué mi camino en la misma dirección, aunque significara no saber por dónde iba. Seguí recto acelerando un poco el paso. Me introduje en una calle entre dos casas. Era estrecha y semioscura. Esa no había sido mi idea más brillante, pero estaba tan distraído buscando posibles perseguidores que para cuando me di cuenta de dónde me estaba metiendo ya era tarde. Conseguí salir de allí, torcí la esquina y me apoyé contra la pared esperando al intruso. Cuando asomó la cara le golpeé en la nariz con el puño cerrado. El desconocido se cayó al suelo llevándose las manos a la cara ensangrentada. Su lastimera voz me resultó familiar.

- ¿Otra vez tú? -Mi tono sonó más agudo de lo que hubiera deseado.

- ¿Por qué tienes esa mala costumbre de pegarme? -Gritó François, muy malhumorado. Le ayudé a levantarse. Un par de personas se quedaron mirando para continuar caminando después. Era mejor no meterse en líos, debieron pensar.

- ¡Me venías siguiendo! -Respondí alterado. -¡Y la otra vez te colaste en mi cuarto para ponerte sobre mí!

¿Por qué tenía la sensación de que todo lo que le decía a ese hombre siempre que nos encontrábamos sonaba a doble interpretación?

- ¡Tengo motivos más que suficientes para sentirme atacado! -Sentencié.

- Y si soy yo el que supuestamente ataca... ¿Por qué siempre salgo herido? -Otra vez volví a sentirme incómodo con sus preguntas.

- Pues no sé. Será que no me atacas bien. -Otra vez las dobles lecturas.

- A ver, déjame. -Le aparté las manos para comprobar si el golpe había sido grave. Él se quejó.

- ¡Estate quieto! Pareces un crío.-Protesté.

- Es que creo que me estás rematando. -Exageró. Extrañamente empezaba a sentirme cómodo con él. Quizá porque no tenía nadie más allí con quien hablar. Y la verdad es que nuestros encuentros eran entretenidos.

- Creo que has tenido suerte. No te la he roto.

- Sí, soy un francés con mucha suerte. -Respondió con sarcasmo.

- A mí no me culpes. Esto no te pasaría si te portases como alguien normal que no va siguiendo a la gente por ahí. -De pronto me percaté. -¿Y para qué me sigues?

Le golpeé en el hombro al mismo tiempo que le gritaba. Él elevó la cabeza con la mano en la nariz.

- No me fío de ti. - Habló quitándole importancia a los hechos. -Tú sabes dónde está ese hombre, lo que pasa es que me lo ocultas para protegerle. Pero estoy convencido de que ahora mismo ibas a verle.

Me eché a reír algo avergonzado.

- ¿Qué pasa? -Mi reacción parecía confundirle y molestarle.

- La verdad es que me he perdido. No sé volver al hotel. -Mi confesión entre risas no le convencía. Para él debía ser increíble que alguien fuera tan despistado. -No me mires así. Va en serio.

- Necesito que me lleves a él. -Estaba claro que no se creía nada de lo que le había contado. Su desconfianza me ofendía.

- ¿Pero cómo te hago entender que no sé dónde está, que he venido solo y que me he perdido? -Me di un par de segundos y respondí más tranquilo con tono serio. -Además no tengo por qué fiarme de ti.

Ahora era él quien parecía ofenderse por mi desconfianza.

- ¿Cómo? ¿Por qué no te ibas a fiar de mí? Yo no soy el criminal aquí.

- Lo disimulas bien. -Respondí de inmediato con falso recelo.

- ¡No tengo por qué aguantar que me acuses de nada! No eres nadie para hacerlo y más con la clase de amigos que te gastas.   -Ahora sí me había enfadado.

- ¿Y qué clase de amigos me gasto, según tú? -En el mismo momento en que terminé la cuestión algo pasó a toda velocidad entre nosotros y se incrustó con intensidad en la pared, haciendo saltar pedazos de piedra y yeso. Instintivamente nos agachamos a la vez.

- ¿Qué ha sido eso? -Pregunté, sorprendido.

- Un disparo. Alguien más se ha hecho un viajecito. ¡Corre!

Le seguí calle arriba. Mis piernas se movían con torpeza por los nervios. Una segunda bala dio contra el suelo muy cerca de mi pie izquierdo. En aquel momento nadie más estaba por allí, así que evidentemente esas balas iban premeditadamente dirigidas hacia mí. ¿Por qué desde que había llegado a Atenas todo el mundo intentaba matarme? Torcimos a la derecha y bajamos por otra calle. El corazón parecía salirse de mi pecho. Me detuve para tomar aire- François me apresuró.

- ¡No me iré a ninguna parte hasta que me digas por qué intentan matarme! -Estaba claro que en ese momento no sabía muy bien lo que decía. Si me hubiera parado a pensar que detenerme en seco podría suponer mi muerte, tengo la certeza de que no osaría quedarme quieto. El francés, en cambio, parecía encontrar la forma de mantener la calma. Daba la impresión de tenerlo todo bajo control, como si para él fuera habitual ese tipo de situaciones.

- No van a por ti, imbécil. Es a mí a quien quieren. ¿Te importa correr?

- ¿A ti? ¿Por qué? -En ningún momento se me pasó por la mente que no me estuvieran disparando a mí.

- Si te lo dijese te pondría en peligro.

- ¿En serio? ¡Míranos! ¡Estamos en medio de un tiroteo! -Ahí estaba mi sarcasmo habitual.

- Sólo puedo decirte que me quieren matar. ¡Vayámonos ya! -Estiró la mano para coger la mía.

- ¡Ah, pues ahora está todo más claro! -Oímos unos pasos. Alguien se acercaba muy deprisa. Echamos a correr pero había muchas escaleras y las suelas de mis deportivas no se sujetaban bien al suelo. Resbalé. François retrocedió para ayudar a levantarme.

- Eres un poco lento ¿sabes? -Juré matarle si salíamos con vida. En ese momento el hombre que nos seguía apareció en la calle y nos disparó. La bala alcanzó un macetero con flores que decoraba la entrada de una casa. Volvimos a perderle de vista cuando nos metimos por una nueva calle que bajaba al puerto de Pireo. Allí había mucha más gente que nos dirigía miradas de desaprobación.

- Menos mal que parece tener mala puntería.

- Corre. -Me agarró del brazo y entramos por una puerta de madera de color azul celeste. Era una especie de taberna llena de marineros que subían desde el puerto para descansar y conversar sobre la mar y sus capturas. Entramos a trompicones. Los clientes se quedaron mirando con mal gesto. Nos detuvimos en la entrada, observando a todo el mundo, sonriendo y saludando como estúpidos. Eché un ojo a la calle. No había señales del pistolero. Nos hicimos paso entre la gente. El olor de aquel lugar era nauseabundo. Una mezcla intensa de pescado, sudor, cerveza y grasa de motor. Nos ocultamos entre la masa. François me hizo un gesto señalando hacia una puerta. Justo cuando el francés tiró de mí para meternos en el baño, pude ver al hombre que nos perseguía. Nuestras miradas se cruzaron.

- ¡Mierda, me ha visto! - François giró el pestillo de la entrada y comenzó a abrir las puertas de los retretes con brusquedad, buscando con prisa un modo de huir. Si fuera olía mal, el hedor de allí dentro era insoportable. La suciedad de aquel lugar me distraía de la persecución.

- ¡Mira! -Señaló. La milagrosa salida no era otra que un pequeño ventanuco situado sobre uno de los inodoros.

- Yo ahí no quepo.

- Cabrás. -Se subió sobre el váter y tomó impulso hasta sacar los brazos y la cabeza. Después fue el tronco y las piernas. Tras lograr salir, metió de nuevo la cabeza y los brazos para ayudarme. En ese momento alguien golpeó la puerta desde el otro lado.

- ¡Yo no tengo tu cadera!

- Cierra la puerta del retrete con pestillo y súbete. ¡Ahora! -Como para decirle que no después de ese grito.

Eché el cerrojo y coloqué mis pies sobre el inodoro. François me cogió de los brazos. Las deportivas volvieron a resbalar. Mis pies acabaron dentro del retrete, mojándose con su pestilente agua oscura. Un golpe sirvió como preaviso para saber que aquel desconocido había conseguido entrar en el baño.

- Arrive! -Susurró François. Supuse que significaba una invitación amable para salir de allí lo más rápido posible. El agujero de la ventana era muy estrecho y los nervios no me ayudaban. El francés tiró de mí con fuerza. Mi tronco había salido. Mis codos chocaron contra el suelo. François me agarró de los pantalones para hacer pasar el resto del cuerpo. Era una situación muy embarazosa. En ese momento oímos un nuevo golpe desde dentro. Mis caderas consiguieron colarse por el hueco pero unas manos tiraban de mí hacia dentro. Aquello se convirtió en una competición de tira y afloja y yo era la cuerda.

- ¡Suéltame! ¡Suéltame! -Intentaba liberar mis pies de sus manos, golpeándole en la cara. François aprovechó para volver a tirar de mí. Por fin mi cuerpo completo había atravesado el dichoso ventanuco.

- ¡Vamos! ¡Corre! -Yo estaba exhausto. Mis piernas eran incapaces de obedecer ante las órdenes de François. El hombre disparó desde dentro. Mi compañero de carrera me tiró al suelo para evitar las balas.

- ¿Estás bien? -Afirmé con un gesto. Unas ruedas frenaron en seco al lado de nuestras cabezas. Miramos hacia arriba. Nos levantamos al mismo tiempo que la ventanilla del copiloto se bajaba.

- ¡Subid! ¡Rápido! -Desde dentro del vehículo una joven nos invitó a entrar con una voz muy animosa. Vimos al desconocido con medio cuerpo fuera del baño. François abrió la puerta del coche y nos montamos. El automóvil aceleró a toda prisa. Desde el asiento trasero pude ver la cara perpleja del perseguidor que hizo el amago de disparar pero no llegó a hacerlo.

Capítulo XLIII- Recetas de cocina.

- Tienes cabeza para abrir esta y todas las puertas que te lleven hasta el descubrimiento de cualquier misterio. -Le dijo con tono de confianza mientras le recolocaba el cuello de la camisa.

- ¿Lo dices por el tamaño de mis sombreros, verdad?   -Respondió un joven Bernart Aira.

- Lo digo por tu perspicacia para ligar con cualquier chiquilla en una noche de copas. -La insolencia de la mujer provocó una sonrisa en su compañero de trabajo. Aquellos juegos divertían a ambos, aunque nunca lo habrían reconocido.

- No hace falta perspicacia para eso, sólo una bonita sonrisa. Como esta. -Sonrió el profesor ampliamente.

- Idiota. -Sakina dio media vuelta en dirección a su escritorio.

- No, en serio. Mira que sonrisa. -Insistió siguiéndola.

- Como si no tuviera mejores cosas que hacer. -La mujer le rechazó sentándose en su silla sin dirigirle la mirada.

- Lo que tienes es miedo de verte seducida por mis encantos ingleses. -Presumió Aira con soberbia.

- Sí, he oído hablar mucho de los encantos ingleses y sus atributos. -La joven elevó la vista hacia la entrepierna de Bernart con gesto de menosprecio.

Los recuerdos iban y venían sin autorización conforme los papeles se revolvían más. Aira no podía evitar la tristeza cada vez que el rostro de Sakina aparecía en su memoria. Su sonrisa, su ingenio y rapidez mental. Su exótica belleza. Nunca volverían a repetirse aquellos momentos juntos.

- Tienes cabeza para abrir esta y todas las puertas que te lleven hasta el descubrimiento de cualquier misterio. -La frase se repetía constantemente. Cada vez que Bernart dudaba de sí mismo ella estaba allí para reafirmar su confianza. Aún entonces seguía allí. Como si le susurrase al oído.

Se trataban diferentes temas en esos documentos. Parecían hacer mención a estudios realizados con anterioridad sobre otros proyectos que habían dado prestigio a la científica. A Bernart le costaba seguir el hilo de los textos y las fórmulas. Eran aspectos demasiado técnicos que se escapaban de su comprensión. El profesor iba marcando determinadas palabras o frases que le parecían notables, en busca de una unión o conexión que le llevase a un mensaje oculto. Pero no obtenía nada con coherencia. El tiempo pasaba y Aira comenzaba a impacientarse. Sabía que pronto Lípari vendría exigiendo resultados. Pero Bernart reconocía el momento en que su mente agotada reclamaba un descanso. Se levantó y subió las escaleras. Uno de los soldados vigilaba al lado de la chimenea. Este le miró con seriedad.

- Tengo sed. -Aira entró en la cocina. Unos pasos más atrás el guardia esperaba en la puerta. El profesor se sirvió un vaso de agua. Apoyado sobre la mesa su mirada recorrió la estancia mientras los frescos sorbos bajaban por su garganta. Algo atrajo su atención.

- ¿Por qué hay un libro de cocina? -Algo aparentemente obvio y normal como un volumen de recetas en una cocina pasó desapercibido para el resto del personal que habitaba en la vivienda. Pero para Aira resultaba insólito. ¿Quién iba a jugar a las cocinitas trayéndose algo tan serio entre manos? Se preguntó el profesor conociendo de antemano la respuesta. Nadie. Se acercó a la estantería con disimulo, aparentando ver otros objetos que decoraban el mueble. Cogió el libro con naturalidad y comenzó a ojearlo sin perder de vista la puerta de la cocina. El soldado no le quitaba ojo. Aira salió de allí con normalidad.

- Me lo llevo abajo. Soy aficionado. -Respondió Aira restándole importancia a una pregunta no hecha mientras mostraba el libro en una mano y el vaso de agua en la otra.

- A Lípari no le hará gracia que te entretengas.

- ¿Entretenerme en qué? Por lo que tengo entendido, aquello que yo pueda estar haciendo o dejando de hacer ahí abajo no es de tu competencia, ¿no es así? -Cuestionó Aira con insolencia. El soldado parecía incómodo ante la duda.

- Haz lo que quieras. -Masculló. Aira cruzó de nuevo la entrada de la chimenea y bajó las escaleras. Se sentó a examinar detenidamente el libro en busca de algo que pudiera serle de ayuda. Tras varios cuartos de hora, se resignó. Dejó el ejemplar abierto al lado del vaso de agua, volviendo a su investigación con aquellos documentos. La lectura no era amena. La atención de Bernart se dispersaba entre teoremas y fórmulas. Media hora después, Dígory se presentó ante él. Parecía algo alterado. Tenía el móvil en sus manos. El profesor supuso que una llamada telefónica desagradable le había enfurecido. No poder darle buenas noticias sobre los estudios de Minerva no apaciguaría su enfado.

- ¿Cómo puede ser? ¡Lleva horas aquí encerrado!

- Le advertí. No soy experto en asuntos de esta índole. -El italiano apoyó sus fuertes brazos en la mesa y le dirigió una mirada amenazante.

- Pues más le vale encontrar algo y pronto. No consentiré más pérdidas de tiempo. -Bernart comenzaba a cansarse de las amenazas.

- Por muchas horas que pase aquí encerrado, no van a surgir misteriosas pistas secretas. -Un estridente golpe le sorprendió. Intentó contener sus nervios. Lípari había sacudido la mesa con furia. Los músculos de su rostro se habían tensado y los ojos coléricos penetraban en la mente del profesor como clavos ardiendo. Aira bajó la mirada en señal de sumisión, aunque en su interior sentía la necesidad imperiosa de enfrentarse a él. Hasta que algo atrajo su atención. El vaso había caído sobre la mesa, derramando el agua encima de los documentos y el libro de cocina. El papel blanco del interior de la tapa delantera se humedeció, volviéndose translúcido y dejando entrever unas letras escondidas tras él. El profesor sonrió levemente con satisfacción e intentó controlar la situación.

- Está bien, puede irse tranquilo. Seguiré estudiando minuciosamente los apuntes. Le aseguro que en un par de horas obtendrá resultados.

- Por el bien de su hija, más le vale. -Tras salir Lípari de allí, Aira se giró con rapidez hacia el libro. La adrenalina circulaba por todo su cuerpo. Mojó sus dedos en el agua derramada y deslizó las yemas por la tapa trasera hasta poder apreciar que también en ella había texto. Al hombre se le escapó una carcajada contenida. Sin miedo, rompió el papel. Unas hojas sueltas asomaron. Había una carta oculta. Algo que parecía ser un poema.

Capítulo XLIV- Extrañas alianzas.

- ¿Qué modelo de Renault es este? -Preguntó François admirado desde el asiento trasero.

- Un Twin-z. -La joven nos observaba desde el espejo retrovisor.

- Adoro los coches franceses. ¿Eléctrico? -Al francés parecía divertirle sobre qué posaba sus posaderas, valga la redundancia.

- Y con sesenta y ocho caballos. -Confirmó la desconocida.

- Dejemos de hablar de coches, por favor. - Solicité aburrido. Una chica treintañera nos acababa de salvar la vida oportunamente y se ponían a hablar del vehículo en el que íbamos.

- Por lo visto he aparecido en el mejor momento. -Sus palabras sonaban alegres y enérgicas.

- Qué suerte la nuestra -Respondí con desdén mientras mi codo se apoyaba sobre el reposabrazos, sosteniendo la cabeza con la mano. El vehículo circulaba con rapidez por las calles del centro de la ciudad.

- ¿Nos conocemos? -Preguntó François con el brazo sobre el respaldo del asiento del copiloto e inclinado hacia adelante. Una sonrisa pícara asomaba por su cara.

- Tenemos cosas en común pero aún no hemos tenido el gusto. Me llamo Dafne Bynes. Un placer. -Extendió la mano izquierda al francés. Éste respondió al saludo.

- Yo François. ¿Y qué tenemos en común exactamente, señorita Bynes? -Su tono era jovial. Ella se rio.

- Dafne, por favor. Tengo entendido que vamos a por la misma persona.

- ¡Oh, no! -Pensé. Otra persona tras Chema. A ese paso la búsqueda y captura de mi novio de infancia se iba a convertir en modalidad olímpica. Ya éramos demasiados y a diferencia de lo que me ocurría con François, con Dafne no me sentía cómodo. Tanta gente buscándole no podía ser bueno. Aquella situación cada vez se iba enredando más.

- Espera, espera, espera. -Repetí indignado mientras me inclinaba hacia adelante, acercándome a François.

- ¡Tú también! ¿Pero qué os ha dado a todos con seguir a mi...? ¿A Chema? -Corregí. François me miró sonriendo.

- ¿Qué? -Le pregunté con brusquedad. Éste hizo un gesto con el rostro, encogiéndose de hombros.

- ¿Y tú por qué le buscas, Dani? - La joven sabía mi nombre pero en ese momento pasó desapercibido el detalle.

- Eso. ¿Tú por qué le buscas, Dani? -Repitió el francés con sorna. Ya no sabía si me sentía nervioso por ver a la conductora manteniendo una conversación mientras conducía a esas velocidades por las calles de Atenas, si era por la mirada de François o por lo incómodo de la pregunta.

- Es mi amigo. A un amigo en apuros se le ayuda.

- Me parece que no conoces bien a tu amigo. -Aseguró la joven.

- ¡Eso mismo le dije yo! -Ambos nos lanzábamos miradas retadoras. Y en el fondo todo aquello me hacía desconfiar sobre Chema, sobre su vida tras irse del pueblo y nuestra relación. Se había convertido en un desconocido seguido por otros desconocidos. Y yo estaba en medio, peleando por algo que llevaba largos años muerto. Pero mis sentimientos hacia él jamás habían perecido. Seguían dentro de mí. Tal vez con otra intensidad. Quizá transformándose en otra cosa. Pero estaban dentro de mí y pelearía por ellos. Era posible que François y Dafne tuvieran sus razones para pensar como pensaban. Lo cierto era que debían albergar una fuerte convicción si se habían vistos empujados hacía tal empresa. ¿Pero qué harían con él una vez lo encontrasen? ¿Debía evitarlo? Mientras me dejaba llevar por aquellos pensamientos, François intentaba averiguar más cosas sobre la misteriosa salvavidas.

- Llevo unos días en el país. Herrera había reservado un vuelo, pero algún imprevisto le debió obligar a adelantarlo. -Agaché la mirada, apoyándome en el respaldo del asiento. Pude sentir la mirada de François, analizándome. -Cuando me acerqué al aeropuerto para recibirle, vi como Dani desembarcaba en su lugar y decidí seguirle. Al colarte tú en su cuarto investigué un poco. No me fue difícil, la verdad.

Marcas la actualidad en todos los informativos de Francia y parte del extranjero.

- ¿Por qué? -Pregunté curioso y algo cabizbajo dirigiendo la mirada hacia mi compañero de asiento. Ahora era François el que parecía apenado y algo avergonzado.

- ¡Ah, no lo sabes! ¿Es que no conoces a ninguna de las personas con las que te juntas?

-¿Es necesario herirme gratuitamente? -Pensé. La joven prosiguió con su explicación.

- Todo el país está detrás de él. Se le acusa de parricidio y robo con violencia en un banco de Nantes. Tenemos ante nosotros a un auténtico "busca y captura". -Mis ojos sorprendidos esperaban una respuesta negativa por parte de él. Ésta no se hizo esperar.

- ¡No es verdad!

- ¿No es cierto que te buscan? -Se apresuró a interrumpir Dafne con tono despreocupado.

- Sí, eso sí. -Respondió nervioso. -¡Pero soy inocente! Yo no he hecho nada de eso. Bueno...

Hubo una pausa.

- Es cierto que me introduje en el banco cuando éste ya estaba cerrado, y persuadí a un empleado para que abriera una caja fuerte... ¡Pero ya habían robado su contenido antes de que yo llegara! -Me miraba con los mismos ojos de un niño que busca la exculpación en sus padres tras realizar una travesura. Hablaba de ello con tal naturalidad que mi incredulidad no menguaba.

- ¿Pero por qué hiciste eso? -Me sentía decepcionado. Traicionado. Parecía haber puesto más emociones en él de lo que podía sospechar.

- Es largo de explicar. Es por mi padre. Necesitaba unos documentos suyos con urgencia y... parecía obvio... ¿Qué quieres que te diga? No soy de los que piensa mucho antes de actuar. -Los dos nos miramos fijamente en silencio. Su gesto mostraba arrepentimiento.

- ¡Hemos llegado! -La joven rompió el momento. Estábamos tan sumergidos en la charla que no nos dimos cuenta de hacia dónde nos dirigíamos. Nos encontrábamos a las afueras de la ciudad. El paisaje era desértico. Ni casas, ni personas, ni coches y poca vegetación. La tierra era seca y polvorienta. Salimos del Twin-z eléctrico de sesenta y ocho caballos. Miré a mi alrededor pero nada, no había nada.

- ¿Dónde estamos? -Pregunté con cara de pocos amigos. Estaba desconcertado, enfadado y con mucha desconfianza dirigida hacia mis acompañantes.

- Seguidme. -François y yo nos dirigimos una mirada mientras ella comenzaba a andar. Me hizo un gesto con la cabeza y nos dejamos guiar. Por primera vez pude verla de cerca. Era una chica esbelta de pelo corto, moreno y liso. Con rasgos latinos, piel morena y grandes ojos negros. Medía alrededor de metro sesenta y cinco. Vestía de sport y tenía unas muñequeras de piel atadas con cordones de cuero. Se la veía atlética y ágil en los movimientos.

Estábamos caminando por un terreno elevado. Una alta pendiente saludaba al mar. Comenzamos a descender con cierta dificultad. Dafne encabezaba el grupo dando pequeños saltos mientras canturreaba alguna canción. Al francés parecía agradarle su actitud risueña y espontánea. A mí en cambio me despertaba sentimientos encontrados. Le debía agradecimiento por salvarnos y ayudarme a conocer los secretos de François, pero por otra parte su historia no acababa de convencerme. Apreciaba lagunas en sus explicaciones. ¡Y era tan simpática! Demasiado simpática. Y demasiado guapa. Demasiado de todo.

- Os gustará. Ya veréis.

- ¿Nos gustará el qué?- Grité caminando detrás de François. Ella se rio. Siempre se reía.

- No te impacientes, Dani. Este es el lugar perfecto para descansar y tener algo de intimidad.

- Me gusta la intimidad. -Respondió jocoso François.

- Me gusta la intimidad. -Repetí burlándome sin que me oyeran.

- Debemos evitar gente como ese hombre que os seguía. -Habría preferido estar con él.

Bajamos un poco más y pude ver que no lejos había unas escaleras de yeso blanco. Descendimos por ellas, facilitándonos el camino. Poco después aparecieron unas casas que parecían esculpidas entre las rocas. Alguien había considerado buena idea agujerear la piedra para construir pequeñas viviendas, muy sencillas pero apacibles. Dafne nos invitó a entrar en una de ellas. Le precedía una amplia terraza de muro bajo y suelo de baldosines verde caribe. Desde ella podía verse el amplio mar abriéndose al horizonte. Dentro de la vivienda un pequeño baño, cocina y dos habitaciones completaban la casa. Regresé a la terraza y vi hacia abajo. Me resultaba muy curioso encontrar un pequeño vecindario de menos de una docena de hogares. Un pueblecillo casi vertical de yeso blanco estampado en roca a pie de mar. Nunca lo reconocería en voz alta, pero lo cierto es que Dafne tenía razón. Era el lugar perfecto.

- ¿Qué os parece? -Preguntó con satisfacción.

- ¡Es genial! -François estaba entusiasmado. Yo no dije nada. Me limité a pasear por el lugar, observando las vistas. Pude apreciar una sonrisa apacible acompañada de una mirada triste en el francés. A pesar de su energía e impulsividad siempre tenía esa mirada. Era algo en él que me producía curiosidad, cercanía y compasión. Aun habiendo descubierto todo aquello de lo que se le acusaba me sentía en la obligación de creerle. Porque sentía que alguien con ese dolor oculto no podía ser mala persona. ¿Convertía ese hecho en mala persona a Chema? Al fin y al cabo, parecían dos antagonistas rivales y opuestas. Por qué sino iba François detrás de él.

- ¡Perfecto! Entonces comeremos aquí y por la tarde saldremos a buscar a Chema. Quizá puedas echarnos una mano. -Dafne rodeó mi cuello son su brazo en señal de compañerismo, pero no me hacía mucha gracia pensar en que pudieran hallarle. Era obvio que tenían motivos personales para encontrarle, aunque todavía ninguno de los dos se había decidido a confesarme cuáles eran dichas causas. Quizá quisieran dañarle y eso era algo que no estaba dispuesto a consentir. François me dirigió una mirada, muy serio, como si hubiera penetrado en mis pensamientos y supiera qué estaba pensando en ese momento exacto. Parecía intuir que yo sería más un obstáculo que una vía para llegar a Chema. Minutos después la joven ya estaba sacando un par de platos con comida y los colocaba sobre la mesa de la terraza.

- Creo que es conveniente que recojamos vuestras cosas de donde estáis hospedados y os trasladéis aquí. Será más seguro. -El francés vio con curiosidad y picardía a Dafne mientras llevaba los platos a la mesa.

- ¿Por qué quieres ayudarnos? -La muchacha sonrió al mismo tiempo que se acercaba a François. Deslizó su dedo índice por el pecho del joven, insinuándose. Yo observaba la escena desde cierta distancia, maldiciéndola. La mujer desprendía sensualidad por los cuatro costados de un modo natural y nada forzado. Él se dejaba querer.

- Relájate. No es que quiera llevarte a la cama. -Respondió susurrando de tal modo que casi no pude oírla. François dejó caer la cabeza en señal de rendición al mismo tiempo que su mirada paseaba por la figura de ella conforme ésta se alejaba al interior de la cocina. El galo soltó aire con fuerza y me miró. Mi cara de desprecio debió cortarle el rollo, porque inmediatamente después recuperó la compostura. La muchacha volvió a salir con tres juegos de cubertería en la mano.

- Los tres buscamos lo mismo, aunque por diferentes motivos. -Añadió dirigiéndome una mirada furtiva. -Por lo visto hay alguien a quien eso no le parece bien y por ello deberíamos mantenernos unidos. Así podremos protegernos entre nosotros y estaremos más seguros.

- Y ya de paso animamos la búsqueda. -Concluyó François. Al parecer su aventura a mí lado no le resultaba suficientemente animada, a pesar de colarse en mi cuarto y haber huido de un tiroteo en mitad de Atenas. De cualquier modo, daba la impresión de hacer caso omiso sobre mi opinión al respecto. Ellos dos lo decidían todo por su cuenta. Me cuestioné si seguir con aquella espontánea alianza pero creí más sensato esperar y ver como se iban desarrollando los acontecimientos.

Acabamos de servir la mesa. La charla durante la comida no fue agradable, no al menos para mí que opté por mantenerme al margen de sus insinuaciones. La tensión sexual era más de la que yo podía soportar. Decidí levantarme con la excusa de echarme una siesta. A ambos les resultó algo extraño pero entendieron que era una costumbre de mi país.

Entré en la habitación. Podía oír sus risas desde fuera. Me ponía nervioso saber que estaban solos disfrutando de la compañía mutua. Por momentos me arrepentía de haberme levantado de la mesa. Mis sentimientos eran contradictorios e intensos. Algo que me costaba controlar y definir. Nunca me había sentido así, pero si esas sensaciones permanecían mucho más tiempo en mi interior me volvería loco. Media hora después salimos en busca de Chema sin obtener resultados. La noche llegaba y no habíamos obtenido resultados. La frustración y el agotamiento nos obligaron a desistir y dar por finalizada la jornada de expedición. Mañana volveríamos a intentarlo.

Capítulo XLV- Un poema desde el más allá.

Mi ángel rebelde:

Recuerda otras noches bellas,

las antorchas nunca consiguen oscurecer.

Verás esas rocas desgastadas entre mares;

arrodillándose, rezando, rogando olvidar nadar.

Mis alas revolotean rozando olas nocturnas,

mi avance retumba rompiendo obstáculos necios.

Algunos muertos arman ruido intenso,

liberando llantos olvidados.

Vientos enamorados rescatan deseos,

esbelta rima obsequia su alma negando enemistad.

Guía risueño otras mañanas alegres,

rescatando risas omnipresentes.

Nunca menciones amargos rencores,

respeta otras naturalezas amamantando milagros.

A alivio razonable invitan logros ocultos.

Más albas responden resucitando otoñales nubes.

Bondadosas lecciones antojan nuevos corazones,

olorosas margaritas anuncian renaceres.

Rescato otras nostalgias animando mi alma,

recordando, imaginando.

La lluvia obsequia mi avivado rostro ruborizándome,

osando no mojar a resbaladizas rocas.

Otras noticias resumen olvidados jaleos.

Oponte mimoso a romper relaciones oníricas,

nunca rías ondeando jadeante otras ruinas.

Optimista jubiloso, osando verás encenderse recientes divinidades,

enloqueciendo, mirando antiguas revelaciones recogidas,

obligándolas no responderán otras justas oraciones.

Aira comparó la letra de aquel poema con las anotaciones de Minerva. No había duda de su autoría. Por primera vez Bernart comenzó a imaginar cómo podría haber sido esa mujer. Su mente formó la imagen de una señora con múltiples facetas, con inquietudes, preocupaciones... La visualizó sentada en aquella misma silla, con la luz de los fluorescentes como única compañía, escribiendo aquellos versos. No sólo debía tener talento en su profesión, sino que tendría que ser alguien profundamente sensible, con mucha vida interior y exquisito gusto en el trato y las palabras. Una mujer del renacimiento. Pronto se dio cuenta de que el texto le estaba despistando de su intención principal. Comenzó a examinar cada frase, procurando hallar posibles significados ocultos.

El poema hablaba en primera persona, dirigiéndose a alguien determinado en momentos puntuales. Daba la sensación de querer aconsejar o revelar algo a una persona denominada bajo el seudónimo "Ángel rebelde". El mensaje contenía un trasfondo optimista, haciendo mención en numerosas ocasiones a términos relacionados con el mar, buscando, tal vez, generar analogías con la isla de Qwisland en la que se encontraban.

"Mis alas revolotean rozando olas nocturnas,

mi avance retumba rompiendo obstáculos necios.

Algunos muertos arman ruido intenso,

liberando llantos olvidados."

- Hace mención a su propia muerte y las repercusiones que conllevaría. ¿Podría estar advertida del riesgo que corría su vida? O tal vez se refiere a la muerte de su compañero, Sirius Nieztch.

"Alivio razonable invitan logros ocultos".

- ¡El Elixir de vida! -No cabía duda de que cada frase guardaba relación con la investigación. Tras descartar el significado visible del poema, Bernart comenzó a escudriñar mensajes ocultos, crípticos o acrósticos. Desechó la idea de formar alguna frase con las mayúsculas. Tampoco surgió nada de la unión de las primeras letras de cada estrofa. El tiempo transcurría en su contra. Dígory ya no tardaría mucho en aparecer y Aira aún no había podido cumplir con su promesa de garantía. Nuevamente intentó algo con poca esperanza, pero para su propia sorpresa parecía obtener resultados.

- ¡Vaya con Minerva! -Exclamó con admiración. Alcanzó un papel y comenzó a tomar notas en él. Uniendo la inicial de cada palabra se creaban nuevos vocablos. La primera no parecía encajar bien hasta que Bernart se percató de su error al omitir la dedicatoria inicial: "Mi Ángel rebelde". De ese modo, Aira obtuvo el adjetivo "marrón".

- ¿Un color? -La segunda palabra fue "blanco". La tercera "verde", para después repetirse "marrón".

- "Marrón", "blanco", "verde", "marrón"... ¿Qué es esto? -A pesar de su recelo, el profesor estaba convencido de ir por el camino acertado, ya que las letras encajaban perfectamente. Pero no encontraba un sentido global de todo aquello. ¿Es posible que de ahí sólo sustrajera una nueva pista? Siguió anotando cada color hasta completar una serie. No estaba seguro de que Dígory fuera a contentarse con esos resultados.

Capítulo XLVI- Anochece.

Me senté en el bajo muro de la terraza, contemplando como el sol, de un naranja intenso, se ocultaba tras el horizonte. El reflejo que generaba en el agua esmeralda simulaba un intento frustrado del mar por mantener al astro despierto. Dafne salió de la cocina y se acercó, oteando conmigo el paisaje sin pronunciar palabra. La serenidad que me generaba ver anochecer había menguado en favor de la incomodidad que me hacía sentir tenerla allí, a mi lado. La miré de reojo y me percaté de que algo en mí producía una luz que reflejaba en los ojos de ella, molestándola. Era Lavel, asomando tras el cuello de mi camisa.

- Perdona. -Le dije, agarrando el colgante.

- No pasa nada. Es bonito. -Ni siquiera sus halagos me agradaban. Algo en ella no me gustaba.

- ¿Un regalo? -Afirmé con la cabeza.

- Sí. Se llama Lavel. Respondí con tono triste sin dejar de observar las vistas.

- ¿De alguien especial? -Volví a afirmar en silencio. Tras unos segundos, insistió. -Lo digo por cómo lo sujetas. Parece importante para ti.

- Lo es. -Confirmé concluyente.

- Yo no te caigo bien ¿Me equivoco? -Me sorprendió una pregunta tan directa. Me sentí algo avergonzado.

- Es pronto. -Ella se rio.

- Que cuidadoso. Lo sé, te caigo mal. Pero tú a mí no. Te admiro. Hacer todos estos kilómetros por seguir a un amigo sólo porque tu intuición te dice que puede necesitar ayuda. ¡Vaya! Lo que yo daría por amigos así.

- ¿Qué quieres de Chema? -Era buen momento para ser francos y empezar a despejar incógnitas. Si ella quería sincerarse estaba dispuesto a escuchar.

- Tiene algo que es mío.

- Él no es de los que roba. -Aseguré tajante. Me sentía ofendido.

- Él es más de lo que ha querido hacerte ver. -Me cortó de inmediato. - No sé qué nivel de amistad tendréis, seguramente tú pensarás que muy alto, pero desconoces mucha información sobre ese hombre. De todos modos, por el respeto que me merecen tus sentimientos para con él, no tendré malas palabras ante tu presencia. Lo irás viendo solo.

Se hizo un silencio.

- De todos modos, si aceptas un consejo... -Prosiguió. -...te recomiendo que olvides todo esto y vuelvas a casa. Ya has vivido los peligros que entraña ahora mismo estar cerca de Chema. Estoy convencida de que él no querría eso para ti. Dani, me caes bien pero este asunto no tiene nada que ver contigo y es fácil que te sientas superado.

- Sabré estar a la altura de las circunstancias, gracias. -Sentencié con altanería. No quería seguir oyendo sus palabras complacientes, ni consejos caritativos que me subestimaran. Su actitud sólo servía para ratificar mi posición de mantenerme en la búsqueda.

- Está bien. -Concluyó con un tono más desenfadado. -Sólo hay dos habitaciones. Confío no te moleste compartir cuarto.

- ¿Contigo? -Pregunté de inmediato, sorprendido. Ella soltó unas risas.

- ¡No, tranquilo! Con François. -No había pensado en ello hasta entonces. La suposición me pilló de improviso sin saber muy bien que contestar.

- ¿Él y yo?

- Hombre, no le voy a dar el gusto de que comparta cuarto conmigo. Mejor seamos formalitos y durmamos chicos por un lado y chica por otro. -Era lo obvio, claro.

- ¿Algún problema? -Tenía la impresión de que ella sabía que para mí sí suponía algún problema.

- No, ninguno. Es lo normal. -Respondí quitándole importancia.

La noche fue avanzando. Cenamos al aire libre aprovechando la agradable temperatura y la suave brisa. El cielo estaba despejado, había luna llena e infinitas estrellas. Charlamos un poco, pero el cansancio no daba tregua. Los tres evitamos hablar sobre asuntos personales o de las causas que nos habían empujado hasta allí. La situación obligaba a mantenernos reservados, algo que generaba una clara incomodidad en ocasiones.

- ¡Bueno, chicos! Yo me voy a dar una ducha y a dormir. -Dafne se levantó desentumeciendo los músculos. -Mañana será un día largo.

- Sí, es tarde. -Ratificó François.

- Yo me quedaré recogiendo. Id a descansar. -Intentaba evitar mi incomodidad ante el inevitable momento de estar a solas con el francés. Después de ver su actitud con Dafne, no me apetecía compartir tiempo juntos en la intimidad de una habitación.

La joven se metió en la casa. François y yo nos levantamos al unísono. Comenzamos a recoger los platos.

- Tranquilo, yo me encargo. -Insistí.

- No te preocupes. Entre dos acabamos antes. -Su actitud atrajo mi atención con curiosidad.

- ¿Qué pasa? -Me preguntó casi sin mirarme con una sonrisa en los labios. Evité cualquier contacto visual.

- Nada. -Respondí vergonzoso.

- Suéltalo. ¿Qué piensas?

- Sólo que me llama la atención ver a alguien como tú haciendo estas cosas. -Apoyó la pila de platos sobre la mesa, mirándome con cierta ofensa.

- ¿"Estas cosas"? ¿"Alguien como yo"? ¿Pero qué concepción tienes de mí? -Su actitud me divertía.

- Perdona, no quería molestar. -Me empezaba a sentir algo picajoso.

- No, ahora me lo aclaras. -Se sentó, cruzando los brazos y observándome esperando una respuesta. Yo continúe con mi labor aparentando ignorar su actitud.

- Bueno, alguien macarrilla. Así, con esa chulería. Dándotelas de tío duro. -Dejó escapar una carcajada de incredulidad. Yo proseguí. -Pues verte recogiendo los platos no me pega.

- Así que me las doy de tío duro. -Repitió afirmando con la cabeza una y otra vez y apretando el entrecejo.

- No estoy diciendo nada que no sea evidente, ¿no? -Sabía que le estaba incordiando mi lógica. Me gustaba importunarle.

- Bueno, visto que esa es la opinión que tienes de mí, no voy a molestarme en contradecirla. -Se levantó y caminó hacia la puerta. -Buenas noches.

Ya no tenía claro si se hacía el ofendido o si realmente mis palabras le habían molestado. Quizá fuera una excusa para no ayudarme. En cualquier caso con su actitud había conseguido hacerme sentir culpable. Pero no entraría en la habitación. Después de aquello, se hacía aún más difícil que antes compartir cuarto. Por otra parte, si pasaba la noche y no aparecía por allí, estaría dándole mayor importancia y posiblemente al día siguiente no podríamos ni vernos a la cara. ¿Quién me habría mandado abrir la boca? Siempre me ocurría igual. Cuando una situación me ponía nervioso comenzaba a hablar sin medida y cuando me sentía muy cómodo con alguien hacía exactamente lo mismo. Y con François siempre me encontraba en una de esas dos situaciones. Aquella extraña relación que estábamos generando entre los dos parecía destinada al fracaso.

Las luces se fueron apagando. El mar susurraba en su lenguaje, contando leyendas sobre marineros y misteriosas criaturas ancestrales. Las olas me fueron acompañando en mis pensamientos, mientras mi mente se dejaba llevar por la corriente. Sin pretenderlo ni buscarlo me dormí en la hamaca de la terraza hasta las primeras luces del día siguiente.

Capítulo XLVII- Las tres claves.

Por fin completó la serie con "rojo, verde, marrón, rojo". Un total de veintiséis colores, pero sólo con siete tonalidades diferentes. Al profesor aquello no le decía nada. El estómago de Bernart hacía ya unas horas que estaba protestando por falta de alimento, pero no quería demandar la atención de nadie hasta no haber resulto el enigma. Necesitaba algo más o posiblemente Dígory tomaría represalias.

De pronto algo se le pasó por la mente. Ahora que sentía que comenzaba a dar pasos hacia adelante, la idea de convertirse en el guía que dirigiese a ese hombre a tal hallazgo le resultaba repulsiva. Aquellos pensamientos que en su momento optó por apartar comenzaron a tomar protagonismo. Las posibles repercusiones, que él intuía, conllevarían desvelar el elixir de la vida, no eran tan positivas como cabría pensar en un principio. Desde hacía años se está tratando un debate peliagudo en los entornos más intelectuales. El incremento total de la población mundial durante los últimos cientos de años preocupa profundamente. Habiendo sobrepasado ya los siete mil millones de habitantes de la tierra, las cifras parecen querer lanzarse en las próximas décadas. Aira había leído recientemente que la población mundial crecerá cada año en setenta y cinco millones de personas, el equivalente a los habitantes de Reino Unido. La mayor parte del crecimiento se producirá en el continente africano, que experimentará una industrialización semejante a la de Asia en el último siglo, y se concentrará en las ciudades. El mayor problema ya no es el número, sino el envejecimiento de esta población. Las personas mayores de sesenta y cinco años prácticamente ya superan al número de niños de menos de cinco. Esto implica una repercusión gravísima a nivel económico pero también afectará a los recursos naturales cada vez más escasos. ¿Cómo podría impactar en el planeta que el ser humano pudiera llegar a vivir cientos de años? ¿Sería una situación soportable? Aira sabía que no. Romper las leyes de la naturaleza era un riesgo de dimensiones apocalípticas. ¿Habría alguien dispuesto a comercializar con ello e ignorar las connotaciones éticas? Aira sabía que sí.

Pero ahora que llevaba cierta ventaja quizá podría jugar de algún modo con sus circunstancias. Haber dado un paso por delante de Dígory era en gran medida un as bajo la manga. Quizá podría usarlo como moneda de cambio y conseguir así la liberación tanto de él como de su hija. Era un riesgo potencial. A Bernart le pesaban demasiado las muertes que había dejado tras de sí. Lípari podría optar por matar a Sarah y de ese modo presionarle para colaborar.

- Pero quizá habría otra opción. -La mente de Aira no dejaba de trabajar en su plan estratégico. El poema parecía haber pasado a un segundo plano. No sería muy difícil engañarle con pistas falsas e impedir que consiguiera el líquido. Pronto desechó la idea. Sólo serviría para retrasar lo inevitable. Nuevamente apareció esa molesta sensación de impotencia. Siempre había pensado que el conocimiento era poder, pero en esa ocasión poseer información privilegiada no le despojaba de su desventaja. Quizá se hubiera atrevido a arriesgar si fuera sólo su vida la que estaba en juego, tal vez lo habría hecho si no hubiera visto tanta muerte por causa de sus actos.

- No. Yo no soy el culpable de esas muertes. -Se rectificó. Debía repudiar pensamientos que le hicieran responsable de lo ocurrido, pero a veces, sin percatarse, su mente le fallaba. Ya eran muchas horas, muchos días. Su voluntad comenzaba a menguar.

Decidió volver a centrarse en la investigación, aunque tan sólo fuera por ocupar su mente con otras ideas. En aquel papel que tenía delante había escrito un montón de colores sin orden alguno. Pero tenía que haber más detrás del mensaje. Nuevamente era necesario realizar un trabajo de descodificación sobre lo ya descodificado. Su cabeza comenzó a funcionar como una locomotora en marcha.

- Existen numeroso códigos de colores relacionados con muchos aspectos de la ciencia, la naturaleza o la humanística. En el lenguaje de banderas en navegación una señal amarilla significa "mi barco está sano. Solicito libre navegación". -Sus conocimientos circulaban libremente y con rapidez, como si fuera un ordenador rastreando en busca de algún dato clave que le diera la pista.

- Para algunas culturas indoeuropeas el rojo es símbolo de amor, el verde de esperanza y el azul de armonía. Por otra parte, los colores cálidos reflejan un carácter alegre y optimista, mientras que los oscuros son más propicios para los aspectos negativos. Pero existen contradicciones basadas en la tradición. El negro para los occidentales es luto mientras que para los orientales el blanco es el color que cumple ese propósito de duelo. Para algunos poetas el rojo era desgracia, muerte, sangre... el blanco pureza y el verde se relacionaba con la naturaleza y la belleza. -No aparecía nada en sus pensamientos que le sirviera y las ideas circulaban cada vez más rápido.

- Ver el mundo de color rosa por querer un príncipe azul. Ponerse rojo o rojo de rabia, alerta roja o dar luz verde. Poner verde a alguien, estar verde de envidia, contar un chiste verde o simplemente ser un verde. Estar sin blanca, ir de punta en blanco, pasar la noche en blanco o quedarse en blanco. Ponerse morado de comer o comerse un marrón. Pasarlas negras, tener la negra ¡Me tienes negro! -Aira dejó caer su cabeza contra la mesa, agotado. Los colores daban mucho juego. Pero nada de aquello le sería de utilidad.

- Tengo que dejar de pensar en el uso de los colores en el lenguaje y empezar a pensar en el lenguaje de los colores. -Concluyó elevando la cabeza con una sonrisa en la cara. Existe un código de colores muy usado en la tecnología. Se trata de los valores de las resistencias. Cada resistencia tiene un color y cada color representa un número. De este modo el marrón es el número uno, el rojo es el dos, el naranja el tres y así consecutivamente, A falta de una opción mejor, Bernart decidió probar a sustituir los colores por sus respectivos números. La abundancia del marrón hacía sospechar al profesor que quizá ese fuera el camino, pero sólo tenía un montón de números desordenados.

195111452011419141112122512

Aquellas cifras debían ser un mensaje oculto. Era como encontrarse con unas muñecas matrioskas: todo acertijo ocultaba un nuevo acertijo. Optó por hacer lo básico en criptografía y, mientras separaba las cifras mediante barras de un modo más o menos lógico, sustituía las cifras resultantes por sus respectivas letras según el orden en el alfabeto. Tras varios intentos y cambiar algunas separaciones, consiguió por fin las letras.

seknetansnkuvel

Aquello seguía sin cobrar sentido. Aira tenía la certeza de no ir desencaminado, sin embargo comenzaba a intuir que iba directo hacia una calle sin salida. Al menos ya tenía una palabra coherente: Seknet. Su traducción sería algo así como "gato de arena". Era el nombre que recibía la leona protectora del dios solar Ra en el antiguo Egipto. Este animal salvaguardaba a la deidad en su descanso por las noches para que, de este modo, pudiera renacer en el día. A la leona se le otorgaba un carácter sanguinario y vengativo, sembrando destrucción a su paso. En ese momento Aira albergaba un sentimiento algo contradictorio. Le animaba el saber que obtenía resultados, pero no conseguía comprender las intenciones de la doctora mencionando a un animal de la mitología egipcia. Además, por más vueltas que le daba, el resto de letras eran un sinsentido. La chimenea se abrió en ese momento. Dígory bajaba las escaleras.

- Ha estado muy callado desde hace horas. Espero que sea buena señal. -El italiano se acercó y ojeó sus apuntes y garabatos. Aira se mostraba sereno. Estaba demostrando ser un hombre no fácil de perturbar.

- Así es. He hecho algún descubrimiento gracias a la carta hallada de Minerva.

- ¿Cómo dice? -Preguntó Lípari sorprendido.

- Sí. En mi última excursión a la cocina vi un libro de recetas que captó mi atención. Tras sus tapas había oculta una carta de Minerva. -Dígory no daba crédito a lo que oía. Agarró la carta con impaciencia o comenzó a leerla.

- ¿Nunca se detuvo a pensar en lo extraño que resulta guardar un libro de cocina en una casa no destinada a la residencia? Minerva y su compañero estaban aquí para investigar, no para elevar suflés. -El tono mari sabidillo y la sonrisa pedante de Bernart hizo sentir incómodo al historiador.

- Pues... la verdad es que ni me había fijado en ese libro.

-Debería prestar mayor atención al entorno. Educar la visión periférica. Es una importante herramienta. -Aira disfrutaba. Ya que no podía defenderse de ningún modo sí podía incomodar. Al fin y al cabo, estaba desempeñando su labor. Pero en cambio, para Dígory, la prepotencia del profesor estaba comenzando a ser algo incisivo y molesto.

- Dígame... -Continuó el italiano fingiendo ignorarle. -¿Qué ha extraído de este poema? Porque con lo que dice aquí no vamos a ninguna parte. -Aira frunció el entrecejo, molesto por restar importancia a su descubrimiento.

- Está bien. La carta fue escrita por Minerva y parecía destinada a alguien oculto bajo el sobrenombre de "ángel rebelde". Como ha comprobado en ella hay escrito un poema...

- Al grano, Aira. -Cortó Lípari. Bernart aparcó a un lado su malestar y prosiguió.

- En ella... -Bernart realizó una breve pausa a modo de provocación. -...hay escrito un poema, pero lo revelador es lo que esconde. Cada letra de cada primera palabra guarda un código de colores relacionados con los valores de las resistencias. A partir de estos colores desencripté estos números y de ellos las letras según su posición alfabética. Pero hay algo que todavía se me escapa.

Dígory se inclinó con gesto curioso. Parecía haber guardado por un momento su malestar con el profesor, sentándose a su lado sin desviar la vista de los apuntes de Aira. Comenzó a hacer divisiones en la serie numérica y a escribir pequeñas letras sobre ellas. Así estuvo durante un cuarto de hora hasta que su cara dibujó una sonrisa de satisfacción. Arrastró el papel sobre la mesa, acercándosela a Aira.

- Tenía mal la división numérica, con lo que algunas de las letras resultantes eran erróneas. -Bernart se quedó observando el papel. -No debería basar teorías en suposiciones de órdenes aleatorios, profesor. Es de primero de carrera.

Lípari había devuelto la estocada a su rehén, ganando el duelo. Bernart sabía que su forma de interpretar las claves no había sido la correcta. Llevado por la emoción de sentir que avanzaba se dejó arrastras sin razonar sus ideas. Debía reconocer su error. Sobrellevado el golpe, leyó lo que su raptor había traducido. "Ansada" era la segunda de las palabras que se obtenía como resultado. Ésta también guardaba relación con la tradición egipcia.

- ¿Qué significa esto? Tal vez, siendo usted historiador, pueda decirme a qué se debe el uso de estas dos palabras. ¿Guardan alguna relación entre sí que yo desconozca? -Lípari parecía tan desconcertado como él. ¿Por qué Minerva iba a hacer mención al mundo egipcio? ¿Que podría tener que ver la cruz Ansada o la leona Seknet con la investigación del gen daf- 2?

- ¿Qué significa la tercera palabra? -Preguntó Bernart. Dígory había intentado no hacer mención a ella pero la duda resultaba obvia. El italiano sí entendía el significado de aquel tercer término y de hecho fue una grata sorpresa encontrarse con ella. Aquello daba a entender que iban por buen camino, pero aun así creyó conveniente no desvelar esa información al profesor. Una cosa estaba clara; necesitaba recuperar a Lavel.

Capítulo XLVIII- Pillado.

- Empecemos por el principio. -Dafne paseaba pensativa con una taza de café en la mano, mientras François y yo la seguíamos con los ojos, desayunando. En una ocasión nuestras miradas se cruzaron pero rápidamente desviamos la vista. La situación entre el francés y yo era muy incómoda desde lo ocurrido la noche anterior.

- No tenemos más pistas que la certeza de que Herrera compró un nuevo billete, así que iré al aeropuerto para averiguar si cogió ese avión. François, tú deberías quedarte aquí, no es conveniente tentar la suerte en exceso y mostrarte en público es llamarla a gritos. -Dafne hablaba sin mirarnos ni esperar respuesta. Sacó de su bolsillo un teléfono y se lo entregó a mi presunto compañero de cuarto.

- Llamarás a todos los hoteles, hasta el más pequeño, y descubrirás si se aloja en alguno de ellos.

- Espera un segundo. - El joven interrumpió de malas maneras, tirando su tostada sobre el plato. La actitud de Dafne parecía no satisfacerle mucho aquella mañana. Algo nuevo.

- ¿Cuándo hemos acordado que recibiría órdenes de ti? -Dafne sonrió complaciente e hizo un gesto de evidencia. Me quedé estático con mi tostada detenida frente una boca muy abierta. Mi mirada paseaba de uno a otro, impertérrito. Sólo había expectación.

- Perdona, tienes razón. -Resolvió la joven. François afirmó satisfecho con la cabeza, retomando su desayuno sin sospechar que habría réplica.

- Se me olvidaba con quién hablo. Debí intuir que eres de los típicos que recurren a las mujeres únicamente para galantear, sin pensar en que éstas puedan servir para algo más que bailarle el agua al macho alfa. - ¡Zasca! Tras encoger mi cuerpo durante un par de segundos, una risa contenida escapó de mi pecho hacia fuera. Me cubrí la boca con la mano dejando caer la tostada sobre el plato. Miré hacia François. Su rostro parecía haber tornado rojizo, no sé si a causa de la vergüenza o de la ira contenida. El galo me lanzó una mirada severa. Mi mueca se hizo seria. El joven se levantó de su asiento y se dirigió a la mujer colocándose frente a frente, en actitud desafiante. En ese momento no estaba muy seguro de cuál debería ser mi actitud.

- No recibo órdenes de nadie; sea mujer, hombre, lechuga o perro intergaláctico. ¿Te vale? -Dafne correspondió con la misma actitud chulesca. Mientras tanto, yo me mantenía en un elegante segundo plano.

- Pues tú dirás. Perseguido por un mercenario y siendo buscado por asesinato y robo con agresión... Querría ver cómo te las apañas para obtener información en un aeropuerto. -Se produjo un silencio incómodo.

- ¿Y si voy yo? -No soporto los silencios incómodos, me obligan a soltar la primera tontería que me venga a la mente. Los dos giraron la cabeza y me miraron al mismo tiempo. Para entonces yo ya me había arrepentido de mis palabras. Por suerte, sabía que no confiarían en mí para semejante misión.

- Pues no es mala idea. -Me equivoqué. Dafne parecía convencida ante mi propuesta.

- ¿Estás loca? -Saltó de inmediato el francés. -¿No podemos dejar que vaya él? -¡Claro que no! Nos hemos vuelto todos locos ¿o qué?

- ¿Por qué no? Míralo -Me señaló. -Se le ve tan vulnerable y desprotegido. ¿Quién no iba a confiar en esa cara? Grita apocamiento por los cuatro costados.

Efectivamente, así soy, apocado por los cuatro costados, ¡y a mucha honra! Por eso mismo no debía ir, pero me veía obligado a mantenerme en mi ofrecimiento o parecería imbécil.

- Él no tiene lo que hay que tener para ir a un aeropuerto solo en busca de información confidencial, con un asesino pisándole los talones. -La verdad es que no, no lo tenía pero empezaba a desear tenerlo. ¿Qué falta de confianza por parte del francés era esa hacia mí?

- ¡Puedo hacerlo! -Cállate ¿Qué dices, Dani? Dafne se acercó a mí y apoyó su mano en mi hombro. Sentado como estaba, elevé la cabeza para observar su cara. Desde esa posición podía entrever el interior de las fosas nasales.

- ¿Ves? Él está convencido de que puede. Lo importante no es que parezca un cobarde, un achicado, un flojo sumiso, un menguado remiso y retraído...

- Sin ofender. - Interrumpí ¡Qué gorda me caía!

- Perdona. Quiero decir que lo importante no es que parezca un pusilánime, lo importante es que no lo es. Sabrá hacerlo. ¿A qué sí? -Afirmé con la cabeza. El francés me miró. Recé porque siguiera protestando. Él sabía igual que yo que me sería imposible hacerlo y que no quería hacerlo. Lo más profundo de mis ojos se lo gritaba: "no me dejes ir, no me dejes ir".

- Reconócelo Dafne, tú tienes dotes de persuasión que él no tiene. -Una sonrisa pícara asomó por su cara. No me lo podía creer, otra vez estaba flirteando con ella.

- Pues alguna tendré yo ¿no? -Mi lado inconsciente volvió a hablar. No me entendía a mí mismo ¿Por qué insistía en querer hacer algo que no quería hacer?

- ¡Pues claro que las tienes, Dani! No las mismas pero sí otras. -Confirmó ella con complacencia y seguridad al mismo tiempo que me daba unos golpecitos en el hombro -Además eso que acabas de decir es muy sexista.

- ¿Ahora me vienes con esas? -François se indignaba por segundos. -¡Tú fuiste la primera en tirarme los trastos!

- ¿Yo? -Sabía que Dafne fingía sorpresa. Era obvio que ella le había estado buscando desde el principio.

- ¿Me vas a decir que no te parezco atractivo? -Dijo el muchacho con descaro acercándose a la joven.

- Eso te crees tú. -Respondió ella acercándose a él. Ambos se encontraban muy juntos, cara a cara. Volvía a sentirme incómodo y fuera de lugar. Estaban jugando con su sexualidad de un modo tan descarado que me producían nauseas.

- Pues no hay más que hablar. -Zanjé levantándome de la silla. -Yo iré al aeropuerto.

- ¿Sabes? A lo mejor François tiene razón. -Dafne hablaba sin dejar de mirar fijamente a los ojos al francés. Aquella frase me sorprendió. ¿Qué le había hecho cambiar de pronto de opinión? -Te dejaré en el hotel para que recojas tus cosas y yo mientras iré al aeropuerto.

- Y yo me quedaré aquí haciendo unas cuantas llamadas. -Continuó François con una sonrisa observando atentamente a la mujer. De pronto ambos se habían puesto de acuerdo y ya no había conflictos. No me gustaba nada esa química que fluía entre ellos.

- Haced lo que querías. -Respondí con indignación. Entré en mi habitación, molesto.

Media hora más tarde Dafne me dejaba en la residencia y se iba al aeropuerto. Abrí la puerta. Todo estaba igual de desordenado que cómo lo había dejado tras mi primer contacto con el francés. Los recuerdos venían a mi mente. El desconcierto del principio, la adrenalina, el peso de su cuerpo sobre el mío, sus ojos grises... De pronto las remembranzas se hicieron carne. Volví a sentir un fuerte brazo sujetándome con brusquedad y una enorme mano sobre mi boca me impedía exhalar ningún ruido. El cañón de una pistola se clavaba entre mis costillas.

- Voy a liberarte. Te quedarás quieto y hablando en voz baja. -Afirmé muy nervioso con la cabeza. Durante un segundo pensé que me iba a desmayar a causa del susto, pero supe permanecer en pie, inmóvil. Lentamente, el desconocido fue liberándome, pero todavía sentía el arma en mi espalda.

- ¿Dónde está? -Otra vez esa pregunta. Era como revivir una mala pesadilla una y otra vez. Todo el mundo preguntándome obsesivamente dónde está. El pánico casi no me dejaba hablar. Decidí seguir sus instrucciones a raja tabla y hablar entre susurros.

- No lo sé. -Habría contestado otra cosa, pero esa era la verdad. Obviamente la respuesta no le gustó.

- No me hagas tonto, mariposón de los cojones. -Reconocí un acento cubano. -¿Dónde está tu noviete? Lo averiguaré con o sin tu ayuda, pero si eres sincero saldrás vivo de esta.

- De verdad, no lo sé. -Las lágrimas comenzaron a caerme sin control. Era consciente de lo que mis palabras suponían. Me sentenciaban a muerte.

Con un empujón me lanzó al suelo. El cuerpo entero me temblaba. No podía controlar mis músculos. Miré a mí alrededor. El cuarto desordenado. El último recuerdo de mi vida era el cuarto desordenado donde conocí a François y donde, quizá, una parte de mí se despidió de una parte de Chema. Ahora llegaba en momento de que la vida me ajustase cuentas por mis pecados. Miré a aquel desconocido a los ojos sólo durante un segundo, después, los cerré y se produjo el disparo.

Capítulo XLIX- La luz en los ojos.

Lípari daba pequeños paseos por el cuarto. Habían decidido centrarse en las pistas que sí les decían algo. El historiador hacía gala de sus conocimientos mientras Bernart, sentado, escuchaba atentamente.

- La cruz Ansada o Ankh es símbolo de vida eterna. Abría la frontera a la inmortalidad. Junto con el ojo de Udjat y el escarabajo, compone la trilogía de amuletos más característicos del antiguo Egipto. Los dioses, en su calidad de inmortales, la llevaban. En numerosos grabados aparece un dios con la cruz en la mano, acercándosela a la nariz de algún otro dios o protegido. Con este gesto el portador de la cruz insuflaba aliento de la vida a otro, quien a su vez lo recibía a través de las fosas nasales... - Bernart estaba impresionado. Lípari sería un mercenario, pero sabía de lo que hablaba.

- ...además, se aplicaba a la frente de los faraones para que su visión de la eternidad prevaleciera durante todo su mandato por encima de cualquier contratiempo. Favorece la longevidad y la sabiduría de quién ha vivido muchas vidas y es el símbolo del órgano reproductor masculino y femenino, representando la fertilidad y la vida; por eso se le denomina llave de la vida.

- ¿Pero por qué una llave y una leona egipcias? ¿Tiene algo que ver el antídoto con el país del Nilo? -Aira permanecía sentado sin cuadrar los datos con el fin último.

- No puede ser. No consta ningún viaje a Egipto, ni por parte de Minerva ni de Nieztch. -Sin respuestas, los dos hombres no atinaban en sus ideas. Dígory ordenó al profesor reponer fuerzas y descansar hasta el día siguiente, esperanzado de que la nueva jornada trajera respuestas. En cuanto su rehén subió las escaleras, el italiano cogió su móvil y marcó un número. Debía informar de los avances.

Aira se humedeció la cara, todavía reflexivo. Minerva, en un despliegue de sabiduría, había ocultado sus pasos de forma impoluta. O quizá no los ocultara, tal vez los destruyera concienzudamente, consciente de las repercusiones de su hallazgo y decidida a evitar que esa gente se hiciera con el resultante.

- ¿Es eso, Minerva? -Se preguntó mirando su reflejo en el espejo. Acaso ella ya había tomado la decisión voluntaria de no participar en un mercantilismo peligroso, en la sobrepoblación desmedida. Tal vez, tras saciar la necesidad de ponerse a prueba y descubrir el elixir, optó por lo más sensato. Quizá ese fuera desde el principio su propósito, hallar el antídoto, sin más. Sin darle uso ni prolongar su existencia, sin venderlo ni explotarlo. Reposó su cabeza en una maloliente almohada sin dejar de darle vueltas a la cabeza.

- Hola, Bernart.

- ¿Quién eres? -El profesor se encontraba confuso. Una intensa luz chocaba contra sus ojos, cegándole. Pudo distinguir una figura oscura delante de él.

- Mi ángel rebelde, tu hija...

- ¿Sarah? -Una agradable voz femenina rondaba a su alrededor, sin permitirle escudriñar su origen. Pero debía provenir de esa figura negra. Esa mujer le hablaba oculta tras un haz divino.

- ...ambos morirán si continuas. Si sigues hallarás la muerte de Sarah.

- No quiero seguir. ¿Pero qué puedo hacer? -Bernart estaba desesperado. La figura se difuminó y entre los rayos de luz apareció una nueva forma oscura. Era circular.

- Evitarlo. -La voz seguía resonando por todas partes. Aquella figura se materializó en el cañón de una pistola.

- Haz lo debas por evitar hallarlo. -Un estallido ensordecedor sonó. Las ondas sonoras rebotaban por todas partes generando mil ecos. Una brillante luz blanca, más intensa que la anterior, asomó desde el interior de cañón aproximándose al rostro del profesor muy lentamente.

- Lo que debas. -Repitió la voz. Aira asumió el deseo de aquella mujer. Su mensaje calaba dentro de él, al mismo tiempo que la luz se volvía cada vez más y más grande. Sus ojos ya casi no podían permanecer abiertos. Se intentó defender de la luminosidad poniendo sus manos delante del rostro. De pronto se dio cuenta de que estaba tumbado. Se incorporó al mismo tiempo que una voz le hablaba.

- Profesor ¿se encuentra bien? -Esta voz era diferente a la otra. Su tono era firme pero preocupado. La habitación apareció entre las sombras.

Ahora podía ver perfectamente todo lo que había a su alrededor. Aira pudo reconocer una figura. Era un hombre vestido con uniforme de la marina y una linterna en la mano. Aira se quedó mirando aquella linterna mientras el desconocido la apagaba y guardaba en el bolsillo.

- ¿Se encuentra bien, profesor? -Repitió el militar. Bernart observó el rostro del hombre sin pronunciar palabra. Estaba desconcertado. No distinguía qué era sueño y qué realidad.

- ¿Qué ocurre?

- Ya no tiene de qué preocuparse, profesor. Hemos descubierto la tapadera. Todos están muy preocupados por usted, pero tranquilo, ya ha acabado. -Bernart se sintió abrumado ante la noticia. Todo había terminado justo a tiempo.

- ¿Y mi hija? ¿Mi hija? -Sus manos temblaban mientras agarraba al soldado de la chaqueta con desesperación.

- Está a salvo. -Bernart se dejó caer sobre el cuerpo del hombre. Sus muros emocionales, hasta entonces infranqueables, se habían derrumbado de golpe. Las lágrimas caían sobre la colcha mientras el hombre sollozaba agotado. El soldado le rodeo con sus brazos algo incómodo por la situación.

- Cálmese, hombre. Abajo se lo explicarán todo. Pero tiene que recomponerse. -Aira miró al militar a los ojos, afirmando con la cabeza. Se secó la cara, vistió su chaqueta y siguió a su salvador hasta el salón. Un hombre de avanzada edad le esperaba acomodado en el sofá. Aira se acercó. El anciano se disculpó por no levantarse para saludar e invitó a Bernart a sentarse a su lado.

- Me alegra mucho saber que está usted bien, señor Aira.

- ¿Y mi hija? -Bernart no podría estar del todo tranquilo hasta no tener la certeza de que Sarah se encontraba a buen resguardo. Al mismo tiempo, observaba a su alrededor buscando a Lípari o a alguno de sus hombres.

- No se preocupe, ya nos hemos encargado de ese asunto y enseguida se podrá reunir con ella, pero antes nos urge saber si sus captores han conseguido averiguar algo en relación a ese famoso antídoto. -A Aira le sorprendió que alguien más pudiera estar al corriente de la investigación. Durante un segundo dirigió su mirada hacia aquel señor.

- No recuerdo su nombre. -Bernart no perdía de vista nada de lo que ocurría a su alrededor. Pudo ver un grupo de hombres cargando con un bulto aparentemente pesado.

- Perdone mi falta de cortesía, es que no se lo he dicho aún. A mi edad estos despistes son corrientes. -Aira sonrió con amabilidad.

- Me llamo Albert Fleming. -El anciano se percató del estado de alerta en el que se encontraba su interlocutor. -Aira, tranquilo. Ya está a salvo.

Bernart miró al hombre. Comenzó a hablar pausando el tono de modo artificial.

- Hallé una carta. Era de Minerva Ferrán. Pero no era de trascendencia para la investigación. ¿Y Lípari? -El anciano hizo un gesto de calma y habló con tono comprensivo.

- Espero que entienda, profesor, que este es un tema sumamente delicado que requiere de la más absoluta discreción. No podemos cometer errores ni consentir que trascienda a la opinión pública. Cuanta menos gente sepa de ello, mejor será para todos. -Bernart miraba con extrañeza al anciano Fleming, al mismo tiempo que no perdía de vista la mole que cargaban aquellos soldados. Comenzó a preguntarse qué pintaba un francés en todo aquello.

- Quiero decirle que me siento muy orgulloso de su actuación. Ya puede reunirse con su hija. -Aira se sorprendió al oír esa última frase. Por primera vez toda su atención estaba puesta en aquella conversación. Quizá por ello no fue hasta ese momento cuando se percató de que el viejo le estaba encañonando con una pistola. Casi al mismo tiempo, un brazo inerte se escapó del interior del saco que cargaban los soldados. Aira comprendió entonces la situación, pero antes de poder reaccionar, aquel caballero ya había disparado hacia su frente.

Capítulo L- El señuelo.

Aquellos segundos parecieron eternos, pero no noté nada a excepción de un sordo sonido proveniente del suelo. Una voz femenina me habló.

- Dani. Abre los ojos. Estás bien. -Reconocí esa vivaracha voz que tanto me desagradaba.

Cuando alcé la vista miré a una sonriente Dafne tocándome el hombro y calmándome. Mis ojos estaban desorbitados y mi respiración era acelerada. Observé a mi compañera y la abracé. Mi necesidad de consuelo era mayor que cualquier antipatía en aquel momento. En ese instante me sentí próximo a ella. Una sutil conexión se había formado. La confianza que me despertaba era la misma que podría sentir por alguien que conociera de toda la vida. Aún abrazados, dirigí mi mirada hacia donde se hallaba el hombre. Lo encontré yaciendo sobre un charco de su propia sangre. Me aparté de Dafne, arrastrándome hasta la pared. Sentí la irracional necesidad de alejarme de él todo lo posible. No sé si era miedo, aun sabiendo que ya no podía hacerme ningún daño, o la repugnancia de encontrarme al lado de un cadáver. Nunca había tenido experiencias cercanas a la muerte. Era la primera vez que compartía espacio con un difunto. Todo a mi alrededor me producía asco, incluso el propio aire me provocaba temblores descontrolados. Dafne me agarró la cara, obligándome a mirarla. Sus ojos, muy abiertos, se clavaban en los míos. No quería que me tocase, no quería sentir el contacto de su piel en mí. No quería nada más que huir. Pero el cuerpo no reaccionaba. Mis piernas empujaban mi tronco contra la pared una y otra vez de forma compulsiva.

- Dani. ¡Dani! ¡Mírame! Ya pasó. Ya pasó. -Su tono confiado y sereno me devolvió a mi lugar, como si mi conciencia se hubiera ido dejando mi lado irracional y de pronto algo captara su atención para atraerla de vuelta. Comencé a calmarme. Podía ver el reflejo de mi apabullado rostro en sus grandes ojos negros.

- Coge aire ¿vale? o te va a dar algo. -Intenté normalizar el ritmo de mi respiración pero era incapaz. Comencé a llorar desconsoladamente. Necesitaba liberar de mi cuerpo como fuera esa sensación tan desagradable. Permanecimos en aquella posición en silencio durante varios largos minutos hasta que al fin, sin pronunciar palabra ni mirarla a los ojos, conseguí erguirme. Más relajado, metí mis cosas en la maleta con la ayuda de Dafne y salimos de allí sin echar la vista atrás.

Una vez en el coche, apoyé el codo contra la base de la ventanilla y me quedé en absoluto silencio, viendo el paisaje pasar. Ella no quiso dirigirse a mí. Respetaba mi particular... luto. Me sentía agotado, derrumbado. Tal vez una parte de mí sí murió en aquel momento. Sin duda, algo había cambiado. Conforme nos íbamos acercando a la casa comenzaba a brotar con fuerza en mi interior una nueva necesidad. Algo que hasta entonces no había experimentado, o tal vez algo que no quería reconocer que ya había percibido. El mar se convirtió en nuestra compañera. Caminaba ágil a nuestro lado, siguiendo nuestros pasos. Las lágrimas volvían a brotar.

Pero esta vez no había ansiedad. Era algo diferente. Innumerables emociones surgían, quizá respaldadas por esas hermosas vistas, tal vez despertadas por el shock que acababa de vivir. Me sentí fuerte y vulnerable, feliz y desdichado. Había determinación y confusión. Y las energías comenzaron a germinar, y a salir de mi cuerpo, como una bombilla irradia luz, como un fuego desprende calor. Y el coche avanzaba, y el mar seguía allí. Siempre estaba allí. Tal vez no era algo racional, seguramente no lo era, pero nos detuvimos y abrí la puerta. Eché a correr. Y corrí y corrí. Dafne gritaba mi nombre pero yo no la escuchaba. Tenía algo más importante que hacer. Porque la vida casi se me había escapado, y no sabía cuándo volvería a ocurrir. Y no sabía cuánto tiempo me quedaba. Porque ya no daba nada por hecho. Porque no somos dueños de nuestros futuros minutos.

La vida no nos reserva nada, la vida en sí es lo que se nos da y no quería desperdiciarla más. Tropecé a causa de las piedras del camino, pero lo ignoré. No había barreras, nada más importaba que llegar a casa. Ya la veía. No faltaba mucho. Las lágrimas seguían resbalando por mis mejillas, y las manos me sangraban por la caída, pero todo daba igual. Entré en la terraza. François salió alertado por el ruido y los gritos desde la distancia de Dafne. Lo tenía delante y no había tiempo para vacilar. Crucé la terraza hasta la puerta y rodeé con mis brazos su cuerpo. Él se quedó inmóvil y en silencio

-No sé nada. No entiendo nada. No me digas nada. Da igual lo que sientas ahora. Da igual lo yo sienta ahora. Sólo déjame quedarme aquí.

Deja que me quede aquí. Sólo eso. Por favor. Sólo eso. -El llanto no me permitió decir nada más. No quería decir nada más. No había nada que mereciera la pena ser dicho. François rodeó con sus brazos mi cuerpo y besó mi frente.

- Nos quedamos aquí.

No recuerdo muy bien nada de lo que ocurrió después. Sé que me desperté en mi habitación, tumbado en la cama. Oía gritos al otro lado de la puerta. Venían de la cocina.

- ¿Por qué volviste?

- Ya te lo he dicho.

- ¡Pues repítemelo! -Nunca había oído gritar así a François. En ese momento quise levantarme de la cama, pero mi cuerpo no me respondía.

- Me quedé esperando a que Dani entrase en el hotel para asegurarme y nada más perderle de vista vi a un tipo con pinta sospechosa que parecía seguirle. ¿Qué iba a hacer? ¿Irme con la duda? ¿A qué viene esto? -El tono de la discusión iba subiendo cada vez más.

- Os he salvado la vida ya dos veces ¿y vienes ahora con estas sospechas? Eres tú quién está acusado de matar a...

- ¡Y eres tú quien no se cansa de repetirlo, pero si lo creyeras no habrías venido a buscarnos! -Interrumpió el francés -¿Y para qué? ¿Qué quieres?

- ¡Eso que...!

- ¿Por qué poner tu vida en peligro por nosotros? -François no daba opción a réplica.

- Yo no...

- ¡No sabemos nada de ti, no tenemos ni idea de dónde has salido!

- ¡Ya basta! -Incapaz de soportar aquella discusión, salí furioso de la habitación, acallando sus gritos. -¡Esta mujer ha salvado mi vida! ¿A caso eso no tiene ningún valor para ti?

- ¡Dani, no es...!

- ¡Se acabó! ¡No hay discusión! -El francés agachó la cabeza, avergonzado y conteniendo su indignación. -Nos guste o no ya formamos parte de un mismo equipo, y si somos tan estúpidos como para no verlo acabaremos muertos. Ese hombre pudo terminar conmigo... -Un nudo en la garganta quiso impedirme continuar, pero me negué a ceder ante él.

- ...si ella no llega a aparecer, así habría sido. -Lo que sí que no pude evitar fue que se me cayeran las lágrimas. Pero las ignoré. El joven me miró. Sus ojos ya no mostraban furia. Me enseñaron a un nuevo François hasta entonces desconocido. Un François triste, temeroso, inseguro y preocupado. ¡Y era por mí! Estaba sintiendo todo eso por mí. No lo dudé porque él no me lo estaba ocultando. Era una mirada que sólo yo alcanzaba a ver y él lo sabía. No había reservas, sólo sincero temor.

- Dejadlo ya ¿vale? -Demandé suplicante. Se hizo un silencio que Dafne se encargó de romper.

- Siento lo que he dicho de tu padre. -A pesar de mi discurso, en mi interior aún guardaba reservas hacia ella. Había muchas sospechas. Porque yo sentí que aquel hombre ya estaba aguardando en la habitación del hotel cuando yo entré en ella. Pero cómo saberlo. Sólo era una percepción, tal vez motivada por mis prejuicios hacia Dafne. Lo cierto era que no había hecho nada aparentemente reprobable hasta entonces, más bien todo lo contrario. Debía reconocerlo, la base de mis recelos hacía ella eran precisamente los celos.

La joven ofreció su mano al francés en gesto de tregua. Mi mirada se dirigió a François con compasión. Con ella le pedía aceptar las disculpas, y él supo interpretarla. Alcanzamos, sin percatarnos, ese punto en el que sobran las palabras. La realidad era que aquella experiencia nos había acercado. Los tres estábamos ligados. Sus manos se estrecharon. Ella empujó de él y se unieron en un abrazo. Sabía que François no estaba convencido, pero no pude evitar el encontrar aquel momento hermoso. Le debía mi vida a Dafne, y le estaba agradecido por ello. Deseaba que desaparecieran aquellos sentimientos que me frenaban a quererla como amiga. Quizá, después de todo, algo bueno saliese de ese horror.

Volví a mi cuarto sin decir nada y me tumbé. Al poco tiempo François entró cerrando la puerta tras él. Se quitó la chaqueta y se sentó en la cama.

- ¿Estás bien? -Su tono era serio y distante. Respondí con un simple sí. Yo estaba acostado con la vista de frente a la pared, aunque en una ocasión giré la cabeza para verle. Se encontraba en una postura recta, dándome la espalda y mirando al suelo.

- Siento lo de antes. -Me sentía avergonzado y algo incómodo. No podía creerme que me hubiera atrevido a abrazarle de esa manera, a decirle lo que le dije y a imponerme como lo hice. Sí, algo en mí ya no era igual.

- Tenías razón. No debí hablarle así. -Se hizo uno de esos silencios tan habituales en nuestras charlas. Ya no me ponían tan nervioso.

- ¿Por qué no puedes confiar en nosotros?

- La situación no lo permite.

- Tú no lo permites. -Me giré, colocándome boca arriba para poder verle. Busqué una mirada. Él seguía cabizbajo.

- ¿Crees que soy cómplice de la muerte de tu padre? -Tras hacerle esa pregunta me miró extrañado.

- Sé que crees que Chema mató a tu padre ¿no es cierto? -Afirmó serio con la cabeza.

- Y piensas que yo le encubro. -Volvió a agachar la cabeza.

- No lo sé. -Respondió susurrante. Aunque sospechaba que fuera así, me sentí dolido y decepcionado. Volví a mi postura inicial y cerré los ojos.

- Pero confío en ti. -Sonreí satisfecho. Ya no recordaba haberme sentido alguna vez incómodo por compartir habitación con él. No volví a ser pudoroso después de aquel día.

Desperté para la hora de cenar. El aroma que llegaba desde la cocina era muy agradable. Recordé que no había comido nada desde el desayuno y el hambre apretaba con fuerza. Cuando me incorporé me percaté que estaba cubierto con una pequeña y fina manta. Sonreí al comprender que había sido François. Se preocupaba por mí y no se avergonzaba de demostrármelo. Pero de buenos gestos no se vive y la necesidad de comer apremiaba. Me levanté y me incorporé a la mesa con los ojos algo hinchados de tanto llorar. Me dolía la cabeza y me sentía agotado.

- ¿Estás mejor? -Dafne se preocupó mientras ponía sobre la mesa una bandeja con filetes y patatas fritas. Asentí con la cabeza. François entró en la casa y se sentó a la mesa tras colocar unas servilletas. Me sonrió sin decir nada. Se le veía más animado. De hecho, a los dos se les veía más alegres. Eso me hizo pensar sobre qué había ocurrido mientras yo dormía, pero no le di mayor importancia. Dafne se sentó con energía.

- Pues tenemos noticias que quizá te guste conocer.

- Soy todo oídos. -Dije predispuesto a las buenas noticias.

- Hemos estado toda la tarde investigando... -Ya me sentía más tranquilo.

- ... y hemos averiguado que tu chico es más listo de lo que parecía.

- ¡Él no es mi chico! -Me apresuré a contestar. -A ver si queda claro de una vez.

Me irritaba mucho esa etiqueta y decidí zanjar el asunto definitivamente. Los dos se sorprendieron ante mi rotundidad.

- Bueno, vale. El caso: nos la ha metido doblada. -Los dos nos quedamos mirándola, sorprendidos. -Bueno, perdón, ¡parece que hoy no acierto con las palabras!

Su espontaneidad nos hizo soltar unas risas. Ya echaba en falta reírme.

- Chema nunca ha estado en Grecia.

- ¿Cómo? -Me quedé impactado ante la nueva. En seguida busqué confirmación en François. Éste, con cierta pesadumbre, afirmó con la cabeza.

- ¡Pero no puede ser! ¡Yo usé su billete! Su hermana me dijo que había comprado otro con el mismo destino que salía con anterioridad a mi vuelo.

-Y es cierto. Compró ese billete, pero no viajó con él. Todo fue una estrategia para jugar al despiste. -Respondió Dafne.

- ¿Al despiste? Pero si no sabía que yo iba a ir detrás de él.

- No era a ti a quien quería despistar. -Continuó François con tono comprensivo pero acusador. -Debió suponer que alguien más estaría interesado en encontrarle. ¿No puedes imaginar por qué?

Me quedé en silencio mirando al francés, y a Dafne, y al francés otra vez. No atinaba con las palabras. ¿Sabía Chema que François le perseguía para ajustar cuentas por matar a su padre? ¿O era de Dafne de quién escapaba? Podría estar ocultándose de ese mercenario que casi me había matado horas antes. ¿Era cierto todo lo que me estaban contando? Lo único que deseaba en ese momento era encontrarle cuanto antes y resolver mis dudas. La confusión volvía a mí. Pero no iba a consentir perder la seguridad que había ganado. Tenía certezas. Certezas sobre Chema, y sobre lo que sentía por él, y sobre François.

- ¿Dónde estás, Chema?

Capítulo LI- La confesión.

Ciudad de Quito, Ecuador.

La gente se apelotonaba en un céntrico comercio de la zona. Un joven turista entró en una pequeña capilla, oscura y fría. El hedor a humedad era penetrante, una humedad que calaba hasta los huesos. Un pequeño haz de luz se colaba hasta los suelos de piedra de la nave central, próximo al ábside. La escasa ornamentación mostraba un lado humilde de la Iglesia que el muchacho no estaba acostumbrado a ver.

Los pasos del joven reverberaban otorgando algo de vida al desértico lugar. Sólo había una persona en aquel silencioso sitio a parte de él. El párroco, sentado en el confesionario, reflexionaba recitando oraciones en antiguo latín. Era un hombre demacrado por la desdicha del pasado, un largo pasado. Su piel simulaba un pergamino viejo. De marcadas ojeras, crueles cicatrices y profundas arrugas. El poco pelo que le quedaba era de un blanco sucio, como la ceniza que queda tras arder un leño. Sus manos, apoyadas frente a la rejilla del confesionario, revelaban unos tímidos temblores.

El turista avanzó por el pasillo mientras contemplaba unas pequeñas tablas de madera tallada, distribuidas a lo largo del templete. En ellas se mostraban unas figuras en bajorrelieve que narraban la Pasión de Cristo y los diferentes milagros que realizó en vida. En la base de cada tabla se había incrustado un número romano hecho en metal; del uno al doce. Una de esas tablillas llamó especialmente la atención del muchacho. Observó detenidamente el rostro sufridor del hijo de Dios, cargando con una pesada cruz. La imagen estremeció al joven.

- No sabes hasta qué punto te entiendo. -Pensó mientras continuaba andando.

Una vez hubo llegado al confesionario, se arrodilló, unió sus manos entrelazando los dedos y agachó la cabeza.

- Perdóneme, padre. No sé muy bien cómo empezar.

- Puedes hacerlo diciendo Ave María Purísima, como hacen los demás. -Le aconsejó el anciano con tono comprensivo y amable.

- Ave María Purísima.

- Sin pecado concebida. -Continuó el párroco. -Cuéntame, hijo ¿cuáles son tus pecados?

La parsimoniosa y serena voz del cura no templaba los temores de un hombre atormentado por sus secretos.

- Estoy perdido, padre. Desesperado. Necesito hablar con alguien, pero no puedo cargar con semejante peso a mi gente, sería temerario hacerlo. -Hizo una breve pausa. Su voz sonaba temblorosa y emocionada. -Además, dadas las circunstancias, tampoco sabría en quién confiar. Lo que confiese no debe ser revelado a nadie.

- No temas, hijo. He prometido mis votos ya hace muchos años ante los ojos de Dios. El secreto de confesión está a salvo conmigo.

Chema, dubitativo, pasaba la mano por su pelo revuelto. Su cara se mostraba mucho más deteriorada que días atrás. Parecía haber sufrido por el horror de una guerra. No era sombra de la persona que en otro tiempo había sido. Sus fuerzas habían menguado a la misma velocidad que lo había hecho su temple.

- Me han hablado de usted. Tiene buena reputación en este lugar, padre Raimundo.

- Uno es lo que deja en los demás. -Respondió éste con humildad.

- Por eso he venido.

- Cuéntame pues, ¿cómo he de ayudar para que tus demonios te dejen de atormentar?

El rayo de sol que se colaba por la vidriera fue paseando lentamente por la nave, circulando el tiempo con él. El silencio permaneció impávido, guareciendo los secretos del lugar. Las cuatro gruesas paredes de esa pequeña ermita cuidarían de confidente y confesor, al menos durante un tiempo más.

Capítulo LII- Terrores nocturnos.

Unas gotas de sudor resbalaron por su frente, acompañadas por unas respiraciones acentuadas y descompasadas. Bernart despertó aterrorizado, sintiendo todavía la punzante y caliente bala en su cabeza. Su mano se dirigió instintivamente para asegurarse de que no estaba allí, de que no había agujero y todo había sido un mal sueño. Se incorporó apoyando su cabeza en las rodillas en busca de sosiego. Dio unos pasos por la estancia para calmarse. Unas voces detrás de la puerta llamaron su atención. Miró el reloj. Demasiado tarde para haber gente charlando. Abrió ligeramente la puerta y echó una ojeada. No había nada. Las noches anteriores un hombre vigilaba la salida, pero en ese momento no parecía que nadie se encontrase cerca. Salió con cautela, mirando hacia todas las direcciones. La voz seguía hablando. Era Dígory desde el salón.

- ¡No podía saberlo! Pero está bien [...] ¿Cómo? ¿Muerto? ¡Era uno de mis mejores hombres! [...] Entiendo. [...] Sí, lo comprendo. ¿Ha descubierto algo? [...] Necesito saberlo cuanto antes [...] -El italiano parecía mantener una importante conversación. Aira apreció por su tono que estaba alterado y preocupado. La palabra "muerto" también inquietó al profesor. Se preguntó cuánta gente podía haber perdido la vida en detrimento de esa investigación. No saber nada de su hija le mantenía angustiado. Sus pesadillas eran cada vez más intensas y reales.

- Está bien. Espero noticias suyas cuanto antes. -Dígory colgó el teléfono y a continuación se dirigió hacia donde se encontraba Aira. Éste echó a correr hasta llegar a su habitación, cerrando la puerta cuidadosamente. Se acostó lo más rápido que le fue posible y se hizo el dormido. Nadie entró. Miró hacia la puerta y se relajó. Echó una ojeada a su alrededor. Una pila, la cama y una silla vieja eran los únicos muebles de aquella pequeña celda. La claustrofobia que le producía en ocasiones su habitáculo no era comparable al tormento de sus recuerdos. Su tiempo y mente se ocupaban en recordar a Sakina, su cara de desesperación mientras caía al vacío; su hija, atemorizada en la camioneta mientras él intentaba sosegarla estrechándola con fuerza entre sus brazos. O aquel soldado del helicóptero y su mirada sincera, miedosa y la vez decidida antes recibir el disparo. Cuánta gente inocente había muerto ya por algo que se suponía daría vida. En ese preciso instante, Bernart se prometió que si tenía una ínfima posibilidad de acabar con todo aquello, lo haría, aunque significara perder su vida. Porque quizá eso fuera lo que representase su último sueño. Tal vez Minerva le advertía desde la tumba que su cometido era impedir que el elixir apareciera, porque eso supondría más muerte que vida. Si acabar con su propia existencia significaba evitar más ejecuciones, no dudaría.

- Mis sueños... -Se dijo así mismo en voz baja. Si su último sueño era el modo mediante el cual su subconsciente le hacía llegar mensajes...

- ... tal vez en otros sueños... -Aira había evitado pensar en aquellas imágenes oníricas. Eran demasiado aterradoras. Bernart creía que sólo servían para trastornarle y nublarle la mente con pensamientos negativos.

- Pero ¿y si sí fueran útiles de algún modo? -Su mente trabajaba durante el día, pero él sabía que no descansaba en la noche porque seguía sintiéndose agotado. Por primera vez se cuestionó si quizá habría subestimado la labor nocturna que su cerebro ejercía. Empezó a darle vueltas a esa idea. Rememoró el sueño anterior al de Minerva. Cerró los ojos. Las imágenes volvieron a conformarse. Estaba agotado. Dos soldados cargaban con él. Vio un pasillo estrecho de color blanco. Pudo reconocerlo. Era el mismo camino que llevaba a su habitación en el escondite subterráneo. Todo estaba borroso, como si no pudiera enfocar bien. Abrieron una puerta. Era la de su cuarto.

De pronto Aira rechazó el sueño. Su cara tornó en un gesto de desagrado. Sabía lo que había allí dentro, pero no quería recordarlo. No quería cruzar la puerta.

- La puerta... -Había algo en ella. Una placa. -La cruz y la rosa.

Entonces recordó la primera vez que había visto esa placa, el día en que su hija y él llegaron a esa base oculta bajo tierra. Se acordó de haber pensado que habría sugerido otros símbolos que le representaban mejor. Entonces no se lo había cuestionado. No era el momento. Aún debía vivir futuros acontecimientos para detenerse y valorar por qué una rosa y una cruz. Una nueva imagen apareció en su mente. Ahora estaba en el laboratorio, junto al italiano. Éste le acababa de explicar el motivo que había propiciado que Aira fuera el elegido como colaborador forzoso.

- Uno de los personajes relevantes en su caso es el Conde de Saint Alban... -Dijo en aquel momento Dígory. -... Barón de Verulam, posible autor de parte de las obras de Shakespeare y más importante aún, Imperator de la Orden Rosacruz en Inglaterra.

La puerta de su habitación estaba encabezada por una placa con una rosa y una cruz. Lípari le representó con el símbolo de los Rosacruz porque ese era su motivo para llevarle hasta allí. Retomó aquel recuerdo. Ahora era Aira quien daba lecciones.

- La Orden Rosacruz es heredera espiritual de las antiguas Escuelas de los Misterios que nacieron en Egipto, Babilonia, Grecia y Roma. -Algo empezaba a encajar. Bernart aún no lo veía claro pero algo en ese rompecabezas comenzaba a cambiar.

- Egipto. -Se dijo. -Egipto y los Rosacruz. Los Rosacruz, Egipto, Seknet y la cruz Ansada. Todo forma parte de lo mismo.

Las preguntas comenzaron a brotar al mismo tiempo, colapsando la mente del profesor. ¿Podrían tener algo que ver aquellas dos pistas del poema con los antiguos escolásticos? ¿Había estado Lípari más acertado de lo que él mismo podía suponer durante todo ese tiempo? Por primera vez sus conocimientos estaban directamente relacionados con los dos términos egipcios. Era algo más que meras historias mitológicas de dioses y manipulaciones de almas. Egipto era origen de leyendas sobre la vida eterna, pero también era cuna de los Rosacruz, precursores de los alquímicos, primeros creadores de fórmulas químicas para alagar la vida.

Las ideas se fueron inmaterializando, difuminándose con narcóticos colores y figuras hasta que el alma quedó rendida en brazos de Morfeo. Así, la noche avanzó en el mutismo.

Capítulo LIII- Llamadas perdidas.

La cena transcurrió en silencio. Cada uno de nosotros miraba su plato como si creyéramos que las soluciones a nuestras dudas se encontraban entre las patatas fritas. Para mi decepción, bajo el filete no había pistas ocultas que hubieran pasado inadvertidas. Tras recoger, François se fue a descansar mientras, como si ya se hubiera convertido en hábito, Dafne y yo nos quedamos mirando el mar y el cielo desde la terraza. El oleaje no estaba tan tranquilo como días atrás y una brisa fresca entumecía los músculos.

- Parece que el tiempo empeora. Ven. -Dafne cogió la manta que estaba sobre uno de los bancos de la mesa de piedra y nos cubrimos con ella. Nunca habíamos estado tan cerca. Sentía el calor de su cuerpo y el olor de su piel. Nos quedamos en silencio. Por primera vez disfrutaba de su compañía. Le debía mi vida. Eso quieras o no, une.

- ¿Cómo era Chema contigo? ¿Hacía mucho que os conocíais? -Me sorprendió su pregunta. O quizá era su tono. Se apreciaba en él que Dafne buscaba compartir experiencias, historias. Sentí que no buscaba información que le llevase a encontrarle, sólo comprender mejor nuestra relación. Tal vez, si le hacía entender cómo era el Chema que yo conocía, ella podría cambiar un poco su opinión.

- Sí. Hace muchos años. Fuimos compañeros de instituto. Era un buen amigo.

- Pero fue algo más... ¿no? -Su tono insinuante y animoso me despertó una sonrisa.

- ¿A qué viene tanta curiosidad?

- ¡Venga! -Me dio un empujoncito con su hombro contra el mío. -No tengas vergüenza. El otro día me contaste que ese colgante te lo había regalado alguien especial. ¿Fue él, verdad?

Afirmé tímidamente con la cabeza. Sostuve con mis manos el colgante. Los recuerdos gratos con él resurgieron de mi memoria. Hacía tiempo que no pensaba en Chema de ese modo. Una sonrisa acompañó mi relato.

- Era un chico serio, pero sabía sacarme un sonrisa cuando lo necesitaba. Tenía el don de la oportunidad. Estaba ahí en el momento oportuno, en el lugar adecuado, para decir lo conveniente. Siempre pragmático, racional y positivo. Todo lo simplificaba volviéndolo sencillo. Nunca me he sentido mejor persona que estando a su lado. - Tuve que detenerme. Recordar lo que ya no tenía me devolvió la seriedad. -Supongo que algo fue asomando en nuestra amistad, no sabría decir en qué momento exacto. Pero nunca hubo muestras directas de ese sentimiento... nunca hasta la última vez.

Mi mirada se perdía en el horizonte. Dafne me observaba con una leve sonrisa. Parecía comprender mis palabras. Nos sentamos en el pequeño muro, acurrucados bajo la manta.

- ¿Qué pasó? -Me preguntó con tono sereno y tierno. Nuevamente una sonrisa apareció en mi cara.

- Estaba preparando una exposición. Doy clases de pintura a niños ¿te lo había dicho? Y de pronto, apareció sin más. Venía de Barcelona, donde tenía un buen trabajo como economista en una empresa importante. Hacía tiempo que no nos veíamos. Nuestros caminos se había separado. Quizá yo lo había propiciado. Esa noche nos sinceramos y me besó. -Sonreí. -Ya daba por hecho que jamás llegaría a vivir ese momento.

- Pero llegó. -Afirmó Dafne con un gesto feliz.

- Sí. Llegó. -Hice una pausa y de nuevo mi rostro tornó serio. -Pero ese día él no estaba bien. Algo le tenía alterado. Estaba muy nervioso.

- ¿No te dijo por qué?

- No quiso. Pero yo no podía quedarme con esa duda. Así que mientras dormía abrí su maletín y me encontré con unos documentos y este colgante.

- ¿Que ponía en los documentos?

- No lo sé. No entendí nada y tampoco tenía mucho tiempo. Estaba muy nervioso. Creo que era algo sobre una investigación con un nombre en siglas. -Me quedé en silencio, recordando.

- ¿Qué pasó después?

- Nada. Se despertó, discutimos y se fue. -Me encogí de hombros. -Y hasta hoy.

Dafne parecía pensativa.

- Pero entonces... ¿cuándo te regaló el colgante?

- Se lo dejó a su hermana. Ella me lo dio. Venía dentro de una caja de madera tallada, muy bonita. También había una nota de Chema donde me decía que siempre llevase a Lavel conmigo, que me traería suerte. ¿Yo no diría tanto, no? -Sonreí con tristeza.

- Bueno, a lo mejor Lavel tuvo algo que ver en que yo te salvara la vida dos veces. -Ambos nos reímos.

En ese momento, François se asomó y me llamó.

- Hablamos luego. -Le dije. Nos sonreímos con complicidad y entré en la casa. El francés me esperaba en la habitación. Entré y cerró la puerta, algo alterado.

- ¿No hay nada que me quieras decir? -Me enseñó mi móvil.

- ¿Quién te ha dado permiso para cogerlo? -Recuperé el teléfono al mismo tiempo que el enfado de François se iba haciendo más evidente.

- Es que te han llamado.

- ¿Quién?

- Tú me dirás. -Su tono era sarcástico y agresivo.

- Hombre, pues así, a bote pronto... -Desbloqueé el teclado y vi un número desconocido.

- A ver si puedo ayudarte. Una voz grave, seria, educada...

- ¿Chema? -La sorpresa por la noticia había provocado que mi voz sonase más elevada de lo deseado.

- No tengo el placer de conocer su voz y tampoco se ha querido presentar, pero por la escueta conversación que acabamos de mantener podría afirmar que sí. Y te pediría que hablases más bajo, no queremos que Dafne se entere de esto, al menos de momento.

Mi corazón comenzó a latir con intensidad. Percibía como la sien izquierda empezaba a palpitar convulsivamente. Ignoraba por completo la mordacidad del francés.

- ¿Qué te ha dicho? ¿Por qué no me avisaste? -Los gestos de François denotaban inquietud.

- Me colgó. ¿Cuándo pensabas decirme que mantenías contacto con él? -La conversación era cada vez más tensa. Podía apreciar su tono acusador.

- No he sabido nada de él hasta ahora. Es la primera vez que me llama. ¿Qué te ha dicho?

- ¿Esa es toda la explicación que me vas a dar?

- ¿Te debo alguna? -¿Había dicho yo eso? En realidad era una pregunta evidente ¿no? Los nervios de François parecían templarse de golpe. Mi pregunta le hizo sentir incómodo e introvertido.

- No, claro que no. -Se sentó en la cama. Hablaba como un crío enfurruñado -Preguntó por ti. Quise saber quién era y colgó.

Me senté a su lado mientras comprobaba de nuevo le número.

- No busques. Es número oculto. Ya lo comprobé.

Curiosamente, ambos parecíamos más calmados. Nos quedamos en silencio, él mirando al frente y yo al móvil. Por primera vez el nombre de Chema no me despertaba preguntas, ni me perturbaba. Esa inesperada paz interior me reconfortaba. Me sentía a gusto con esa nueva respuesta emocional.

- Pareces feliz. -Dijo con tono serio.

- Pues ahora mismo me siento así, la verdad. -Oírme decir eso me producía extrañeza. Volvió el silencio.

- Si te volviera a llamar... No me lo dirías ¿verdad? -Yo también tenía mis dudas.

- Tú quieres hacerle daño ¿no es cierto? -François no contestó ni hizo gestos. Entendí que quien calla otorga.

- No voy a permitirlo. -Un nuevo silencio.

- Lo que yo quiero... -Se calló.

- ¿Qué quieres, François? ¡Dímelo! ¡Ayúdame a comprenderte! Porque no sé si lo sabes, pero no me lo pones fácil.

- Quiero descubrir la verdad. -Nuestras miradas se cruzaron. Sus ojos estaban humedecidos. Sentí como si una flecha se clavase en mi pecho. Verle así me despertaba ternura. Se le veía desprotegido, vulnerable.

- Me culpan de cosas que no he hecho. Dicen que maté a mi padre. Todos juzgan y sentencian sin saber nada. ¡No saben nada, Dani! Por eso tengo que descubrir la verdad por mí mismo, porque los demás ya han conformado su propia verdad. Y todo me conduce hasta tu novio.

No era el momento de puntualizaciones sobre mi estado civil. El tono de François sonaba desesperado. Pude comprender la impetuosa necesidad que sentía de aclarar las cosas en relación a la muerte de su padre. No debía ser fácil para él sentir los dedos acusadores sobre algo tan dramático como el asesinato de alguien a quien quieres. Su mirada penetraba en mí como si pudiera leer todos mis pensamientos. Antes sus ojos grises me ponían nervioso, ahora me sentía cómodo.

- Si Chema es inocente no tienes nada que temer. Pero si no es así...

- Si no es así recibirá el castigo justo por sus delitos. -Interrumpí. Él sonrió. Parecía haberle agradado mi rotundidad.

- Quiero que mis padres puedan descansar en paz. Necesito tu ayuda. -Sonaba tan sincero. Me hacía sentir tan bien. Era un privilegio para mí descubrir qué había oculto tras esa fachada de despreocupación, insensatez, locura, rabia e impertinencia. Él era todo eso, sin duda; pero también era más.

- Está bien. ¿Quieres que te ayude? Pues seamos claros. Pongamos las cartas sobre la mesa. Quiero que me cuentes desde el principio cómo te has metido en todo este embrollo. Necesito una muestra total de sinceridad. Sólo así podré creerte y darte mi confianza. -En realidad ya confiaba en él, pero debía aprovechar mi situación ventajosa.

Me miró. Se tiró en cama con desaires apoyando su cabeza en sus manos entrelazadas y sonrió complacido. Le devolví la sonrisa y me acomodé en la cama. Sería una larga noche.

Capítulo LIV- Día libre.

El día despertó soleado. El profesor echó un vistazo al reloj. Demasiado tarde. Las pesadillas y los paseos nocturnos no le permitían descansar debidamente, y cuando por fin conciliaba el sueño plácidamente, la noche ya había avanzado demasiado. De pronto una pregunta rondó su mente como un rayo. ¿Por qué nadie le había despertado aún? Hacía horas que debería haber retomado la investigación.

Se levantó, agarrándose el cuello agarrotado. Se miró en el pequeño espejo situado sobre la pila. Una espesa barba se había adueñado de gran parte de su rostro, despacio pero sin dilatación. No recordaba la última vez que se había encontrado en semejante estado de descuido. ¿Dónde estaba ahora aquel hombre elegante, aseado y coqueto? Seguramente ocupado en preservar la vida de la humanidad. Siempre había sostenido la premisa de que hombre que se ve bien, se encuentra bien. Por ello, incluso con cuarenta de fiebre, cuidaba su estética. Pero en aquel lugar carecía de útiles de aseo.

- Ya se lo tengo dicho, está que da pena. -Dígory había entrado en el cuarto sin llamar la atención del profesor. Se encontraba apoyado en el marco de la puerta con los brazos en cruz y una sonrisa en la cara. A veces costaba ver en él un secuestrador, y más tal día como ese, cuando vestía de civil; algo que sorprendió a Aira.

- Algo tarde ¿no? -Replicó Bernart, viéndole desde el reflejo del espejo.

- ¿Usted cree? -Preguntó con sorna viendo su reloj de pulsera con total despreocupación. -Tranquilo, pronto me darán una información que nos ayudará en la investigación. Mientras tanto, dedíquese un poco de tiempo a sí mismo, que falta le hace. Dese un baño, despeje la mente y aféitese. Tiene todo lo necesario en el baño principal al final del pasillo.

Aira no daba crédito a las palabras del historiador. Se dio la vuelta para mirarle directamente.

- ¿Insinúa que me tome el día libre?

- No lo insinúo, lo mando.

- ¿No haremos nada hoy? -Insistió.

- En principio, no. ¡Alégrese! Ha estado pensando mucho. Es hora de desintoxicarse del trabajo. -Dígory dio media vuelta para marcharse.

- ¡Espere! -Aira se acercó a la puerta. -¿Y toda esa prisa que tenía?

- Todo tiene su tiempo, profesor. Pronto terminarán definitivamente las prisas. La información que me darán será concluyente. Tómelo como una celebración previa. -El italiano se fue.

Paradójicamente la tranquilidad de Dígory suponía un aumento en la inquietud de Aira, que temía el momento en el que su gente se adueñara de la fórmula. Parecía ya algo inevitable e inminente. No había nada que pudiera hacer por impedir que esa información concluyente llegase a sus manos. Debía pensar algo, pero decidió hacerlo tomándose un baño. Una cosa no tenía porqué verse reñida con la otra y era indiscutible su peste a perro mojado.

El aseo principal era de pequeñas dimensiones y se encontraba bastante descuidado. No tenía ningún tipo de ventilación. Supuso que Lípari lo habría tenido en cuenta a la hora de dejarle solo allí dentro. Aira abrió el grifo mientras enganchaba una cuchilla en el mango de la maquinilla. Agitó el bote y esparció la espuma. Mientras se afeitaba miraba unos ojos apagados y tristes. Pensaba en su hija, en lo que podría estar haciendo en ese momento, deseando que Ronald le prestara la máxima atención posible. El vapor comenzó a conquistar el aire frío. Se desnudó y procuró disfrutar el baño.

Capítulo LV- "Quítate de en medio"

Dafne entró veloz en el cuarto. Cuando mis ojos se abrieron, se adaptaron a la luz de la mañana y me despejé un poco, vi que la chica se encontraba eufórica, correteando por toda la estancia. Iba de aquí para allá, cogiendo mil cosas y metiéndolas en la maleta sin cuidado alguno. Su rostro se veía radiante y feliz.

- ¿Qué haces? -Le dije todavía algo aletargado mientras me apoyaba sobre mis codos.

- ¡Dani! ¡Dani! ¡Es genial!

- ¿El qué?

- ¡Le he encontrado!

- Dafne, me acabas de despertar. Háblame despacio porque no te entiendo. -La muchacha se sentó en la cama a mi lado, pletórica. Me agarró la cabeza.

- ¡He encontrado a tu novio! -Acto seguido me estampó un morreo y continúo yendo de lado a lado llenando mi maleta de cosas que ni eran mías. Mi actitud al respecto fue nula. No podía reaccionar ni a la noticia ni al súbito beso.

- ¡Levántate que nos vamos! -Me incorporé con pausa. Noté el frío suelo cuando las plantas de mis pies tocaron las baldosas.

- Primero, no es mi novio.

- ¿A quién le importa?

- A mí. -Interrumpí. -A mí me importa.

- ¿Es que no has oído lo que te he dicho?

- Segundo. -Volví a interrumpir con tono pausado y somnoliento. -No se me besa en la boca sin consentimiento.

- Mojigato. -Respondió de inmediato sin dejar de hacer lo que estuviera haciendo.

- Y ahora dime... -Me rasqué los ojos y hablé entre bostezos. En ese momento, Dafne me agarró de los hombros con mayor fuerza de la que esperaba en alguien con ese delgado cuerpo.

- ¡Mírame! ¡Espabila ya! ¿No te das cuenta? ¡Lo hemos encontrado! Hoy mismo lo verás y resolveremos este entuerto.

Sus ojos conectaron con los míos y por primera vez pude codificar sus palabras y comprender la repercusión de ellas. Mi rostro cambió. Comencé a sentirme mal. Una bola enorme de algo inicio su ascenso por mi estómago hasta la tráquea. Pensé que iba a vomitar, pero no era eso. Quizá sentía hambre, o emoción, o ambas cosas.

- ¡Vamos! -Dijo continuando con su gran labor como empaquetadora. -Avisa a François, yo prepararé algo de comer rápido para llevar.

La muchacha pasó corriendo a mi lado, saliendo de la habitación. Vi hacia la cama. Una maleta oculta bajo una montaña de cosas permanecía abierta.

- Eso lo cerrará ella ¿no? -Me dije a mí mismo en voz alta.

- ¡Corre! -Gritó de fondo la joven.

Di media vuelta, caminando como un zombi. Nada más salir de la habitación ya me encontraba en la cocina. Dafne hacía unos bocatas. No había nadie más. Crucé hasta la puerta del baño, embobado. Estaba cerrada. Llamé. Nadie respondió. Abrí. Vacío. Volví a cruzar la cocina hasta la terraza. Me situé en medio de ella. Giré trescientos sesenta grados. Nada. Vacía. ¿Dónde estaba ese chico? Volví a la cocina hasta la habitación de Dafne. Pero nada. Nuevamente retorné a mi habitación. Miré hacia todas partes. No. Nada.

- ¿Dónde está François? -Acerté finalmente a preguntar.

- Por ahí andará. ¡Daos prisa! Llevo esto afuera.

Algo que antes no había visto atrajo mi atención. Sobre la mesilla de noche descansaba una nota con mi nombre escrito. La desdoblé. Aunque no conocía esa letra era obvio que se trataba de la de François. El mensaje era corto y contundente:

"He descubierto algo que quizá me lleve hasta Chema. Ya no os necesito. Si sabes lo que te conviene, quítate de en medio".

Fue entonces cuando de verdad me desperté. No podía creerme lo que estaba leyendo. Lo revisé. Y luego otra vez. Aquello no era posible. Mis ideas se vieron interrumpidas por Dafne que irrumpía bruscamente en la habitación.

- Todo listo ¿François? -Le alcancé la nota sin decir nada.

- Bueno. Pues nos vamos. -Ella no parecía sorprenderse tanto.

- ¿Y ya está? Se ha largado.

- Sí y como sea cierto lo que pone en ella... -Dijo señalando la nota que me había devuelto, mientras vaciaba la maleta hasta poder cerrarla. -...más nos vale darnos prisa.

- ¿Por? -Cogió la maleta y salió por la puerta. Yo la seguí.

- Obvio, Dani. Si él lo encuentra antes, Chema está muerto. -Me entregó una bolsa y salió hacia la terraza.

- No. François no lo mataría.

- Igual que no mató a su padre ¿no? -Sin tan siquiera dirigirme una mirada, salió de la terraza tomando el afanoso camino ladera arriba.

- ¡Él no mató a su padre! -Discrepé caminando rápidamente con dificultad tras ella.

- "Él no mató a su padre", "Chema no es mi novio"... Todos necesitamos negar ciertas evidencias, por lo visto. -Sin dejarme responder prosiguió con su aseveración. -¿No has apreciado el tono de la nota? Está claro. Nos ha usado.

La muchacha parecía convencida de lo que decía. Después de tres largos días, durante los cuales nuestra relación había pasado por diferentes estadios, daba la sensación de que ya nada nos unía; que las falsas fachadas se habían derrumbado.

- Más nos vale espabilar, porque él nunca ha dejado de ser un espabilado. Te lo digo yo. Conozco a los hombres como él, me he acostado con muchos.

Pero sus palabras no quebrantaban mi voluntad. Tras la larga conversación de la noche anterior debía concederle a François al menos el beneplácito de la duda.

- ¿Y tú? -Me detuve. -¿Cómo son las mujeres como tú?

Frenó en seco y me observó con incredulidad.

- ¿Perdona?

- No, perdona tú. Es que no me he acostado con muchas mujeres como tú, entonces no sé de qué pie cojean las de tu clase. -Mi sarcasmo era voraz. Por alguna razón, las acusaciones desplegadas hacia François me ofendían de un modo personal. Conocía el sufrimiento que el francés arrastraba por su situación y no iba a defraudarle. Le prometí mi confianza, se la ganó a base de sinceridad. Tal vez no me salvó la vida como así lo hizo Dafne en dos ocasiones pero... bueno, en realidad... quizá sí.

La joven me observó durante un par de segundos en silencio.

- ¿Qué te ha hecho? -Me quedé impactado por la pregunta. Me esperaba muchas respuestas tras mi insolencia, pero no esa.

- ¿Cómo? -La joven se acercó a mí viéndome directamente hacia los ojos. Me hacía sentir incómodo. Desviaba la vista, pero siempre volvía a ella. Me estaba analizando en silencio.

- Dani. Mírame, por favor.

- ¿Qué pasa? -Contesté con descortesía.

- Mírame, por favor. -Repitió con dulzura sosteniéndome el mentón con delicadeza. Un par de segundos después sonrió.

- Te ha enamorado.

- ¡No!

- No era una pregunta. Te has enamorado de François. ¡Oh, por favor! -Dio un giro sobre sí misma con un solo pie. Parecía molesta y yo asustado.

- Dafne no...

- ¡Tres días, chico! Te has desenamorado de Chema y enamorado de François... ¡en tres días! -Me sentía muy incómodo. Ella reía incrédula.

- ¡Qué yo no...!

- En esta situación da igual lo que te diga. No puedo dejar que dudes de un sentimiento así por seguirme a mí. Si ya has tomado tu decisión la respeto. -A continuación dio media vuelta y retomó el camino de ascenso. La seguí corriendo.

- Te juro que yo...

- No jures, no jures. -Volvió a soltar una risa. -Está bien. Entiendo que hay gente distinta a mí. Yo paso de esos rollos emocionales pero tú eres sentimental, enamoradizo, seducible...

- ¿Me estás insultado?

- Te estoy respetando tal y como eres. Y por eso te digo que tienes la libertad de pasar de mí. Equipo disuelto. Cada uno por su lado.

- ¡Espera! -Mi tono fue elevado e impositivo. Ella se detuvo y me miró con una sonrisa complaciente.

- Iré contigo. -Continué con timidez.

- ¿Seguro? -Seguro, seguro, seguro... ¡Claro que no estaba seguro! Pero ella se dirigía al lugar exacto donde estaría Chema y seguramente François. ¿A dónde más podría ir llegado hasta ese punto?

- ¡Me alegro que digas eso... -Soltó con tono divertido y jovial. Extendió su mano. Se la estreché y completamos los tres últimos pasos del camino.

- ...porque nos vamos en helicóptero!

- ¿Qué? -Delante de mis narices tenía un enorme aparato con hélices. -Yo no monto en eso.

Tiró de mí hasta llegar a pies de aquel bicho con alas.

- ¡No te preocupes! Lo he hecho decenas de veces.

-¿El qué? -Me puse serio. "No lo digas, no lo digas, no los digas", me repetí.

- ¡Pilotar uno de estos! -Lo dijo.

O ella era muy convincente o yo muy influenciable, el caso es que no sé a qué palabras pudo recurrir pero cinco minutos más tarde estaba montado en esa cosa. ¡Qué la suerte nos acompañe!

Capítulo LVI- Fin del día libre.

Los relajantes sonidos del agua al moverse despejaban su mente. Aira procuraba convencerse de la seguridad de su hija, al tiempo que su cuerpo recuperaba un color natural. Para bien o para mal, Dígory había prometido que aquella tortura pronto llegaría a su fin, lo que significaba abrazar a su hija Sarah y retornar a la normalidad.

- ¿Pero puede ser todo como antes una vez hayan descubierto el antídoto?

Un ruido alteró de pronto lo que hasta entonces había sido un apacible baño. Se incorporó, rodeó su cintura con una toalla y salió de la bañera. El sonido provenía del exterior de la casa. Era un ruido que se le hacía familiar.

- Tenemos visita. -Se dijo en voz alta. Cogió unas prendas de ropa limpias que había dejado anteriormente sobre una pequeña banqueta, se vistió y abrió ligeramente la puerta con el pelo revuelto y todavía humedecido. No había nadie a la vista. Salió del baño, cruzando el pasillo y bajando las escaleras hasta llegar al salón de enormes ventanales. Sus pies descalzos hicieron crujir las hojas secas diseminadas por el suelo. Bernart salió de la casa.

Era la primera vez que miraba la luz del sol desde que había llegado a aquella isla. El día se mostraba climatológicamente apacible. Ni una sola nube paseando por el cielo azul. El ruido del helicóptero aterrizando no provenía de muy lejos. Por primera vez, al profesor se le pasó por la mente que tal vez no fuera apropiado acercarse hasta allí, pero desechó la idea con despreocupación. No estaba haciendo nada que le hubieran prohibido hacer. No había riesgo de huida en aquella pequeña isla en medio del océano. Sus captores no tenían motivos para preocuparse por él. Además, su hija permanecía cautiva, no se arriesgaría a cometer actos insensatos.

Por fin vio aquel majestuoso aparato. Era negro azabache y de gran envergadura. Los patines acababan de pisar suelo. Aira permaneció a una distancia prudencial, oculto tras el tronco de un árbol, siendo testigo de la llegada de aquellos dos hombres. El que pilotaba le resultaba familiar. Era uno de los soldados que hacía habitualmente guardia en el chalet. A diferencia de en otras ocasiones, está vez vestía de civil. El otro individuo que le acompañaba era un desconocido atlético, alto, de buena apariencia. Una camiseta gris de manga corta insinuaba unos brazos no excesivamente musculados, pero si fibrosos. Vestía vaqueros y botas. El joven salió del interior del helicóptero de un salto. Su gesto era serio. Su mirada gris observaba de reojo hacia todos lados con desconfianza. Parecía mostrarse alerta ante posibles peligros.

- Podría ser otro rehén. -Pensó Aira con curiosidad.

Dígory permanecía a cierta distancia, estático. Su pelo rubio y fino se agitaba con el movimiento de las aspas. El aparato volvió a tomar altura mientras aquel desconocido y Lípari se estrechaban la mano.

- Le estaba esperando, señor. Venga conmigo, por favor.

Los dos caminaron hacia la casa. Bernart les siguió en silencio, oculto entre la vegetación.

- ¿Podría ser ese hombre el jefe de la investigación? -Intentaba escudriñar Aira. -Quizá sea el informador del que habló antes Dígory, el que nos ayudará a resolver el secreto de Minerva.

Las dudas paseaban por la mente del profesor. Cualquiera de las dos opciones le desagradaba.

Capítulo LVII- En el nombre del Padre.

Un hombre caminaba por la calle esquivando a los viandantes sin sospechar que estaba siendo seguido de cerca por alguien. Entró en una pequeña iglesia y cruzó la nave central hasta llegar al confesionario. Se arrodilló y comenzó a hablar con el párroco cuando una silenciosa bala cruzó su cráneo dejándolo tendido en el suelo. El cura apartó la cortina azul oscura y salió sobresaltado. Fue entonces cuando vio al caballero que empuñaba la pistola.

- Hace unas horas recibió una visita. -El desconocido se acercó despacio, apuntando al cura. Su tono heló la sangre del sacerdote, que retrocedió con temor, extendiendo sus brazos hacia atrás y tocando el confesionario. -¿Es cierto?

Se hizo un silencio. El clérigo tragó saliva.

- ¿Es cierto? -Reiteró el pistolero en un tono más alto y agresivo.

- Padre.

- ¿Cómo?

- ¿Es cierto, padre? -Corrigió conteniendo el tartamudeo. El asesino continuaba avanzando al mismo tiempo que el cura daba cortos pasos hacia atrás hasta tropezar con el banco de madera del confesionario y sentarse en él.

- Lo que acaba de hacer no tiene perdón de Dios. Usted no puede dar vida al igual que no puede quitarla.

- Mi arma puede quitarla. -El acento del criminal delataba su procedencia norteamericana. -Dispone de una información que me va a facilitar ahora mismo.

- Yo no sé de qué me habla. -El yanqui se detuvo, dejando el cañón del silenciador a pocos centímetros del pecho del sacerdote.

- El señor Herrera ha estado aquí. Me dirá qué le ha dicho y a dónde ha ido. -El asesino hablaba vocalizando exageradamente cada palabra y con mucha pausa. El anciano clavaba su mirada ojiplática en los ojos del criminal.

- No conozco a ningún Herrera.

Una bala cruzó el aire a toda velocidad hasta penetrar en el muslo izquierdo del sacerdote que agarró la pierna al mismo tiempo que se dejaba caer en el suelo, afligido por el dolor. El quejido retumbaba en la iglesia vacía. La sangre comenzó a manchar las vestimentas oscuras del cura.

- Mi amiga opina que miente, y mentir es pecado... padre. -El hombre destacó con su entonación la última palabra, a modo de mofa. El sacerdote le lanzó una mirada retadora desde el suelo. El miedo parecía haberse desvanecido en favor de la fe. Sabía cuál era su cometido en la vida, y no era desde luego traicionar a uno de sus feligreses.

- Usted no es quien para hablar de pecados. -Dijo entre dientes, conteniendo el dolor. El agresor se agachó apuntando en la frente del cura.

- ¿Dónde está? -De nuevo su voz desprendía agresividad. Su paciencia se agotaba.

- Allá donde debe estar.

Una nueva bala impactó contra él, esta vez en su hombro derecho. El abate se agarró con fuerza el brazo. Las lágrimas comenzaron a rondar por sus mustias mejillas. Si quería evitar ceder ante la agonía debía ocupar sus pensamientos y llamar a Dios.

- Lucas, capítulo 23, versículo 34: Y Jesús decía: Padre, perdónalos, porque no saben lo que hacen. Y repartieron entre sí sus vestidos, echando suertes.

- Se me están acabando los sitios donde disparar, las balas y la paciencia. ¿Qué le ha contado el economista?

- Y el pueblo estaba mirando; y aun los gobernantes se burlaban de él, diciendo: A otros salvó; sálvese a sí mismo, si éste es el Cristo, el escogido de Dios.

Una tercera bala hirió al sacerdote en el muslo sano. Éste se retorció de dolor, pero no dejó de recitar la Biblia. Era el único modo de no ceder ante la desesperación.

- Los soldados también le escarnecían, acercándose y presentándole vinagre.

La cuarta bala agujereó el hombro izquierdo.

- Y diciendo: Si tú eres el Rey de los judíos, sálvate a ti mismo.

- No voy a dejarle morir como un mártir. -Diciendo esto, el asesino introdujo su mano en el bolsillo de su chaqueta y tiró al suelo, al lado del sacerdote, una generosa dosis de cocaína. El herido miró horrorizado como delante de su cara caía el polvo blanco.

- ¿Qué es eso?

El americano se inclinó hasta aproximar sus labios al oído del anciano. Comenzó a susurrarle.

- ¿Qué dirán cuando encuentren el cadáver de este hombre y el suyo al lado de una bolsa de droga? No le guardarán mucho respeto tras su muerte ¿no cree usted? -El tono del asesino cambió de pronto volviéndose retador. -Su sacrificio no le reportará recompensa alguna, padre. Ni siquiera en el más allá. Más le vale hablar y dejarse de monsergas. Si se da prisa todavía puede evitar desangrarse.

- Me compadezco de ti, hijo... -Respondió con rabia el sacerdote. -... pero no por el mal que hayas hecho o harás, sino por la gente a la que dañas con tus actos y por ese momento en el que abrirás los ojos y te percatarás de todo el mal que has dejado tras de ti.

El americano se irguió apuntando a la frente del cura con gesto de furia contenida.

- Algún día las almas de todos a los que hayas causado daño volverán del más allá para susurrarte su dolor; y ese silencioso sonido te causará tantísimo daño que no podrás soportarlo y te destruirás a ti mismo. -La voz del cura iba elevándose conforme hablaba, como si hubiera retomado energías. -Sólo me importa lo que Dios opine de mí, así que termina lo que has empezado porque de mi boca no saldrán más palabras.

- Eso ya lo veremos. -Respondió el verdugo con una sonrisa retadora. Se volvió a agachar. Agarró uno de los dedos del capellán y el sonido se volvió ensordecedor en el interior de la iglesia. En la calle, un contado número de personas miraba con tristeza y espanto. Sólo algunos se detenían para ver hacía la puerta del templete. Otros, los muchos, preferían hacer oídos sordos e ignorar la tragedia que en el interior de la capilla acontecía. Nadie hizo nada por evitar el sufrimiento y la muerte del, por todos amado, padre Raimundo.

Capítulo LVIII- La tapadera perfecta.

Los dos hombres se encaminaron hacia el descampado que se encontraba en la parte trasera de la casa, charlando amigablemente. Un poco más rezagado, escondido tras la vegetación, Bernart intentaba escuchar la conversación.

- Me habían advertido de su llegada. Tenemos atado aquí atrás al hombre que busca. Lo mantenemos retenido desde hace algo más de dos días.

- ¿Qué estaba haciendo aquí? -El francés se mostraba contrariado.

- Por lo visto, hace unos días se instaló en esta pequeña isla. Lo había previsto todo desde hacía meses. Suponemos que estaba bien planificado, incluso el asunto del refugio. Le descubrimos a través del hombre que le suministraba los víveres. -Dígory miraba de vez en cuando al suelo, conservando un tono sereno.

Bernart no acababa de casar los datos. Nada le cuadraba, pero allí estaba ocurriendo algo que desconocía por completo. ¿Quién era esa otra persona que mantenían encarcelada en el sótano? Una vez llegaron al descampado, se encontraron con dos hombres uniformados que les esperaban con pose rígida y con las armas en guardia que apuntaban al desconocido de acento francés. A pesar de que Aira sólo podía ver la espalda del joven, intuyó que a éste la situación le pillaba desprevenido. El profesor dio un rodeo para conseguir mejor perspectiva. Ahora sí resultaba imprescindible que no apreciasen su presencia.

- ¡Dafne!-Dijo François con tono de obviedad.

- Quizá no he sido del todo sincero. -Los tiernos labios del italiano dibujaban una amplia sonrisa de satisfacción. Parecía divertirle aquella estampa. -En un principio pensamos que quizá pudiera sernos útil. Se había revelado como la perfecta tapadera.

Lípari comenzó a pasear mientras explicaba los antecedentes que habían desencadenado aquella situación. Bernart pudo reconocer en Dígory una actitud similar a la usada por él mismo cuando pretendía dar lecciones. El francés miraba a Lípari y en ocasiones echaba un vistazo, con rostro serio pero sin señales de cobardía, a los dos soldados.

Su orgullo herido parecía más evidente que los posibles síntomas de temor. Se encontraba rodeado por los tres hombres. Podría arriesgarse a enfrentarse a ellos, pero optó por esperar y averiguar qué estaba ocurriendo.

- Pensamos que usted sería perfecto para, como se dice vulgarmente, cargarle el muerto. ¡Y nunca mejor dicho! -Dígory se rió de su propia gracia. A nadie más pareció divertirle el comentario. François contuvo el arranque de golpearle en ese preciso instante. -Consideramos que, ya de paso, podríamos hacerle responsable del robo en Nantes que previamente habíamos cometido nosotros y así nos quitamos un moscardón de encima.

Algo interrumpió a Lípari, que se giró sobre sí mismo buscando con la mirada. Aira había hecho crujir unas hojas secas sin querer. Se apresuró a agacharse para evitar ser visto. El italiano prosiguió sin darle mayor importancia.

- Pero cuál fue nuestra sorpresa al saber que había logrado escapar del banco y la policía. Nos dimos cuenta entonces que le habíamos subestimado y que a lo mejor podría tener un papel más activo en nuestros propósitos. Trazamos un nuevo plan rápidamente y pensamos que, si nosotros de algún modo le guiábamos, tal vez tuviera suficiente talento como para encontrar al economista y matarlo. Claro, para ello era imprescindible aportarle algún aliciente.

- Chema no mató a mi padre. -François fruncía el ceño con extrañeza. Estaba descubriendo una verdad oculta de la que nunca había sospechado. Pero Bernart, falto de información, no comprendía el total de la conversación.

- No, señor Gèrard.

- Me habéis utilizado. -Dígory afirmó con la cabeza, satisfecho.

- Pero no consiguió encontrar el economista, a pesar de hacerse amiguito de su novio. Aunque, en cierto modo, hemos tenido mucha suerte y debemos agradecérselo a usted. Nos puso en bandeja a Daniel Lago, y gracias a ello recuperamos a Lavel. -El italiano usó un tono burlón en sus últimas palabras. Se le veía cómodo en su posición.

François, sin embargo, comenzaba a entender una realidad que le enfurecía y le hería. Lavel había sido la última palabra pronunciada por su padre antes de perecer y tenía algo que ver con Dani. Un entramado de mentiras habían servido para manipularle y nunca intuyó que había algo que motivaba sus movimientos. Aira, por su parte, comenzó a darse cuenta de la situación. El francés parecía ser una víctima más de los intereses de su captor y en ese preciso instante estaba descubriendo la verdad. Comenzó a sentir compasión por el desconocido. El profesor estaba empatizando con sus posibles emociones.

- ¿Quién es Chema entonces? ¿Por qué pretendías empujarme a matarle? -François apretaba con fuerza sus puños, buscando un método de contención. Aún había muchas cosas que quería saber. El italiano ser volvió a reír.

- Es sólo un pobre hombre. Su único delito fue meter sus narices donde no debía. No todos nuestros empleados son igualmente eficientes.

- ¿Quién fue? -Interrumpió el joven.

- ¿Cómo?

- ¿Quién...?

- ¿... mató a su padre? -Completó Lípari. Éste extendió sus manos abiertas en señal de inocencia. -A mí no me mire. No tengo tiempo para ensuciarme con esos asuntos. Mandamos a alguien más... adecuado. Su padre consiguió engañarnos durante algún tiempo. Nos encontró, se hizo pasar por aliado e intentó destruir nuestro propósito. Pero no tenía ni idea de con quién se estaba metiendo. Fue un error creer que no le íbamos a investigar por hacernos el favor de blanquear unos cuantos millones de dólares. Se comportó como un ingenuo al no intuir que tardaríamos bien poco en descubrir que ocultaba ser el viudo de Minerva Ferrán. ¡Por favor, era un personaje público! Todo el mundo sabe que el Barón Piére de Gèrard estaba casado con la prestigiosa científica Minerva Ferrán.

Las cosas comenzaban a encajar en la mente de Aira. Ese joven era el hijo del Barón y Minerva y había sido manipulado para robar un banco y matar a alguien que creía asesino de su padre. Mientras tanto, François comenzó a sentir el alivio de conocer las causas que habían motivado a su progenitor para blanquear dinero. Su padre no era un mal hombre, al contrario, había arriesgado su vida por hacer algo bueno. Cualquier duda sobre el patriarca quedaba ya disipada, pero otras cuestiones inundaban la mente del joven. Su furia contenida seguía amenazando con ser exteriorizada.

- ¿Por qué lo hizo? ¿Qué buscaba?

- ¿Pero todavía no ha atado cabos, señor Gèrard? ¡Qué decepción! -Las ironías del italiano profundizaban en una herida que era mejor no tocar. - Su madre había levantado la mayor investigación jamás realizada. La ambición de esa mujer y su talento despertó la curiosidad de mis jefes que vieron la oportunidad de su vida. Obviamente no dudaron en financiar a su madre, hasta que consideramos prescindibles sus servicios y decidimos quitarla de en medio. Le podía su moral y eso empezaba a ser un estorbo.

François se habría sentido el hijo más orgulloso del mundo, pero su rabia le impedía dar importancia a aquellas ideas. Ahora sabía que sus progenitores habían sido asesinados por aquellas personas y debía vengarse.

- "Mi ángel rebelde". -Se dijo en silencio Bernart. - Él es el destinatario de la carta de Minerva.

Mientras Aira continuaba atando cabos, Lípari proseguía con las explicaciones.

- Supongo que cuando Sirius Nieztch murió en aquel trágico accidente... -El italiano fingió sentirse compungido. -... Ferrán se imaginó que pronto sería eliminada, por lo que decidió destruir todo rastro de sus avances y los datos recopilados durante años. Y no sólo eso, también creemos que además pudo ocultar una dosis de su gran hallazgo.

- ¿Dosis? -Con cada nueva respuesta obtenida surgían dos o tres preguntas más. Por primera vez, Lípari se acercó para mirarle directamente a los ojos.

- Su madre había descubierto el elixir de la vida. Bueno, no es exactamente eso. Es algo más científico y comprobable. Un tratamiento que puede prolongar la juventud de cualquier persona en cientos de años. -La sorpresa del muchacho fue mayúscula. François sintió que las piernas le flaqueaban. El italiano prosiguió con tono pausado y solemne. - Un producto que permitirá vivir en plenas condiciones hasta un mínimo de medio milenio.

El joven sintió como si una enorme ola golpease contra su cuerpo con fuerza. No podía dar crédito a lo que estaba escuchando, pese a que conocía bien a su madre, y sabía de sus capacidades científicas. François agachó la mirada y tragó saliva. Debía contenerse y soportar todo lo que pudieran decirle. Irguió la cabeza con gesto decidido y habló a los ojos a su captor.

- ¿Qué le hace pensar que escondía una dosis? Pudo haberla destruido con todo lo demás.

- Cuando alguien gasta tanto dinero prefiere agotar todas sus posibilidades de inversión y creer que aún no está todo perdido. De hecho, poco a poco, y con mucha paciencia, hemos ido obteniendo información. Mucho de lo que hoy sabemos antes lo desconocíamos. Y nos hemos dado cuenta de que parece haber un rastro de migas de pan. Hasta que al fin tenemos la muestra irrefutable de que hay algo más escondido, y que por fin tenemos la llave para abrirlo.

- ¿Abrir el qué?

- Esa ya es otra historia. -Dígory dio la espalda al francés alejándose unos pasos de él y dando señal a sus hombres. Éstos se dispusieron a apuntar y disparar. Bernart abrió los ojos sorprendido. En su cabeza miles de ideas comenzaron a arremolinarse. Debía hacer algo. No podía consentir que matasen a aquel hombre. Los días siguiendo las huellas de Minerva habían provocado en él respeto, admiración e incluso cierto aprecio hacia la figura de la difunta. No procurar evitar el asesinato de su hijo era deshonrar su memoria. De pronto, un grito interrumpió el acto.

- ¡Espere! Necesito saber una última cosa. -Dígory levantó su mano en señal de pausa. Se hizo un silencio. François sentía como su corazón latía con fuerza. -¿Cómo me han seguido todo este tiempo? He estado escapando continuamente de la policía, incluso antes de conocer a Dafne.

El italiano se giró para ver de reojo a su rehén. Había una sonrisa en el rostro de Lípari. Hizo un leve gesto de cabeza indicando a François que dirigiera su mirada hacia una esquina de la casa. Una figura se ocultaba entre las sombras producidas por la zona boscosa con la que lindaba el chalet. Alguien, además de Bernart, había estado allí todo ese tiempo presenciando la escena. Para François aquel mirón había pasado inadvertido, quizá a causa de las continuas sorpresas producidas por verse cautivo o por el relato de los hechos acontecidos tiempo atrás, o más probablemente por verse amenazado de muerte. El misterioso individuo dio unos pasos hasta salir de la penumbra.

- Ce n'est pas possible!

Edgar Fleming, con traje gris impoluto, caminaba despacio hacia ellos apoyado en su bastón, con una sonrisa de satisfacción en su rostro. El muchacho no pudo ocultar su asombro.

- Señor Gèrard, mucho me temo que cometió el mismo error que su padre: no saber elegir amistades. -El comentario del italiano pasó desapercibido para François, que todavía asimilaba la traición del amigo íntimo de su progenitor. El anciano se detuvo a una distancia prudencial.

- Tu! Chaque fois qu'il t'appelait... Yo te confiaba mi situación y tú se la contabas a esta gente. -El anciano afirmó con calma con la cabeza, sin dar señales de arrepentimiento.

- Yo intenté ayudarte, aunque ahora quizá no lo creas.

- Pute traître! -El italiano sonrió. Fleming ignoró el comentario, mientras que Bernart no hacía más que darle vueltas a una idea. Aquel rostro le era familiar. Ya había visto antes a ese anciano, aunque se veía incapaz de recordarlo.

- Había dos opciones: entregarte y morir en una cárcel, o seguir con tu disparatado plan y matarte nosotros mismos. Por eso insistía en que te entregases, incluso después de recibir las órdenes para guiarte hasta Herrera. ¡Pero eres tan terco como tu padre! Aunque si he de ser sincero, en mi fuero interno siempre supe que te guiarías por tu corazón, y por eso les dije que serías fácilmente manipulable.

- Maudit! -El pie del chico parecía querer moverse por si mismo, empujado por la ira. Pero François, en un titánico ejercicio de contención, se mantuvo en su lugar. -Por eso la poli me encontró en aquella cabina, por eso encontraron mi refugio en el almacén...

Los ojos del joven permanecían muy abiertos, casi sin pestañeo.

- ... Y tú les advertiste para que robaran en la caja fuerte antes que yo y así culparme de los hechos.

- Desgraciadamente poco encontramos allí que nos pudiera ser de ayuda. -Respondió con tono de resignación el anciano.

- ¿Por qué? -Grito el muchacho. -¿Qué ganas tú? ¿Más dinero? ¿No te llega con el que mi padre te pagaba?

La rabia del francés crecía ante la actitud pasiva del notario que permanecía inalterable.

- No necesito más dinero, hijo.

- ¡Yo no soy tu hijo! -Interrumpió François poco dispuesto a tolerar confianzas.

- Cierto. -Fleming sonrió. Hizo una pausa.

- Tú no podrías comprender lo que yo necesito, lo que anhelo... todavía no. Pero quizá, cuando sientas tus energías menguar, cuando veas a todos los que quieres morir, tal vez entonces me comprendas. Verás que ya no puedes coger a tu hijo en brazos, sentirás el peso de los años sobre ti, literalmente. Los dolores serán un compañero más en tus días de soledad; una soledad que cada día será mayor. Porque tus amigos de siempre se irán y los nuevos no durarán. Porque tu mujer, esa bella chica que conociste un día en el parque, se marchitará. Y el único que debería seguir allí, el que tiene el tiempo a favor, perderá su oportunidad de hacerse un hombre por culpa de alguien a quien no le importó coger un coche con cuatro copas. Entonces desearás morir y romper con la crueldad de los espejos. Pero cuando hayas renunciado a tu aliento algo te dará nuevas esperanzas. Te dicen que volverás a sentir que perteneces a una sociedad que te ha ido dando de lado porque te consideraba caduco. Te dicen que te devolverán las energías para iniciar una nueva vida, una vida entera para hacer nuevos viejos amigos, para conocer otra joven chica en el parque y quizá para recuperar el tiempo perdido con quien no debía haberse ido todavía.

Bernart agachó el rostro. Sintió la emoción en su pecho al oír a aquel anciano relatar la muerte de su hijo esperando recuperar algo perdido. Eran cosas que no podría volver a tener, porque Aira sabía que ese antídoto no le devolvería la juventud vivida pues sólo prolonga la que ya se tiene. Y mucho menos podría devolverle la vida a alguien que ya la ha perdido. Sin embargo, y a pesar de ello, la compasión y la ternura inundaron su cuerpo. Porque podía comprender lo que es perder lo amado. Él ya lo había perdido dos veces. Y sabía lo que dolía un hijo, porque había renunciado a la rutina del día a día con Sarah, que además en ese momento se encontraba en peligro. A pesar de todo el daño que ese anciano estaba propiciando, Bernart era incapaz de juzgarlo con crueldad. Las lágrimas corrían por el rostro del anciano. Y François sin embargo no cedía un ápice en su furia, porque creía que ser viejo no da derecho a ser mala persona. Porque la edad no exime de culpas y la compasión ante los malos hechos de una mala persona, tenga la edad que tenga, es el mayor de los insultos para un anciano bueno.

- Eres un cuerpo joven y lleno de vida, pero el tiempo pasa con rapidez y en cuanto te descuides te verás necesitando ayuda para lo más básico. Lo que quiero recuperar es mi tiempo. Ser dueño de mí. Ese elixir puede darme el amor de una esposa, de unos amigos y de un hijo. Y no voy a renunciar a esa última esperanza. -Los ojos de Fleming se clavaron en François, como una afilada aguja. El brillo de la desesperación se hizo inconcuso entonces.

- Ni siquiera una vieja amistad.

François permanecía impávido. Aquella situación vista desde la perspectiva de Aira resultaba espeluznante. El profesor, testigo de cada palabra, mostraba una gran preocupación por el posible desenlace de aquella situación. Desde el instante en que se hizo plausible el peligro del francés, buscaba un modo de poder socorrerle. No podía pedir ayuda porque no llegaría a tiempo, además, cómo indicar dónde se encontraba. Agachado y oculto, entró de nuevo en la casa en busca de algo que pudiera serle útil.

- ¿Querías saber quién mató a tu padre? Lo has tenido delante todo este tiempo. -Las inesperadas palabras de Lípari rompieron la conversación instantáneamente. Los ojos horrorizados de François pasaron de inmediato del anciano al italiano, volviendo de nuevo hasta Fleming. El joven creyó marearse.

- C'est impossible! ¡Dime que no es posible! -El notario por primera vez agachó la vista. Parecía verse en él un ápice de vergüenza.

- Él no necesitaba pedir cita para charlar con su amigo, por ello no encontraste reflejado su nombre en la agenda. Se introdujo en la casa sin ser visto y entró en el salón donde se encontraba el Barón. -François permanecía estático, con su mirada acusadora dirigida a Fleming. En ese momento no debía contener su furia. No era necesario. El impacto emocional no le permitía mover un músculo.

- El pobre de tu padre debió poner la misma cara que tienes tú cuando vio a su mejor amigo tras servirle una copa envenenada. -Sentenció Lípari con tono burlón.

- En realidad yo ya no estaba allí. -Respondió Fleming con tono serio sin dejar de ver hacia el suelo.

La sola voz de Fleming hizo hervir la sangre de François que se abalanzó sobre el anciano. Ambos cayeron al suelo con fuerza. Un golpe sordo y un pequeño hilo de sangre brotó de inmediato de la cabeza del notario que resultó golpeado de muerte contra una piedra del suelo al caer. Lípari lanzó un gesto a sus hombres. Un disparo hizo eco en la isla espantando a las aves del lugar.

Capítulo LIX- Dos más.

El mar estaba picado y alguna nube comenzaba a asomar tras un día despejado. Para mi asombro, realmente Dafne pilotaba aquel aparato con soltura. ¿Cuántos misterios más podía guardar aquella chica? Me quedé mirándola. Después de todo lo ocurrido, allí estábamos los dos. Mi confianza hacia ella aumentaba poco a poco. Fue agradable comprobar que me permitía tomar mis propias decisiones, que no me presionaba para cumplir un pacto. Supo leer mis emociones y lo respetó. Dafne seguía demostrándome que era una buena amiga. Por otro lado, mi mente no dejaba de darle vueltas a las últimas frases de François.

- ¿Qué pasa? -Me había quedado absorto mirando al vacío.

- Nada. -Respondí con poco convencimiento.

- Estás pensando en él.

- Sé que no se ha movido por interés, no al menos al final.

- Pues esa nota dice otra cosa. -Eso era cierto.

"Ya no os necesito".

¿Podría ser cierto que en ningún momento hubiera llegado a sentir aprecio por mí? Conocía sus miedos e inquietudes, sabía qué le empujaba en esa búsqueda. Era un hombre de ideales y honesto.

- A lo mejor sólo pretendía evitar que fuera detrás de él.

- ¿Con que intención?

- Para no poner mi vida en peligro.

- O quizá para no interponerte en el momento en que pudiera dar muerte a Chema.

"Si sabes lo que te conviene, quítate de en medio".

¿Podría François matar? Recordé nuestra última conversación. El momento en el que nuestra amistad forjó un grueso pilar sobre el que sostenerse. Allí la sinceridad nos despojó de cualquier máscara. Sabía que la noche anterior él había hablado con el corazón. "Si Chema es inocente no tienes nada que temer. Pero si no es así..." Aquellas palabras asomaron por mi memoria sin esfuerzo. ¿Cómo podría François comprobar la inocencia o no de Chema? Y en cualquier caso, ¿justificaban sus actos la muerte? El ojo por ojo no era una premisa con la que yo predicase nunca pero... los sentimientos volvían más complejas mis posibilidades de valorar moralidades. ¿En verdad me había enamorado de François?

- Ya estamos cerca. -Sus palabras interrumpieron mis pensamientos. Miré hacia abajo. Allá donde mi vista alcanzaba sólo veía agua.

- ¿Cerca de dónde? -Lo cierto es que aún desconocía cuál era nuestro destino. Me producía algo de vértigo no ver bajo mis pies algo de tierra. No soy buen nadador y la inseguridad que me provocaban las aguas profundas me revolvían el estómago.

Por fin divisé un pequeño punto verde y marrón frente a nosotros. A pesar de la distancia podía distinguirse del mar por sus matices de colores más allá del turquesa de las aguas del océano. Y cada vez me resultaba más fácil apreciar sus tonalidades tostadas, doradas y verduzcas. Sin duda, aquel era el lugar hacia el que nos dirigíamos. Una pequeña isla del Mediterráneo. Conforme avanzábamos el punto iba creciendo. El mar estaba más calmado en aquella zona, como si una fuerza misteriosa apaciguara su ira.

Las aguas turbias eran entonces el más claro reflejo del cielo inundado de zafiros. Distintas tonalidades de verdes, marrones, rojos y dorados gobernaban el ambiente mágico del que estaba rodeado. Incluso sentía angustia por la incapacidad de mi vista para captar toda aquella belleza, impidiéndome disfrutar por completo del paradisíaco paisaje. Fue tal el impacto al descubrirlo que mi mente se quedó en blanco y casi a la vez se colapsó de ideas. Dafne y yo éramos los únicos allí, testigos de la gran creación de Dios, Shiva, Alá o la madre naturaleza. Lo cierto es que no sé quién puede tener poder suficiente para realizar semejante sueño...

Ya estábamos muy cerca. Había una pequeña explanada sobre la que nos dispusimos a aterrizar.

- Ponte el cinturón.

Noté algo distinto en el tono de voz de Dafne. Lo primero que pensé es que quizá se debía a que aquella maniobra requería concentración y seriedad. Sin embargo, daba la sensación de haber posado el aparatado con total seguridad y suavidad. Tal vez tendría algo que ver con el cansancio. El viaje había sido largo y agotador. La distancia entre ese punto del Mediterráneo y Grecia es muy amplia y los malos pensamientos no ayudan a sobrellevarlo mejor.

¿Podría salvarla vida de Chema? ¿Merecía ser salvado? ¿Qué era cierto y qué no en toda aquella historia? Si normalmente no soy una persona decidida, la confusión era más acentuada que nunca y la linde entre lo bueno y lo malo se difuminaba por completo entre morales, sentimientos y actos sin explicación. Me aterrorizaba conocer las respuestas porque esclarecer aquel maremágnum de acontecimientos podría suponer, y de hecho supondría, la pérdida de una parte de mí mismo. Y la intuición me decía que el desenlace estaba próximo. ¿Quería cruzar esa puerta? Chema, François... ambas cosas parecían incapaces de ser complementarías, igual que dos polos magnéticos de misma carga que se repelen. No estaba preparado para renunciar a ninguno de ellos. Aún no. Aún no sabía qué sentir por el uno y el otro. Pero supongo que para poder desenmarañar mis sentimientos era necesario resolver incógnitas. No podía prolongar mi guerra interna. Si lo hiciera podría suponer mi propia destrucción y me sentía fuerte como para no sucumbir ante ello.

Un sonido retumbó en la zona sobre el ruido del aparato justo al mismo tiempo que mis pies pisaron suelo. Acababan de disparar una pistola.

Capítulo LX- Aliados improvisados.

Nadie parecía percatarse de que un helicóptero se acercaba a la zona. El sonido se introdujo delicadamente sin romper la tensión del momento. Un ensordecer estruendo rompió el sonido del aparato. La bala atravesó la piel de Lípari en el momento en que este daba la orden de disparar. El metal penetró en su antebrazo causándole un dolor agudo e intenso, una sensación que no le resultaba extraña al italiano que ya anteriormente había recibido un impacto similar. A pesar de ello no puedo evitar caer de rodillas al suelo.

Los hombres, sorprendidos, se quedaron mirando a su jefe y después hacia el lugar de donde provenía el disparo. François permanecía en el suelo al lado del cadáver del anciano. Bernart apretaba con fuerza la empuñadura de un arma. Su mirada era intensa y decidida. Podía sentir en su interior la satisfacción de tomar las riendas del asunto. Asumir el control de la situación era algo que echaba en falta y a lo que estaba acostumbrado en su día a día. La adrenalina se disparó. Podía sentir el incremento de su frecuencia cardíaca. Sus vasos sanguíneos se habían contraído y los conductos del aire se dilataban. En realidad era la primera vez que disparaba una pistola. Ya habría tiempo para sopesar las consecuencias. Era el momento de actuar. Aira se fue acercando poco a poco hasta el lugar de los hechos.

- Vaya, he fallado. -Su tono de voz sonaba irónico y confiado. De ese modo dejaba patente que ahora él sujetaba la sartén por el mango. Los dos hombres hicieron el amago de atacarle pero Bernart negó con la cabeza, apuntándoles.

- No seáis tontos. La próxima vez no fallaré. Tirad las armas al suelo, y bien lejos.

François se levantó enseguida y recogió el arma de Dígory que había caído al suelo. No conocía a aquel hombre pero como se dice popularmente "los enemigos de mis enemigos son mis amigos". Más o menos. El francés se situó al lado del extraño apuntando a Lípari, mientras éste les miraba furioso sosteniéndose el hombro.

- ¿Qué estás haciendo, Bernart? Piensa en tu hija. -Aira no mostró síntomas de indecisión.

- Eso hago. Mientras no te deje dar aviso ella estará a salvo. Y no soy tonto, Dígory. Ahora que tenéis lo que buscáis, no dudarías un segundo en matarnos. Es momento de que yo decida. -François dirigió una mirada a su improvisado aliado sin saber exactamente de qué hablaban.

- No tienes modo de salir de aquí con vida. -Amenazó el historiador.

- No te preocupes por eso... Dígory ¿verdad? Yo puedo ayudarle en ese pequeño infortunio. -François sonrió con complicidad a su nuevo compañero. Este le devolvió la sonrisa aliviado con un movimiento de cabeza afirmativo.

- Y ahora me vais a mandar vuestros walkies y móviles. Los quiero aquí, al ladito de mis pies. -Ordenó Bernart.

- Y sin tonterías. -Añadió François.

Los tres hombres agarraron despacio sus transmisores y teléfonos y los lanzaron al suelo. Aira recogió uno de cada. Seguidamente François disparó al resto de aparatos dejándolos inservibles. Bernart guardó el móvil y el walkie talkie en su bolsillo trasero sin dejar de apuntar a los dos soldados. Uno de los dos hombres aprovechó un segundo en el que el profesor había desviado su vista para alcanzar una navaja que ocultaba en el interior de la bota disponiéndose a lanzarla. François se adelantó a las intenciones del militar disparando en su frente y dejándolo muerto.

- Yo no fallo. -Añadió aparentando no sorprenderse de su propio acto reflejo. Y lo cierto es que no lo estaba. Actuó de un modo que consideraba natural. No encontraba ningún tipo de conflicto interno en aquella respuesta. La frialdad y el impulso del joven Barón sí llamaron la atención de Aira que se quedó estático ante lo ocurrido. Obviamente no juzgó la reacción de su compañero. Si François no lo hubiera evitado, el profesor habría perdido la vida, pero Bernart se preguntó si él habría sido capaz de comportarse de la misma manera.

- ¿Cómo te llamas? -Interrumpió en sus pensamientos François.

- Bernart. -Respondió éste algo afectado.

- Bernart, ¿hay algún otro modo de comunicarse desde dentro de la casa?

- No. -Contestó sin dejar de fijar su vista en el cadáver del soldado.

294

- Bien. Pues nosotros dos nos vamos a dar un paseo. Vete llamando a las autoridades. Tengo aquí dos amables voluntarios a ocupar mi puesto en prisión.

Aira sacó el móvil y marcó un número. Dirigió el auricular a su oreja cuando un leve chasquido sonó a sus espaldas.

- Deja eso en el suelo, ya.

Una voz femenina le habló con autoridad. A François le resultaba familiar. Los dos hombres se giraron instintivamente. Lípari soltó una alegre carcajada. Acompañado del soldado, se acercó para recuperar las armas y colgar el teléfono. El francés se mostró extrañado al ver a Dani acompañando a Dafne. El rostro de su amigo reflejaba desprecio y congoja, pero François pudo interpretar que en lo más profundo de su mirada se ocultaba temor y desconcierto.

- Dani, te está engañando. -El tono cercano y cariñoso del francés penetró en el pecho del español que sintió su armadura cediendo.

- Déjalo. No soy tonto. No me engañarás dos veces.

Mientras Dafne sonreía, apuntándoles y acercándose más a sus presas, Dani la seguía sin dejar de mirar a François. Éste negaba con la cabeza en señal de desaprobación. A pesar de mantener una amistad desde hacía poco tiempo, el Barón sabía que Dani se estaba moviendo por un sentimiento de decepción que no pudo comprender del todo. Dafne había aprovechado el tiempo para, de algún modo, darle la vuelta a las cosas y hacerle creer que él era el enemigo.

Bernart sintió cómo otros dos cañones les apuntaban por detrás. Estaban rodeados. Dígory parecía haber olvidado el dolor de la bala en su antebrazo.

- ¿Qué te ha dicho? ¿Por qué crees que te engaño?

- No es lo que ella haya dicho, es lo que tú has dicho.

- ¿Yo? ¡No hemos hablado desde la pasado noche!

- ¿Y la nota? -Dani se sorprendió al comprobar por el rostro del francés que éste no parecía saber a qué se estaba refiriendo. Algo no cuadraba. O quizá sí. Los ojos del español se dirigieron entonces hacia Dafne para volver enseguida hacia François. Sus miradas volvieron a conectar una vez más, como ya había ocurrido días antes. Los pensamientos de Dani se zambulleron en los iris grisáceos de su amigo hasta llegar a un mensaje claro: "Confía en mí".

- Está bien. Ya vale de conversaciones. Todos a la casa, ahora.

Los dos amigos no dejaban de observarse mientras caminaban. Un circuito invisible les unía y cada uno parecía obtener del otro la información necesaria para comprender la situación y sus propias actitudes. Dafne se mostraba segura con el arma en la mano apuntando hacia François. Se situó detrás de los rebeldes guiándolos hacia el interior de la casa.

Capítulo LXI- La clave del enigma.

La imagen que allí me topé me resultó macabra. Dos cuerpos se encontraban tirados en el suelo. Por la cantidad de sangre que había bajo ellos, ambos parecían estar muertos. Un hombre rubio, corpulento y masculino apuntaba a otro desconocido. Por su parte, dos cañones apuntaban a François, uno de ellos el de la propia Dafne que se mostraba mucho más agresiva. En mi mente las palabras de aquella nota no dejan de dar vueltas. "He descubierto algo que quizá me lleve hasta Chema. Ya no os necesito. Si sabes lo que te conviene, quítate de en medio". Pero comprobar la reacción de François a mis palabras me hacía sospechar que no me estaba mintiendo. Cada vez que le tenía delante mis defensas cedían.

Siguiendo las indicaciones de Dafne, todos entramos dentro del chalet. Seguí la procesión hasta un salón con grandes ventanales. Yo no podía dejar de ver sus ojos grises. Me costaba contener mis deseos. El hombre de prominentes músculos clavó el cañón de su pistola en la espalda del desconocido que acompañaba a François para obligar a ambos a sentarse en el viejo sofá que presidia la estancia. ¿Quién era aquella gente? ¿Por qué dos de ellos llevaban ropa militar? ¿Qué relación tenían con Dafne y por qué ésta apuntaba con su arma a François? Tanta arma en aquella habitación me ponía nervioso y me impedía pensar de modo ordenado. No sabía cómo sobrellevar aquella situación. Echando la vista atrás, me doy cuenta de mi carente capacidad para reaccionar y percatarme de lo que allí estaba aconteciendo. Al ver a Dafne sacando su pistola y apuntando por la espalda pude sentir como mi corazón se aceleraba. En ningún momento se me había pasado por la mente que la situación se volvería tan peligrosa ni que me encontraría tanta gente implicada. Dos de ellos ya habían muerto ¿Qué más podría pasar?

Por un momento mi cuerpo pareció ceder. Intenté mantenerme en pie pero me vi obligado a sentarme en el reposa brazos del sofá. Quizá se debiera a un problema de tensión. Los nervios me estaban jugando una mala pasada. Todo me daba vueltas. Pude sentir la mirada de François preocupándose por mí. Fue el único allí que parecía haberse percatado de mi leve vahído. Hice un gesto con la cabeza en señal de afirmación. Una sonrisa acompañó mi gesto en agradecimiento. No podía desconfiar de él.

Estaba claro que yo le importaba y ya no tenía inconveniente en expresármelo con sus pequeños detalles.

En aquel salón había más gente de la que en inicio pensé encontrarme y sin embargo en ningún momento la presencia de Chema se hizo patente. Me incorporé y acerqué a Dafne que observaba a sus cautivos.

- ¿Y Chema? -Le susurré al oído sin fuerzas.

Ella ignoró mis palabras y se dirigió a los dos hombres del sofá.

- La habéis hecho buena.

Me acerqué nuevamente a ella. Prefería estar cerca para evitar cualquier impulso de dar uso al arma. No quería que alguien pudiera resultar herido. La forma en que Dafne se comportaba me mantenía alerta. Su actitud se había transformado completamente. Parecía distanciarse por segundos de la mujer que yo había conocido en Grecia. François no dejaba de mirarme. Parecía querer transmitirme alguna clase de pensamiento que yo no podía interpretar.

- No era tan complicado. -Continuó Dafne. Está vez sus palabras iban dirigidas específicamente al desconocido del sofá.

Era un señor de unos cincuenta años, de pelo canoso, algo revuelto y húmedo. A pesar de su estado descuidado se intuía alguien elegante en aspecto y forma. Transmitía un aura atractiva y sofisticada. Algo en él resultaba atrayente. Daba la sensación de tener una personalidad culta e interesante. Algo en su rostro me resultaba vagamente familiar.

- Usted sólo debía cumplir un servicio y a cambio le devolveríamos a su hija.

- Igual que hicisteis con Minerva ¿no es así? Cumplir un servicio y eliminar el problema. -Tan pronto como se inició la conversación no supe entenderla. Hablaban de algo que desconocía pero de lo que Dafne parecía bien informada.

- ¿De qué está hablando, Dafne?

- ¿Aún no entiendes nada, verdad? -François parecía preocupado por hacerme comprender algo. -¡Ella es la que nos ha estado engañando desde el principio! Tú lo habías visto. Desde el principio desconfiaste de ella.

Dirigí mi mirada a Dafne.

- ¿Qué está pasando aquí? -Ella se encogió de hombros con una sonrisa inocente. Uno de los hombres vestido de militar sonrió con sorna.

- Nos ha traído aquí para matarnos. -El tono de François sonaba alterado y algo desesperado.

- ¿Es eso cierto?

- Claro que no. -Respondió ella de inmediato. -A él le he traído hasta aquí para matarlo, a ti te he traído porque sabes más de lo que dices y porque posees algo que quiero. Lavel.

De inmediato su mirada se dirigió a mi colgante. Su gesto sugería que todo aquello tenía algo que ver con Lavel, el último obsequio de Chema. Aquella voz volvió a resonar en mi cabeza nuevamente, con tanta claridad que parecía estar presente: "Se llama Lavel, cuídala por mí. Su compañía te traerá suerte, así que llévala siempre contigo. Te ayudará a verlo todo bajo otro prisma." ¡Qué me dará suerte! Aquel objeto resultó ser una maldición que me empujaba hacia una muerte segura. La última interacción conmigo ocultaba el interés egoísta por parte de Chema de proteger ese objeto a costa de mi propia integridad. Ahora pensaba en ese amor de infancia y ya no distinguía en mis recuerdos a la persona que un día amé. Sentí que aquel acto de conveniencia y poco amor hacia mí era una de las peores traiciones que alguien pueda sufrir. Me había dejado a cargo de algo que parecía más valioso que mi propia vida sin ni siquiera tener la decencia de preguntarme si estaba dispuesto a cargar con semejante cometido.

En cuanto a la implicación de Dafne en aquel embrollo... lo cierto era que no me sorprendía. Ella estaba involucrada en ese macabro complot de destrucción y por mucho que apestase desde el principio a culpabilidad renuncié a mi propio sentido común en busca de unas migajas de amistad. Por suerte, a cambio de toda mi buena voluntad, todavía me quedaba el aprecio de François. Tal vez, si no hubiera sido tan inocente habría podido evitar el encontrarnos en ese punto de la historia. Nunca debí hablar de Lavel. Ojalá hubiera sabido lo que ese objeto conllevaba. Los cabos empezaron a atarse en ese preciso instante. Los momentos nocturnos de charla en la terraza cobraron sentido. La única intención en ella era sonsacarme una información de la que carecía. Y aún en ese momento Dafne, estaba convencida de que yo tenía esa información. Lo cierto en todo aquello era que la única persona que me había cuidado era François. Él no me engañaba. Sus sentimientos hacia mí, al igual que los míos hacia él, eran sinceros.

- ¿Qué tiene de importante ese colgante? -François hizo la pregunta que muchos de los presentes deseaba hacer. A mí, sin embargo, todo eso ya me daba igual. No era capaz de regir con claridad. La rabia, la decepción, la frustración. Aquellos nuevos sentimientos se despertaron en mí dándome la fuerza de la que carecía hasta entonces. Ya no me sentía débil.

- ¡Lavel! -Exclamó el hombre del sofá. Se le veía pensativo. También estaba atando cabos, aunque los de otra cuerda bien diferente. De pronto, se levantó de un salto lanzándole una mirada alegre al fornido soldado. Éste respondió con un gesto sereno de confirmación.

- El resto de ocupantes del salón se pusieron en estado de alerta, a excepción de mí mismo que me encontraba ocupado peleando con mis propios pensamientos.

- Tú lo sabías desde el principio. –Intuyó Bernart.

- La tercera palabra: Ansada, Seknet y Lavel. -El soldado se acercó hacia mí acompañado por el supuesto profesor. Ese comportamiento me extrajo de mis pensamientos devolviéndome al salón. El hombre rubio de acento italiano llevó la mano hasta mi colgante y en ese momento sentí como si una descarga eléctrica recorriera mi cuerpo. Aparté el colgante de sus manos impidiendo que pudiera arrancármelo. Ambos hombres parecieron sorprenderse ante mi reacción. François en cambio sonrió complaciente. Su gesto me hizo sentir satisfecho. Por primera vez desde que pisé aquella isla di señales reales de vida. No me importaron las armas, ni los muertos, ni las malas personas. Tal vez ese colgante fuera una maldición, pero era mi maldición y estaba dispuesto a protegerla. Ya no por Chema, sino por mi propio orgullo.

- Aquí nadie toca nada hasta que no me expliquen qué está pasando. Quiero respuestas y quiero que sean las correctas. -Podía oír mis propias palabras pero no me reconocía en ellas. François me miraba con una mezcla de expectación y orgullo. Di unos cuantos pasos hacia atrás con seguridad al mismo tiempo que arrancaba el cordón del colgante empuñándolo con fuerza. Cogí un cenicero de cristal macizo situado sobre una mesa a mis espaldas y sostuve el objeto en alto dispuesto a usarlo y aplastar con él el colgante recurriendo a toda mi rabia contenida. El soldado más apartado se dispuso a dispararme pero el rubio elevó la mano para impedirlo.

- Sin mi orden no.

Daba la sensación de que había accionado algún interruptor. Todos, excepto en François, se encontraban de pie, estáticos, observando con atención mi próximo movimiento. No tenía miedo.

- Si fuera vosotros, le obedecería. Ese está loco. Es capaz de cualquier cosa. -Añadió con sorna François mientras me guiñaba un ojo. Dafne y el italiano parecían sentirse incómodos.

- Dígory, necesitamos ese colgante. -Informó Dafne con tono autoritario y amenazador. Ella parecía ser su superior.

- Vale ¿quién eres tú y que buscas? -Le pregunté a Dafne con un tono exageradamente desquiciante. Interpretar el papel de loco me favorecía. Dafne buscó responder manteniendo el equilibrio en la sala.

- Me llamo Dafne Rapor. Soy la heredera de una importante multinacional americana. Desde hace años encabezo una investigación secreta. Dígory Lípari, historiador italiano, ha sido el coordinador del proyecto mediante el cual pretendemos sacar al mercado una solución anti envejecimiento.

- ¿Todo esto por una crema antiarrugas? -Dicho en alto sonaba aún más absurdo que en mi mente.

- ¡No es cosmética! -El italiano parecía haberse ofendido. -Este tratamiento médico permitirá alargar la vida del hombre...

- ... del ser humano. -Corrigió ella de inmediato de un modo casi mecánico. Lípari prosiguió hablando.

- ...del ser humano en casi quinientos años.

Sonreí incrédulo. Esperé que alguien me acompañara confirmando que se trataba de una broma. Pero ni siquiera François parecía seguirme el rollo. Se limitó a responderme con un suave gesto de cabeza afirmando.

- ¿Por qué debería creeros? -Dafne miró a François y le invitó a dar explicaciones. Ella sabía que sólo confiaría en él.

- Es cierto, Dani. -Dijo con un tono algo avergonzado. -Mi madre lo descubrió. Ellos mataron a mis padres para garantizar la protección del producto. -Era incapaz de darme la noticia mirándome a los ojos. Intuí que le costaba hablar de ello sin emocionarse. El profesor se acercó lentamente hacia mí hablando en tono afable.

- Me llamo Bernart Aira. Soy profesor de literatura en la universidad de Oxford. Mi hija y yo hemos sido raptados para obligarme a trabajar bajo sus órdenes. No estoy de su parte. Créeme, es cierto. Lo he visto con mis propios ojos. Tu colgante es la clave del enigma.

Sentí el suave tacto del abalorio aún en mis manos. Fue entonces cuando el miedo volvió a mi cuerpo. Ya no me sentía valiente, ni fuerte. Lo que había estado a punto de hacer supondría el fin de un proyecto que permitiría vivir a la gente durante cientos de años. Quise mantener la calma y no mostrarme titubeante pero Lavel comenzaba a pesar demasiado. Con todo ello, debía aguantar un poco más. Me quedaban unas cuantas pregunta por hacer.

- ¿Qué tiene que ver con Chema? -El italiano tomó la iniciativa de responder.

- Tu novio...

- Amigo. -Corrigieron Dafne y François al unísono. Ambos se miraron con gesto de complicidad. Una reacción espontánea ante las experiencias compartidas en el pasado. El rubio hizo gesto de molestia a causa de las continuas correcciones.

- Amigo. Tu amigo trabajaba para nosotros en una de nuestras empresas en Barcelona como economista. De algún modo encontró los documentos que Dafne me había enviado ese mismo día sobre el trabajo de algunos colaboradores en el proyecto. Por alguna razón consideró buena idea robarlos. A día de hoy aún no tengo ni idea de cómo llegó el colgante a sus manos. Supongo que inició una investigación paralela sobre el Objetivo Qwisland.

Un destelló colapsó de pronto mis neuronas. Una imagen hasta entonces olvidada se reveló nítida ante mis ojos. El maletín oscuro, la carpeta marrón, la pegatina que rezaba "Objetivo Q." Yo había tenido esos documentos robados en mis propias manos. Por eso aquella noche estaba aterrado. Por eso se fue sin avisar. Por eso antepuso su partida a quedarse para disfrutar de nuestro amor. Chema sabía que su vida estaba en peligro y sabía que lo que ocultaba podría cambiar el destino del planeta. Voló hasta allí para reencontrarse conmigo y despedirse por lo que pudiera pasarle. Realmente yo le importaba.

Comenzaba a darme cuenta del peso de aquellos sentimientos y no pude reprimir mirar a François. Él parecía intuir que algo en mí estaba activándose. Me miró serio, con extrañeza. Buscaba leer mi interior y traducir mis expresiones. De pronto su rictus cambió. Me sonrió en señal de comprensión. Habíamos hablado de todo aquello y sabía que para mí esa investigación también tenía una alta implicación personal.

- Fue un entrometido. -Continuó Dafne. -Pero lo peor de todo es que te ha involucrado de un modo indiscriminado. Te ha utilizado. Ese chico no siente absolutamente nada por ti, al menos nada de lo que me contaste en la terraza. Ha jugado contigo del mismo modo que lo ha hecho François.

François liberó una risotada de indignación.

- Eres una mierda de tía. -El italiano extendió la mano con la que sujetaba la pistola y le golpeó en la cara con la empuñadura. El golpe hizo retroceder a François provocándole un corte en la cara.

- ¡Eh! -Grité. Bajé con fuerza el cenicero dando un golpe brusco contra la mesa. Todos los presentes se asustaron al pensar que había destruido el colgante, pero éste aún permanecía en mi mano, intacto. Creo que fui el último en percatarme de que una lágrima paseaba por mi mejilla. Todo aquello me estaba afectado de un modo que no sospechaba.

- Es hora de que espabiles, Dani. -Me aconsejó Dafne. -No puedes seguir consintiendo que la gente te engañe y utilice. Tienes criterios y valores. Eres un tío estupendo y mereces que te traten como tal.

Intentaba contener las lágrimas pero no podía. No había llanto, sólo gotas saladas que paseaban por mi cara de un modo mecánico nublándome la vista. El profesor parecía apenado, compasivo pero estricto. Dafne mantenía un tono cómplice. Los soldados se habían convertido en meros observadores. Toda la tensión, las emociones, los sentimientos... comenzaban a brotar desde mi interior. Había conseguido sofocar todo aquello durante algún tiempo, pero ahora parecía no tener control sobre mí mismo. François se pasó la mano por el corte retirándose la sangre.

- No la escuches, Dani. Chema no pretendía poner tu vida en peligro. Ahora lo sé. Él no ha hecho daño a nadie. Recuerda la llamada que yo respondí. Seguro que corrió el riesgo para ponerte en sobre aviso y protegerte.

Nunca había oído a François hablar en esos términos sobre Chema. Parecía haber despejado cualquier sospecha sobre su persona. Dafne se mostró sorprendida ante aquel último dato. Ninguno de los dos le había dicho que Chema se había intentado poner en contacto conmigo. Ésta lanzó una mirada de desaprobación a Lípari, como si quisiera reprocharle algo. El italiano se encogió de hombros.

- Yo jamás te usaría. -Aquel tono comprensivo, trascendente y honesto me transportó a la charla de la noche anterior. No podía no creerle. -Soy desconfiado, es algo que ya conoces de mí, pero nunca deseé que sufrieras como lo estás haciendo.

Dafne se dispuso a contraatacar como si ganarse mi aprobación se hubiera convertido en el trofeo de una partida de ajedrez. No quería oír nada más.

- ¡Basta! Se acabó.

- ¿Pero no recuerdas la nota? –Insistió Dafne.

- ¿Qué nota? –Quiso saber François.

Los dos nos volvimos a mirar. Le sonreí. Había decidido que esas cosas ya no funcionarían conmigo. Yo tenía el colgante en mis manos y yo mandaba.

- Tú escribiste esa nota, no él. –Dafne sonrió en gesto divertido y poco a poco se fue convirtiendo en una serie de risotadas. Nadie excepto yo parecía entender nada.

Dígory intentó aprovechar el desconcierto general para aproximarse a mí pero le detuve a tiempo amenazando con destruir el colgante.

- ¿Dónde está Chema? –No obtuve respuesta. Volví a insistir esta vez en un tono más elevado.

- Nadie lo sabe. Ha desaparecido del mapa. –Repuso el italiano.

- Está bien. ¿Cómo salimos de aquí?

Antes de haber podido terminar la frase Dígory aprovechó el terreno ganado en su movimiento anterior para abalanzarse sobre sin que yo pudiera reaccionar. El profesor no dejó pasar la oportunidad y se agachó para arrebatarle el arma del cinturón al italiano disponiéndose a disparar. El otro soldado intentó impedirlo pero pude ver a François aplacándole. Un disparo paralizó las peleas.

Capítulo LXII- La venganza frustrada.

Nuevamente el sonido de un disparo hizo presencia en la isla. El cuerpo de François colisionó contra el suelo. Dani intentó zafarse de su opresor e ir hacia su amigo pero Dígory lo retuvo agarrándolo de los brazos. Ambos se incorporaron. Dafne ordenó a Bernart que devolviera la pistola a Lípari al mismo tiempo que ésta apuntaba hacia el pecho del profesor con su arma.

- Se acabaron las tonterías. -La joven se acercó a Dani y le arrebató el colgante. -A vosotros dos aún os necesitamos con vida, pero que eso no os haga ganar confianza ¿entendido?

El soldado que, a causa del enviste del francés se había caído al suelo, se irguió moviendo el cuerpo inerte de François. Dani no le quitaba la vista. Los últimos acontecimientos habían ocurrido tan rápido que aún no podía creerse que su amigo estuviera muerto.

- Lípari, llévate al profesor al laboratorio y seguid con lo vuestro. Tú. - Prosiguió Dafne señalando a Dani. -Te vienes conmigo.

La mujer condujo al español hacia la cocina mientras lo encañonaba.

- Vigila la zona. -Susurro Dafne al soldado cuando se cruzaron ante él.

Del mismo modo, Aira fue encaminado hacia la chimenea seguido por Lípari.

La luz exterior se colaba en la pequeña cocina iluminándola completamente. Los rayos algo anaranjados se reflejaban contra los pequeños azulejos blancos de las paredes. El sol comenzaba a descender. La muchacha hizo sentar a Dani en un taburete situado entre una pequeña mesa blanca y la propia puerta que acababan de atravesar.

- Me has sorprendido. -Dijo Dafne mientras buscaba en el interior de los muebles alguna cosa que llevarse a la boca. Su comportamiento era relajado y natural. Como si lo ocurrido en la sala contigua no hubiera ocurrido. -Nunca te habría imaginando protagonizando un arranque de ese tipo. En François sí, pero en ti...

La mujer agarró un paquete de galletas y se apoyó sobre la encimera. Comenzó a comer mientras proseguía con sus impresiones en voz alta. Daba pequeños bocados con un aire de sofisticación.

- De todos modos hay que reconocer que ha habido un importante factor suerte, porque tú no tenías ni idea de que ese colgante fuera tan importante para todos. -Inmediatamente después de pronunciar la última frase se rio. Recordar la situación parecía divertirle. Era como oír a un hombre de cincuenta años hablar de sus anécdotas durante el servicio militar obligatorio. Dani se limitó a mantener la cabeza gacha. Su actitud también era bien distinta a la de minutos anteriores. Su ánimo y fuerzas parecían haber menguado radicalmente. Una de las palabras que Dafne acababa de mencionar se repetía en su mente: suerte. Chema le había asegurado que el colgante le traería suerte. El propio Dani había ridiculizado en sus pensamientos aquella palabra, pero comenzaba a dudar sobre si realmente Lavel le había dado suerte. Gracias a él pudo controlar la situación manteniéndolos a todos sumidos bajo su yugo.

- Pero mi estupidez ha matado a François. -Se dijo a sí mismo, apesadumbrado.

Mientras Dafne continuaba comiendo galletas y hablando, Dani miró hacia el salón. Sus sentidos no estaban prestando atención la charla de la raptora. Desde donde se encontraba podía ver parte del cuerpo inmóvil de su amigo, tirado en el suelo.

- Sí. Una pena. El chico era guapo. -Señaló Dafne siguiendo la mirada de Dani. -Pero era el destino. Vino hasta aquí para encontrarse con la muerte. Por suerte, el profesor y tú tenéis la oportunidad de no recibir el mismo final.

La joven se sentó en otro taburete con el paquete de galletas en la mano. Se inclinó hacia Dani hablándole con condescendencia.

- Venga. Dime lo que sabes del colgante. ¿Qué es eso de la llamada? Es raro que no haya tenido constancia de ello sabiendo que habíamos pinchado todas las posibles líneas de comunicación.

Dani miró a los ojos de la que durante un breve espacio de tiempo creyó amiga. El rostro del muchacho reflejaba una actitud templada y algo ausente. En otro estado emocional quizá le habría sorprendido saber que le habían estado espiando.

- Si me lo cuentas todo te dejo vivir ¿qué me dices?

Dani se mantuvo en silencio observando como para ella todo aquello resultaba divertido. Las lágrimas que en otro tiempo caían inexorablemente hasta sus pies no obtenían el estímulo necesario para hacerse nuevamente presentes. Dafne parecía esperar una respuesta que no llegaba.

- ¿Qué me dices?

- No sé nada. -Tres palabras que nacieron sin vida entre los labios del joven, deslizándose empujadas por la propia gravedad. El rostro de Dafne se volvía más serio por momentos.

- No puedo perder más tiempo. Ya habrías muerto si no fuera porque te encuentro patético e inofensivo. ¿Qué te dijo Chema en esa llamada?

- No hablamos. -Sus palabras estaban huecas, sin ápice de emotividad. -François cogió el teléfono pero no le dijo nada.

- No te creo. -La mujer comenzó a desesperar.

- Él sólo quería hablar conmigo. Con nadie más.

- ¡Mientes!

- No puedes demostrarlo ¿verdad? -Manteniendo el mismo tono y la misma mirada su última frase no pudo evitar sonar retadora. No había miedos ni nerviosismo. Todo parecía darle igual. Ya no tenía nada que perder. Sin familia, ni amigos, al joven no le quedaban alicientes y podía permitirse reaccionar con completa libertad. Se había despojado de todo aquello que pudiera generarle temor.

- ¿Qué sabes del colgante?

- No te puedo contar más de lo que ya te conté cuando te consideré amiga.

- Se llama Lavel. ¿Sabes por qué? -Dani negó con un gesto pausado de cabeza.

- Estaba dentro de una caja de madera con una nota. -Del mismo modo que no temía la muerte, tampoco le resultaba relevante el futuro de la investigación. No le interesaba callar ni hablar. Sólo dejaba fluir las palabras sin preocuparse por las posibles consecuencias. Dafne se levantó y cogió una libreta que se encontraba a mano. La puso ante Dani

- Dibújala.

- No la recuerdo bien.

- ¡Dibújala! -La imposición de Dafne tampoco generaba estímulos en Dani. Sólo accedió para evitar gastar esfuerzos en enfrentamientos directos. Ella continuó comiendo al mismo tiempo que el joven hizo alarde de su destreza. El bolígrafo comenzó a dejar trazos finos que fluían del mismo modo que una suave brisa.

- ¿Qué decía la nota?

- El nombre del colgante, que me traería suerte y que la cuidase. -La desgana de su tono contrastaba con la agilidad de su mano al dibujar.

- ¿Nada más? -Dafne parecía ponerse nerviosa ante la evidencia de verse acorralada en un callejón sin aparente salida.

- Florituras literarias.

- ¿Cómo cuáles?

- Bajo su prisma lo veré todo de otro modo. No sé si era exactamente así. Algo similar.

Dafne metió la mano en el bolsillo de su pantalón y de él sacó a Lavel. Elevó el objeto extendiendo la mano sobre sus ojos en busca de los últimos rayos de sol para captar los reflejos. La luz atravesaba el cristal coloreado, pintando de amarillos, azules y naranjas el rostro de la muchacha. Pudo apreciar una pequeña esfera metálica en el núcleo del adorno.

- Con otro prisma. -Se dijo a sí misma en voz baja.

- ¿Por qué me salvaste la vida en el hotel matando a uno de los tuyos? -Preguntó Dani sin dejar su labor. Ella respondió con la misma dejadez de tono sin quitarle el ojo al colgante.

- No conseguía tu confianza y era la oportunidad perfecta.

- ¿Merecía la pena quitarle la vida a alguien para ello? -Dafne bajó su brazo apoyándolo en la mesa. Examinaba absolutamente todos los elementos del colgante.

- Si conocieras mi entorno y la cantidad de gente que ha dado su vida por este proyecto no te plantearías esas cosas. Una vida es algo insignificante en comparación. Soy de esas personas que mira el todo y no las partes. Entiendo que ahora lo veas todo así, pero en unos años la gente me venerará.

Dani dejó de hacer movimientos sobre el papel. Miró hacía su acompañante. Ésta no cesaba en su análisis. El joven deslizó la libreta hasta Dafne con cierto ademán de repugnancia. Ella parecía no percatarse de ello. Dani agachó la cabeza y volvía de nuevo la mirada hacia el salón. Algo atrajo su atención.

Capítulo LXIII- Fumar perjudica la salud.

Las pisadas hacían crujir las hojas secas del suelo caídas a causa del tiempo otoñal. El soldado se sentó sobre un ancho leño y sacó del bolsillo externo de su chaqueta un mechero y un cigarrillo. Encendió el pitillo y comenzó a exhalar el humo profundamente. El sabor del tabaco rubio templaba sus nervios. Intentó disfrutar del momento, con un rostro serio y pensativo, inclinando la cabeza hacia el cielo en busca de los últimos rayos del sol. Se acarició la nuca realizando leves movimientos de cuello para estirar los músculos contraídos por la tensión. Tuvo un momento para recordar a su compañero muerto. Su cadáver y el del anciano aún debían estar tirados en la parte trasera de la casa. No había compartido intimidades con él pero a pesar de ello las horas juntos en silencio habían creado un simulacro de unión. Pensó en llamar a la central para informar de la baja, pero no se atrevió a ejecutar la iniciativa sin consentimiento de sus superiores.

Las cosas se habían complicado. Por suerte para él todo parecía volver a restablecer el orden. Pero esa tranquilidad duró poco. Un ruido a sus espaldas atrajo su atención. Se dio la vuelta pero no vio nada. En el momento en que pretendía girar de nuevo la cabeza al frente un fuerte golpe en la cara casi lo tira al suelo. François estaba justo delante de él. El soldado hizo el amago de sacar el arma pero su contrincante no le dio oportunidad, pegándole una patada en la mano. La pistola salió volando. El soldado se incorporó y ambos se colocaron en posición de defensa marcando con sus pasos una circunferencia invisible entre ellos. Era como una coreografía improvisada. Se miraron a los ojos intentando captar las intenciones del rival. Sería un enfrentamiento cara a cara, sin armas.

François tenía una mancha de sangre en el hombro izquierdo, cerca del corazón, pero parecía no sentir molestia alguna. Su rival, tras sobreponerse del susto inicial, se mostraba más confiado, con una sutil sonrisa. La enorme mole de músculos se abalanzó sobre el joven francés pero éste pudo esquivarla a tiempo con un grácil movimiento de piernas. Tras recolocarse, el soldado volvió a la carga. Elevó un brazo para golpear en la mejilla a su contrincante, pero nuevamente François lo evitó curvando su tronco hacia atrás en una maniobra que dejaba al descubierto su flexibilidad. Aprovechando ese instante, el Barón lanzó su puño derecho contra el estómago de su oponente. Éste se quejó y retrocedió. El francés concedió unos segundos al soldado para que se repusiera. A éste le costaba tomar aire, pero se mantenía serio, concentrado en los movimientos de su adversario y conservando el convencimiento de su victoria.

Por tercera vez, el corpulento militar fue directo hacia François con una embestida similar a la de un búfalo salvaje. El francés está vez cambió de táctica y decidió enfrentarse corriendo también hacía su enemigo. Ambos cuerpos chocaron con brusquedad. François quedó derribado tras la colisión del hombro del soldado contra su herida de bala. La lucha continuó en el suelo. Las enormes manos del recluta rodeaban el cuello del francés mientras éste apretaba con fuerza las muñecas del rival en un vano intento por zafarse de su opresor. Probó a impulsarse con las piernas para quitárselo de encima pero fue inútil. Usó la fuerza de sus brazos para girarse, colocándose sobre el enemigo pero éste todavía mantenía amarrada su tráquea. El joven usó el codo para golpearle en la cara pero no hubo resultado.

A François le costaba cada vez más tomar aire, empezaba a desfallecer. Realizó un nuevo intento usando todas sus fuerzas en el golpe. Esta vez el hombre sí se vio obligado a reducir la presión de sus manos, momento que el muchacho aprovechó para lanzar un puño contra las costillas del soldado. Éste se rindió ante el dolor. François se levantó tratando de respirar como buenamente pudo. Una vez se hubo repuesto, retrocedió unos pasos y se agachó para recoger el arma que se encontraba en el suelo al lado del cigarrillo. Pisó el pitillo con su pie para apagarlo al mismo tiempo que vigilaba al militar mientras le apuntaba con la pistola.

- Fumar perjudica la salud.

La única respuesta fue una serie de tosidos. El joven dio media vuelta y se dispuso a entrar a hurtadillas en la casa pero su rival se había erguido y le golpeó en la espalda. François se quejó cayendo de rodillas. Los enormes brazos le rodearon por detrás, amarrándole del cuello en un intento por partírselo, pero el francés se adelantó a los acontecimientos. Giró la pistola con el cañón mirando hacia sí mismo y disparó por debajo de su axila izquierda. El soldado cayó tendido al suelo. La bala había atravesado su pulmón. El disparo a bocajarro se vio silenciado por los cuerpos de los dos rivales. François observó al soldado caído sabiendo que estaba muerto. Sin lamentaciones, no perdió un segundo y retomó el camino hacia el interior de la casa.

Capítulo LXIV- Un día rebelde.

Aquella escena ya era familiar para Bernart. Dígory apretó una pieza de la chimenea del salón y la pared se abrió dejando paso abierto hasta unas escaleras que bajaban en dirección al laboratorio. Esta vez el italiano no parecía preocupado por mantener el secreto de la entrada, quizá porque prácticamente no había nadie en la casa aparte de su jefa, otro soldado y dos rehenes.

- Usted primero. -Aunque intentaba aparentar serenidad, Lípari no podía disimular su enorme entusiasmo por investigar a partir del nuevo hallazgo.

Los dos se sentaron en aquellos incómodos taburetes metálicos. El aire se sentía todavía más viciado de lo habitual. Aira no pudo disimular una mueca de repugnancia. Aún se repetían en su mente las escenas vividas minutos antes en el descampado y el salón. A pesar de que acababa de conocer a aquel hombre, sentía un profundo respeto por su arrojo y frialdad. Durante unos instantes, el francés había conseguido regalarle esperanza. Casi podía verse elevando a su hija en brazos, uniéndose entre lágrimas en un apretado abrazo que duraría minutos. Pero la imagen se evaporó como niebla desvaneciéndose en la noche dejando tras de sí una absoluta oscuridad. Ahora, observando con desgana aquella roída carta, se veía de nuevo obligado a cumplir con las pretensiones de sus captores.

Dígory posó su arma sobre la mesa metálica, muy cerca de su mano, y se inclinó frente al profesor apoyando los codos.

- Antes de empezar... -Espetó el italiano. - ... quiero dejar claro que la valentía no se premia en esta isla. Si desea darle a su hija el mismo final que ha encontrado el hijito del Barón va por buen camino. Depende de usted, profesor. Debe darme respuestas brillantes ¿Entiende?

La familiaridad que hubieran podido ganar en algún momento pasado se había deteriorado hasta tal punto que un profundo abismo parecía separarles. Aira se preguntó si la tristeza que aquella sensación le generaba podría deberse quizá a algo similar al síndrome de Estocolmo. El profesor se limitó a afirmar con la cabeza evitando un cruce de miradas como si sintiera vergüenza.

- Y le repito. No más tonterías. No le paso ni una más. Ya he tenido demasiada paciencia con usted.

Dígory retiró la postura amenazante que había adquirido y se incorporó cambiando completamente de registro. Su tono se volvió de pronto mucho más afable y su rostro desprendía la ilusión propia de un niño frente al árbol de Navidad momentos antes de abrir sus regalos.

- Hechas las formalidades... ¡Vamos allá! Creo que estará tan contento como yo con este nuevo dato que el joven español nos ha traído ¿no es cierto?

No, no lo era. Hacía tiempo que aquello había dejado de generar en Aira cualquier señal de satisfacción. Por ello, mantuvo un semblante serio. Podía leerse en lo profundo de su mirada un mensaje cargado de tristeza y desasosiego. Ya no sólo pensaba en las muertes que se habían producido, sino en su pequeña hija y las muertes que preveía estaban por venir. Hacía casi una semana que no sabía nada de la pequeña Sarah, exceptuando la breve llamada. Le gustaría estar en disposición de exigir un nuevo contacto, pero tras los hechos acontecidos recientemente lo consideró totalmente inoportuno.

Dígory sostuvo en sus manos los apuntes con los que estaban trabajando y la carta de Minerva a François. Los ojos del profesor se abrieron de par en par cuando cayó en la cuenta de la presencia de la carta. Algo parecía haberle impactado de pronto. Leer esos versos resultaba ahora algo bien distinto. Haber tenido la oportunidad de conocer al "ángel rebelde" daba a las palabras de la científica un nuevo valor. Todo cobraba una mayor carga emotiva. Ahora comprendía la elección de los términos y el modo en que se dirigía al joven recientemente fallecido. Quizá ya se había producido el reencuentro entre ellos, si es que ese más allá del que tanto se habla existe de algún modo.

- Bueno, aquí están: Seknet, Ansada y Lavel. Ya conocemos el significado de las tres palabras. -Prosiguió Lípari ignorando la desidia de su compañero. ¿Pero qué relación guardan entre ellas? Antes podíamos pensar en un contexto relacionado con el antiguo Egipto, pero el colgante parece ser algo completamente independiente. Esta hecho en cristal. En aquel periodo se trabajaba la piedra y los metales, pero no recuerdo que...

- La fayenza.

- ¿Cómo? -La voz de Aira había sonado casi como un suspiro. Su vista permanecía perdida en el horizonte.

- Son piezas de materiales cerámicos con un acabado exterior vítreo. Existen cuentas de collares encontrados en tumbas del periodo predinástico, allá por el 3500 a.C. Dos mil años después, en el reinado de Thutmose III, comenzaron a elaborar brazaletes, ojos de estatuas, figurillas y amuletos en vidrio.

- ¿Pero era cristal coloreado como el del colgante?

- Habitualmente usaban el azul celeste, azul verdoso y ocre. Los obtenían aplicando pigmentos de cobre, hierro, cobalto o magnesio. -El tono usado por el profesor era pausado, lineal y con grandes dosis de desdén. Simulaba recitar la tabla de multiplicar, como si conocer todo aquello no le supusiera mayor esfuerzo.

- Eso quiere decir entonces que podríamos mantener la correlación entre ambos términos y el periodo del antiguo Egipto. -Dígory parecía esperanzado, como si se hubiera quitado un peso de encima.

- No.

- ¿Cómo? -Lípari comenzaba a sentirse incómodo en esa posición de continua ignorancia.

- El colgante está realizado con la técnica del vidrio soplado.

- ¿Y?

- Fue en las costas fenicias donde se desarrolló el descubrimiento del vidrio soplado.

- Sigue manteniendo relación.

- En el siglo I a.C., durante la época romana. -Aira dejó caer un tono de obviedad que dejaba en evidencia el desconocimiento del historiador en lo referente al periodo del antiguo Egipto.

- Profesor, ¿le produce alguna satisfacción jugar de este modo con el gatillo del arma que apunta la frente de su hija? -Hubo silencio. -Limítese a dar respuestas. Y céntrese.

- Me centraría más si pudiera examinar el colgante de cerca. Vamos, si usted quiere esas respuestas que tanto busca.

Dígory no pudo intuir el guantazo de vanidad y arrogancia que Aira le lanzó. Tras responder con un gesto de rabia, el historiador se vio obligado a reconocer la sensatez de la petición. Se levantó, cogió la pistola y salió del lugar subiendo las escaleras.

- Ahora mismo vuelvo. No se mueva. -Añadió mientras se alejaba. Bernart se quedó inmóvil, con la vista al frente, impertérrito.

Conforme subía las escaleras, Dígory podía notar el entumecimiento de sus prominentes músculos, sin duda consecuencia de la tensión. Al cruzar la linde de la chimenea apreció la luz anaranjada con la que el sol descendiente coloreaba el salón. Le daba la impresión de que el final de ese día no llegaba nunca. De pronto, un ruido atrajo su atención. Se desvió de su camino y se dirigió hacia el exterior del chalet. En el momento en que cruzó el umbral de la puerta acristalada, un codo se estampó contra su cara, dándole en plena nariz. El golpe provocó lágrimas es sus ojos y la sangre comenzó a brotar a borbotones del interior de las fosas nasales. En cuanto François extendió su mano para arrebatarle el arma del cinturón, éste le cogió de la muñeca y le retorció el brazo colocándolo en su espalda. Aunque la cocina estaba muy cerca, nadie parecía escucharles. François liberó una leve queja al sentir como su brazo era estirado hasta el extremo. El italiano le habló pegando su boca en la oreja del francés.

- No pareces interesado en morir.

- Es que me pillas en un día rebelde.

A continuación, el joven Barón le golpeó en el pie con un fuerte pisotón y con el codo libre le pegó en el estómago. Pero aquello no dio mayor resultado. Pudo sentir la dureza de sus abdominales y el grosor de las botas militares. Parecía acolchado, como un muñeco Michelín pero en una versión anabolizada. El italiano sonrió satisfecho al comprobar la reacción de su rival y apretó un poco más su brazo. Pero de pronto Dígory notó un leve chasquido, como si le hubiera partido el brazo con la misma sencillez con la que se parte una fina rama. En cuanto se quiso percatar, el francés ya se había liberado.

- ¿Cómo...?

- Dislocación voluntaria del hombro. -Se adelantó a responder con sorna.

Pero antes de que el joven pudiera usar su ventaja, Dafne ya había salido de la cocina atraída por el ruido. Ésta se disponía a disparar su arma.

Capítulo LXV- El entrometido.

En cuanto vi que el cuerpo de François no se encontraba en el suelo una descarga volvió a recorrer mi cuerpo. De pronto Dafne parecía despertar de sus pensamientos. Se puso el colgante y se levantó. Usando el reflejo de una de las puertas con cristal del mueble de la cocina, se detuvo a observar cómo se veía con él.

- No está mal ¿no? Quiero decir, yo no soy muy dada a estos abalorios pero me favorece bastante.

Unos ruidos del exterior de la casa activaron nuestros sentidos. Estaba convencido de que aquellos sonidos debían guardar alguna relación con la desaparición de François. Dafne me miró un segundo con extrañeza, buscando en mi gesto alguna respuesta. En cuanto saliera de la cocina se percataría de la ausencia del cuerpo de su víctima.

- Quietecito. -Su tono de benevolencia era muy desagradable. A pesar de todos mis esfuerzos por mostrarme como una persona con autodeterminación aún me trataba con inferioridad.

Dafne cruzó la puerta en dirección al salón. Me incliné sin levantarme de la silla para poder asomarme y observar qué ocurría. Pude ver cómo la joven se alarmaba por algo y cómo llevaba sus manos hasta el arma al mismo tiempo que salía hacia el exterior de la casa. Me levanté y vi que no muy lejos de allí François parecía verse enzarzado en una pelea con aquel fornido italiano. Dafne se disponía a apuntar. No había tiempo de pensar. Miré a mi alrededor. Estaba buscando algo, pero los nervios me impedían decidir qué era lo que quería. Pude oír el chasquido de la pistola al quitar el seguro. Agarré no sé qué y me lance contra ella golpeándole en la cabeza con brusquedad. La mujer cayó al suelo estrepitosamente. Fue entonces cuando me di cuenta de que lo que sostenía en mis manos era un cenicero. Era exactamente igual que aquel que minutos antes había usado en mi impulso por destruir el colgante.

Como reacción a mi estado de shock, dejé caer el contundente objeto al mismo tiempo que dirigí mi vista al frente. François me miraba con una sonrisa cargada de orgullo, pero mis ojos desenfocaron enseguida aquella sonrisa atraídos por la imagen que se estaba dando a espaldas de mi amigo. Éste no se percató de que su rival en combate estaba aprovechando la distracción para desenfundar su arma. El instinto de supervivencia volvió a activar mis movimientos sin darme tiempo a analizar. Me agaché todo lo rápido que pude, agarré el arma de Dafne caída frente a mis pies, dirigí el cañón y después... después un sonido menos intenso de lo que cabría esperar y una fuerza invisible que obligó a mi cuerpo a retroceder unos centímetros. Cerré mis ojos al mismo tiempo que me volvía consciente de lo que acababa de hacer. Un nuevo sonido. Éste similar al de un saco cargado de arena al desplomarse. Dejé caer mis brazos aún con la pistola en mis manos. No me atrevía a abrir los ojos. Pensé que si no veía lo que estaba ocurriendo no estaría ocurriendo de verdad. El tiempo pareció estirarse como una goma elástica. Durante varios segundos todo fue oscuridad y silencio.

Noté el caliente tacto de una fina mano que sostenía la mía. Me invitó a soltar el arma. Todavía mantenía mis ojos cerrados pero sabía con quién estaba tratando. Sus brazos me envolvieron apretándome con fuerza. Era muy reconfortable. Sólo entonces me sentí capaz de recuperar la visión. Lo primero que vi fue sangre. El hombro sobre el que tenía apoyada mi cara estaba manchado de un intenso rojo que desprendía un desagradable olor a hierro oxidado. Elevé la cabeza con preocupación y entonces le vi. Nunca le había tenido así de cerca. Nunca sus ojos habían estado tan próximos. Ahora podía apreciar los matices de grises en sus iris. A pesar de todo lo que acaba de ocurrir, de haber estado a punto de morir en dos ocasiones y de encontrarse herido de bala, su gesto era sereno y cariñoso. Yo en cambio no podía dominar mis nervios, aunque comenzaba a dudar de cuál era la fuente de éstos.

- ¿Es que no puedes dejar de entrometerte?

- Lo tenías todo bajo control ¿no? -Liberar una dosis de sarcasmo templó mis nervios.

- Aunque no lo creas...

- ¿No podrías sólo darme las gracias? -Interrumpí.

- Tienes razón. -Lo que vino después es algo que aún, después de tanto tiempo, soy incapaz de describir. Fue inesperado, impulsivo, extraño. Nunca sospeché que... en realidad decir algo al respecto le restaría magnificencia.

Nos volvimos a mirar. Juraría que un gesto de timidez impropio de él asomaba en su rostro. Yo observé sus labios, su nariz, sus ojos. Quería guardar la mayor cantidad de datos posibles para mis futuras reminiscencias. Sus brazos dejaron de rodearme. Mi cuerpo se irguió hasta recuperar una postura de falsa naturalidad. François volvió a ponerle el seguro a la pistola de Dafne. Ambos nos acercamos lentamente hasta el cuerpo de Dígory. Un charco de sangre manchaba la arena.

- No debes sentirte culpable. -Me dijo François sin quitar la vista del cuerpo.

- No debería ¿verdad? -Respondí en tono triste.

La presencia del profesor atrajo nuestra atención rompiendo con la intimidad del momento. El hombre, con síntomas de haber hecho una maratón, miró a su alrededor. Primero al cuerpo de Dafne, después al italiano y más tarde a nosotros dos. Estaba espantado y sorprendido a partes iguales.

- ¿Cómo puede ser? ¡Estabas muerto!

- Ya ves. - François se limitó a encogerse de hombros, pero el movimiento le produjo un dolor que le llevó a agarrarse en la zona del disparo.

- Siéntate, voy a por agua. -Entré en la cocina pasando al lado del profesor que parecía seguir confuso y afectado.

Capítulo LXVI- El último camarada.

Bernart salió atraído por el ruido. Cuando entró en el salón no pudo creerse lo que vio. Dígory caía al suelo tras haber recibido un impacto de bala del joven español. Y para aumentar lo increíble de la situación, entre uno y el otro se encontraba el supuesto difunto hijo de Minerva. Éste se acercó con calma al portador de la pistola, se agachó ante él colocándose de rodillas y se la quitó con cautela. Para seguir maximizando lo inverosímil de la estampa, el francés abrazó al muchacho y se besaron. Bernart se percató en ese momento de que se había perdido muchos capítulos de aquella historia. Cuando creyó que el momento de intimidad había finalizado se acercó saliendo del chalet. La composición era grotesca. La americana se hallaba postergada en el suelo y, algo más lejos del ventanal, los dos muchachos se situaban de pie contemplando el cuerpo sin vida del que durante días había sido su captor. Un poco más allá podía verse al último soldado en pie que ya no estaba en pie.

Aira no pudo evitar caer en la obviedad de preguntar qué estaba ocurriendo. Dani abandonó la escena para buscar algo que ayudase en la herida de bala del francés. Era evidente que a pesar de sobrevivir sí había recibido un impacto serio que debería ser atendido cuanto antes en un hospital. El Barón se sentó sobre un leño ancho que se encontraba a cierta distancia aquejado del dolor y el cansancio. Allí esperó recibir las primeras atenciones de su amigo. Bernart se acercó hasta el cadáver del italiano y se puso en cuclillas para observarle de cerca. Verle en ese estado no le producía ninguna satisfacción. Nada más agacharse, Dígory hizo un movimiento corto y brusco que asustó al profesor. No pensó que éste aún pudiera estar con vida.

- ¿A nadie le matan las balas en esta isla? -Fue la primera cuestión que le vino a la mente a Aira, que poco tardó en recordar los cadáveres del anciano y los 2 soldados.

El italiano le miró con la mejilla pegada al suelo arenoso. Parecía no poder mover ni un solo músculo. Bernart se acercó un poco más para facilitar a Dígory la visión de su rostro. Le producía una gran compasión.

- Podría matarte. -Susurró Lípari con un débil hilo de voz. -Aira comprobó que el historiador todavía sostenía el arma en la mano ocultada bajo su torso.

- Podrías. -Confirmo confiado. -Pero no lo harás.

Dígory intentó moverse pero fue incapaz. Le quedaban pocas fuerzas.

- ¿Por qué piensas eso? -La tos le interrumpió la pregunta. Un chorro de sangre salió de su boca.

- Porque me equivoqué contigo. No somos tan distintos.

- ¿No? -Al italiano le costaba mantenerse consciente.

- No. Los dos buscábamos el conocimiento. Sólo que tú en algún punto del camino perdiste la perspectiva. ¿Pero qué saber iba a proporcionarte matarme ahora que agonizas? -Dígory rio hasta que la tos le detuvo.

- ¿Puede hacerme un favor? -Bernart afirmó con la cabeza. Su actitud era cercana y dulce.

- Ame a su hija todos los días. -El profesor se quedó con la duda de saber si Lípari había vivido lo suficiente como para oír su respuesta afirmativa. Cerró los ojos del historiador al mismo tiempo que los suyos se humedecían. No conseguía comprender del todo sus emociones, pero sentía una dolorosa sensación de luto. A pesar de que ese hombre había arrebatado la vida de su mejor amiga, de haber secuestrado a su hija y de utilizarle para propósitos detestables no podía evitar lo irracional de su tristeza. Tras contemplar el cadáver unos segundos más, momento que aprovechó para recomponerse, Dani apareció de nuevo con un paño limpio y agua. Ambos se aproximaron al colega herido para comprobar el estado de su herida.

Capítulo LXVII- Adiós a Qwisland.

- ¡Dios, te ha dado!

- Pues claro que me ha dado. ¿Crees que lo del sangrado es por capricho?- El tono de obviedad que François le daba al asunto pretendía restar importancia a la gravedad de la herida, pero sus palabras no tranquilizaron a un Dani casi aterrado. Al romper su camiseta por la zona del hombro quedó al descubierto el pequeño boquete oscuro en la piel del francés. Aira hizo un gesto de desagrado.

- Mala pinta. -Valoró el profesor desde cierta distancia.

- ¿En serio? ¿Tú crees? -El español no podía contener el pánico a un posible derrame con su consecuente desmayo y fatal fallecimiento. En su mente las imágenes del funeral ya se veían claras e inevitables. Tal era su temor que ni el torso semidesnudo de su amigo atrajo su atención.

- Lo único certero es que me has destrozado mi camiseta favorita. Y costaba una pasta. -Dani se limitó a lanzarle una mirada de reprobación. Sus sarcasmos no le salvarían la vida. El joven comenzó a examinar la herida rozando con sus pulgares los alrededores.

- Si no os importa buscaré algo con lo que pedir ayuda. Aún tienen a mi hija. - Los dos muchachos afirmaron en seguida con la cabeza, observando al profesor con preocupación. Pero pronto la atención de Dani volvió a la herida.

- ¿Pero tú sabes qué hacer?

- Pues... no -Reconoció avergonzado el joven.

- Entonces mejor déjalo ¿vale? La bala sigue dentro taponando la herida. Si hubiera dado en algún órgano importante no mantendríamos esta conversación. -François se levantó mirando a su alrededor. Parecía sopesar alternativas. Dani también se incorporó sin dejar de observar con preocupación a su amigo. Éste se percató de ello y se acercó a él con la mano en el hombro.

- Estoy bien ¿vale? -Sus cuerpos estaban muy próximos, rozándose. El nivel de confianza era absoluto y el tono sereno del francés transmitía variados matices de cariño y respeto hacia la persona que tenía enfrente.

Dani sonrió poco convencido pero alagado. François llevó su mano hasta la mejilla de su compañero. El español esperó un nuevo beso cerrando los ojos. Pero lo que obtuvo fue un gesto mucho menos cariñoso. La mano, con un movimiento rápido y seguro, obligó a Dani a girar la cabeza hacia un lado. Su mirada fue dirigida al helicóptero en el que horas antes había volado con Dafne. Inmediatamente su cara volvió al frente para lanzar un mensaje casi instantáneo.

- ¡No!

- ¿Alguna otra idea? -Sin esperar respuesta, François se dirigió al aparato. Dani fue tras él algo alterado.

- ¿Pero tú sabes conducir esto? –Un déjà vu hizo acto de presencia.

- Sé lo suficiente para saber que no se dice "conducir un helicóptero". - En ese momento, Bernart volvió a salir del chalet y se quedó unos segundo mirando hacía sus compañeros. Parecía extrañado pero al mismo tiempo divertido. Quizá no hiciera falta que les fueran a buscar como hacía sólo unos minutos había pactado con un agente. Al poco tiempo ya se encontraba junto a ambos chicos, sin entorpecer la discusión entre estos. Sabía cuándo su participación en una conversación sobraba y prefirió mantenerse en un segundo plano socavando información.

- Necesitaremos combustible. En la casa debe haber. No traerían un helicóptero hasta aquí si no hubieran pensado en el regreso. -Dijo François observando los indicadores del panel.

- Miraré que encuentro dentro. -Se ofreció Aira volviendo al chalet.

- Bien, yo echaré un ojo en la parte trasera. Había una puerta, quizá sea de algún tipo de almacén. -Dani se quedó solo con cierto aturdimiento ante la rapidez de sus compañeros.

- Perfecto, yo... me quedaré aquí. -Dijo en voz alta con inseguridad sabiendo que nadie podía oírle.

Se sentó en el resquicio del vehículo esperando. Desde donde se encontraba podía ver un lateral del chalet y también medio cuerpo tendido en el suelo. Si giraba un poco la mirada, observaba el amplio ventanal que daba al interior de la casa y tres muertos más caídos en combate. Dani se percató entonces de cuántos cadáveres dejaban tras de sí. Tres soldados, un anciano y una mujer. ¡Y ellos no eran más que civiles! Le resultaba increíble comprobar hasta donde alcanzaba su instinto de supervivencia. Nunca se imaginó siendo verdugo, pero no hubo tiempo para pensar. Le habría gustado haber tenido la oportunidad de sopesar las consecuencias. Quizá habría actuado de otro modo. Tal vez una bala en la rodilla habría bastado. Pero en realidad, Dani debía admitir que el mero hecho de darle al italiano y no a su propio amigo que se encontraba entre ellos ya había sido un más que notable buen resultado.

Sin embargo, el joven no pudo sospechar que pocos segundos después volvería a plantearse la misma situación. Y esta vez sí dispuso de tiempo para deliberar. Dafne se movía. El golpe que había recibido con el cenicero no fue suficiente para quitarle la vida. Dani se asustó, y después sintió alivio. No había matado a dos personas, sólo a una. Eso debía acercarle un poco más al cielo, o al nirvana, o al Valhala... Bueno, sobre a dónde le llevaba todo eso ya lo decidiría más tarde.

La joven, dolorida, se llevó la mano a la cabeza. Dani no hizo nada. Se quedó sentado donde estaba, sin hacer el menor ruido ni movimiento. Era un mero espectador. Aunque supuso que en algún momento debería reaccionar de algún modo, por ahora le bastaba con comprobar desde una distancia prudencial que la que fue su amiga estaba bien. Ésta usó sus brazos para elevar su tronco hasta poder quedarse sentada en el suelo. Entonces miró a su alrededor. Vio los muertos y se alarmó. Detrás de ella no había nadie. Delante, mirando con gesto de incomodidad se encontraba Dani. Sin quitarle la vista se levantó con torpeza. Dani saludó con un gesto de mano y media sonrisa insegura intentando ser simpático. Nunca antes había tenido que interactuar con alguien a quien casi había matado y desconocía cuál era el protocolo de actuación para aquellos casos. Ella, por contra, parecía tenerlo muy claro. Comenzó a caminar hacia él con tremenda furia en sus ojos. La incomodidad de Dani iba en aumento

- Ahí estas bien. -Dafne no parecía muy dispuesta a aproximar posturas pero sus palabras no hicieron cambiar de opinión a la joven que sólo se detuvo cuando una de sus pisadas provocó el chasquido de una pistola situada al lado de Dígory. Inmediatamente Dani se percató de ello y de modo instintivo se apoyó sobre la palma de sus manos deslizando su cuerpo hacia el interior del aparato.

Dafne se agachó para recoger el arma. Extrajo el cargador de la recámara para comprobar que ésta aún tuviera balas. Sonrió satisfecha al mismo tiempo que recomponía la pistola. Para entonces Dani ya tenía la espalda apoyada contra la puerta del lateral opuesto del helicóptero ocultando parte de su cuerpo contra los asientos desgastados. Quiso liberar algún sonido de auxilio pero su boca permaneció tensa y apretada, con los labios sellados. El miedo amordazaba su instinto de supervivencia. Sólo podía quedarse quieto mientras la americana caminaba con paso firme hacia él con el cañón dirigido hacia su persona. Un sonido sordo y el seguro fue retirado. El dedo índice de la mano derecha ejerció presión sobre el gatillo hasta que finalmente el disparo sonó.

- ¡Eh! ¡Vuelve! -Algo pesado y contundente chocó contra su rodilla izquierda. La mente de Dani recobró el sentido, pero él aún se sentía aturdido.

- ¿Dónde estabas? -Preguntó François mientras giraba el tapón del depósito y lo rellenaba de combustible.

- No querrías saberlo. -Pensó Dani en silencio. Su mirada se clavó en el cuerpo inerte de Dafne. Éste permanecía en el suelo. Era la primera vez que había tenido una pesadilla despierto, pero supo que después de la tragedia vivida los malos sueños se convertirían en un nuevo compañero en sus momentos de soledad. Si en su día, la falta de compañía era algo obligado pero sabroso, ahora deseaba evitarlo.

- ¡Venga, avisa a Bernart! Quiero salir de esta isla cuanto antes.

Dani dejó al francés acabando de llenar el depósito y se adentró en la casa. No encontró rastro del profesor. Entonces se dio cuenta de la apertura en la chimenea y se acercó con curiosidad. Parecía algo sacado de las películas. Al asomarse vio unas estrechas escaleras sin iluminación y al final una luz. Bajó con cuidado, palpando con sus manos en las paredes para evitar caerse. Pudo oír unos sonidos. Había alguien abajo. Cuando llegó vio a Aira. Estaba doblando un papel desgastado cuando se sobresaltó ante la inesperada presencia de Dani. Todo en ellos parecía encontrarse a flor de piel y en continuo estado de alerta. Dani pensó que seguramente ninguno volvería a ser la misma persona que fue antes de esa aventura.

- Perdona. -Se disculpó el español con un suave y delicado tono.

- Tranquilo. -Respondió Bernart amigablemente a la vez que guardaba el papel doblado en el bolsillo de su pantalón.

- François ha encontrado el combustible. Nos vamos ya.

- Perfecto. -Aira se alegró de la noticia. Estaba ansioso por volver a abrazar a su hija. Los dos salieron de allí y se introdujeron en la parte trasera del helicóptero. El francés ya estaba a los mandos con los cascos colocados. Parecía seguro de lo que hacía. Los pasajeros se abrocharon sus cinturones y François arrancó los motores.

Un rotundo sonido metálico se coló entre el estruendo de las hélices al girar. Dani pensó que quizá el aparato estaba averiado hasta que Bernart, con un elevado tono de voz advirtió de una presencia. Dafne llevaba la pistola de Dígory en la mano y disparaba contra el helicóptero dando en los cristales y la carcasa. Casi por instinto los tres se agacharon.

- ¡Dani! -Grito François con rabia. El español no entendía su exclamación de acusación, como si fuera responsable.

- ¿Qué? ¿Pero qué te piensas, que soy de esos que va por ahí rematando a la gente? -De nuevo volvía a sentir la excitación ante el peligro y descubrió que gritarle a François se había convertido en el recurso fácil para aliviar sus miedos.

La joven se iba acercando con pasos inestables pero sin dejar de disparar. Su rostro estaba desencajado y lleno de ira.

- Toma. -François le dio a Bernart el arma anteriormente de Dafne que se había guardado. Aira la cogió de tal modo que Dani supo en seguida que el profesor sabía usarla. El inglés abrió la puerta y sacó parte de su cuerpo dispuesto a apuntar. En ese mismo momento el helicóptero se despegó del suelo con torpeza. François se quejó del dolor del hombro mientras agarraba con fuerza el mando del aparato para alzarlo.

- ¡Esto se mueve demasiado! Así no puedo apuntar. -Gritó el profesor. La muchacha volvió a disparar y su última bala rozó la pierna del profesor que se dejó caer hacia atrás a causa del dolor. Dani le ayudó a introducirse dentro del helicóptero, llevándolo al asiento del otro extremo del aparato para hacer sitio y así poder cerrar la puerta. Pero para entonces Dafne, que se había despojado de su arma sin balas, ya les había alcanzado.

- ¡François, sube este cacharro ya!

- ¡Eso intento! -El nerviosismo se estaba apoderando de ellos. La chica agarró la manga de Dani cuando éste intentaba cerrar la puerta. El muchacho estuvo a punto de caer a causa del impulso del helicóptero. Dani usó la otra mano para intentar liberarse de Dafne cuando el aparato comenzó a subir. La chica resbaló pero tuvo tiempo para sujetarse a los patines. Al ser liberado, Dani cayó sobre el profesor con brusquedad. Este se quejó cuando sintió el peso sobre su herida.

Comenzaron a distanciarse del suelo. Aira y Dani se inclinaron al unísono para mirar hacia abajo. Allí estaba Dafne, recurriendo a todas sus fuerzas para sostenerse. Su cuerpo colgaba y se zarandeaba de un lado al otro. Los dos hombres extendieron sus brazos en un intento absurdo por alcanzarla. Había demasiada distancia.

- ¡Ayudadme! ¡Por favor, ayudadme! ¡Por favor! -Su voz desesperada desgarraba lo más profundo de Dani y Bernart que miraban con impotencia a la joven suspendida en el vacío. Bernart entró buscando algo en lo que ella pudiera amarrarse para subir. Dani mantenía los brazos extendidos. Ayudándose de sus pies para anclar su cuerpo a la parte baja del asiento, dejó salir una mayor porción de su tronco. Podía sentir como sus músculos se estiraba hasta el extremo.

- ¡Agárrate a mi mano! -Dafne flexionó con fuerza sus brazos hasta conseguir alcanzar la mano de Dani. Éste sintió el enorme peso sujetándole con un golpe brusco y pensó que no podría con ello. A pesar de todo, dirigió una sonrisa a la mujer buscando calmarla. Pero cada vez que el cuerpo de la joven se zarandeaba en el aire sentía que ambos se precipitarían al vacío.

Por suerte para él, Bernart se percató a tiempo de la situación y le agarró de la cadera para evitar su caída. Por desgracia para Dafne, esto no fue suficiente. Durante unos segundos las miradas de Dani y la americana conectaron. El muchacho pudo leer en la mente de Dafne. Era una chica lista, sabía cuál sería el desenlace y se resignó a ello no sin miedo. Sus ojos estaban tristes. Dani pensó que se debía a que en sus últimos momentos la joven se había percatado de sus errores y el arrepentimiento había aparecido. Quizá no fuera eso, pero él quiso creerlo así. La mano resbaló y la figura de Dafne comenzó a caer.

Bernart, testigo de todo ello desde su posición, viajó al pasado. Aquella imagen de la mujer precipitándose le trasportó a Asuán. Por un instante creyó ver a su amiga Saky, con sus cabellos negros moviéndose a latigazos a causa del viento, con sus ropas alborotándose sin control. Su rostro se perdió entre la espuma igual que el cuerpo sin vida de Dafne se estampó contra el suelo de la isla.

El hogar del antídoto contra la muerte se había convertido en la tumba de aquellas personas que ansiaban huir de ella. Dani no separó la vista de aquella isla hasta que se perdió en el horizonte. Sus ojos dejaron escapar unas lágrimas por la amiga perdida. Una amiga que seguramente nunca había llegado a tener, pero la sensibilidad del español no le permitía asumir esa realidad. Bernart y François, al igual que Dani, permanecieron en silencio, apesadumbrados, pero no por Dafne sino por la pérdida de sus seres queridos. No había reproches, ni iras, ni siquiera satisfacciones por las venganzas cumplidas. Aquel final no hacía feliz a nadie.

La tarde comenzó a caer. El sol rojizo hizo brotar en Dani el recuerdo de aquellos atardeceres en la terraza de Grecia.

- No volveré a compartir momentos así con ella. -Pensó Dani. Agachó la mirada y fue entonces cuando se percató de que sujetaba algo entre sus dedos. Un cordón se había enredado entre ellos dejando colgar algo.

- ¡Lavel! –Ver de nuevo aquel objeto alegró mucho al muchacho, que no se cuestionó el porqué. Su reacción hizo volver a François y Bernart de sus pensamientos.

- ¿Qué pasa? -Preguntó François al no poder ver nada desde su posición. Al mismo tiempo, Bernart miró hacia las manos del español sonriendo.

- Es el colgante. Dani debió arrancárselo del cuello a Dafne antes de que cayera. -Respondió a viva voz.

Dani elevó el colgante y lo observó a contra luz. Los últimos rayos del sol atravesaron los cristales tintados coloreando el interior del helicóptero. Esta visión ayudó a los ocupantes del aparato a dejar de ver hacia el pasado para centrarse en el presente, un presente que reservaba a cada uno de ellos algún tipo de satisfacción.

Capítulo LXVIII- Saldo de una deuda.

El olor a azahar y especias seguía envolviendo el lugar del mismo modo que lo había hecho en aquellos tiempos. La gente continuaba yendo y viniendo, sustituyendo unos el espacio de los otros. El sol se colaba por los cristales de la entrada, caldeando la temperatura en el interior. Maletas, bolsos, mochilas... Todo transcurría como si nada trascendental hubiera acontecido, como si los cimientos del conocimiento humano jamás hubieran estado a punto de sacudirse. Nadie sabría jamás lo que podría haber sido y no sería, y en realidad tampoco importaba. Aquellas personas estaban demasiado ocupadas con sus problemas cotidianos: "¿dónde está la maleta?" "¿cómo puede estar tan caro el cambio de moneda", "¿por qué la suegra no deja de visitar cada baño que ve?"

Había un joven aburrido de oír siempre las mismas frases. Dejado, apático, desidioso. Su postura favorita era apoyar el codo en el mostrador y a su vez la cabeza sobre la mano, dejando caer el peso de todo su cuerpo como si las piernas le flaquearan. Tenía veinticinco años, el pelo rubio revuelto y las ojeras oscurecidas tras una mala guardia. Su mirada iba circulando con pesadez de un huésped a otro sin ocultar el gesto de desgana. De buen agrado estaría en ese momento en la cama, deslizando sus piernas bajo la sábana para disfrutar del tacto de la fresca y fina tela. Según el jefe, su actitud ensuciaba la imagen de la compañía ante los clientes, desprestigiando la casa que le daba de comer y contrariando la política de empresa. Antes de decir la palabra "ensuciar" el chico ya había dejado de prestar atención. A su manera de entender las cosas, si había alguien dispuesto a ocupar su puesto bajo esas condiciones laborales era libre de hacerlo.

Embobado en estos pensamientos se encontraba cuando un hombre de gesto malhumorado entró en el hotel sosteniendo un taco de cartas. Habló con el joven de modo apresurado y sin regalarse una sola mirada.

- Como choque contra mí un solo turista más se come la correspondencia de la semana.

- Buenos días, Amsu. -Respondió este sin cambiar el gesto. Aquel encuentro diario era ya como un ritual.

- Tengo algo para ti. -El hombre, regordete y sudoroso introdujo su mano en una enorme cartera repleta de sobres.

- Buenos días a ti también, Zaid. Eres lo mejor que me pasa cada mañana. -Se alagó el muchacho fingiendo la gruesa voz del cartero.

- No tengo tiempo para esas cosas. -Replicó el hombre groseramente mientras pasaba las cartas en busca de un destinatario concreto.

- A "esas cosas" se le llama saludar. No creo que un poco de educación te retrase.

- ¡Pues ya estoy perdiendo el tiempo! ¿Quieres sabes que tengo para ti o no? -El hombre, enojado, dejó la carta sobre el mostrador de un golpe.

- ¡Ah! ¿Tienes algo para mí? -El cartero se desquició un poco más ante la pasividad del chico.

- ¡Ala, ya me has jodido la mañana! -Sin más se fue dejando al chico con el sobre entre sus manos. La carta no tenía remite y en destinatario, tras la dirección del hotel, rezaba: "Para el recepcionista de pelo rubio y revuelto".

El chico la abrió y leyó un par de veces su contenido para entenderlo bien.

- ¡Qué raro! -Dejó el papel sobre el mostrador y metió la mano en el sobre. Dentro había un enorme y precioso billete de quinientos euros. Ni siquiera sabía que fueran de color fucsia. La boca formó una sonrisa tan grande que su mandíbula parecía desencajarse. Liberó una risotada muda y se dirigió al teléfono para contárselo a su novia. En el papel sobre el mostrador, sólo cinco palabras y un nombre:

"La propina que le debo. Bernart Aira."

Capítulo LXIX (Epílogo)- La Reunión.

Le Manoir de l´Art, en la isla de Belle-île, se preparaba para recibir una emotiva visita. François bajaba las enormes escaleras de dos en dos hacia el vestíbulo. El joven Barón iba ataviado con una fina americana muy ceñida, con una camiseta oscura y unos vaqueros pitillo azul marino. Su cabello estaba algo más largo dejando caer un amplio flequillo sobre la frente. El ama de llaves le esperaba abajo. Él se dirigió a la mujer con alegría a la vez que bajaba de modo energético.

- De bons jours, Malene. Ils sont déjà arrivés? -Preguntó besando la mejilla de su empleada.

- No, señor, pero han avisado de que pronto estarán aquí.

- Bien. ¿Todo listo en la cocina? -El muchacho se detuvo ante un espejo colgado al lado de la puerta principal para colocarse bien el cuello de la chaqueta.

- Todo preparado. Comerán a las dos en punto como ordenó.

- Parfait! -Respondió satisfecho. -Estoy deseando verles.

- Se le ve impaciente, sí. -Marie se sentía feliz por ver así al joven. Junto a él había vivido algunos de sus mejores y peores momentos. Para ella siempre sería un niño, un niño que había sufrido duras pérdidas, que sentía no encajar en la vida que le había tocado vivir y que por fin parecía haber encontrado su lugar en el mundo. Ella respetaba mucho la fina línea que les separaba y por eso mismo jamás le diría que sin saberlo se había convertido en todo lo que un día fue su difundo padre: un hombre feliz, seguro de sí mismo y de arraigados principios.

El muchacho abrió la puerta y la cruzó no sin antes guiñarle un ojo con gesto simpático a su ama de llaves. El sol brillaba con fuerza, sin encontrar en su camino ninguna nube que pudiera hacerle sombra. François contempló el terreno que se extendía ante él. El verde césped estaba reciente cortado, el camino engravillado perfectamente alisado y los rosales cargados de numerosos capullos amarillos y blancos. La finca se encontraba cuidada del mismo modo que lo había hecho su padre. El joven entendía que era un buen modo de honrar a su progenitor. Desde lo ocurrido hacía un año el muchacho procuraba respetar al máximo la memoria de sus padres y hacer las cosas como a ellos les habría gustado.

Unas manos agarraron su cintura con firmeza, empujando un cuerpo contra el otro. François sonrió.

- Matt, aquí no, que nos puede ver mi chico.

- Ja, ja, ja. -El francés podía ver sin ver la cara de sorna de su novio. Ambos se giraron hasta encontrarse frente a frente y poder besarse. Dani colocó sus brazos sobre los hombros del Barón.

- No me has despertado. -Sus labios todavía se rozaban cuando Dani pronunció la frase.

- Era temprano.

- Ya no. -Su tono dejó de ser un íntimo susurro para convertirse en algo más nervioso y vibrante. -¿Falta mucho?

Ambos se giraron para observar el enorme portalón al final del camino. Dani apoyaba su brazo en el hombro del francés.

- Han llamado hace un rato, estaban llegando. -Dani respondió con sonido sordo. La pareja se quedó en silencio clavando la mirada en la puerta de barrotes negros.

- Me voy a peinar. -Informó de pronto el español, como si se le acabara de ocurrir de golpe.

- Pero si ya estás peinado. -La apreciación cayó en saco roto. Dani ya había desaparecido.

- Señor, el comedor está listo. -Un tono serio y antipático hizo acto de presencia. Al otro lado del dintel de la puerta el antiguo mayordomo de Fleming, Gilbert, aparecía para anunciar las novedades sobre los preparativos. El sirviente conservaba el mismo gesto de perro viejo.

- Gilbert, ¡anima esa cara, hombre!

- Todos los días la misma historia. -Se dijo a sí mismo el mayordomo a la vez que daba media vuelta y volvía al comedor. François se rio. Sabía que a su empleado no le gustaba la continua insistencia sobre su estado anímico. Un timbre de volumen exageradamente alto anunció la llegada de sus invitados.

- Ya están... -No hubo terminado la frase cuando desde el interior de la casa se oyeron voces.

- ¡Ya están aquí! ¡Ya están aquí!

- Eso mismo. -Añadió el francés a sabiendas de que no había nadie escuchándole.

- ¡Ya están aquí! -Dani jadeaba agarrándose al marco de la puerta.

- ¿De dónde vienes? ¿De Canadá?

- De la casa de la madre que te parió. -Casi antes de terminar la frase Dani se llevó la mano a la boca consciente de lo que acababa de decir. Sus ojos estaban muy abiertos, como cuando se pilla a un niño rompiendo un jarrón caro. -Perdón.

- Cuando te ataca el nervio... -Dani se acercó y abrazó a su molesto novio, arrepentido por su irrespetuosa e impulsiva respuesta.

- Sí, sí, ahora con esas. -El joven miró al francés con ojos de cordero degollado.

- ¿Me perdonas?

- Sí. -Respondió el Barón haciéndose el remolón.

- ¿De verdad? -François sonrió. No era capaz de mantener la postura de tío duro durante mucho tiempo con él. El coche se iba acercando a la puerta mientras la pareja se besaba. La niña saludaba efusivamente sacando medio cuerpo por el techo solar del vehículo.

- ¡Dani! ¡Dani! -Los dos chicos se rieron al oírla.

- Esa niña te adora.

- Que le voy a hacer. Se me dan bien los críos. -Sonrió Dani orgulloso mientras se acercaba al camino de piedras. El coche se detuvo ante él. La puerta se abrió y la niña salió corriendo saltando a sus brazos.

- ¡Dani! ¡Dani!

- Le vas a gastar el nombre. -Bernart salió del vehículo con una gran sonrisa y un movimiento elegante. François se acercó y los amigos se abrazaron.

- Mandas un coche inglés para recogernos. Estás en todo. -La apreciación hizo reír a ambos.

- Sabía que te darías cuenta.

- Hemos ido en avión, y he visto el mar, y una mujer muy guapa me dio un zumo riquísimo... -La niña no cesaba de hablar muy excitada aún en brazos de Dani. -... y montamos en este coche enorme que tiene tele y todo. Pero yo fui todo el viaje asomada a la ventana del techo, saludando como la reina de Inglaterra.

Dani se reía sin tiempo a añadir nada.

- Y de camino a aquí había caballos. Eran muy grandes. Uno era árabe y el otro andaluz. Y corrían por un prado verde con muchas margaritas. Y eran muy bonitos, y...

- Respira un poquito, anda. Y no atosigues a Dani. -El español agradeció la interrupción. Aprovechando la oportunidad dejó a la niña en el suelo para abrazar a Aira.

- ¡Qué elegante! Pareces británico.

- ¡Dios me libre! -Bromeó Dani.

- ¿Para mí no hay nada? -Preguntó François a Sarah fingiendo ofensa. La niña de enormes ojos verdes y pelo rojo como los rayos de la tarde corrió hacia el francés saltando a sus brazos. Algo más tímida le dio un beso y se quedó mirándolo.

- ¿Qué pasa? -Preguntó éste.

- Eres muy guapo. -Su tono era como si acabara de darse cuenta de ello. Los tres hombres se rieron. François la dejó en el suelo y clavó su rodilla para hablar con ella.

- ¿Sabes qué? -La niña negó exageradamente con la cabeza. -Los caballos que viste son míos.

Sarah abrió la boca todo lo que pudo y se la cubrió con su pequeña mano al mismo tiempo que abría los ojos exageradamente. François se sorprendió al comprobar que era el mismo gesto que Dani había hecho hacía tan sólo unos minutos.

- ¿De verdad? -El muchacho afirmó con la cabeza.

- Y si prometes portarte bien esta tarde te dejaré montar en poni. ¿Qué me dices?

- ¿En un Shetland, un galés, un gallego o un chino?

- ¿Esta niña por qué sabe tanto de caballos? -François miró con gesto extraño a Bernart, éste se encogió de hombros con gesto resignado.

- Cosas del novio de mi ex mujer.

- Ahora entra dentro y busca a Marie para que te de algo de beber. - Invitó a Sarah. La pequeña se quedó en el lugar con gesto tímido.

- ¿Qué pasa?

- Es que...

- La niña no entiende a tu ama de llaves, François. - Concluyó Dani. El joven sonrió al percatarse de la obviedad.

- Ven. Vamos juntos. -Añadió Dani extiendo la mano hacia Sarah.

- ¿Sabías que en Exmoor hay un tipo de poni que va suelto por las calles?

- ¡Ah sí! -Fingió sorpresa Dani. -¿Sabías que yo soy gallego?

La niña no fingió sorpresa, de hecho parecía no resultarle nada interesante aquel dato. Los dos entraron en la casa agarrados de la mano.

- Te veo genial. -Alagó el francés a su amigo invitándole a iniciar un paseo por la finca con un gesto de mano.

- Pues algo mejor sí que estoy. He aparcado "El Caso Shakespeare". - Respondió éste comenzando a caminar.

- ¿Ah sí?

- Sí, me estoy tomando un añito sabático. Necesitaba pasar más tiempo con la niña. Crece rápido.

- Sí, me he dado cuenta.

- ¿Vosotros qué tal?

El joven sonrió feliz. Poco después de su aventura, Dani y François mantuvieron un contacto fluido pero desde la distancia. Dani había vuelto para retomar sus clases mientras que François debía afrontar las consecuencias de sus actos de rebeldía. Un día, Dani abrió la puerta de su casa y se encontró la visita inesperada de su amigo. Por fin todo había pasado y el francés sintió el impulso de tener cerca a Dani y dar un paso hacia adelante. El joven no estaba acostumbrado a las emociones que el español había despertado en él y su falta de complejos le permitía ser sincero y rechazar los impedimentos para iniciar una relación normal y estable. Dos semanas después, Dani ya vivía con él en Le Manoir de l´Art y en sus más de seis meses de convivencia el amor rebosaba por todas partes.

Un maullido interrumpió la conversación. Una gata azabache y esbelta caminaba entre las piernas de Bernart con movimientos sinuosos.

- Seknet, deja a nuestro invitado. -El Barón agarró a su gata y le acarició la cabeza. La minina hizo un leve gesto para evitar la mano y olfatearla. Bernart liberó una mueca de curiosidad al mismo tiempo que paseó sus dedos por el lomo del animal.

- ¿Cómo has dicho que se llama?

- Seknet. -Respondió el muchacho restándole importancia. -Es el nombre de una antigua leona protectora. Fue cosa de mi madre, para que me durmiera por las noches pensando que ella velaría por mí.

François siempre sonreía con dulzura cuando hablaba de su madre. La misma sonrisa que tenía ella. Había convertido los recuerdos de Minerva en un estímulo positivo que le reconfortaba y serenaba a partes iguales. Bernart sostuvo entre sus manos el colgante de acero que adornaba el collar de la gata.

- ¿El collar se lo puso Minerva? -El francés asintió con la cabeza. El abalorio era un pequeño cilindro con el nombre de la mascota grabado. En ese momento apareció Dani. Se agarró a la cintura de su novio observando con curiosidad a Bernart.

- ¿De qué habláis?

- Tiene un símbolo. -Aira ignoró la presencia de Dani. Analizaba el pequeño objeto de cerca no sin la oposición de la felina que comenzaba a perder la paciencia y se inquietaba.

- Sí, el que representa a la diosa protectora. -Dani se inclinó para ver el colgante que hasta entonces había pasado desapercibido.

- Espera. -El español parecía intrigado. -Este es el símbolo de la caja de Lavel.

Aira miró a Dani con sorpresa. Algo en su mente se había activado.

- Dani, tienes aún el colgante. -François se adelantó y metió su mano bajo la camiseta de su chico conocedor de que Lavel siempre colgaba de su cuello. Cada vez que lo veía le hacía sentir incómodo. No sólo por lo que representaba sino por haber sido el último regalo de alguien importante en el pasado de su novio. A veces se preguntaba por qué Dani seguía tan aferrado a ese pedazo de cristal.

El profesor liberó a Seknet del collar y ésta salió corriendo. Aira se quedó con el pequeño cilindro al tiempo que alzó su mano para que su amigo le proporcionara a Lavel sin pronunciar palabra. Parecía ensimismado en sus cavilaciones. François dejó caer el colgante sobre la palma de Bernart pero éste en el último momento recogió la mano dejando que Lavel cayera al suelo. Dani liberó un pequeño grito mudo. Intentó recogerlo para comprobar que no se hubiera roto pero antes de poder hacerlo el inglés lo aplastó de un pisotón.

- ¿Pero qué haces? -Dani se agachó muy molesto sosteniendo el esqueleto metálico. Bernart le imitó y comenzó a buscar entre los añicos de cristal. François no supo cómo reaccionar. No conseguía comprender la actitud de su amigo pero intuía que había algún buen motivo. A pesar de ello, no lograba evitar sentir compasión por su novio aunque por otra parte le alegraba desprenderse de ese objeto del pasado.

- Lavel, es un anagrama. -Dani elevó la cabeza buscando en François alguna explicación de lo que estaba ocurriendo. Éste se encogió de hombros sin comprender. -Si cambias las letras de orden crea una nueva palabra: llave.

Aira volvía a dar lecciones a improvisados alumnos. El inglés agarró la pequeña esfera metálica guardada antes en el interior de la bola central del colgante y se incorporó. Dani se levantó resignado ante la pérdida de Lavel. Su novio le besó en la mejilla para reconfortarle.

- ¿Nos vas a explicar qué pasa?

- Shhhhh. -Mandó callar Bernart. Giró el cilindró buscando un minúsculo orificio visto antes. Una vez lo hubo encontrado introdujo en él la esfera de metal. La pequeña bola desapareció en su interior. Durante unos segundos los tres hombres se quedaron inmóviles y en silencio, expectantes. No pasó nada. Aira parecía decepcionado. Dani apoyó su cabeza en el hombro de François. El joven Barón llevaba mucho tiempo esforzándose por dejar atrás las malas experiencias vividas y en pocos minutos toda la intensidad resurgía del modo más desagradable. Por un momento deseó que Aira se fuera de allí para no volver a saber nada de él.

Aquellas malas ideas se vieron interrumpidas por un leve chasquido metálico procedente del interior del cilindro. Era como el sonido de un segundero en un reloj de pulsera. Aira apretó ambos extremos del objeto y estos se separaron. Con unos golpes secos contra la palma de su mano extrajo de su interior lo que parecía ser una cápsula. La sostuvo con cuidado entre dos dedos.

- ¡No puede ser! -Dani era incapaz de creerse lo que estaba ocurriendo. Ante ellos parecía encontrarse lo que suponían la última dosis del descubrimiento de Minerva oculta por ésta con gran perspicacia. Bernart sonrió satisfecho.

- François, adoro a tu madre. -Sin embargo, el muchacho se hallaba enmudecido. Su rostro no transmitía nada. Se había desencajado por dentro. Las piernas le flaquearon obligándole a sentarse en el suelo, sobre el césped. Dani se inclinó preocupado.

- ¿Estás bien? -El Barón afirmó pero en realidad era consciente de que aquello era demasiado para él y comenzaba a pesar. Nunca antes había cedido ante la presión, pero ahora que parecía haber encontrado el modo de vivir una vida como la que siempre deseó temía que O.Q volviera para arrebatárselo, igual que anteriormente le había arrebatado a sus padres. Todos perdieron algo a causa de esa investigación. Dani a Chema, Bernart a Saky. Pero sin duda el más vapuleado había sido él. En ese momento Bernart se inclinó para enseñarle el único objeto que no quería tener delante, la cápsula. Los tres amigos se quedaron agachados, flanqueando el comprimido como niños curiosos observando en la orilla del río a unos renacuajos.

- ¿Eso tan pequeño alarga la vida centenares de años? -Dani parecía intrigado ante la presencia del medicamento.

- Obviamente no. Supongo que será un tratamiento prolongando en el tiempo, pero de él puede extraerse la receta con la que se elabora y fabricar millones de cápsulas como esta para comercializar con la longevidad. -Los tres se quedaron en silencio sin saber muy bien qué debía ocurrir después. Finalmente Aira alargó una mano buscando la de François y con delicadeza dejó el comprimido sobre ella. -Es cosa tuya.

Esas tres palabras sonaron a responsabilidad, a carga, a algo realmente trascendental.

- Es la herencia de tu madre. Lo dejó ahí porque sabía que sólo tú lo encontrarías

- Pero fuiste tú, no yo. -Atinó a responder el francés. Bernart se limitó a sonreír. La pareja de novios se miró y ambos encontraron desconcierto en sus ojos.

El Barón se levantó de un modo solemne. Parecía como si fuera el mundo entero el que se agachase para dejarle más alto, inclinado ante un dios. Y lo cierto era que ambos amigos permanecieron inclinados a sus pies como súbditos observando desde una posición inferior. François no despegó su mirada de la cápsula. Una suave brisa alborotaba su flequillo.

"Respeta otras naturalezas amamantando milagros.

A alivio razonable invitan logros ocultos.

Más albas responden resucitando otoñales nubes."

- Toma, es tuya. -Aira, se desprendió de su hija, atemorizada aún por los recientes acontecimientos. Sarah tenía entonces un año menos. Todos tenían un año menos en realidad aunque el deterioro provocado los días previos les hacía parecer más viejos.

François sostuvo el desgastado papel arrugado y lo abrió. Reconocía la letra. Su madre había escrito una última carta para él. Muchas de las palabras fueron incomprensibles en aquel momento pero eso no hizo más que motivarle a releerla una y otra y otra vez. Tantas veces la había repasado que las palabras de Minerva asomaban ahora sin esfuerzo, como susurros del pasado.

Con aquel comprimido sostenido entre sus dedos y la voz de su madre sonando en su mente, François supo que hacer. No cabía la menor duda de qué era lo más conveniente para el mundo. Pellizcó con pulgar e índice de ambas manos cada uno de los dos extremos de la cápsula y la abrió dejando que el viento se llevará el polvo guardado en su interior. Dani y Bernart se sorprendieron. Su amigo nunca dejaba de sorprenderles. Así era él, imprevisible.

- Mi ángel rebelde. -Oyó decir François a su madre. Sus ojos tintineaban a causa de la emoción. De pronto sintió como si se estuviera despidiendo de una parte de su madre, y otra de su padre. Y Bernart sintió que algo de Saky también se alejaba y Dani que algo de Chema se difuminaba con la brisa. Y el viento cesó, y un vacío les estremeció. Al principio les resultó molesto, pero sólo unos instantes después un alivio muy agradable asomó, como si se desprendieran de una pesada carga, como si una herida acabase de cicatrizar. Dani se levantó y abrazó a su amante. A François le costaba tomar aire con fluidez. El español le susurro algo al oído que hizo templar sus nervios y recuperar la calma.

Bernart estuvo tentado a lo largo del día de preguntar al Barón por qué había tomado esa decisión pero un contrato verbal invisible le impidió dar el paso. En realidad no era necesario hacer preguntas. Los tres habían vivido lo suficiente como para conocer las respuestas.

Aquella reunión no volvió a producirse nunca más. Sus vidas se separaron y los contactos se volvieron cada vez más espaciados. Años después, Bernart volvió a Alejandría. Pisó de nuevo aquel hotel donde Saky había pasado sus últimos días. El recepcionista rubio de pelo revuelto ya no se encontraba allí. El profesor pasó de largo por la cabina desde la que oyó por primera vez la voz de Dígory y se sentó en una de las mesas del comedor. Revisó las paredes en busca de recuerdos. Incluso creyó ver a su amiga cruzando la puerta con una amplia sonrisa decidida a tomarse un ful medames. Quien sí se dejó ver fue una gata. Era oscura, esbelta y de enormes ojos amarillos. Su larga cola rodeó la pierna de Aira. Éste se inclinó para acariciarla. Entonces ese interruptor de su mente volvió a encenderse.

- ¿Por qué tantos años después esa gata estaba aún viva y se la veía tan joven? -Aira apartó su curiosidad rechazando abrir esa puerta y se limitó a reír al tiempo que sostenía la gata entre sus manos. La elevó en el aire mirándole a los grandes ojos sin dejar de carcajear.

Capítulo LXX- El enigma abierto.

Todo se mostraba borroso ante él. Los objetos se movían de un lado a otro como si se encontrase a bordo de un barco en alta mar. Pero era un cuarto pequeño y sombrío de paredes de cemento. El joven se sentía aturdido y su mente era incapaz de centrarse. La cabeza se le iba y las náuseas amenazaban continuamente. La temperatura del frío suelo contrastaba con el calor húmedo de la celda. Hizo un intento por incorporarse pero los músculos de los brazos no reaccionaban correctamente. Su cabeza volvió a chocar contra el suelo. La sangre, que con anterioridad había empapado parte del cabello, ahora se había secado dejando su pelo revuelto y tieso como la paja.

Abrió los ojos e hizo un nuevo intento por erguirse. La palma de su mano derecha se posó y elevó su cuerpo arrastrándose hasta la pata de una silla. La mano izquierda usó el asiento para incorporarse. Su cabeza se tambaleaba de un lado al otro sin fuerza. Tenía el labio partido y ambos ojos morados e hinchados. Un punzante dolor torácico le hacía sospechar que varias costillas se habían roto. Aquellos mercenarios realizaron con él un trabajo espléndido, pero aún estaba vivo y dispuesto a luchar. ¿Cuántas horas podrían haber pasado desde la última sesión de torturas? Recordaba el despertarse en una ocasión después de los golpes, pero el agotamiento conllevó su rendición ante un sueño profundo. Sin dejar de agarrarse el costado, se inclinó hacia adelante y sostuvo un palo que se encontraba apoyado en la pared. Se puso en pie usando la barra de madera como improvisado bastón. Reunió todas sus fuerzas para acercarse hacia la puerta de metal y pegar su oreja en un intento por detectar algún sonido que le diese la certeza de tener compañía, pero no oyó nada. Ningún ruido, ni ninguna voz. Golpeó la puerta dejando caer todo el peso de su cuerpo pero sólo consiguió producir un eco sordo.

Pasaban las horas y el hambre se había convertido en una desagradable compañía. Le extrañaba mucho no haber recibido ninguna visita. En los seis últimos días sus opresores solían aparecer por la celda con cierta frecuencia para alimentarlo con alguna bazofia o para iniciar nueva ronda de golpes, patadas, pinchazos y demás.

Cada vez eran más violentos y crueles. Las respuestas mudas del muchacho ante las preguntas realizadas comenzaban a irritarles seriamente. Nada con él parecía funcionar. Ni las agujas bajo las uñas, ni la amputación de tres dedos de los pies, ni las largas heridas superficiales con arma blanca por todo su cuerpo, ni arrancarle las muelas... El dolor le había hecho perder el conocimiento en varias ocasiones pero aquellos bárbaros no habían logrado obtener ningún dato de valor.

- ¿Qué te impide hablar? ¿Qué temes más que el dolor o la muerte? ¿Qué pasa por esa cabecita? –La afilada punta de una navaja hacía presión sobre la sien del chico ensangrentado. –Aún tienes una oportunidad. ¡Habla!.

El grito retumbó entre las cuatro paredes, pero no surtieron el menor efecto. No había forma. En la mente del muchacho sólo aparecía una y otra vez un nombre: Dani. No podía perdonarse el haberle involucrado en aquella historia.

- No debí dársela. No debí hacerlo. –Se lamentaba a solas en sus momentos más bajos. –Fue estúpido darle el colgante. Ignorar su importancia no le hacía estar más seguro. Él no podrá sobrevivir a algo así. Y yo tendré la culpa. Le he enviado a la muerte.

Las lágrimas empapaban sus mejillas hasta secarse y convertirse en una costra salada. Pero conforme pasaban las horas sus pensamientos iban mutando. Llevaba ya demasiado tiempo sin comer ni beber. ¿Era un nuevo método de tortura? ¿Cuánto más tiempo podría soportarlo?

Miles de preguntas aparecían para después difuminarse como el humo de un cigarro hasta que su mente hubo quedado en blanco. Dos días más tarde, tirado en el suelo, agotado y hambriento, se empezó a convencer de que esa cárcel sería su tumba.

Y cuando ya todo estaba dado por perdido, cuando parecía que llegaba inevitablemente el último aliento, un sonido metálico le hizo volver en sí. La puerta se había abierto y una luz blanquecina y brillante rodeo una silueta alta, corpulenta y oscura.

- Ya estoy aquí Chema. Ya estás a salvo.

El joven dudó de la existencia de esas manos que le sujetaban con delicadeza la cabeza. Pero ya le daba igual. Fuera lo que fuera sólo podía dejarse llevar. Lo que tuviera que ser, sería. Lo que tenga que ser, será. Y será pronto.